旅夜書懷
나그네가 밤에 쓰는 감회

언덕의 가녀린 풀 미풍에 나부낄 새
높이 솟은 돛단배에서 홀로 밤을 지샌다
별 드리운 평야 광활하고
달 솟아오른 강물 출렁이누나

細草微風岸
危檣獨夜舟
星垂平野闊
月湧大江流

쟁천구패 1
임준욱 新무협 판타지 소설

초판 1쇄 찍은 날 § 2005년 1월 27일
초판 1쇄 펴낸 날 § 2005년 2월 7일

지은이 § 임준욱
펴낸이 § 서경석

편집장 § 문혜영
편집책임 § 장상수
편집 § 김민정 · 최하나
마케팅 § 정필 · 강양원 · 이선구 · 홍현경

펴낸곳 § 도서출판 청어람
등록번호 § 제1081-1-89호
등록일자 § 1999. 5. 31
어람번호 § 제2-0518호

주소 § 경기도 부천시 원미구 심곡1동 350-1 남성B/D 3F (우) 420-011
전화 § 032-656-4452 팩스 § 032-656-4453
http://www.chungeoram.com
E-mail § eoram99@chollian.net

ⓒ 임준욱, 2005

ISBN 89-5831-409-5 04810
ISBN 89-5831-408-7 (SET)

※ 파본은 본사나 구입하신 서점에서 교환하여 드립니다.
※ 저자와 협의하여 인지를 붙이지 않습니다.

하늘은 힘없는 자를 박대한다

1

임준욱 新무협 판타지 소설

Fantastic Oriental Heroes

글쓴이의 변 | 6
들어가기 전에 | 8
서(序) | 10

제1장
추억은 때로 철없이 말을 건다 | 13

제2장
하늘은 힘없는 자를 박대한다 | 37

제3장
책임감도 때로는 활력이 된다 | 63

제4장
지켜보는 것만으로도 행복해지는 사람이 있다 | 107

제5장
꿈을 좇는 삶은 불행하지 않다 | 141

제6장
없다는 건 그렇게 서러운 거다 | 179

제7장
한 방울의 물이 스며들더니 | 219

제8장
한 방울의 물이 끝내 방죽을 무너뜨리고 | 257

제9장
죽음과 자유는 같은 값이다 | 295

 글쓴이의 변

　미혹되지 않는다 하여 불혹(不惑)이라고도 하는 마흔 살이 되어버렸다. 왠지 서글프다. 가슴속에 나름의 개똥철학이라도 품은 그럴듯한 사내를 상상했건만, 미풍마저도 견디지 못하고 휘청거려야 하는 촛불마냥 소심하고 나약한 중년 아저씨가 되어버렸다.
　날이 갈수록 시간이 빨리 흘러간다. 세월의 흐름은 만인에게 공평할진데, 눈 한 번 깜빡이면 일주일이 사라지고 잠에서 깨어보면 한 달이 훌쩍 지나가 버린 느낌이다. 아껴 써야지, 아껴 써야지 하면서도 뒤돌아보면 휴지통 한가득 무의미하게 낭비된 시간들이 버려져 있다.
　낭비된 시간들, 소름 끼치도록 아깝다. 하지만 돌이킬 수 없다고 생각하니 한편으로는 느긋해지고 싶은 심정이다. 내 시간만 빨리 흘러가는 이유가 아무것도 이루지 못한 채 나이만 먹은 것에 대한 자기혐오와 빨리 무언가를 해야 한다는 조급증 때문인 것 같아서다.
　내 인생 아직 멀었다. 사십 불혹이 아니라 사십 약관(弱冠)이 되고 싶다.
　쟁천구패는 마음만이라도 약관으로 돌아가고 싶은 중년 아저씨의 발악이다. 그 내용이 내 소심한 성격과 나약한 심성에 어울리지 않아서 미루기만 하다가 발악하는 심정으로 써본다.

　쟁천구패(爭天求覇).

하늘을 다투고 패를 구한다, 혹은 쟁천이 패를 구한다는 뜻으로 제목을 붙였다. 제목부터가 나와는 궁합이 맞지 않을 것 같은 이 이야기는 우쟁천이라는 한 인간의 성장과 성취에 관한 것이다.

도입부에는 임준욱의 글이라는 분위기 표시를 해두었지만 뒤로 갈수록 거칠어질 것이다. 전작의 분위기를 상상하고 쟁천구패를 선택한 독자들이 눈살을 찌푸릴지도 모르겠다. 내 정서와 맞지 않아 미루기만 하다가 이제야 쓰지만 어쩌면 이 이야기가 무협에 대한 내 본심일지도 모르겠다. 기대와 달라도 양해해 주기 바란다.

모두 일곱 권 정도를 쓸 예정이다. 세 권은 우쟁천 개인의 성장을 중심으로, 나머지 네 권은 그의 성취를 중심으로 하여 느긋하게 써나갈 작정이다. 모쪼록 재미있게 읽혔으면 좋겠다.

쟁천구패는 무협과 판타지 전문 사이트 〈고무판〉에서 연재했던 이야기를 손본 것이다. 무협과 판타지의 발전을 위해 수고하시는 고무판 운영자 일동에게 감사드리고, 책으로 만들어주신 청어람 편집부 여러분의 노고에 감사드린다.

임준욱 배상

1. 쟁천구패에는 상상력과 실재의 역사가 혼재되어 있다. 하지만 쟁천구패 안의 역사는 사실과 다를 뿐만 아니라 이야기의 재미를 위해 상당 부분 왜곡되어 있음을 밝힌다. 왜곡된 부분은 마지막 권의 말미에 따로 밝힐 예정이다.

2. 쟁천구패의 주인공 우쟁천이란 캐릭터는 전작 건곤불이기의 조역 캐릭터인 사철악에서 비롯되었다. 건곤불이기에서 간단하게 설명되었던 부분이 쟁천구패에서 사건으로 묘사되는 부분도 있다는 사실을 미리 밝혀둔다.

3. 쓰고 읽는 양자 모두의 편의를 위해 도량형을 통일한다. 시대에 따라 도량형이 조금씩 다르니, 아래 상술한 도량형은 쟁천구패 안에서만 유용하다.

일 장: 3m
한 자 혹은 일 척: 30㎝
한 치: 3㎝
한 근: 500g(한 근은 열여섯 냥이다. 당대(唐代)의 도량형을 기준으로 하면 16소량은 198.94g이고 16대량은 596.82g이다. 하지만 현재 중국에서 소고기

한 근을 500g으로 하고 우리 돈 천 원 정도에 판다 하니, 쟁천구패에서도 계산하기 편하게 500g으로 한다)

4. 화폐

은 한 냥을 1,000문으로 본다. 원래 인플레와 디플레에 따라 800~1,200문 사이를 오갔다 하는데, 편의상 1,000문으로 한다.

은 한 냥의 가치는 우리 돈 10만 원으로 잡았다. 전작에서 늘 은 두 냥의 가치가 네 식구의 한 달 생활비라고 우겨왔다. 현재 중국의 대졸 초임이 우리 돈 20만 원 정도라 하니 은 한 냥의 값어치를 10만 원이라고 계속 우겨도 될 것 같다. 사실과 다르다 해도 '편의상' 이라는 말로 넘어가겠다.

5. 시간

시간은 자시(子時: 밤11시~새벽1시)를 기준으로 축, 인, 묘, 진, 사, 오, 미, 신, 유, 술, 해의 천간(天干)에 따른 시간만 쓴다.

예를 들면, 묘시 초반 하면 새벽 다섯 시 막 지난 정도로 보면 될 것이고, 오시 중반 하면 낮 열두 시 전후로 보면 될 것이고, 유시 후반 혹은 말경 하면 저녁 여섯 시 후반 정도로 보면 되겠다.

서

패(覇)는 으뜸을 뜻한다.
힘을 바탕으로 한 으뜸이요,
세상을 뜻대로 움직이려는 욕망의 실현이다.
여기 그 길을 가려는 자가 있다.
그에게 천명(天命)을 묻지 마라.
하늘과도 싸울 놈, 알 리가 없다.
그러나 그에게도 명분은 있다.
패도(覇道)는 그의 칼이요,
협의(俠義)는 그의 진심이라.

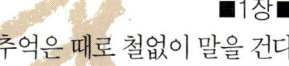

■1장■
추억은 때로 철없이 말을 건다

추억은 때로 철없이 말을 건다

명(明) 홍치(弘治) 원년(서기 1488년) 산서(山西) 오대산(五臺山).

"스하아! 스하아!"

가쁜 숨을 내쉴 때마다 쇳소리가 나고 하얀 입김이 눈앞을 가렸다. 열아홉 살 채당운은 죽을 맛이 어떤 기분인지 깨달았다. 채당운은 입술을 깨물고 힘겹게 눈 속에서 발을 빼냈다. 그러나 한 걸음 옮기는 순간 눈은 다시 그의 발목을 깨물었다.

"젠장!"

처음 오대산으로 여로(旅路)를 바꾼다고 들었을 때 채당운은 환호했다. 멀리서 보는 눈 쌓인 오대산은 절경 그 자체였기 때문이다. 하지만 직접 그 위를 걷다 보니 사람들이 왜 소태 씹는 표정을 지었는지 깨달을 수 있었다. 하지만 그도 대홍락방(大弘樂幇)의 어엿한 문도였고, 그 가운데서도 자질을 인정받은 젊은이들을 모아 방주가 직접 지도하는 청죽단(青竹團)의 일원이었다. 눈 위를 걷는 정도의 고생이라면 앓는 소리를 뱉어내지는 않았을 것이다. 문제는 그의 어깨와 등을 짓누르는 짐들이었다.

'도대체 뭐야? 왜 내가 당신들 짐을 다 들어야 하는 거야?'

채당운은 다시 한 발을 내디디며 앞서 걷고 있는 건장한 장정들의 등을 노려보았다.

'수련 좋아하시네. 이게 도와주는 거야?'

얄밉기 그지없는 인간들이었다. 말이나 못하면 얄밉지는 않을 것이다. 천혜의 수련장을 만났네, 강한 무인과 강한 남자는 강한 하체에서 나오네, 도와주네 어쩌네 해놓고 늘어난 것은 짐뿐이었다.

"아운, 씨발씨발하는 게 영 힘든 것 같구나?"

채당운의 쇳소리 나는 숨소리에 오대산의 설경 속을 유유자적 앞서 걷던 흑의청년이 뒤돌아보며 물었다.

채당운은 얼굴을 찡그리면서도 웃었다. 앞서 걷는 열 사람 중에 그가 미워하지 않는 사람이 있다면 무조건 존경하는 방주와 과묵하여 무섭게 느껴지는 손 호법, 그리고 스물다섯의 젊은 나이에 방의 대들보 소리를 듣는 흑룡창(黑龍槍) 적무경(赤武卿)뿐이었다.

"하아! 죽을 맛이에요."

적무경은 검은 얼굴과 극명하게 대비되는 하얀 이빨을 드러내며 웃었다. 그리고 어깨에 메고 있던 창을 뻗어 채당운의 짐 가운데 하나를 걸었다.

"어? 이거 누구 건데 이렇게 무거워? 힘들 만하네."

적무경은 창끝에서 달랑거리는 등짐을 일부러 흔들어보았다. 쩔렁 하는 소리가 나는 것으로 보아 돈이 제법 들어 있는 것 같았다.

채당운은 앞서 걷는 자들 가운데 가장 큰 사내를 향해 눈짓했다.
"방 당주님은 전표(錢票)도 돈인 걸 모르나 봐요?"
적무경은 채당운과 나란히 걸으며 속삭였다.
"크크큭, 그래서 다들 잘생긴 바보라고 부르잖아."
채당운도 방도렴의 옥안석두(玉顔石頭)라는 별호를 떠올리며 킥킥거렸다.
적무경이 말했다.
"너도 바본 건 마찬가지야, 자식아!"
채당운이 어리둥절한 눈빛으로 적무경을 바라보았다.
"잘 봐. 저 양반들, 일부러 눈을 꾹꾹 밟으면서 가잖아. 밟은 곳 따라 밟으면 편할 텐데 뭐 하러 힘겹게 쫓아와? 아덕은 잘만 쫓아오잖아."
채당운은 깜짝 놀라서 앞 사람의 발걸음을 살폈다. 과연 그러했다. 대홍락방의 호법과 당주들이었다. 그들의 걸음이 채당운처럼 무거울 리 없었다. 그런데도 그들이 밟은 자리는 채당운이 밟은 곳보다 더 깊게 패여 있었다.
채당운은 당황하여 좌우를 둘러보았다. 그와 같은 소속인 서인덕은 자신과 비슷한 처지에 있으면서도 편한 얼굴을 하고 있었다.
"개자식! 말 좀 해주지."
적무경이 채당운의 뒤통수를 툭 치며 꾸짖어 말했다.
"남 탓하지 마라. 무공만 강하다고 무인이 되는 건 아니야. 제대로 된 무인이라면 천기를 예상하고 지세를 이용할 줄도 알아야 한다. 생소한 곳에 이르면 반드시 주변부터 살펴라. 아무 일 없더라도 마음속으로 항상 '나라면 여기서'라는 생각을 해보아야 한다. 알겠어?"
채당운은 적무경의 얼굴을 빤히 바라보다가 눈길을 돌려 앞 사람의 등과 그들이 만들어놓은 발자국을 바라보았다.

'예' 라는 대답을 기다리던 적무경이 눈살을 찌푸렸다. 그 순간 채당운이 밝게 웃으며 말했다.

"적 당주님, 전 홍락방이 정말 좋아요."

적무경은 실소하며 고개를 저었다.

이해할 수 있었다. 홍락방의 분위기는 산서제일방이라는 규모에 걸맞지 않게 격의가 없다고 할 수 있었다. 남들이 보면 위아래가 없는 것처럼 보이리라. 원리 원칙을 중시하는 엄한 성격의 부방주와 손 호법은 그 같은 분위기를 못마땅하게 생각하고 있지만 방주가 바뀌지 않는 한 분위기가 바뀌는 일은 없을 것이다.

적무경은 그 같은 분위기를 좋아했다. 방주가 갓 입방한 방도의 머리를 쓰다듬고 무공을 가르치는 곳, 거칠고 짓궂게 장난치면서도 한편으로는 말없이 서로를 배려하는 곳, 그래서 오히려 한 몸 바쳐 최선을 다할 수밖에 없는 곳이 바로 홍락방이었다.

"아운, 나도 홍락방이 좋다. 하지만 강호인으로 살아간다는 것이 늘 재밌는 것만은 아니야. 할 때는 하는 거다, 사나이라면."

채당운은 상기된 얼굴로 고개를 끄덕였다.

"당연하지요. 제가 누굽니까? 홍락방의 미래 아닙니까?"

푸른 대나무처럼 빨리 자라라고 청죽단이었다. 방주는 청죽단의 아이들을 보면 늘 그같이 말했다.

적무경은 웃으며 채당운의 머리를 쓰다듬었다. 그때 앞서 가던 일행이 일제히 걸음을 멈추었다.

적무경은 의아한 눈빛으로 한 사내를 주목했다. 흑의 장삼에 붉은 비단 목도리를 두르고 등에는 삼 척이 넘는 장도를 멘 육 척의 장한. 그가 바로 산서를 군림하는 홍락방의 방주 사자패도왕(獅子霸刀王) 우쟁천(禹爭天)이었다.

우쟁천이 돌아섰다. 서른두 살의 젊은 패자는 무심한 눈빛으로 적무경의 머리 너머를 바라보았다. 나머지 사내들도 돌아섰다. 적무경과 청죽단의 두 홍안 청년도 분위기에 끌려 돌아섰다. 그들이 지나왔던 아래쪽에서 많은 수의 무인들이 뛰어오고 있었다. 거리는 백여 장. 가만히 기다린다면 반 각도 못 되어 마주 서게 될 거리였다.

적무경은 급히 돌아서서 우쟁천을 바라보았다. 그가 오라고 손짓했다. 적무경과 채당운, 그리고 서인덕이 급히 뛰어가 앞에 서자 그가 말했다.

"부방주가 위험하다고 말렸지만 무시했다. 그들에게 나한테까지 신경 쓸 여력이 없다고 생각했기 때문이지. 만에 하나를 생각해서 오대산으로 여로를 바꾸긴 했지만 그래도 내 앞동산에서 도발해 올 줄은 몰랐구나. 의견은?"

적무경은 의견을 떠올리기에 앞서 웃음부터 흘렸다. 웃을 상황이 아닌 것은 알지만 어쩔 수 없었다. 태원(太原) 홍락방에서 오대산까지는 무려 삼백 리 길. 보이지도 않는 불문(佛門)의 성산(聖山)을 앞동산이라고 부르는 배포에 감탄할 수밖에 없었다.

"웃지 말고."

적무경은 억지로 미소를 감추고 말했다.

"역시 정보가 샜군요. 하지만 앞을 막은 게 아니라 뒤를 쫓아왔습니다. 결국 관도로 올 줄 알고 기다리다가 우리가 여로를 바꾸니 급히 쫓아온 것이 되겠지요. 저들 외에 다른 자가 또 있다면 그들과 만나게 될 곳은 불루령을 넘어 북직례 초입이 되겠군요. 계속 가시렵니까?"

우쟁천은 말없이 아래쪽을 내려다보았다. 삼십여 장 앞까지 다가와 있었다.

"서두르는 듯한데 느리군."

옥안석두라는 그 장한, 방도렴(傍到廉)이 말했다.

"저놈들이 뒈지려고 환장했군. 방주, 저런 놈들이라면 깨버리든 떼어버리든 쉬운 건 마찬가지인데요."

오 척 단구의 추괴한 사내가 고개를 저었다.

"이상한데. 저 정도로는 안 된다는 것을 알 텐데. 무슨 뜻일까? 덥석 물면 잡았다 할 놈이 따로 있으려나?"

그때 아무 말 없이 우쟁천의 옆에 서 있던 사십대 초반의 중년인이 말했다.

"경사(京師)에 가는 것은 단지 친인(親人)들의 초청 때문입니까?"

"설마요. 그뿐이라면 부방주의 간곡한 요청을 외면하지 못했을 것이오. 천하의 주인이 바뀌었소. 권력의 향방도 바뀔 때가 되었지요. 내가 그곳에 이르면 세상의 인심도 바뀌게 될 것이오. 우리의 세(勢)가 아직 미미하니 그것이 이로운 일이 될지는 잘 모르겠으나 적어도 저들에게 불리한 것은 틀림없소. 손 호법은 어느 쪽이오?"

손 호법은 지체없이 대답했다.

"저들이 이 산서까지 와서 발길을 막는다는 것은 방주의 행보에 그만한 무게가 있다는 뜻, 어느 쪽이 더 위험한지 알 길이 없으니 일단은 떼어놓고 계속 가지요."

우쟁천은 크게 고개를 끄덕였다. 하지만 그때는 이미 뒤쫓아온 이들이 이십여 장 앞까지 이르러 있었다.

적무경이 아래쪽과 우쟁천을 번갈아보았다.

"방주, 가려면 지금 가야 합니다."

우쟁천은 손을 뻗어 적무경의 초조함을 억제시켰다. 그리고 코앞까지 다가온 이백여 명의 무인을 훑어보고 나서 채당운과 서인덕을 바라보았다.

"너희는 본 방의 미래. 하지만 지금은 짐이다. 길을 열어줄 것이니 어떻게든 살아서 돌아가라. 서두를 필요 없다. 애써 방에 알린다 해도 시간이 맞지 않아. 항명은 용납 못한다. 방주령(幇主令)이야."
 방주령을 내세우는 우쟁천의 표정이 무거워서 채당운 등은 감히 반박하지 못했다.
 우쟁천이 계속해서 말했다.
 "아경과 적괴(赤怪)는 길을 열어. 백괴(白怪), 이 녀석들을 뒤 세워 달려라. 귀조(鬼爪)와 사호(四虎)는 세 사람이 돌아올 때까지 후방을 교란시킨다."
 우쟁천의 말이 끝나는 순간 적무경과 오 척 단구의 사내가 서슴없이 앞으로 뛰어나갔다. 무식하기 그지없는 명령이었고, 무모하기 그지없는 행동이었다. 하지만 결과는 뜻밖이었다.
 사냥감을 쫓듯 신나게 달려왔던 사내들은 사냥감이 도망치지 않고 멍하게 서 있자 발길을 멈춰 세우고 차분하게 호흡을 가다듬었다. 그런데 사냥감들이 오히려 물려고 달려드니 어리둥절한 표정을 지을 뿐이었다.
 적무경은 눈길을 미끄러지듯이 달려 막 도파에 손을 대려던 첫 번째 사내에게 흑룡창을 던졌다. 나선형의 창두가 휘돌며 사내의 가슴을 뚫고 등 뒤로 튀어나왔다. 그 순간 적무경이 사내를 지나쳐 창을 잡았다. 창끝이 사내의 등에서 빠져나오는 순간 피가 뿜어져 나왔고, 적무경은 그 피를 등으로 받으며 앞으로 나아갔다.
 휘류류류류류!
 적무경은 창을 휘돌리며 좌우로 휘저었다. 물러서는 사내들의 발끝에 채인 눈들이 창두가 회전함에 따라 허공을 떠돌았다. 눈보라가 시야를 가리자 물러난 사내들이 소매로 눈을 가로막았다. 그때 적괴라고 불린 오 척 단구의 사내 옥유산(玉柔山)이 이 척 반의 쌍도(雙刀)를 휘두르며 적무경의 뒤를 따랐다. 눈보라 속에서 하얀 도기가 좌우로 난무하는 순간 급하게 물러섰던 이들이 손과 팔을 쥐고 비명을 지르며 병장기를 떨어뜨렸다.

적무경은 단숨에 삼십여 명의 벽을 뚫고 그들을 두 무리로 나누었고, 옥유산은 두 무리의 사이를 더욱 크게 벌려놓았다. 그때 백괴 방도렴이 대도를 휘두르며 그 길로 들어섰다. 그 뒤를 따른 채당운과 서인덕은 야무지게 칼을 쥔 채 빠른 속도로 길을 지났다.

눈 깜짝할 순간에 벌어진 일이었다. 적무경이 단 한 사람을 잔인하게 죽여 버리고 번개처럼 길을 뚫어버린 순간 이백여 명의 무인은 단번에 당황한 양 떼가 되어버렸다.

적무경은 방도렴의 뒤를 따라 무사히 인의 장벽을 넘어선 채당운과 서인덕에게 하얀 이빨을 드러내 보였다.

"조심해서 가."

채당운 등은 입술을 꾹 다물고 고개를 끄덕인 후 아래로 달려갔다. 그 순간 몇몇 사내들이 아래쪽으로 움직이려 했다.

적무경과 방도렴, 그리고 적괴 옥유산이 각자의 사이를 벌리고 병장기를 내뻗었다.

"정신 차려! 적은 열 명뿐이다!"

누군가가 소리쳤다. 어쩔 줄 몰라 하던 이들이 일제히 병장기를 곧추세웠다. 바로 그 순간 위쪽에서 비명 소리가 들렸고, 무리들이 파도처럼 울렁거리기 시작했다.

흑룡창을 앞세우고 위협적인 모습으로 상대를 노려보고 있던 적무경이 흘끔 뒤를 돌아보았다. 내리막길이라 채당운과 서인덕은 어느새 백여 장을 달려가 모퉁이를 돌고 있었다.

적무경은 좌우를 둘러보며 소리쳤다.

"곡 당주님이 시작하네요! 우리도 돌아갈까요?"

참으로 묘한 광경이었다. 단 여덟 명이 이백여 명의 장정을 앞뒤에서 포위하고 있는 형국이었다.

방도렴과 옥유산이 동시에 소리쳤다.

"좋지!"

적무경이 한 걸음 내디디며 말했다.

"본보기는 화끈하게!"

옥유산이 말을 받았다.

"마무리는 무겁게!"

방도렴이 소리쳤다.

"이번에는 내가 먼저 간다!"

방도렴은 대답을 기다리지 않고 바로 무리 속으로 뛰어들었다. 이미 앞쪽은 아수라장이었다. 그런 상황에서 방도렴이 뛰어들어 반달형의 강한 도기를 내뿜자 네 사내가 속절없이 피를 뿜으며 널브러지고 어느새 그의 주변은 공지(空地)가 되어버렸다. 방도렴의 뒤로 옥유산이 뛰어들고 적무경이 후미를 맡았다.

방도렴의 도가 길을 뚫고 옥유산의 쌍도가 닥치는 대로 상대의 팔과 손을 베었다. 적무경의 창이 이르는 곳에는 반드시 발목을 잡고 넘어지는 사람이 있었다. 그것이 바로 '본보기는 화끈하게, 마무리는 무겁게'라는 말의 의미였다. 잔인한 첫 대응으로 상대의 전의를 상실케 만들고 그 뒤로 상대를 부상 입혀 남은 자들에게 무거운 짐을 지워준다는 뜻이었다.

방도렴이 무리 속에서 벗어났다. 옥유산이 뒤따르고 마지막으로 적무경이 모습을 드러냈다. 적무경은 무리 속에서 벗어나자마자 뒤돌아서며 곧바로 창을 내뻗었다. 겨우 늑대의 이빨로부터 벗어났다고 안도했던 한 사내가 자신의 어깨를 찔러오는 흑룡창을 보고 기겁하며 물러섰다. 그러나 흑룡창은 맹렬하게 회전하며 끈질기게 따라왔다. 사내는 엉겁결에 귀두도를 들어 창을 막았다.

챙!

흑룡창은 귀두도를 부러뜨리고 상대의 어깨를 꿰뚫었다. 흑룡창의 두툼한 창두가 사내의 어깨 뒤로 튀어나왔다. 적무경은 비명을 토하는 사내를 질질 끌어 우쟁천을 향해 걸어갔다.

방도렴과 옥유산, 그리고 귀조와 사호가 일렬로 늘어선 가운데 적무경은 사내를 우쟁천 앞에 무릎 꿇리고 창두를 잡아 어깨 뒤에서부터 창을 뽑았다. 사내가 비명을 지르며 눈을 까뒤집었다.

적무경은 사내의 어깨를 지혈시킨 후 눈덩어리를 그의 등에 넣고 할 일을 마쳤다는 듯 그를 외면했다. 그리고 창을 눈 속에 파묻은 후 눈을 뭉쳐 창과 손을 동시에 닦고 우쟁천의 옆에 섰다.

우쟁천은 찬 기운에 겨우 정신을 차린 사내에게 물었다.

"너희들 누구?"

사내는 우쟁천의 눈치를 보며 더듬더듬 대답했다.

"비, 비종문(秘踪門)의 화, 황삼입니다."

"네 이름 말고 너희들 누구냐고."

"비, 비종문, 흑호당(黑虎堂), 철마방(鐵馬幫), 시, 신창문(神槍門), 장가보(張家堡)……."

"그만! 그러니까 자잘한 것들이 다 뭉쳤다?"

"그, 그렇습니다."

"왜?"

"모릅니다. 그, 그냥 문주님이 가라 그랬고 아, 안내자가 지명하는 사람들 목 하나당 천 냥을 준다고 해서."

"우리가 누군지도 몰랐다?"

"지, 지금도 누, 누구신지 잘……."

"안내자는?"

"산 아래서 헤어졌습니다."

"여기 비종문 문주 있어?"

"없습니다. 다, 다른 문파의 수뇌들도 어, 없습니다."

"어딨는지 모르지?"

사내가 고개를 끄덕였다. 우쟁천은 피식 웃으며 손 호법을 응시했다. 손 호법이 고개를 저었다. 우쟁천은 다시 사내를 내려다보며 말했다.

"더 아는 거 없지?"

사내가 두려운 눈빛으로 우쟁천을 올려다보며 연신 고개를 끄덕였다.

"가봐."

사내는 우쟁천의 말이 진심인지 알 수가 없어 계속해서 눈치를 보며 무릎걸음으로 조금씩 물러났다. 우쟁천은 귀찮다는 듯 손짓을 하며 말했다.

"빨리 가."

사내는 눈밭을 구르며 동료들에게로 돌아갔다. 그때 방도렴과 옥유산 등이 우쟁천의 곁으로 돌아왔다.

우쟁천은 사내들을 내려다보며 말했다.

"따라오지 마라. 죽는다."

우쟁천은 사내들을 쭉 훑어보고 나서 오른발로 바닥을 찍었다.

쿵!

산을 울리는 굉음이 일었다. 그 정도의 울림이라면 눈사태가 날 만한 데도 요동을 치는 것은 우쟁천의 발 아래쪽의 눈뿐이었다. 눈은 일 장이나 치솟아올라 해일처럼 밀려 내려갔다. 졸지에 눈사태를 맞아 십여 장이나 떠내려갔던 사내들은 눈 속에서 허우적거리다가 겨우 빠져나와 멍한 눈으로 우쟁천 등을 배웅했다.

우쟁천 일행이 불루령의 오 리 앞까지 이른 것은 조불관을 지난 지 세 시진 반 만의 일이었고 오합지졸이나 마찬가지였던 추적자들을 떼어낸 지 두 시진 반 만의 일이었다. 그 두 시진 반 동안 우쟁천 일행은 쉬지 않고 달렸다. 혹시나 있을지 모르는 방해자들이 불루령을 막기 전에 통과하기 위함이었다.

우쟁천 일행은 결국 실패했다. 첫 번째 추적자들만큼이나 많은 수의 무인들이 벌써 길을 막고 있었다. 포기냐 강행이냐 하는 갈등은 잠깐이었고 우쟁천은 강행 돌파를 선택했다. 믿는 구석이 있었기 때문이다.

불루령의 정상에서 아스라이 보이는 곳은 산서가 아닌 북직례의 초입 용천관(龍泉關). 그곳에서부터 목적지까지 황군의 호위를 받기로 예정되어 있었다. 황군이 믿을 만큼 강한 것은 아니었으나 그들을 상대로 싸우는 것은 곧 역적임을 자처하는 꼴. 결국 불루령을 넘어 백 리 정도만 더 달리면 그 이후로는 긴장을 풀어도 된다는 뜻이었다. 하지만 적은 지나친 사람들뿐만이 아니었다.

우쟁천은 불루령 정상을 가로막고 있는 팔십여 명의 무인을 보며 눈살을 찌푸렸다.

"손 호법, 저들이 축지법이라도 쓰는 거요?"

이해할 수 없는 일이었다. 첫 번째 추적자들과 지금 그들의 뒤를 쫓는 두 번째 방해자들은 크게 위협이 되는 자들이 아니었다. 만약에 대비하여 길목 여기저기에 배치할 수 있는 정도의 무인들이었다. 그러나 불루령 정상을 막고 있는 이들은 아무렇게나 부릴 수 있는 정도의 사람들이 아니었다.

손 호법은 달리는 속도를 줄이고 거칠어진 호흡을 가다듬으면서 상대를 살폈다.

"저자는 흑호당주 초원홍? 신창문의 서벽도 있군. 방주, 아는 얼굴이 몇 있군요. 오대산의 길목은 군소 방파들이 책임진 모양입니다."

그것이 아니면 설명이 되지 않았다. 정작 막아서야 할 제검전의 인물들은 보이지 않고 군소 방파의 무리들만이 계속해서 길을 막고 있었다.

손 호법은 뒤를 힐끔 돌아보았다. 그들이 조금 전에 지나쳤던 두 번째 무리들이 힘겹게 따라오고 있었다. 하지만 위협적인 존재가 아닌 만큼 되돌아가는 것은 문제가 아니었다. 문제는 점점 더 가까워지는 군소 방파의 수뇌진들이었다.

"방주, 어찌하시렵니까?"

우쟁천은 좌우에서 보조를 맞춰 걸으며 호흡을 조절하는 적무경 등을 둘러보았다.

"의견은?"

적무경이 말했다.

"정작 나타나야 할 자들이 없다는 뜻은 제검전이 통상적인 여로라고 생각되는 관도를 막고 혹시나 해서 군소 방파들에게 오대산을 맡긴 경우거나 남쪽의 큰 싸움으로 따로 여력이 없어 군소 방파들이 제검전의 유일한 대안인 경우라고 생각됩니다. 전자라면 제검전의 인물들이 지금쯤 달려오고 있을 것이고 후자라면 여기가 끝이란 뜻이지요."

적괴 옥유산이 말했다.

"전자라 해도 연락을 받고 산을 우회해야 하는 그자들이 산을 관통하는 우리보다 먼저 불루령에 나타날 수는 없겠지요?"

그 한마디로 답은 나왔지만 뭔가 허전했다. 그 순간 우쟁천은 입이 한 발은 나온 한 사람의 얼굴을 떠올렸다. 그 자신을 포함해서 지금 함께 있는 이들은 모두 몸으로 싸우는 데 익숙한 사람들이었다. 머리로 싸우는 일이라면 부방주를 따라갈 사람이 없었다.

'무시하지 말걸. 꼬드겨서 좀 더 편한 방법을 구했어야 했는데.'

푸숭!

채채채챙!

좌우에서 무언가가 바람을 가르는 소리가 나는 순간 우쟁천의 주위에 있던 이들이 모두 병장기를 뽑아 휘둘렀다. 각각의 병장기에서 뿜어진 세찬 기운에 쇠 뇌살들이 튕겨 나가는 순간 눈 쌓인 숲 속에서 무인들이 튀어나왔다.

우쟁천은 늦췄던 걸음을 빨리하면서 말했다.

"이번에는 내가 앞선다. 오늘의 빚은 다음에 갚기로 하고 돌파에만 신경 쓰도록!"

아무도 토를 달지 않았다. 그러기에는 좌우를 향한 손이 너무 바빴고 우쟁천이 너무 빨랐다. 우쟁천이 피가 튀는 전장을 벗어나 앞서 나가는 순간 불루령 정상에서도 움직임이 있었다. 중심은 느리고 좌우는 빨리 움직여 우쟁천 일행을 향해 쇄도하고 있었다. 포위하겠다는 의도를 여실히 드러내는 움직임이었다.

우쟁천은 눈으로, 그리고 몸으로 상대방의 기세를 느꼈다. 팔십여 줄기의 살기가 하나하나 그의 전신에 꽂혔다. 그는 그 기세들 가운데 가장 따가운 한줄기 기세를 따라가 상대를 확인했다. 오십대 중반쯤으로 보이는 장년인이었는데, 멋들어진 은빛 경갑을 입고 은빛 장창을 들고 있었다.

우쟁천은 먼저 거리를 가늠했다.

스팟!

지금껏 눈 위에 무거운 족적을 찍으며 호흡을 가다듬던 우쟁천은 발끝의 흔적만 남긴 채 튀어나갔다. 그와 마주 서 있던 자들의 눈에 당황한 기색이 드러나는 순간 우쟁천의 신형은 선두에 있던 자의 십여 장 앞에 이르러 있었다. 우쟁천은 다시 한 발을 떼어 단번에 오 장의 거리를 좁히며 세차게 바닥을 찍었다.

프스스스스!

지뢰출세(地雷出世)를 펼친 순간 우쟁천의 발끝에서부터 연이어 눈이 일어나 수직으로 솟구쳤다. 허공으로 튀어오른 눈은 우쟁천의 전면 십여 장에 이르러서 앞에 있던 이들 모두가 짙은 눈안개 속에 휩싸였다.

우쟁천은 서슴없이 그 눈안개 속으로 뛰어들었다.

챙!

우쟁천이 머리 위로 손을 내뻗는 순간 그의 애도 사자번운도(獅子翻雲刀)가 허공으로 튀어 올라 그의 손 안으로 빨려들어 갔다. 그리고 잠시 동안 아무것도 보이지 않았다. 눈안개 속에서 날카로운 파공음과 비명 소리가 흘러나왔다.

하얀 눈안개가 핏빛 안개가 되어 서서히 눈 위로 내려앉았고, 그 순간 하얀 도기가 은창의 사내 서벽의 목을 훑고 지나갔다. 눈을 부릅뜬 서벽의 머리가 피분수를 타고 허공으로 솟구쳐·오르는 순간 은빛 장창을 두 손으로 굳게 잡고 있던 그의 육신이 눈 위로 넘어졌다.

포위하려던 이들이 발길을 멈추고 빳빳하게 굳어진 채 서벽의 시신과 돌아서는 우쟁천의 모습을 바라보았다. 그때 서벽의 머리가 바닥을 굴렀다.

우쟁천은 자신에게 모아진 시선들을 향해 피 한 점 묻어 있지 않은 사자번운도를 비틀어 보였다. 사람들은 햇빛을 받아 차가운 살기를 뿜어내는 사자번운도를 바라보며 눈을 가늘게 떴다. 그 순간 손 호법 등이 우쟁천이 지나온 길을 비집고 들어왔다.

사람들은 대응해 볼 생각도 못했다. 그럴 수밖에 없었다. 그들 중 누구도 서벽에 버금간다고 자신하지 못했다. 그런 서벽이 단 한 번 창을 휘둘러보지도 못하고 죽었으니 할 수 있는 일이라고는 공포로 무거워진 발을 빼내어 물러서는 것뿐이었다.

무서운 눈빛으로 노려보던 우쟁천이 멀어져 갔다. 그의 일행도 멀어져 갔다. 겨우 공포에서 벗어난 이들은 뒤에서 달려오는 문도들에게 밀려 우쟁천의 뒤를 쫓기 시작했다.

"아버지!"

누군가가 절규했다. 우쟁천은 그 소리를 등으로 흘려들으면서 내리막길을 치달렸다. 한참 이어지는 내리막길 아래쪽으로 멀리 눈 쌓인 평원이 보였다. 그는 망해봉의 뿌리를 따라 계속해서 달렸다.

모퉁이만 돌면 외길을 벗어날 수 있을 것이고, 그 후로 산을 벗어나는 것은 순식간이리라. 하지만 우쟁천 등은 모퉁이를 돌자마자 발걸음을 멈출 수밖에 없었다.

우쟁천은 쓰게 웃었다. 보지 않기를 원했던 그 사내가 간이 탁자를 앞에 두고 앉아 있었다. 그 뒤로 우쟁천 일행의 기도에 못지않은 스무 명 남짓의 고수들이 있었고, 그들 뒤로 같은 모양의 검은 장삼을 입은 삼십여 명의 검객이 길을 차단하고 서 있었다.

파스스스스스!

돌아보니 망해봉 위쪽에서 검은 장삼의 검객들이 떨어져 내려 뒤를 막아서고 있었다. 그것으로써 앞뒤가 봉쇄되어 버렸다.

사내는 마시던 술잔을 들어 보이며 환하게 미소 지었다. 미소가 아름다운 사내였고, 홍옥이 두드러진 영웅건과 은여우 목도리가 잘 어울리는 사내였다.

"친구, 오랜만이지?"

우쟁천도 웃었다.

"어이! 잘 지냈나?"

우쟁천의 말에 사내는 활짝 웃으며 손을 흔들었다.

"나야 항상 좋지. 그런데 숨차 보이는군. 미안해. 자네가 무서워서 잔머리를 좀 굴렸어. 한잔 하겠나?"

"술은 됐고, 어떻게 알았나? 시끄러운 아랫동네 일로 바쁠 텐데."

"경사의 주인이 바뀌었다고 사람이 다 바뀌나?"

우쟁천은 웃으며 손을 저었다.

"그렇군. 근데 그 여우 목도리, 정말 잘 어울린다고 얘기했던가?"

사내는 반짝이는 은여우 목도리를 내려다보며 쓴웃음을 지었다.

"그런가? 나도 그렇게 생각하네만 자네에게 들으니 영 찜찜하구먼. 칭찬 맞지?"

우쟁천은 벙긋 미소 짓고 도파로 손을 가져가면서 말했다.

"그건 편한 대로 생각하고, 근데 우리 둘 사이가 너무 가까운 거 아닌가? 잘하면 어깨동무하고 승천할 수 있을 것 같은데?"

거리는 십여 장. 다른 사람의 입에서 가깝다는 소리가 나왔다면 코웃음을 쳤으리라. 그러나 상대는 우쟁천이었다.

사내는 흠칫 놀라며 몸을 빼는 시늉을 했다. 그러나 그의 얼굴에서는 그 어떤 두려움의 기미도 느껴지지 않았다.

그가 장난스럽게 몸을 떨며 말했다.

"그럴까 봐 자네 먼저 가라고 내가 대비를 좀 했지."

사내는 자신감 넘치는 표정으로 좌우를 둘러보며 물었다.

"알아보겠나?"

우쟁천은 새로 얼굴을 드러낸 사람들의 면면을 살폈다.

대조적인 흑백의를 입은 두 명의 깡마른 노인과 대도를 든 사십대 장년인 네 사람, 각각 청, 적, 황, 백, 흑의를 입은 다섯 초로인, 사 척 대도를 든 팽기문, 그리고 철선을 든 호리호리한 은발노인이 있었고, 얼음장 같은 차가운 분위기를 내뿜는 일곱 중년인도 있었다.

"태행쌍괴(太行雙怪)와 낭아사도(狼牙四刀)에 오행파(五行派)의 다섯 늙은이야 그렇다 치고 저 양반들은 맹호신도와 환영비선(幻影飛仙)이시지? 오, 다적칠마(多敵七魔)도 있구먼."

우쟁천이 혀를 내두르자 사내는 밝게 웃었다.

"다적칠마? 아, 자네였지? 맞아. 무적구마(無敵九魔)가 칠마가 되었으니 무적은 아닌 거지."

얼음장 같은 차가운 표정을 유지하던 일곱 중년인의 눈빛에 강한 살기가 어렸다. 하지만 그 누구도 입을 열거나 나서지 않았다.

사내가 말했다.

"제룡검대도 다 데려왔네. 그리고 나도 기꺼이 한몫할 테니 대접이 소홀타 하지는 못할 거야. 어떤가? 모자라?"

우쟁천은 오른손 엄지 끝을 검지 첫 마디에 대어 보이면서 말했다.

"아니, 그 정도면 병아리 눈물만큼 넘치는군."

말처럼 마음대로 무시할 수 있는 인물들이 아니었다. 그들 가운데 상대적으로 약하다고 알려진 낭아사도마저도 이십여 년 동안이나 강호에 악명을 드날리고 있는 노마들이었다.

강호가 호락호락한 곳이던가. 성격만 더럽다고 마두라고 불릴 수는 없는 곳이 강호. 그곳에서 오랜 세월 동안 악명을 유지할 수 있다는 것은 그에 어울리는 능력을 갖추었다는 뜻이다.

우쟁천의 비꼬는 어조에 무표정하던 몇몇이 얼굴을 일그러뜨렸다. 그러나 은의사내는 여전히 사람 좋은 미소를 지을 따름이었다.

우쟁천은 사내를 물끄러미 바라보다가 말했다.

"그런데 정말 궁금해. 자네같이 바쁜 사람이 나 같은 인간을 왜 이렇게 신경 써주나? 내가 그렇게 섭섭하게 대했나? 이보게, 혹시 말이야, 앞으로 잘할 테니까 그냥 보내 달라고 하면? 음, 역시 안 된다 그러겠지?"

사내는 부드러운 미소에 화사한 미소를 더하고 손을 저었다.

"당연하지. 자네의 그 병아리 눈물만큼으로 자네가 죽나 안 죽나 확인할 수 있는 기횐데 놓칠 수야 없지. 알잖아. 나 호기심 많은 거."

"옛 생각 떠올리며 우두머리끼리 승부를 내자는 말은 꺼내지도 말아야겠군."

사내는 잠깐 눈길을 돌려 우쟁천의 뒤쪽을 바라보고 나서 다정하게 웃으며 손을 휘저었다.

"예끼, 이 사람아! 농담이라도 그런 말 하지 마. 난 나를 자네보다 높은 반열에 올려두는 세간의 평판을 과분하게 여기는 사람이야. 자네한테 이길 자신은 없네. 자신있었다면 괜히 지금껏 가만히 있었고 또 괜히 이런 잔머리를 굴렸겠나? 그냥 찾아가서 죽여 버렸지."

그때 손 호법의 목소리가 귀를 파고들었다.

"방주! 군소 방파 사람들이 뒤에 붙었습니다."

지금껏 사내가 기다린 것이 그들이었고, 우쟁천이 원한 것은 수하들에게 휴식 시간을 주는 것이었다. 결국 양자 모두가 목적을 달성한 것이었다.

우쟁천은 얼굴에서 웃음기를 지워 버리고 품속으로 손을 넣으며 말했다.

"그렇다면 할 수 없지. 시작은 자네가 했네. 각오하게. 자네가 아는 내가 내 전부는 아니야. 오늘 여기서 내가 죽고 자네가 살아남더라도 자네는 더 이상 야망을 품지 못하게 될 거야. 내가 그렇게 만들어주겠어. 반드시."

사내는 웃을 뿐 아무런 말도 없이 품속에서 빠져나오는 우쟁천의 손만

주시했다.
 우쟁천이 손을 뺐다. 그 손에 들린 것은 낡고 오래된 나무 탈이었다. 그와 마주 선 이들의 눈빛은 일순간 흔들렸고, 반대로 그의 뒤에 선 이들의 입가에는 가벼운 미소가 감돌았다.
 단도사자면구(斷道獅子面具).
 그것은 사자번운도와 함께 사자패도왕 우쟁천의 상징이었다. 얼굴을 가리는 것 외에는 다른 어떤 묘용이 없는데도 불구하고 사자면구는 분노와 광기의 상징이었고, 죽음과 공포의 또 다른 이름이었다.
 우쟁천의 푸근한 미소가 사자면구에 가려지는 그 순간 적무경 등이 좌우로 나섰다.
 휘류류류류류!
 그들이 동시에 뿜어내는 강렬한 투기가 발에 밟혀 부서졌던 눈가루를 사방으로 밀어냈다. 그 순간 사내의 수하들도 일시에 병장기를 곧추세웠다.
 우쟁천은 눈가에 주름을 잡으며 부드럽게 말했다.
 "서둘지 마라. 나 아직 분위기 못 잡았다. 저들은 참고 있는데 뭐가 그렇게 급해?"
 웃음소리와 함께 투기가 잦아들고 상대측의 긴장감도 줄어들었다. 우쟁천이 지금까지와는 다른 엄숙한 어조로 말했다.
 "가능하면 살자. 홍락천하(弘樂天下)를 이루는 그날까지 계속 살자."
 손 호법이 웃으며 말했다.
 "쟁천, 나하고 상관없는 천하지만 꼭 보고 싶구나. 살자."
 갑작스런 반말에도 우쟁천은 오히려 웃음기 어린 말로 답했다.
 "나 아직 살아 있소, 형님. 방주에게 함부로 반말하지 마소. 자, 그럼 죽이고 살자."

챙!

우쟁천은 주름 잡힌 눈가에 살의를 드리우며 도를 뽑아 들었다. 지금껏 단 한 번도 웃음을 잃지 않았던 사내가 차갑게 얼굴을 굳히고 일어나 검파를 쥐었다. 동시에 그의 주위에 자리한 고수들도 각자의 병장기를 드러냈다.

우쟁천은 서서히 도를 뻗으며 맑은 하늘을 응시했다. 도신이 비틀리면서 은빛 살기를 드러내는 순간 도파에서부터 서늘한 청광이 일어 도첨으로 뻗어나갔다.

도기가 허공을 갈랐다.

십 장, 이십 장, 삼십 장……

그에게는 그렇게 도기를 뻗어낼 능력이 없었다. 그런데도 도기는 한없이 뻗어나가 하늘마저 갈라놓았다.

아무것도 보이지 않았다. 천연덕스럽게 친구라 부르면서 죽이겠다는 말을 서슴지 않는 적도 보이지 않았다. 보이는 것이라고는 도기가 찢어놓은 하늘의 틈새로 고개를 내밀고 환하게 웃음 짓는 두 얼굴뿐이었다. 이 세상에 없는 두 사람의 얼굴. 할머니와 아버지의 얼굴이었다.

'분위기 파악 못하고 왜 나타납니까? 나 오늘 죽는다는 뜻입니까, 아니면 계속 살게 해주겠다는 뜻입니까? 홍락천하! 당신들이 내게 꿈꾸기를 강요하던 세상입니다. 혹시 능력이 되면 이루게 해주세요.'

우쟁천은 사자면구 속에서 환하게 미소 지었다. 전에 없던 일이었고 사자면구가 지니는 의미와 상충되는 일이기도 했다. 하지만 어쩔 수 없는 일이었다. 이상하게도 추억이 자꾸 말을 거니까.

■2장■
하늘은 힘없는 자를 박대한다

하늘은 힘없는 자를 박대한다

명 성화(成化) 2년(서기 1466년).

태원(太原)에서 곽주(霍州)까지 이백 리 길.

산서(山西)를 남북으로 가르는 분하(汾河)의 뱃길을 이용할 수도 있었고 말을 탈 수도 있었다. 어느 쪽을 선택한다 해도 하루면 충분한 거리였다.

우득명(禹得明)은 어느 쪽도 아닌 도보를 선택했다. 그 어느 때보다도 천천히 걷고 볼거리를 찾아다니며 돌아서 이동했다. 곽주를 오 리 앞 둔 황량한 관도에 이르렀을 때는 태원을 떠난 지 엿새가 지난 뒤였다. 관절염으로 고생하는 노인들조차도 코웃음을 칠 여정이었다. 그럼에도 불구하고 그는 너무 빨리 걸었다고 후회하는 중이었다. 그 이유가 바로 지금 그의 손끝에 매달려 있었다.

우득명은 부자연스럽고 끈적거리는 오른손을 흘깃 바라보았다. 고사리 같은 손이 그의 투박하고 거친 손가락 두 개를 단단히 움켜쥐고 있었다.

그의 시선이 고사리 손을 쓰다듬고 가느다란 팔로 흘렀다. 얼굴을 보아야 하는데 볼 수가 없었다. 그처럼 대나무 삿갓을 쓰고 있는 탓이었다.

삿갓을 뚫어져라 바라보던 우득명의 얼굴에 희미한 미소가 감돌았다.

아이는 자신처럼 청의를 입고 등짐을 지고, 또 자신처럼 허리에 도를 찼다. 다른 것이 있다면 그 도가 장난감 같은 목도라는 사실뿐이었다. 차림만 보아도 부자지간임을 의심치 않을 모습이었다.

판박이!

젊은 날의 방종이 낳은 결과물. 어미는 버렸고 자신도 원치 않았던 아이였다. 자신의 씨인지도 확인하지 못한 채 아이를 만났던 그날 우득명은 인정하지 않을 수 없었다. 세 살배기 아이는 '나 당신 자식이야'라고 얼굴로 말하고 있었다. 지난 칠 년의 세월 동안 사람들은 한결같이 두 사람을 보며 즐거워했다. 닮아도 어떻게 그렇게 쏙 빼닮을 수 있는지 알 수가 없다는 것이었다.

우득명의 얼굴에 씁쓸한 감정이 먹구름처럼 드리워졌다. 그는 왼손으로 삿갓을 잡아 들어 올리고 하늘을 바라보았다. 따갑던 햇살이 붉은 기를 띠면서 많이 누그러져 있었다.

우득명은 삿갓을 벗고 안 그래도 느린 걸음을 더 늦추었다. 느려진 행보에 아이가 삿갓을 들어 올리고 그를 올려다보았다. 열 살짜리 아이답지 않게 선이 굵은 얼굴에 고집스런 입매를 지녔다. 그처럼.

우득명은 의문이 묻어나는 아이의 눈빛을 바라보며 미소 지었다.

"아들, 잠깐 쉬어가자."

아이의 시선이 우득명의 턱짓에 따라 돌아갔다. 관도를 살짝 벗어난 야트막한 구릉에 넓은 바위가 있었다. 아이는 다시 그를 돌아보며 고개를 끄덕였다.
 우득명은 아이의 손에 이끌려 바위로 갔다.
 왼쪽으로는 넓은 분하의 물줄기가 끊임없이 이어지고 오른쪽으로는 드넓은 초원이 끝도 없다. 그리고 앞쪽은 내리막길. 그 길 아래쪽으로 멀리 곽주가 보였다.
 이천 호는 족히 될 것 같은 크지도 작지도 않은 성곽 도시 곽주. 바로 그의 고향이었다.
 우득명은 뿌옇게 보이는 고향에 시선을 고정시키고 바위 위에 털썩 주저앉았다. 갑자기 서늘한 바람이 불었다. 실제로는 없는 바람이.
 허전함 때문이었다. 부자연스럽고 끈끈해서 불편하게 느껴졌던 그 손이 떨어져 나가는 순간 오한이 이는 것만 같았다.
 우득명은 고개를 돌려 사라져 버린 손의 주인을 찾았다. 그리고 안도의 한숨을 내쉬었다.
 '내가 앉을 때는 손을 놓았지.'
 우득명은 엉덩이를 비틀어 고쳐 앉아 아이를 시야 속에 담아두고 미소 지었다. 아이가 쪼그려 앉은 채 손가락을 꼼질거려 땅바닥에 무언가를 그리고 있었다.
 우득명은 고향에 가까워질수록 거세어지는 자괴감과 미안함 때문에 한동안 별말없이 걷기만 했다는 것을 깨닫고 머리를 두드렸다.
 '녀석, 불평 한마디 하지 않는구나. 사람 미안하게시리.'
 우득명은 얼굴을 일그러뜨렸다가 펴기를 반복한 후 겨우 얼굴에 장난기를 담아 아이의 등 뒤로 다가갔다.
 "아들, 재밌냐?"
 아이는 말을 듣지 못한 듯 하던 일에만 열중했다. 가만히 보고 있자니 글씨를 쓰고 있었다. 우득명은 바닥에 털퍼덕 주저앉아 책상다리를 한

하늘은 힘없는 *자*를 박대한다 41

후 아이의 작은 어깨에 턱을 얹었다.

"아들, 재밌냐?"

아이는 역(力) 자를 마무리하고서야 대답했다.

"아니, 전혀."

"근데 왜하는데?"

"고 할아버지가 시켰으니까. 할아버지가 그랬어. 공맹의 언행을 그대로 따라서 살다가는 답답해서 속 터져 죽을지도 모르지만 적어도 바른 것이 무언가 알 정도는 배워야 한다고 했어. 그리고 글을 읽고 쓸 수 있으면 세상 사는 데 병아리 눈물만큼은 도움이 된다고 했어."

우득명은 굵은 아랫입술로 윗입술을 덮고 고개를 끄덕였다.

"영감탱이! 쓸데없이……. 근데 그게 무슨 뜻이냐?"

아이는 우득명의 턱이 닿아 있는 어깨를 장난스럽게 치켜 올리고 글자 한 자 한 자를 짚어가며 말했다.

"부모를 섬김에 있어 능히 그 힘을 다한다[事父母能竭其力]. 논어(論語) 학이(學而)편에 나오는 말이야."

우득명은 턱으로 아이의 어깨를 툭툭 두드리며 미소 지었다.

"으흠, 그렇구나. 벌써 논어를 배우는구나."

아이는 대수롭지 않다는 듯 말했다.

"뭐, 그래 봤자 여기까지밖에 모르는걸."

우득명은 목을 비틀어 텁수룩한 수염으로 아이의 뺨을 쓰다듬으며 말했다.

"대단한 거지. 이 아비는 천자문도 다 모르잖아. 부모를 섬김에 있어 능히 그 힘을 다한다?"

우득명은 갑자기 씁쓸한 미소를 지으며 일어섰다. 아이가 눈에 조급함을 담고 벌떡 일어났다. 하지만 우득명이 다시 바위 위에 걸터앉자 안심한 듯 옆에 앉았다.
 우득명은 아이의 머리 위에 솥뚜껑 같은 손을 얹고서 곽주를 바라보았다.
 '부모를 섬김에 있어 능히 그 힘을 다한다. 당연한 말이지. 암, 당연한 말이고말고. 흐흐흐.'
 곽주에 고정되어 있는 그의 동공이 힘없이 풀렸다. 그 순간 아이의 머리 위에 올려져 있던 손이 툭 떨어졌다. 그는 의식하지 못하고 멍한 눈빛 그대로 앉아만 있었다.
 우득명의 손에서 벗어난 아이는 한동안 넋을 잃은 그의 얼굴을 뚫어지게 바라보다가 오른손으로 목도의 도파를 쥐었다.
 휘익!
 도파를 쥐었다 싶은 그 순간 목도는 이미 반원을 그려 허공을 가른 후 우득명의 목에 이르러 있었다.
 "응?"
 우득명이 자신의 턱수염에 닿아 있는 목도를 내려다보았다. 그리고 도신을 따라 시선을 옮겼다.
 또래의 아이답지 않은 우뚝한 콧날과 그에 어울리는 강한 눈빛, 곧게 뻗은 도, 살짝 열린 가슴을 가린 듯한 왼손, 축이 되는 오른발에 살짝 치우쳐 즉시 이동할 수 있는 자세. 무인이라면 누구나 빙그레 웃으며 대견타 칭찬할 만한 모습이었다.
 "한판 붙자."
 아이가 우득명의 눈을 직시하며 당돌하게 말했다.
 우득명은 공허하던 얼굴에 미소를 드리우며 오른손 엄지와 검지로 목도의 도신을 잡아서 밑으로 내렸다.
 "오늘은 안 하련다. 이리 온."

아이는 어색한 미소를 지으며 목도를 허리에 꽂고 우득명의 옆으로 다가갔다. 우득명은 두 다리를 오므리고 아이를 무릎 위에 앉혔다. 그리고 두 팔로 아이를 안고 턱을 아이의 머리 위에 얹었다.

우득명은 아무런 말도 하지 않고 한참 동안 그 자세 그대로 앉아 있었다. 그 사이에 그가 한 일이라고는 가끔씩 아이의 머리카락 사이에 코를 박고 냄새를 빨아들이는 것과 두 팔에 힘을 주어 아이를 꽉 안은 것뿐이었다.

한동안 움직이지 않던 아이가 갑갑하다는 듯 꼼지락대다가 결국은 우득명의 품에서 빠져나갔다. 아쉬워하며 아이를 놓아준 우득명은 다시 멍한 눈빛으로 곽주를 바라보았다.

시간이 흘러 황혼이 하늘의 반을 차지하는 순간 우득명은 문득 하늘을 올려다보았다. 그리고 급히 일어나 곽주를 향해 걸어갔다.

십여 장을 뛰듯이 걸어가다가 손이 허전하다고 느끼는 순간 뒤에서 비명 같은 목소리가 들려왔다.

"여기에 버리고 갈 거야?"

우득명은 급히 몸을 돌렸다. 일 장 앞까지 뛰어온 아이가 노을같이 붉어진 눈으로 그를 노려보고 있었다.

우득명은 억지 미소를 지으며 유쾌한 목소리로 말했다.

"설마? 아직은 아니다."

우득명은 여전히 노려보는 아이에게 오른손을 뻗었다. 아이는 오른손 소맷자락으로 두 눈을 훑은 후에 우득명을 다시 한 번 흘겨보고는 그의 두 손가락을 꼭 쥐었다.

우득명은 아이의 행동을 유심히 바라보다가 아이의 손에서 손가락을 빼고 다시 아이의 작은 손을 꽉 움켜쥐었다.

올 수가 없어서 더욱더 오고 싶었던 곳, 누더기 옷을 걸치고 나타나도 기꺼이 안아줄 어머니가 있는 곳, 한잔 술로 현실을 잊고 대소를 터뜨리게 해줄 친구가 있는 곳 고향.

우득명은 지금 그곳에 있었다. 그럼에도 불구하고 그는 우울하기만 했다. 거짓 이름이 적힌 호패(戶牌)와 노인(路認)이 그를 슬프게 했고, 삿갓을 눌러쓴 채 죽마고우의 집을 지나쳐야 하는 그의 처지 또한 그를 슬프게 했다.

그는 밝은 대로(大路) 대신에 어두운 골목길을 굽이굽이 돌아 그가 원하는 곳에 이르렀다. 그리고 두 집 담벼락 사이의 짙은 어둠 속에 자신을 숨겼고, 더 나아갈 수 없는 가슴속 비감마저 숨겼다.

그는 그 어둠 속에 쪼그리고 앉아 아이를 무릎 위에 앉힌 후 한곳을 바라보았다. 사람들이 오가고 불빛이 어둠을 밝히는 곳 곽주의 유일한 상설시장인 만물로(萬物路)였다.

철없던 시절 만물로는 그의 놀이터였고 세상의 전부였다. 끝없이 이어지는 가게들 안에는 만물로라는 이름처럼 세상의 모든 것들이 드러나 있고 또 숨겨져 있었다.

그러나 지금은 아니었다. 파장하는 분위기 탓일지도 모르지만 만물로는 지쳐 버린 그의 어깨처럼 작고 초라한 시장일 따름이었다. 호객하고 흥정하는 목소리들은 예전과 다르게 활기가 느껴지지 않았고, 시장을 밝히는 불빛들은 다 타버린 등잔의 마지막 불꽃처럼 애처롭게 보였다.

가슴속에서 흐르는 비탄의 강물에 시장의 대강을 흘려 보낸 우득명은 마침내 한곳에 눈을 고정시켰다.

시장의 입구에서 오른쪽 두 번째 가게. 가게라고 말할 수 없을 정도로 작고 초라한, 무엇을 파는 곳인지도 모를 엉성한 곳이었다. 보이는 것이라고는 등 받침도 없는 낡은 의자 몇 개와 허술한 원탁과 벽에 붙은 긴 탁자, 그리고 나무판에 둘둘 말아놓은 천 몇 필뿐이었다.

그 가게에서 팔 수 있는 물건이라고는 몇 필의 천뿐이었지만 그마저도 팔 수 있는 상태로 진열된 것이 아니라 탁자 위에 아무렇게나 포개어져 있었다.

한동안 빈 가게를 바라보고 있는데 우득명이 있는 자리에서는 보이지 않던 가게 안쪽에서 마침내 한 사람이 나타났다. 낡은 수전의를 입은 초로의 여인이었다.

우득명의 눈꺼풀이 바르르 떨렸다.

헝클어진 회색 빛 머리카락, 축 늘어진 어깨, 무거운 발걸음, 그리고 희미한 유등 불빛에도 선명하게 보이는 왼쪽 뺨의 긴 칼자국.

믿을 수가 없었다. 그런 모습으로 살아서는 안 되는 여인이었다.

우득명의 입술에서 한줄기 핏물이 흘러내렸다. 동시에 굵은 눈물방울이 눈 밑에 어렸다.

'어머니!'

우득명은 뜨거운 눈물이 뺨을 지나는 것을 깨닫고 오른손을 아이의 머리 위로 올렸다. 굵은 눈물방울이 그의 소매 위로 뚝뚝 떨어져 내렸다.

아이 몰래 왼쪽 소매를 올려 눈물을 닦았다. 소매가 흥건해질 정도로 닦고 또 닦아도 흐르는 눈물을 주체할 수가 없었다.

우득명은 아예 눈을 감아버렸다. 그리고 조금 전에 보았던 그 얼굴을 잊으려고 그가 늘 기억하고 있던 어린 시절의 어머니 얼굴을 떠올렸다.

따사로운 눈빛과 부드러운 미소를 잃지 않는 아름다운 얼굴이었다. 그가 그녀의 무릎베개에 누워 그녀가 직접 지어 입은 화사한 수전의를 만지작거릴 때면 그녀는 늘 거친 손으로 부드럽게 뺨을 쓰다듬어 주곤 했다. 그 거친 손바닥을 느낄 때면 그는 늘 같은 말을 했었다.

"엄마, 나 나중에 돈 많이 벌 거다."
"많이? 얼마나 많이?"
"하늘만큼 땅만큼 많이."
"어이구! 그렇게나 많이? 뭐 하려고?"
"엄마 꽃마차도 사주고 엄마하고 고기도 매일매일 먹으려고."
"어이쿠, 귀여운 내 새끼. 엄마 호강시켜 주겠다고? 아이구, 이뻐라."

그때 그 품속에서 맡았던 엄마 냄새가 콧속으로 스며드는 것만 같았다. 거칠게 비비던 그 뺨의 촉감이 그대로 느껴지는 것만 같았다.
우득명은 미소를 지으며 그 느낌 그대로 아이를 꼭 안았다.
"아빠, 왜 그래? 왜 울어?"
아이의 목소리에 놀란 우득명은 자신도 모르게 흘러 버린 눈물을 훔치고 말했다.
"울긴 누가 울어, 임마. 우는 거 아니야."
아이는 우득명의 붉은 눈을 말없이 바라보며 미소 지었다. 우득명은 아이의 머리를 쥐고 억지로 비틀었다. 아이의 얼굴이 두 번째 가게로 향했을 때 손을 뻗어 가리키며 말했다.
"저기 오른쪽 두 번째 집 보이지?"
"응."
"할머니 한 분 보이지?"
"응."
"그분이 바로 네 할머니다. 아버지의 어머니. 알겠니?"
아이는 한참 동안 할머니를 보다가 천천히 고개를 돌렸다.
"아빠, 같이 살면 안 돼?"
우득명은 한동안 아이의 슬픈 눈을 마주 보다가 고개를 가로저었다.

"미안하다, 아들."
아이는 그의 무릎을 벗어나 불복의 표정으로 우득명을 바라보았다.
"귀찮게 안 할게. 나, 알아서 잘 컸잖아?"
우득명은 눈을 똥그렇게 뜨고 아이의 간절한 눈을 마주 보았다. 어미 없이 키운다고 고생한다는 주변의 말에 그가 늘 했던 대답이 바로 알아서 잘 큰다는 말이었다.
우득명은 자신의 말을 제대로 써먹는 아이에게 쓴웃음을 지어 보였다. 그러나 곧 정색을 하고 아이의 두 어깨를 굳건히 쥐었다.
"내 아들 쟁천, 사나이지?"
막 울 것 같이 입술을 삐죽이던 아이가 우득명의 눈을 노려보았다.
"뭔데? 또 무슨 부탁을 하려고 사나이 타령이야?"
우득명은 쓰게 웃으며 말을 이었다.
"아버지 사나이가 아들 사나이에게 부탁이 있다."
"알아. 뭐냐니까?"
"아버지 대신에 할머니를 지켜다오."
아이는 납득할 수 없다는 눈빛으로 대답을 거부했다. 우득명은 아이의 얼굴 앞으로 자신의 얼굴을 가져가며 다시 말했다.
"옛날에 아버지가 할머니에게 약속했었다. 얼른 사나이가 되어서 할머니를 지켜주고 돈 많이 벌어서 호강시켜 주겠다고. 하지만 이 아버지는 결국 약속을 지키지 못하고 속만 썩였다. 알아서 잘 크는 사나이대장부 내 아들, 이 아버지 대신에 약속을 지켜다오."
아이는 여전히 납득하지 못하겠다는 듯 고개를 저었다.
"지금이라도 하면 되잖아?"
우득명은 천천히 고개를 저었다.
"그래, 지금이라도 할 수만 있다면 하고 싶구나. 하지만 그렇게 할 수 없다. 네가 이해할 수 있을는지 모르겠다만 이 아버지는 반드시 해야만 하는 일을 한 대가로 죄인이 되었다. 이곳에서 살 수가 없게 되었어. 이 아버지가 할머니 곁에 있으면 너도 할머니도 불행해진다. 부탁이다. 사나이대장부 우쟁천! 할머니를 지켜다오."

아이는 혼란스러운 눈빛으로 한참 동안이나 우득명을 바라보았다. 그리고 결국 고개를 끄덕였다.

우득명은 무릎을 꿇고 아이를 안았다.

"고맙다."

한참 동안 아이를 안고 있던 우득명은 힘겹게 일어나 벽에 세워두었던 대나무 등짐을 뒤졌다. 그 안에서 묵직하게 느껴지는 면포 꾸러미와 봉서 두 개를 꺼낸 우득명은 면포 꾸러미를 아이의 작은 등짐에 넣어주고 봉서를 아이의 손에 쥐어주었다.

"한 장은 가게 문을 닫고 나면 할머니께 읽어드리고 네 이름이 써진 편지는 잘 가지고 있다가 열여섯 살이 되거든 읽어보아라. 알겠느냐? 열여섯 살 전에는 읽으면 안 돼."

아이는 힘차게 고개를 끄덕였다.

우득명은 억지로 미소를 지으며 아이의 머리를 쓰다듬었다.

"가거라."

아이의 눈에서 닭똥 같은 눈물이 흘러내렸다. 우득명의 입술이 바르르 떨렸다. 동시에 그의 두 눈에 물기가 어렸다.

우득명은 물기가 흘러내리지 않도록 안간힘을 다했다.

"우씨 집안 사나이는 어떻게 한다?"

아이는 왼손 소매를 들어 올려 눈물을 훔쳤다. 바로 그 순간 우득명도 급히 눈물을 닦았다.

아이가 말했다.

"지난 일은 돌아보지 않는다. 함부로 울지 않는다. 어렵다고 포기하지 않는다."

우득명은 상황에 따라 아무렇게나 만든 우가의 가훈을 되새기는 우쟁천에게 크게 고개를 끄덕여 보였다.

"으음, 돌아보지도 말고 울지도 말고 가거라."

아이는 눈을 부릅뜨고 채근하는 우득명을 노려보다가 몸을 돌렸다. 그리고 한 발 한 발 무겁게 걸음을 옮겼다.

우득명은 걸음을 뗄 때마다 멈칫거리는 아이를 안쓰럽게 바라보았다. 한 걸음 한 걸음 멀어질 때마다 슬픔과 안도감이 동시에 배가되었다.

장하게도 아이는 단 한 번도 돌아보지 않고 가게 앞까지 이르렀다. 우득명은 마침내 아이와 어머니를 한눈에 볼 수 있게 되었다. 그는 세상에서 가장 경건한 마음가짐으로 어둠 속에서 무릎을 꿇었다. 그리고 보지도 못하는 상대에게 절했다.

고개를 들었다. 그때 그의 어머니가 아이의 머리를 당겨 품에 안았다. 우득명의 입에서 긴 한숨이 새어 나오는 순간 그의 어머니가 눈을 감은 채로 고개를 크게 끄덕였다. 어둠 속의 그를 향하여.

'지금 웃으시는 겁니까? 안심하라 하시는 겁니까?'

부드럽게 주름 잡히는 그의 눈에서 굵은 눈물방울이 흘러내렸다.

"칵! 카칵!"

우득명은 급히 입으로 손을 올려 갑작스럽게 터진 기침을 틀어막았다. 그리고 왼손으로 가슴을 움켜쥐고 얼굴을 두 다리 사이로 파묻었다.

겨우 기침을 진정시킨 우득명은 입을 막았던 손을 눈앞으로 가져갔다. 검붉은 액체가 진득하게 묻어 있었다. 우득명은 원망하는 눈으로 시커먼 하늘을 올려다보고 고개를 저었다.

우득명은 한숨을 내쉬고 손수건을 꺼내 입과 손을 닦았다. 그리고 다시 그의 어머니와 아들을 바라보며 창백한 얼굴에 안도의 미소를 지었다.

기옥화(奇玉花)는 문득 문밖에 어둠이 깔린 것을 깨달았다. 문을 닫아도 될 만한 시간이었다. 문짝 두 개만 막으면 될 일이어서 쉰한 살의 그녀에게도 그리 힘든 일은 아니었다.

기옥화는 끙 하고 소리를 내면서 힘겹게 일어섰다. 그리고 다섯 발걸음을 내디뎌 문 앞에 이르렀다. 초점 흐린 눈으로 문짝을 바라보다가 문 앞에 놓인 작은 의자에 다시 엉덩이를 얹었다. 그리고 다시 공허한 눈으로 밖을 바라보았다.

드문드문 사람들이 지나갔다. 기옥화는 그때마다 혹시나 하는 기대감으로 눈을 맞추는 사람이 있는지 확인했다. 그렇다고 그녀가 손님을 기다리는 것은 아니었다. 몇 달에 한 번, 혹은 일 년에 한두 번씩 '나루터에서 아드님을 우연히 만났는데요. 곽주 가는 길이냐고 묻더니 잘 지내니 걱정 마시라는 말을 전해 달라고 하던데요' 라고 말해 주는 사람이라도 올까 하여 기다리는 것이었다.

미련일 따름이었다. 오늘도 역시 다른 날과 마찬가지였다.

기옥화는 쓸쓸한 미소를 지으며 두 손으로 피곤한 얼굴을 비볐다. 왜 피곤한지 알 수가 없었다. 세상만사가 다 귀찮게 느껴져 일에 의욕을 잃은 것도 오래전의 일이었다. 그러다 보니 가게를 관리하는 일에도 소홀해졌고, 당연히 일감도 줄어들어 이제는 몇날 며칠에 한 번 손님을 맞이했다. 일이 없으니 하루 종일 하는 일이라고는 멍하게 앉아 있는 일뿐이었다. 그런데도 이상하게 피곤했다.

혹시 오늘은 하는 기대가 없었다면 기옥화는 가게를 열지 않았을 것이다. 그저 집 안에서 먹다가 자다가 그마저 귀찮아져서 굶어 죽었을지도 모른다.

 소식을 기다리는 일, 그 한 가지가 삶의 아무런 즐거움도 없는 기옥화로 하여금 장사도 안 되는 가게를 열게 만들고 억지로 밥을 먹게 하고 하루하루를 살아가게 만들었다.

 기옥화는 손끝에 와 닿는 오래된 상처를 쓰다듬으며 긴 한숨을 내쉬었다. 네 치에 이르는 자상. 동네 아이들이 야차 할망구라고 놀리는 상처지만 스스로는 더 이상 섬뜩함을 느끼지 않는 얼굴의 일부였다. 그러나 그것으로 인해 기옥화의 삶에서 행복이라는 단어가 사라져 버린 건 사실이었다.

 십오 년도 더 된 일, 기다림이 끝나는 그날까지 결코 끝나지 않을 불행, 그 악몽 같은 기억이 슬며시 고개를 쳐들었다.

 기옥화는 상처에서 손을 떼고 자리에서 일어났다. 또다시 불행을 더듬느니 문을 닫아버리기로 작정한 것이었다.

 바로 그때 그녀의 공허한 눈에 이상한 것이 보였다. 흐느적거리는 것 같기도 하고 멈칫거리는 것 같기도 한 작은 덩어리였는데, 그것은 쉬지 않고 오직 그녀 한 사람을 향해 다가오고 있었다.

 기옥화는 혹시나 하고 다시 그것을 보았다.

 열 살 남짓한 아이였다. 치수를 재서 만든 것이 아니라 미리 만들어놓은 것이 분명한 싸구려 청의를 입고 등짐을 지고 나무 막대기 같은 것을 허리춤에 꽂고 있는 아이였다.

 기옥화는 쓸쓸한 미소를 지었다. 그 등짐이 두드러져 보여 혹시나 했건만 어린아이 혼자였다. 타지에서 홀로 왔을 리 만무하니 소식을 전하려는 건 아니리라.

 기옥화는 얼굴이 또렷이 보이는 순간 아이에게서 시선을 돌렸다. 그러나 금세 몸을 떨고 눈을 부릅뜨며 일 장 앞까지 다가온 아이의 얼굴을 확인했다.

　단번에 알아보았다.

　판박이.

　나이 들어버린 아들이 왔다면 한순간에 알아보지 못할 수도 있으리라. 그러나 아이의 얼굴은 그녀가 가슴 사무치도록 떠올리고 또 떠올리던 바로 그 얼굴이었다.

　아이가 세 걸음 더 다가와 막 울음을 터뜨릴 것 같은 얼굴로 말했다.

　"할머니, 나 우쟁천이야. 아버지는 저기……."

　기옥화는 아이가 고개를 돌려 뒷말을 하기 전에 아이의 머리에 손을 뻗어 품으로 잡아당겼다.

　"안다. 그 얼굴을 보고 어찌 모를까. 더 이상 말하지 마라."

　기옥화는 두 손으로 아이의 뒷머리를 붙잡고 어루만졌다. 그리고 아이가 왔던 그 길을 되짚어 우득명이 있을 그 어둠 속을 바라보았다.

　기옥화의 눈에 보이는 것은 새까만 어둠뿐. 그러나 바로 그곳에 그녀가 지난 십오 년간 기다려 온 아들이 있음을 알고 있었다.

　'바로 눈앞에 있는데 한 번 불러보지도 못하고 안아주지도 못하는구나, 내 아들!'

　기옥화는 눈을 감아 흘러내리려는 눈물을 멈춰 세웠다. 그리고 눈을 감은 채로 아이를 쓰다듬으며 그녀가 할 수 있는 한 최대한의 미소를 지어 보였다. 몸 안에 남아 있는 기운을 모두 짜내어 힘차게 머리를 끄덕였다.

　'무슨 사정이 있어 이 아이를 내게 보냈는지 모르겠다만 걱정 마라. 너를 못다 키우고 남긴 정성 이 아이에게 남김없이 쏟으마. 사는 동안은 기운차게 살아가마. 내 아들, 너도 힘을 내라. 언젠가는 반드시, 우리 반드시 다시 만나서 웃을 날이 있을 거다.'

기옥화는 고여 넘치려는 눈물 때문에 가만히 서 있을 수가 없었다. 그녀는 잘 가라는 손짓 한번 해 보이지 못한 채 아이를 이끌고 가게 안으로 들어갔다.

아이를 의자에 앉혀둔 기옥화는 골목을 힐끔 보고 문짝을 들었다. 남몰래 골목을 바라보면서 천천히 문짝을 끼워 넣고 또다시 한참이나 지체하면서 나머지 문짝으로 가게 문을 닫았다.

"가게의 뒷문으로 나가면 큰 방이 있단다. 그 방을 나서면 작은 마루가 있고, 그 앞에는 아비가 칼춤을 추던 넓은 마당이 있지. 마당 좌우에는 측간과 부엌이 있고 앞으로는 두 개의 작은 방과 대문이 있는데, 대문 좌측에 있는 작은 방이 아비가 쓰던 방이다."

우쟁천은 폭이 반 장도 못 되는 좁은 마루에 쪼그리고 앉아 아버지의 말을 떠올렸다.

"쳇, 아빠는 거짓말쟁이! 넓은 마당이 어디 있어?"

추운 북쪽 지역의 집들이 대개 그러하듯이 사방이 꽉 막힌 사합원의 구조를 따른 것이나 방이 세 개뿐인 작은 집이라서 마당 역시 크지 않았다.

그렇다고 그 마당이 작은 것만은 아니었다. 가로와 세로의 길이가 공히 이 장 반. 한 사람이 연무하기에는 충분한 공간이었다. 만약 우쟁천이 등룡관(騰龍館)같이 넓은 곳을 집으로 여기고 살지 않았다면 지금처럼 작다고 투덜거리지는 않았으리라.

우쟁천은 그리움에서 기인한 불만 어린 눈으로 사방을 확인했다. 달그락거리는 소리가 들리는 부엌과 반대편의 측간, 그리고 맞은편의 방들을 차례로 살폈다.

아버지의 말을 확인하듯이 집 안을 살펴본 후 다시 눈길이 닿은 곳은 역시 작은 마당이었다. 우쟁천의 불만 어린 눈이 한곳에 이르러 이채를 발했다. 마당 한구석에 다섯 자 길이의 굵은 나무 기둥이 서 있었다.

우쟁천은 맨발로 마당에 내려서서 나무 기둥으로 달려갔다. 두 팔로도 다 감싸지 못할 굵은 나무 기둥은 바닥 깊숙이 박혀 있었다.

우쟁천은 나무 곳곳에 나 있는 무수한 상처들을 어루만졌다.

"으응? 이게 혈호도(血虎刀) 전에 익혔다는 비호도(飛虎刀) 자국? 뭘 모를 때 무식하게 팼다고 하더니 성한 곳이 없네."

우쟁천은 나무 기둥에 난 상처들을 꼼꼼히 살피며 계속해서 고개를 끄덕였다.

"으음, 많이 다르네."

우쟁천은 목도를 꺼내어 흔적마다 일일이 대어보았다. 대부분의 상흔은 좌우측 상단에서 사선으로 내리그을 때 생긴 것들이었다.

우득명의 말에 따르면 비호도는 오대파(五臺派)의 항마도법(降魔刀法)에서 비롯된 수십 가지 속가 도법 가운데서도 가장 최근에 만들어진 도법이었다. 그것도 토목지변(土木之變)으로 오대파의 맥이 완전히 끊겨 버린 뒤에 생긴 것이라 항마도법이 가진 오대파 무공의 정수(精髓)와는 상당히 동떨어진 것이었다. 닮은 것이 있다면 불문 무공이 가지는 투박하고 직선적인 기세 정도였다.

나아갈 때는 직선으로 후려치고 내리그으며 물러설 때는 휘돌며 올려친다. 그래서 내려친 자국은 많아도 올려친 상흔은 없는 것이고, 그 단순함이 비호도가 강호에서 주목받지 못하는 이유였다.

우쟁천은 목도를 다시 허리춤에 꽂고 나무 기둥으로부터 반 장 정도 물러섰다. 그리고 몇 번의 심호흡으로 마음을 차분하게 가라앉혔다.

우쟁천은 먼저 발목을 비틀어 나무 기둥과 비스듬하게 섰다. 그리고 나무 기둥을 강렬하게 노려보면서 도파를 쥐었다.
 바로 그때 우쟁천의 기세를 꺾는 목소리가 들렸다.
 "아가, 이리 오너라."
 우쟁천은 자세를 흐트러뜨리고 부엌 쪽으로 고개를 돌렸다. 기옥화가 손짓하고 있었다.
 우쟁천은 어색한 걸음으로 다가갔다. 기옥화는 굳은 표정으로 목도를 바라보면서 말했다.
 "그건 놓고 오너라."
 우쟁천은 목도를 바닥에 내려놓고 부엌 안으로 들어섰다. 부엌 중앙에 뜨거운 김이 모락모락 올라오는 목욕 통이 놓여 있었다. 우쟁천의 얼굴이 일그러졌다.
 기옥화는 단호한 어조로 말했다.
 "옷 벗어라."
 우쟁천은 싫은 표정을 확연하게 드러내면서도 할 수 없이 옷을 벗었다.
 기옥화는 작은 물통으로 물을 길어 쪼그리고 앉은 우쟁천의 머리를 감겼다. 그리고 우쟁천의 두피까지 빗을 대어 긁기 시작했다.
 "아야! 아야야!"
 우쟁천이 비명을 질렀지만 기옥화는 막무가내로 빗질을 했다.
 '할머니는 내가 싫은가?'
 "머리는 언제 감았느냐?"
 우쟁천은 입으로 흘러드는 물을 닦아내고 대답했다.
 "칠 일 전에 목욕했는데."
 "보아라. 서캐가 이렇게 많구나. 가렵지 않았느냐?"
 머리 앞에 놓인 물통에 하얀 것들이 둥둥 떠다니고 있었다.

"아빠가 땀 흘려서 간지럽다고 했는데 이게 뭐야, 할머니?"

"서캐다. 이것들이 지금까지 네 피를 빨아 먹고 살았다. 그러니 가려울 수밖에."

기옥화는 물통의 물을 버리고 다시 물을 퍼서 우쟁천의 머리에 퍼부었다. 그리고 옷을 벗고 큰 물통 안으로 들어갔다.

"이리 오너라."

기옥화는 두 손을 뻗어 우쟁천을 들어 올리려 했다. 버거웠다. 기옥화는 우쟁천이 무거워서라기보다는 자신의 기력이 떨어진 탓이라 생각하며 고개를 가로저었다.

우쟁천은 기옥화가 힘들어한다는 것을 알고 직접 물통 안으로 들어가 그녀의 무릎 위에 앉아 젖가슴에 등을 대었다.

"냄새 좋다. 할머니, 이게 뭐야?"

우쟁천은 물 위를 떠다니는 하얀 꽃을 하나 집어 들었다.

"말리화를 처음 보느냐?"

"아, 그 냄새 맞구나."

"그래, 차로 마신 후에 그 찌꺼기를 다시 말린 것이다. 이렇게 목욕할 때 쓰면 좋지."

기옥화는 우쟁천의 몸 구석구석을 닦기 시작했다.

우쟁천은 또다시 얼굴을 구겼다. 아버지와 함께하는 목욕은 물장난 치는 것이었지만 지금은 때를 미는 것이어서 아팠다. 하지만 참을 수밖에 없었다. 기옥화는 아직 우쟁천이 반항할 수 있을 만큼 친숙한 존재가 아니었다.

근 한 시진 동안 이어진 목욕을 끝내고 안방으로 들어갔다. 기옥화는 반들반들 윤기가 흐르는 낡은 옷장을 한참이나 뒤져 오래된 고차와 속옷, 그리고 푸른 면의를 꺼냈다.

"네 아비가 어릴 때 입던 옷이다. 대충 맞을 것 같구나. 입어보아라."

빛바랜 옷이지만 입고 나니 부들부들하여 오히려 새옷보다 기분이 좋았다.

우쟁천은 편안한 모습으로 기옥화의 맞은편에 앉았다.

기옥화는 한동안 멍한 표정으로 우쟁천의 얼굴만 바라보았다. 우쟁천도 기옥화의 얼굴을 찬찬히 살폈다. 처음 보았을 때와는 사뭇 다른 느낌이었다. 헝클어진 머리카락과 긴 칼자국 때문에 무섭게 느껴졌건만 머리카락을 단정하게 정리하여 옥잠을 꽂은 모습을 보니 전혀 다른 사람 같았다.

기옥화는 천천히 손을 뻗어 우쟁천의 두 볼을 감싸 쥐었다.

"어찌 이리 똑같을꼬? 네 아비 열 살 때 모습 그대로구나."

우쟁천은 코를 벌름거리며 웃었다.

"보는 사람마다 똑같다고 그랬어."

기옥화는 오랜만에 부드러운 미소를 머금고 고개를 끄덕였다.

"그래, 똑같다. 정말 똑같아."

웃고 있는데도 금방이라도 눈물이 뚝뚝 떨어질 것만 같았다.

"아, 맞다."

우쟁천은 갑자기 자리에서 일어나 방구석에 놓여 있는 등짐을 뒤졌다.

기옥화는 엉겁결에 우쟁천이 내민 면포 꾸러미와 봉서를 받아 들고 물었다.

"이게 무엇이냐?"

"몰라. 그냥 할머니 주라고만 하던데. 그리고 그건 아빠 편지."

기옥화는 당황했다. 그녀는 까막눈이었고 그래서 우득명도 늘 사람들로 하여금 직접 말을 전하게 했다. 그런데 갑자기 편지라고 주니 어떻게 해야 할지 알 수가 없는 것이었다.

기옥화는 할 수 없이 면포 꾸러미부터 풀었다. 은원보 세 개와 산서전장의 열 냥짜리 전표 몇 장이 들어 있었다.

"떠도는 놈이 무슨 돈이 있다고……."

기옥화는 전표를 쥐고 눈을 감았다.

"그래, 네 자식 잘 키우라고 주는 돈으로 알겠다."

그때 우쟁천이 말했다.

"할머니, 글 못 읽어?"

"응? 응. 네가 읽어주련?"

그냥 해본 소리였다. 하지만 우쟁천은 당연하다는 듯이 손을 내밀었다. 기옥화는 반사적으로 편지를 건넸다.

"글을 아느냐?"

"응. 고 할아버지한테 배웠어."

"그래? 네 아버지는 학당에 다니는 걸 무척이나 싫어했다. 나가는 둥 마는 둥 하고 만날 싸움만 하다가 결국 반년도 못 되어 그만두고 말았지."

우쟁천은 봉서에서 편지를 꺼내면서 밝게 웃었다.

"헤, 그랬구나. 고 할아버지가 이상하다고 했어. '천자문을 이렇게 뜨문뜨문 아는 놈은 생전 처음 본다' 하면서 놀렸지. 헤헤헤."

편지를 펼친 우쟁천이 다시 한 번 웃었다.

"히히히, 역시 아빠가 쓴 게 아니네. 고 할아버지 글씨다. 할머니, 그럼 읽는다."

기옥화는 대답도 하지 못하고 고개만 끄덕였다.

어머니!

그동안 소식이 불규칙하고 짧아 답답하셨지요?

못난 자식 이곳저곳 나루터를 옮겨 다니며 곽주 가는 사람만 애타게 찾아다니다가 이제야 제대로 된 소식을 전하게 되어 답답하던 가슴이 뻥 뚫리는 것 같습니다.

소자 그간 힘을 얻기 위하여 세상을 떠돌았으나 인연이 박하여 이룬 것도 없이 세월만 보내고 말았습니다. 그사이에 짧은 인연이나마 배필을 만나 쟁천이를 보았으니 급히 가신 아버님 뵈올 면목이라도 챙긴 것을 그나마 다행이라고 생각하고 있습니다.

소자는 어미 잃은 쟁천이로 인하여 칠 년 전부터 태원에 정착해 있었습니다만 혹시 하는 마음에 거처를 전하지 못한 채 어머니를 모셔올 궁리만 했습니다. 그래서 그사이에 두어 차례 곽주로 내려갔었습니다만 드러난 눈과 숨어 있는 귀가 하도 많아서 먼발치에서 모습만 뵈옵고 허망하게 발길을 돌렸었지요.

소자로 인하여 노심초사하시는 어머니를 뵈옵고도 어찌할 방도를 찾지 못하는 이 못난 자식을 용서하십시오.

이번에 쟁천이를 보시고 소자에게 무슨 사단이 난 것이 아닐까 고민하시는 모습이 눈에 선합니다. 걱정하지 마세요. 소자 비록 정처없이 떠돌아다닙니다만 어머니께서 주신 건강함으로 인하여 고뿔 한 번 앓지 않고 잘 지냅니다.

사실 이번에 쟁천이를 보낸 것은 방호인(方豪仁)이라는 녀석 때문입니다. 어릴 때부터 소자와 견원지간이었던 그 녀석을 우연히 만나게 되어 거처가 발각된 까닭에 더 이상 태원에서 머물 수 없는 지경에 처하게 되었습니다. 소자야 떠도는 일이 어렵지 않습니다만 어린 쟁천이에게까지 그 같은 생활을 시킬 수는 없는 일이라 할 수 없이 보내게 되었습니다.

천생이 개구쟁이지만 어리석은 소자와는 달리 명석한 녀석이기도 하니 귀

참음보다는 즐거움이 많으리라 생각합니다. 사랑스럽게 살펴주십시오.

　그리고 어머니, 소자 이번에 멀리 이국으로 떠나게 되었습니다. 오가는 데만 수삼 년 걸리는 곳이라 한참 동안 소식을 전할 수 없을 것 같으니 무소식을 희소식이라 여기시고 걱정하지 마십시오. 타고난 강건함이 어디 가겠습니까? 하하하!

　따로 안부 여쭙지 않습니다. 반드시, 반드시 강녕하실 것이기에.

불효자 득명 올림.

　참, 지난 칠 년 동안 제법 많은 동료들을 사귀었습니다. 모두 거친 성정을 지닌 열혈 무인들인지라 그 사이에서 귀여움을 받고 큰 쟁천이 역시 거친 구석이 있습니다. 또한 동료들에게 이것저것 배워 잡기가 많은 녀석이랍니다. 어리지만 장정 두엇 정도는 능히 골탕먹이고도 남을 녀석이지요. 부디 힘을 앞세우는 놈이 되어 소자의 전철을 밟지 않도록 잘 타일러 주십시오.

　우쟁천은 붉어진 눈을 한 채 편지를 내려놓았다.
　기옥화는 편지를 곱게 접어 다시 봉서에 넣고 눈을 감았다. 고여 있던 눈물이 뺨을 타고 흘러내렸다. 눈물은 잠깐 동안 턱에 머물렀다가 봉서 위로 떨어졌다. 하얗던 봉서가 젖어 글씨가 드러나 보였다.
　기옥화는 급히 눈을 뜨고 봉서를 확인한 후 눈물을 훔쳤다.
　"우아아앙!"
　눈물을 참고 있던 우쟁천이 기옥화의 눈물을 보고 끝내 울음을 터뜨리고 말았다.
　기옥화는 두 팔을 벌려 우쟁천을 안고 등을 토닥였다. 울음은 서러움이 겹쳐 통곡으로 변했다가 다시 잦아들었다.

그날 밤 우쟁천은 기옥화의 품 안에서 잠을 청했다. 하지만 눈만 감으면 떠오르는 얼굴이 있어 쉽게 잠들 수 없었다. 그때 우쟁천의 머리와 뺨에 거친 손바닥이 와 닿았다. 부드럽게 쓸어주는 손길. 그 감촉은 나무껍질같이 거칠었지만 한편으로는 너무나 따뜻하여 우쟁천은 마침내 포근한 잠 속으로 빠져들었다.

■3장■
책임감도 때로는 활력이 된다

책임감도 때로는 활력이 된다

　　　　　　　　　우쟁천은 습관대로 묘시 중반에 눈을 떴다. 어둠에 익숙해지자 낯설음이 느껴졌고, 그때서야 자신이 어디에 있는지 알아차렸다. 귀를 기울였다. 기옥화의 낮고 고른 숨소리가 들려왔다.
　　우쟁천은 조심스럽게 방을 빠져나와 시원한 새벽 공기를 마음껏 들이마시고 마루에 주저앉았다. 잠시 동안 낯선 광경을 둘러보다가 마루에 드러누워 두 팔과 두 다리를 허공으로 치켜들었다. 눈을 감고 호흡에 몰두하면서 의식을 두 장심과 발바닥으로 가져갔다. 그렇다고 믿어서 그런지 몰라도 장심과 발바닥이 서늘해지면서 무언가가 빨려드는 것만 같았다.
　　그러한 기운을 느끼게 된 때는 불과 보름 전. 숨 쉬는 법을 가르쳐 준 고 노인에게 물으니 사람이 알지 못해 쓰지 못하는 기운이면서 또한 세상에 가득 찬 천지의 기운이라고 했다.
　　두 팔과 두 다리를 내리고 바닥에서 일어선 우쟁천은 마보를 취한 채

장심을 마주쳐 한참 동안 비볐다. 그리고 손바닥으로 얼굴을 비비고 자세를 편히 하여 어깨를 휘돌리고, 발목과 무릎, 그리고 허리를 차례로 휘돌렸다.

우쟁천은 연체동물처럼 흐느적거리던 움직임을 멈추고 다시 바닥에 주저앉아 가부좌를 틀었다. 그리고 지그시 눈을 감고 다시 호흡에 몰두했다.

몸속 구석구석에 잠재해 있던 기운들이 이미 깨어 있는 상태. 두어 번의 호흡으로 들끓고 있던 기운들이 일순간 단전으로 몰려들었다.

뱀 한 마리가 똬리를 튼 것 같은 충만감이 느껴지는 순간 단전의 기운은 곧 우쟁천의 의식이 명하는 대로 전신 경락을 타고 움직였다.

몸속의 격렬한 흐름과는 달리 꼼짝도 않고 앉아 있기를 이 각. 굵은 땀방울이 이마에 송골송골 맺히기 시작했다.

잠시 후 우쟁천은 긴 숨을 내쉬고 눈을 떴다. 그의 입가에 흡족한 미소가 어렸다.

지금처럼 이 각을 넘긴 일도 겨우 보름째. 지금처럼 되기까지 만 오 년이란 시간이 걸린 셈이었다.

건곤보태신공(乾坤保太神功).

글자는 알아도 뜻은 알 수 없고 설명 또한 어려워서 처음에는 그렇게 하기 싫었던 일이다. 무엇보다도 다섯 살 어린아이에게 가만히 앉아 있으라는 주문 자체가 힘든 일이었다. 하지만 우쟁천은 자신을 아끼는 고노인의 강권에 따라 어쩔 수 없이 시작했다.

일 년이 지나서야 겨우 시키는 대로 호흡할 수 있었고, 다시 이 년이 지나서야 계속하면 달라진다는 것을 어렴풋이 깨달았다. 다른 아저씨들이 재미 삼아 가르쳤던 무술들이 조금씩 진전을 드러내기 시작한 것도 그때부터였다.

여덟 살 이후로는 거른 적이 없었다. 습관이란 무서운 것이었다. 묘시 초만 되면 저절로 눈이 떠졌고, 그 새벽에 할 수 있는 것이 한정되다 보니 늘 하게 되었다.

태원을 떠나기 전날 우쟁천의 상태를 확인한 고 노인은 이제야 겨우 뱀 한 마리 키웠다고 말했다. 그 뱀이 이무기가 되고 다시 여의주를 얻어 용이 되면 천지에 가득한 기운이 곧 자신의 기운이 되는 보합태화(保合太和)를 할 수 있을 것이고, 그때가 되어야 공부가 완성된 것이라 했다. 갈 길이 까마득하다고 했지만 행하고 나면 기분이 좋아지니 어린 우쟁천으로서는 그저 만족할 따름이었다.

우쟁천은 기분 좋게 일어서서 마당으로 나갔다. 나무 기둥에 붙어 선 우쟁천은 습관적으로 혀 끝을 입천장에 붙이고 코로 숨을 쉬기 시작했다. 그 또한 고 노인의 가르침이었다. 오랜 육체적 수련 때문에 입 안이 마르는 것을 방지할 수 있는 방법이고 일정한 호흡을 유지할 수 있는 방편이었다.

우쟁천이 무릎을 쭉 편 채 부드럽게 뛰어올라 두 발끝으로 나무 기둥을 찼다. 점점 높이를 높여 끝내는 한 자 반씩이나 뛰어올랐다. 오로지 발가락만을 이용하여 도약하고 발끝만으로 나무 기둥을 찼다. 그리고 잠시 후 두 손을 호조수(虎爪手)로 만들어 동시에 나무 기둥을 찍었다.

그러한 움직임 역시 고 노인으로부터 비롯된 것이었다. 그의 지론에 따르면 말초를 자극하는 것만으로도 기혈의 순환이 원활해져 장수할 수 있다 했다.

반 각이 지나자 뛰는 높이가 조금씩 줄어들었다. 우쟁천은 미련없이 움직임을 멈추고 호흡을 가다듬었다. 그리고 다시 나무 기둥 앞으로 다가가 마보를 취하고 두 손으로 상반신의 중심선을 가린 채 나무 기둥을 노려보았다.

툭! 파박! 툭! 파박! 툭툭! 파바박!

오른쪽 응조수(鷹爪手)가 나무 기둥을 찍는 순간 왼손 장근(掌根)이 연이어 나무 기둥을 후려치고 다시 응조수가 권으로 변하여 나무 기둥을 쳤다. 그 같은 동작은 지루하게 이어졌다. 가끔씩 찍고 후려치는 위치가 바뀌고 장근이 손끝으로, 주먹이 손칼로 변할 뿐 굳게 마보를 취한 두 발은 한 치의 움직임도 보이지 않았다.

"이걸로는 제대로 연습이 안 되겠는걸. 십지목인(十肢木人)을 어디서 구하지?"

나무 기둥을 바라보며 고개를 젓던 우쟁천은 다시 마당의 중심으로 나와 자세를 취했다. 두 손을 부드럽게 들어 올려 머리와 가슴을 가리고 오른발을 반 보 내디뎌 비스듬하게 섰다.

그 다음에 이어진 것은 모든 권법의 기본이라고 할 수 있는 오행연환권(五行連環拳). 폐에 대응하는 금벽권(金劈拳)을 시작으로 간장에 대응하는 목붕권(木崩拳)으로 이어지고 수찬권(水鑽拳)과 화포권(火砲拳)에 이어 마무리로 토횡권(土橫拳)이 펼쳐졌다.

권가(拳家)의 사람이라면 누구나 기본으로 알고 있을 오행연환권이었지만 그것을 펼치는 우쟁천의 모습은 진지하기 그지없었다. 재미 삼아 그에게 무공을 가르친 사람이나 심각하게 가르친 사람 할 것 없이 모두가 기본의 중요성을 역설한 탓이었다.

기본에 충실한 자가 쉽게 무너지지 않고 결국에는 대성할 수 있다 했다. 느리게 보이지만 빠른 길. 오행연환권은 모두가 코웃음 치는 권법의 기초 중에 기초에 속하지만 권법뿐만이 아니라 모든 무공의 기본이라 했다. 우쟁천은 그런 이유로 오행연환권을 익힌 이후부터 지금까지 오 년간 단 하루도 수련을 빼먹지 않았다.

그 같은 모습에 놀란 이들은 오히려 그를 가르친 사람들이었다. 가르치는 입장에서 기본의 중요성을 강조했다지만 그들 스스로도 쉽게 실천하지 못했던 일이고, 무엇보다도 오행연환권의 단조로움을 잘 아는 탓이었다.

 단조로움, 즉 변화가 적다는 말이고, 그것만큼 아이들을 지루하게 만드는 일은 없으리라. 그러나 우쟁천은 특이하게도 그 단조로운 반복을 즐겼다.

 동작을 반복하면 각 오행권과 대응하는 내부 장기가 강화된다는 효험 따위는 우쟁천이 알 바가 아니었다. 스스로 지루하다고 생각해 본 적도 없지만 그 단조로운 과정을 반복하면서 조금 더 빨라지고, 조금 더 세지고, 조금 더 정교해지는 것을 느꼈기 때문에 계속할 따름이었다.

 사실 그보다 더 큰 공능은 따로 있었다.

 세상에는 무수한 무공들이 있고 각각의 무공들은 각각의 특징에 따라 강조하는 것들이 있다. 그러나 벽, 붕, 찬, 포, 횡의 기법만큼은 그 강조하는 정도가 다를 뿐 반드시 포함된다고 해도 과언이 아니었다. 그 다섯 가지 기법은 곧 인간의 육신이 행할 수 있는 가장 기본적인 동작인 탓이다.

 결국 오행권을 제대로 익힌다면 여타의 익숙지 않은 무공을 익힐 때 스스로 오류를 깨닫고 교정할 수 있는 능력을 지닌다는 의미도 된다. 물론 그 같은 능력은 한정적일 수밖에 없다. 그러나 무공, 좀 더 정확히 말해서 초식을 익히는 데에는 작지 않은 도움을 주는 자정능력(自淨能力)이었다.

 한 치가 틀리면 한 치만큼의 파탄이 드러나는 것이 바로 초식 수련이다. 배우는 것은 쉬워도 틀린 것을 바로잡기는 힘들다는 사실을 감안할 때 기본을 확고히 할 수 있는 능력을 무시할 수 없는 일이다.

 우쟁천에게는 이미 그 같은 능력이 드러나고 있었다. 스스로 깨닫지 못해도 하나를 배우면 그것을 익히고 반복하는 과정에서 오류를 지적하기도 전에 고개를 갸웃거리고 교정해 나갔다.

그를 가르친 모든 이들이 흐뭇해하며 고개를 끄덕이는 자질이었고, 그래서 귀찮게 여기지 않고 오히려 가르치기를 즐겼다. 만약 고 노인이 기꺼이 가르치려는 이들에게 호통을 치고 제동을 걸지 않았다면 우쟁천은 지금처럼 세 가지 실전 무공에만 전념하지 않고 여러 종류의 무공을 두루 익힌 아이가 되었을 것이다.

한숨이 늘어난 언젠가부터 늦게 자고 늦게 일어나는 일에 익숙해져 있었다.

어제도 마찬가지였다. 그리움과 서러움에 사무쳐 잠 못 드는 아이를 재우고 한참이나 지나서야 겨우 잠들었다. 그런데 무언가가 기옥화를 수면 밖으로 잡아당겼다.

툭탁대는 소리.

생소한 소리면서 기억 깊은 곳에서는 너무나 익숙하고 그리운 소리였다.

기옥화는 힘겹게 눈을 떴다. 방 안이 어둠침침한 것을 보면 아직 일어날 때가 아니었다.

"끄응!"

팔이 저렸다. 기옥화는 문득 팔이 저린 이유를 깨닫고 우쟁천을 찾았다.

당황하여 벌떡 일어나 앉았다. 그때 밖에서 툭탁거리는 소리가 다시 들려왔다. 기옥화는 급히 방문으로 달려갔다.

"휴우!"

기옥화는 세 치가량 벌어진 문 틈새로 우쟁천을 발견하고는 안도의 한숨을 내쉬었다. 그리고 아예 문 앞으로 다가가 문을 조금 더 열고 머리를 문틀에 기대었다.

눈동자만 들어 하늘빛을 보니 기껏해야 진시 중반경. 평소라면 두어 시진은 더 잤을 것이다.

어지러웠다. 기옥화는 다시 잠들고 싶은 욕구를 억누르고 같은 동작을 계속해서 반복하고 있는 우쟁천에게로 눈길을 주었다.

'이제 게으름은 다 피웠구나. 밥은 뭐 해주누? 장도 봐야겠네. 그나저나 부지런도 해라. 누구를 닮았을꼬?'

기옥화는 스스로에게서 너무나 당연한 답을 얻어내고는 흐릿한 미소를 지었다. 얼굴 근육의 움직임이 묘하게 부담스러웠다. 의식하지 않고 그토록 자연스럽게 미소를 지어본 것이 언젯적 일이던가.

기옥화는 문틀에 기대어 반 시진 동안이나 우쟁천을 지켜보았다. 손발을 움직이고 마당을 빙빙 도는 동작을 수십 차례나 반복하는데 너무나 공을 들이는 것 같아 끼어들 틈을 찾을 수가 없었다.

고양이처럼 가볍게 움직이고 회오리바람처럼 급하게 휘돌다가 봄바람처럼 살랑이며 물러섰다. 그사이에 내뻗고 휘돌리고 감아 치는 두 손과 발이 어찌나 많은지 셀 수조차 없었다. 기옥화로서는 알 도리가 없지만 그 같은 동작은 오행연환권 외에 우쟁천이 수련한 유일한 권법인 풍뢰신권이었다.

'장정 두엇 정도는 찜 쪄 먹는다고 하더니만……. 벌써 반 시진은 지난 것 같은데, 건강하구나.'

만약 우쟁천의 연공 시간이 한 시진을 훌쩍 넘었다는 것을 알았다면 기옥화는 오히려 걱정스러운 눈으로 바라보았을 것이다. 하지만 그 사실을 모르는 기옥화로서는 마냥 대견하기만 할 따름이었다.

한 지붕 아래 같이 호흡할 사람이 있다는 것이 지금처럼 마음을 푸근하게 해줄 것이라고는 미처 몰랐었다. 비록 의지처가 되기는커녕 손이 많이 갈 것이 틀림없는 어린아이였지만 함께 있다는 것만으로도 축복이었다. 기옥화의 얼굴에 드리워진 미소는 더 이상 어색하지 않았다.

그때 우쟁천이 다시 눈을 감고 숨을 고른 후에 나무 기둥 옆에 놓여 있는 목도를 잡았다.

기옥화의 미소 띤 얼굴이 찌푸려졌다. 그녀는 힘겹게 일어나 일부러 소리나게 문을 열었다.

막 목도를 휘두르려던 우쟁천이 고개를 돌렸다.

기옥화는 부드러운 미소를 짓고 마루 끝으로 나아갔다.

"이리 오너라."

우쟁천은 목도를 내려놓고 줄달음질쳤다. 옷은 이미 땀으로 흠뻑 젖어 있었다.

기옥화는 우쟁천의 이마에 송골송골 맺힌 땀을 훔치며 말했다.

"배고프겠구나. 씻고 옷 갈아입어라. 그동안 먹을 것을 만들어놓으마."

우쟁천은 목도를 돌아보며 난처한 표정으로 중얼거렸다.

"아직 조금 더 해야 하는데……."

기옥화는 애써 목도를 외면하고 우쟁천의 머리를 쓰다듬었다.

"머리까지 이렇게 흠뻑 젖었어. 오늘은 됐으니 그만 하여라."

우쟁천은 또다시 중얼거렸다.

"안 되는데. 열심히 하기로 약속했는데. 그래야 아빠하고 한 약속도 지킬 수 있을 텐데……."

기옥화는 놀라서 두 눈을 치떴다. 그녀는 도의 형상을 띠는 것이라면 무엇이든 증오하는 사람이었다. 그래서 어떻게든 말리려 했는데 우쟁천에게는 약속이 두 가지나 걸린, 나름대로 중요한 일인 듯하여 당황한 것이었다.

"약속?"

우쟁천은 기옥화를 올려다보며 차분히 말했다.

"응. 고 할아버지하고 약속했어. 헤어져 있어도 배운 것을 빼먹지 않고 하겠다고. 아빠하고도 약속했지. 할머니를 지켜주겠다고. 힘이 세져야 할머니를 지켜줄 수 있을 거 아냐? 그러니까 열심히 수련해야 돼."

기옥화는 우쟁천의 눈빛에서 약속을 지키겠다는 굳은 결의를 엿보았다.

'나를 지켜주겠다? 말만으로도 기분 좋구나.'

기옥화는 말문을 여는 대신 우쟁천의 머리를 연신 쓰다듬었다. 그리고 기분 좋은 한숨을 내쉬고서 마침내 입을 열었다.

"이 할미를 지켜주겠다고? 기특하구나, 내 손자. 기특해. 하지만 아가, 아직은 아니란다. 아직은 아니야."

우쟁천은 눈을 뚱그렇게 뜨고 물었다.

"뭐가 아직은 아니야?"

기옥화는 우쟁천을 무릎까지 끌어당겨 두 손으로 얼굴을 쓰다듬었다.

"넌 이 할미가 누가 지켜줘야 할 만큼 약해 보이느냐? 아직은 아니야. 넌 그저 네가 하고 싶은 것을 하면 된다. 이 할미가 무식하긴 하다만 수신제가(修身齊家)라는 말은 알고 있다. 네가 할 일은 훌륭한 사람이 되기 위해 공부하는 것이 첫째다. 집안 걱정, 이 할미 걱정은 그 다음 일. 이 할미가 혼자서 무얼 할 수 없을 때 나서면 되는 것이다. 알겠느냐? 네 나이 스물이 될 때까지는 네가 하고 싶은 것을 열심히 하고 스물이 넘으면 집안을 살피고 그래도 여유가 있으면 주변을 돌보고 그 후로 큰일을 생각해라. 이 할미가 두 발로 걸어다닐 때까지는 걱정할 필요가 없다. 알겠느냐?"

책임감도 때로는 활력이 된다

우쟁천은 혼란스럽다는 눈빛으로 기옥화를 바라보다가 심각한 얼굴로 고민에 빠졌다.

기옥화는 웃으며 우쟁천의 머리를 쓰다듬었다.

"할머니, 그럼 약속을 지킬 필요가 없는 거야?"

"중요한 건 마음이란다. 약속을 지키겠다는 마음. 네 아비하고 한 약속이니 마음속에 담아두고 있어야지. 다만 이 할미가 아직 정정하니 굳이 지금 당장 지켜줄 필요는 없다는 말이다. 우선은 스스로를 단련하고 이 할미가 늙어서 힘이 없을 때 그때 지켜주면 되지 않겠느냐?"

우쟁천은 이해했다는 듯 고개를 끄덕였다. 그리고 다시 목도를 바라보고 나서 물었다.

"그럼 수련 계속해도 돼? 고 할아버지하고 약속했고 또 할머니도 좋아하는 일을 하라고 했으니까 해도 되지?"

기옥화는 목도를 힐끔 보고 우쟁천의 얼굴을 마주 보며 물었다.

"좋아서 하는 일이냐? 힘들지 않아?"

"재밌어."

기옥화는 목도를 빤히 바라보면서 무의적으로 뺨에 난 자상을 쓰다듬었다.

그 상처로 인하여 쉰한 살의 나이보다 십 년은 더 늙어 보이는 흉측한 얼굴이 되어버렸지만 기옥화에게도 한때 이름처럼 꽃 같은 젊음이 있었다.

열여덟 기옥화는 동네 총각들의 흠모의 대상이 될 만큼 아름다운 처녀였다. 게다가 성격이 밝고 강단이 있어 장성한 자식을 가진 아낙네들이 오히려 더 탐을 내던 처녀였다.

그녀가 우상만(禹常滿)이라는 총각과 혼인을 하게 되자 동네 아낙네들은 자식들의 뒤통수를 후려치며 못났다고 야단치며 아쉬워했다.

그런 기옥화를 차지한 우상만 또한 천생배필을 만났다고 할 만큼 남부럽지 않은 신랑감이었다. 부자는 아니었지만 천성이 부지런하고 상냥한 사람이었고, 혼인과 동시에 세를 주지 않아도 되는 자신만의 포목점을 시작할 기반을 마련한 사람이기도 했다. 거기에 기옥화의 알뜰함까지 가세하자 먹고사는 일은 문제가 아니었다.

일 년 후 기옥화가 잘생긴 남자 아이를 낳으니 우상만은 세상을 다 가졌다 소리쳤다. 두 사람의 삶은 너무나 순조로워 부러워하지 않는 사람이 없었고, 두 사람 스스로도 남 부러워할 이유가 없었다.

그로부터 십오 년 동안 기옥화는 인생의 모든 행복을 맛보았다. 아들 우득명은 무럭무럭 자랐고, 우상만은 변함이 없었으며, 그녀 자신도 타고난 손재주를 발휘하여 직접 옷을 만드니 포목점은 계속해서 안정적으로 유지되었다.

그러던 어느 날, 태원에 좋은 물건이 들어왔다고 직접 구입하러 떠났던 우상만이 화적을 만나 불귀의 객이 되고 말았다. 기옥화의 불행한 삶은 그때부터 시작되었다.

함께 갔던 두 청년의 가족들에게 가산의 대부분을 나누어 준 것은 불행이라 할 것도 없는 일이었다. 기옥화에게는 타고난 손재주가 있었고 그것이면 아이 하나 키우는 일은 큰 문제가 아니었다. 사람들이 그녀를 상만의 처나 득명의 어미라 부르지 않고 교수(巧手)라 부를 정도였으니까.

불행은 다름 아닌 그녀의 아름다움에 있었다. 여자 나이 서른다섯. 꽃다운 아름다움은 아니더라도 남편 없는 어여쁜 과수댁의 처지는 불행 그 자체였다.

그동안 웃으며 지내던 남정네들이 은근한 수작을 부리기 시작했고, 몇몇은 아예 노골적으로 접근해 왔다. 그 가운데에는 단호함으로도 떨쳐

버릴 수 없는 난봉꾼도 있었다.

　소문난 난봉꾼 봉두원(鳳斗元). 당시 마흔일곱의 봉두원은 만물로의 가게 반 이상을 소유한 사내로 이미 젊은 첩을 넷이나 둔 부자였다. 그럼에도 불구하고 이상하리만큼 기옥화에게 집착하여 흑심을 거두지 않고 끈덕지게 치근덕거렸다.

　다행히도 기옥화에게는 봉두원이 경제적으로 개입할 수 없는 타고난 기술이 있었다. 그녀는 언제나 단호하게 대처했고, 그래도 봉두원이 물러서지 않자 공개적으로 망신시켰다. 그러나 불행하게도 봉두원에게는 그것에 굴하지 않을 뻔뻔함이 있었다.

　일 년 이상을 치근덕대던 봉두원이 끝내 강제로 기옥화를 취하려 하였다. 장한 둘로 하여금 문밖에서 망을 보게 하고 기옥화를 강제로 덮치려 한 그 순간 그녀는 가위로 자신의 얼굴을 그어버렸다. 단순한 위협이 아니라 눈 밑에서 턱까지 사정없이 그어버렸다.

　피가 철철 흘러내리는 그 순간에도 기옥화는 차가운 눈빛으로 봉두원을 노려보며 지나치게 차분한 어조로 말했다. 이래도 범하고 싶으냐고. 할 테면 해보라고.

　봉두원이 완전히 질려 버린 눈으로 물러서려는 바로 그 순간 하필이면 우득명이 뒷문을 통해 들어섰다.

　아비의 죽음에 영향을 받아 포두가 되겠다고 무술도장을 찾아다니던 혈기 방장한 소년 우득명은 눈앞의 광경에 이성을 잃고 말았다. 설상가상 격으로 그의 손에는 조르고 졸라 할 수 없이 사주었던 진도(眞刀)까지 들려 있었다.

　우득명은 기옥화가 말릴 새도 없이 달려들어 봉두원을 베어버렸고, 비명을 듣고 들어온 두 명의 장한 가운데 하나를 죽이고 하나의 팔을 베어버렸다. 기옥화가 불행의 밑바닥까지 닿아버린 순간이었다.

피에 젖은 손을 바라보며 넋을 잃은 우득명보다 먼저 정신을 차린 사람 역시 기옥화였다. 그녀는 급히 짐을 싸서 아들에게 성 밖으로 도주할 것을 종용했다. 봉두원의 집안이 발휘할 수 있는 힘을 생각해 볼 때 법에 의지하는 것은 어리석기 그지없는 일이라고 결론 내린 것이었다.

우득명은 떠나려 하지 않았다. 같이 가자고 울부짖었다. 그러나 기옥화는 그렇게 할 수 없었다. 아무리 의지할 수 없는 법이라 하여도 그녀마저 떠난다면 우득명의 죄를 인정하는 것이었기 때문이다.

기옥화는 다시 피 묻은 가위를 목에 들이댔다. 그리고 웃으며 말했다. 남아야 무죄를 주장해 볼 수 있을 거라고, 오래지 않아 만날 수 있을 거라고, 그날을 기다리며 꿋꿋이 살자고.

그날이 마지막이었다. 세월이 지나면 잊혀지겠거니 생각했건만 관의 태도는 여전했고 봉두원의 아들은 집요했다. 포두들이 시도 때도 없이 찾아와 귀찮게 했고, 보이지 않는 감시의 눈이 그녀의 일거수일투족을 감시했다.

봉두원의 아들 봉승경(鳳乘卿)은 한술 더 떴다. 그가 만물로의 알짜 가게 두 곳을 기한없는 현상금으로 내어 거니 기옥화는 언제나 누군가의 감시 하에 있었다. 우득명이 남몰래 찾아올 수 있는 여지마저 막아버린 것이었다.

만약 우득명이 포두가 되겠다고 무술을 배우지 않았더라면, 마당에서 목도를 들고 툭탁대지 않았더라면, 진도를 사주지만 않았더라면 기옥화의 불행은 지금의 반의 반으로 줄어들었을지도 모를 일이었다.

그래서 기옥화는 도를 싫어했다. 언젠가는 우쟁천도 진도를 사달라고 조를지 모르기 때문이었다. 이제 겨우 불행의 밑바닥에서 살짝 벗어나려는 순간인데 다시 가라앉을지 모르기 때문이었다.

'하아! 좋아한다고? 재밌다고? 그런 건 닮지 않아도 되는데……'

기옥화는 목도에서 눈을 떼고 상처에서 손을 떼었다. 그리고 억지로 미소를 지으며 우쟁천을 바라보았다.
"아가, 넌 커서 어떤 사람이 되고 싶으냐?"
우쟁천은 주저없이 대답했다.
"물론 무인이 될 거야. 못된 놈들을 혼내주고 약한 사람을 도와줄 수 있는 강한 무인이 될 거야."
우쟁천에게 있어서는 너무나 자연스러운 대답이었다. 어미도 없이 하루 종일 무인들의 틈새에서 살아왔고, 그들로부터 들은 얘기는 모두 과장된 강호와 협객들 이야기뿐이었다. 누구도 환상을 깨주지 않았고 오히려 그러한 꿈을 가지도록 방조하고 격려한 사람들이 더 많았다.
"못된 놈을 혼내주고 약한 사람을 도와줘? 그런 사람이 되고 싶으냐? 장하구나."
기옥화는 우쟁천의 확고한 눈빛을 보며 한숨이 새어 나오려는 내심과는 달리 고개를 끄덕일 수밖에 없었다.
'막는다고 쉽게 막아지는 것이 아닐 터, 이 아이에게만은 하늘이 너그럽기를 바라는 수밖에.'
"그래, 나쁜 뜻이 아니니 하고 싶은 것은 해야지. 하지만 오늘은 그만하여라. 밥 먹고 또 바쁘게 움직여야 할 것 같구나."
바로 그때 우쟁천의 배에서 꼬르륵 소리가 났다. 우쟁천과 기옥화는 동시에 배를 바라보며 미소 지었다.

기옥화는 완전히 다른 사람이 되었다. 집안을 쓸고, 닦고, 정리했고 그동안 돌보지 않았던 가게까지 청소했다. 그 덕분에 우쟁천 역시 사흘이나 집 밖으로 나서보지도 못하고 나름대로 기옥화를 거들었다.
"할머니, 지금 어디 가?"

곽주에 온 지 나흘 만에 처음으로 집 밖을 나선 우쟁천은 기분이 좋은 듯 기옥화의 손을 흔들며 물었다.

"금방 알게 될 걸 뭐 하러 묻누?"

기옥화의 대답에서 왠지 모르게 딱딱한 느낌을 받은 우쟁천은 의아한 눈빛으로 그녀를 바라보았다. 그때 기옥화가 누군가에게 고개를 끄덕였다. 우쟁천은 그때서야 이상한 낌새를 알아차리고 주변을 살폈다.

만물로를 오가는 많은 사람들이 기옥화와 우쟁천을 바라보고 있었다. 그들은 하나같이 놀란 눈빛으로 주시하고 있었고, 몇몇 사람들은 기옥화에게 인사했다. 그리고 몇몇 나이 든 사람들은 우쟁천을 유심히 바라보고 있었다.

기옥화는 사람들의 시선을 무시하고 계속 앞으로 나아갔다. 만물로를 반쯤 지나서 골목 안으로 들어섰다. 만물로의 대로 바로 뒤쪽 골목에 이른 기옥화는 나무 냄새가 짙게 나는 허름한 집에 들어갔다.

어지러운 분위기였다. 바닥에는 나무 가루가 너저분하게 널려 있고, 긴 작업 탁자 위에는 다듬다 만 길고 짧은 목재들이 쌓여 있었다. 바닥 여기저기에는 소중하게 다루어도 모자랄 공구들이 아무렇게나 나뒹굴고 있었다.

기옥화는 눈살을 찌푸리며 빈 가게를 둘러보다가 안쪽으로 난 문을 향해 소리쳤다.

"이보게, 종삼이 있는가?"

아무런 대답이 없었다. 기옥화는 조금 더 큰 목소리로 다시 소리쳤다.

"종삼이!"

문이 빼끔 열리면서 붉은 코에 부스스한 머리를 한 삼십대 중년인이 모습을 드러냈다. 사내는 귀찮다는 듯이 말했다.

"누구야? 어? 아주머니?"

책임감도 *때로는* 활력이 된다

사내는 흐리멍덩하던 두 눈을 치뜨며 신발도 신지 않고 밖으로 나섰다.

"인석아, 이게 무슨 꼴이야?"

사내는 고개를 들지도 못하고 구석에 나뒹구는 나무 의자를 털어 내밀었다. 기옥화는 눈살을 찌푸리며 의자에 앉았다.

"아직 날도 저물지 않았는데 벌써부터 술 냄새가 진동하는구나. 네가 어쩌다가 이런 꼴로 집구석에서 뒹굴고 있는 거야?"

사내는 여전히 고개를 들지 못하고 뒤통수를 긁어댔다. 기옥화가 다시 채근하자 사내는 처음으로 눈을 맞추었다. 그의 눈이 점점 붉어져 갔다.

"한번 찾아뵙지도 못하고 이렇게 못난 꼴만 보여 드려서 죄송합니다. 요즘 일감이 없어서……."

"아버지 못지않다고 소문난 네가 왜 일감이 없어?"

"오면서 못 보셨습니까? 대로에 가게가 새로 하나 생겼습니다. 쉰 다 된 대목에 젊은 목수만 다섯이 넘고 글 잘 파는 사람도 있어서 일감을 모두 잃었습니다. 벌써 넉 달이나 놀고 있으니 느는 것이라곤 신세 한탄과 술밖에 없네요."

"자네 안사람은 어디 가고?"

사내는 씁쓸한 미소를 머금고 고개를 저었다.

"사내가 못 버니 마누라가 고생하네요. 그동안 큰소리 치고 구박만 했는데 그래도 벌어 먹이겠다며 여기저기 잡일을 쫓아다니고 있습니다."

기옥화는 안쓰럽다는 눈으로 사내의 이마를 바라보며 고개를 끄덕였다.

"아이는?"

사내는 그때서야 고개를 번쩍 치켜들고 문으로 뛰어갔다.

"홍복아, 얼른 나와서 인사 올려라."

병약하게 보이는 대여섯 살 정도의 사내아이가 손에 낡은 책 한 권을 들고 나왔다. 아이는 기옥화를 향하여 소리없이 고개를 숙였다.

기옥화는 웃으며 아이의 머리를 쓰다듬었다.

"그래, 홍복이었지? 많이 컸구나. 천아, 너도 아저씨에게 인사해야지?"

그때서야 나설 기회를 얻게 된 우쟁천이 사내에게 고개를 숙였다.

"안녕하세요, 아저씨?"

사내도 그때서야 우쟁천을 발견한 듯 엉겁결에 고개를 끄덕였다. 그러나 금세 눈을 치뜨고 우쟁천을 찬찬히 살폈다.

"아명? 그럴 리가 없으니 네가 아명의 자식이냐?"

우쟁천이 웃으며 고개를 끄덕이자 사내는 자신의 눈을 비비고 다시 살폈다. 그때 기옥화가 물었다.

"학당에 보내나?"

사내는 아이의 손에 쥔 책을 힐끔 보고서 씁쓸하게 웃었다.

"그럴 여유가 있겠습니까? 새로 난 가게에 글 쓰는 사람이 있어 장사에 보탬이 된다고 하니까 이 녀석도 글을 배우겠다며 어디서 책 한 권을 얻어왔습니다만 모르는 글을 책을 본다고 알 수 있겠습니까? 자식이 배우겠다는데 가르칠 수도 없으니 가슴만 아프지요."

그때 갑자기 우쟁천이 나서서 말했다.

"할머니, 내가 가르칠게."

기옥화가 웃으며 우쟁천의 머리를 쓰다듬었다.

"가르칠 수 있겠느냐?"

"그럼. 천자문 정도야 간단하지."

우쟁천은 대답도 듣지 않고 아이의 손을 잡았다.

"너 이리 와봐. 이 형이 글 가르쳐 줄게."

아이가 눈을 치떴다.

"정말? 형아가 글을 알아?"

"그럼. 넌 몸이 약해 보이니까 글뿐만 아니라 무술도 가르쳐 주마. 그러니까 날마다 집으로 와. 알았지?"

아이는 기쁜 듯 고개를 끄덕이다가 사내를 돌아보며 허락을 구했다. 사내는 믿지 못하겠다는 듯 기옥화를 보았다.

"괜찮을 거야. 내게 편지를 읽어주는데 거침없더군. 명이와 그 친구들에게 무술도 배운 것 같았어. 잘됐구먼. 안 그래도 친구가 없어서 안쓰럽다 했는데, 그리하면 서로 좋겠어."

아이는 그 말을 허락으로 알아듣고 크게 기뻐했다.

사내는 문득 아이와 우쟁천을 번갈아 보면서 흐릿한 미소를 지었다.

"아명이 꼭 저랬지요? 어릴 때는 저도 홍복이처럼 약해서 놀림을 많이 받았는데 아명이 친구가 되어주고 형이 되어주었지요. 저 아이, 얼굴만 빼닮은 것이 아니라 성격도 닮았습니다."

먼 옛날을 더듬던 사내가 갑자기 정신을 차리고 물었다.

"한데 저 아이가 여기 있다는 건……?"

기옥화는 웃으며 고개를 저었다.

"괜찮아. 저 아이를 이곳까지 데리고 온 것도 득명이야."

사내가 안도의 한숨을 내쉬는 그때 기옥화가 자리에서 일어서며 품속을 뒤졌다. 그리고 작은 주머니 하나를 찾아내어 작업 탁자 위에 놓았다.

"종삼이 자네 내 일 좀 해주어야겠어."

"예?"

사내는 의아한 눈빛으로 작은 주머니와 기옥화를 번갈아 바라보았다.

기옥화는 아이와 함께 가게 구석으로 옮겨간 우쟁천을 바라보며 말했다.

"포목점은 힘들겠지만 바느질은 다시 한 번 제대로 해볼 생각이야."
"아, 예. 아주머니가 다시 일한다는 소문만 난다면야 일감이야 얼마든지 있겠지요. 예, 잘 생각하신 겁니다."
"내가 언제는 일 안 했나?"
"그야 건성으로……."
기옥화는 말끝을 흐리는 사내를 직시하며 희미한 미소를 지었다. 쑥스럽다는 듯 머리를 긁적이던 사내가 고개를 갸웃하며 물었다.
"예전처럼 포목점을 하실 생각이 아니라면 굳이 가게를 손보실 필요가 있겠습니까? 대충 청소만 해도 될 텐데요."
기옥화는 씁쓸하게 웃으며 고개를 가로저었다.
"바느질이야 쉬지 않았네만 그간 수(繡)를 놓지는 않았지. 벌써 십오 년이야. 사람 하나 잊혀지기는 넉넉한 세월이지. 내 나이를 생각해 보게. 교수(巧手)라 불러주며 기억하는 사람들도 이젠 늙었다고 실력을 의심할 게야. 아직 녹슬지 않았다는 것을 눈으로 보게 해줘야 돼. 아무리 장사라도 자존심은 지키고 싶구먼. 손님이 와야지 찾아다니고 싶지는 않다는 말이야."
"아, 그 말씀이 옳습니다. 사람들이 참으로 얄팍해서 번듯하게 꾸며놓지 않으면 함부로 대하더라구요."
"자네 또한 잘못한 게야. 넋 놓고 기다리기만 하는가? 알아서 찾아오게 보여줘야지. 내가 자네를 알지 못했다면 이런 가게에 발도 들여놓지 않았을 거야."
사내는 엉망진창인 자신의 가게를 둘러보며 쓴웃음을 지었다.
기옥화는 밝게 웃으며 사내의 어깨를 토닥였다.
"이번 일은 나뿐만이 아니라 종삼이 자네에게도 중요해. 정성 들여서 확실하게 해주어야 해. 누가 했냐고 물으면 자네가 했다고 소문낼 생각이니까 물어볼 수 있을 정도로 잘해야 돼."

"여부가 있겠습니까. 처음 시작한다는 마음으로 정성을 다하겠습니다. 한 이틀 여유를 주시겠습니까? 우선 작업장 정리부터 해야 할 것 같습니다."

기옥화는 턱짓으로 주머니를 가리키며 말했다.

"몸과 마음을 가다듬기 전에는 시작할 생각도 하지 마. 우선 선금으로 스무 냥 담았으니까 집안 먼저 건사하고 편해졌을 때 시작해."

"아주머니? 너무 많습니다."

기옥화는 웃으며 고개를 저었다.

"자네 내가 옷 한 벌 지으면 돈을 얼마나 받는지 아나? 공임만 닷 냥을 받을 때도 있어. 걱정 말고 어려울 때는 언제든지 찾아와."

"아주머니!"

사내는 고개를 숙이고 눈물을 훔쳤다. 기옥화는 사내의 등을 냅다 후려치며 목소리 높여 말했다.

"이놈, 너를 누가 키웠느냐? 오줌 질질 쌀 때부터 내 집에서 밥 먹고 산 녀석이 새삼스럽게 왜 이래?"

"흐흐흑! 그래서 더 죄송스럽습니다. 자식같이 키워주셨는데 제 코가 석 자라고 자주 찾아뵙지도 못했습니다."

"아니야. 그래도 꾸준히 찾아와 위로해 준 사람은 자네뿐이었어."

기옥화는 어깨를 들썩이는 사내를 다독이고서 다시 말했다.

"그리고 은근히 소문 좀 내줘야겠어."

사내는 겨우 진정하고 고개를 들었다.

"득명이 힘겹게 세상을 떠돌다가 결국 죽었다고 소문 좀 내줘."

"예?"

"봉가 놈의 원한이 천이 저 녀석에게까지 미칠까 두려워. 아이가 아비를 잃고 찾아왔고, 그래서 내가 봉가에게 한을 품고 있더라고 소문 좀 내."

"아, 예. 알겠습니다. 제가 하느니 마누라보고 하라고 하는 게 낫겠습니다."

"그래, 그렇게 하든지. 그리고 간판도 하나 써야겠는데……."

순간 사내가 난처한 표정을 지었다. 기옥화는 즉시 그 난점을 깨닫고 고개를 돌렸다.

"천아, 이리 오너라."

우쟁천이 다가오자 아이 오흥복도 따라왔다.

"천아, 교수의방(巧手衣房)이라고 쓸 수 있겠느냐?"

우쟁천은 즉시 바닥에 글씨를 썼다. 사내 오종삼은 반색을 하며 글씨를 보다가 미간을 찌푸렸다.

기옥화도 즉시 문제를 발견했다.

"음, 간판에 쓰기는 좀 힘들겠군."

우쟁천은 그 의미를 깨닫지 못하고 어리둥절한 표정을 지었다. 그때 옆에서 보고 있던 오흥복이 말해 주었다.

"형아, 간판 글은 예뻐야 돼. 너무 삐뚤빼뚤하잖아."

"응? 잘 써야 된다고? 히, 지렁이 기어간다고 만날 야단만 맞았는데 잘 써야 하면 안 되지. 그렇다면… 흥복아, 그 천자문 줘봐."

오흥복이 책을 건네주자 우쟁천은 서슴없이 뒤쪽으로 넘겼다. 그리고 중간중간 책장을 접어가면서 중얼거렸다.

"균교임조(鈞巧任釣), 교수돈족(矯手頓足), 내복의상(乃服衣裳), 시건유방(侍巾帷房). 됐다. 자, 보세요. 여기, 여기, 여기, 여기!"

오종삼은 우쟁천이 짚어주는 '교수의방' 네 글자를 뚫어져라 확인하며 밝게 웃었다.

"됐습니다. 잘 쓴 글씨가 이 정도라는 것을 알았으니 대충 비슷하게 흉내는 낼 수 있겠습니다."

"그래? 그럼 정리가 되는 대로 집에 와서 할 일을 알아봐. 그리고 천이 말대로 홍복이는 매일 집으로 보내게. 공부하기에는 여기보다 내 집이 나을 게야."

오종삼은 알겠다고 대답하고 나서 밝게 웃었다.

"아주머니, 웃으시는군요. 지금 밝게 웃고 계십니다."

기옥화는 고개를 끄덕이고서 우쟁천을 돌아보며 말했다.

"돌봐야 할 녀석이 생기지 않았는가. 힘을 내야지. 천아, 오늘은 그만 가자. 홍복이는 내일부터 집으로 올 게다."

기옥화가 손을 뻗자 우쟁천은 오홍복에게 웃어 보이고 그 손을 잡았다.

난감했다. 아비가 살아 있는 것을 빤히 아는 아이에게 아비가 죽은 사람인 양 행동하라고 설득하는 일은 쉽지 않았다. 그렇다고 그 일의 자초지종을 모두 설명하기에는 우쟁천의 나이가 너무 어렸다.

기옥화는 밤새도록 고민했다. 아이가 받아들일 수 있는 사실과 그것을 설명할 수 있는 말들을 차분히 선별했다. 그리고 마침내 아비가 죽은 것처럼 행동하는 것이 우득명은 물론 자신과 우쟁천에게도 최선의 일임을 겨우 납득시켰다.

그 다음날부터 기옥화는 우쟁천을 설득시킨 것만으로는 모자란 듯 그녀의 계획에 적극 가담시켰다.

스무 날이 넘는 시간이 흘렀다. 만사가 순조로웠다. 오종삼의 가게 보수 작업도 착착 진행되었고, 우득명이 죽었다는 풍문도 어느새 사실처럼 알려져 버렸다.

물론 소문이 퍼진 것은 오종삼 부부의 숨은 노력 때문이었다. 그러나 그것이 사실처럼 받아들여진 데에는 기옥화와 우쟁천의 노력이 더 큰 몫을 했다.

기옥화는 상복의 옷자락을 여미고 소리쳤다.

"천아, 준비 다 됐느냐?"

"응, 가도 돼."

우쟁천이 방문을 열고 들어왔다. 기옥화는 자신과 마찬가지로 상복을 입은 우쟁천의 옷매무새를 살핀 후 고개를 끄덕였다.

우쟁천은 방구석으로 갔다. 거기에는 목에 걸 수 있게 만든 나무 상자와 작은 항아리가 놓여 있었다. 우쟁천은 항아리를 나무 상자 위에 얹고 그 상자를 목에 걸고 일어섰다. 그리고 두 손으로 나무 상자를 받쳐 들고 기옥화를 돌아보았다.

"가자."

기옥화는 우쟁천의 머리를 쓰다듬으며 방문을 열었다. 두 사람은 나란히 문밖으로 나섰다.

"근데 할머니, 이거 언제까지 하는 거야?"

기옥화는 미간을 찌푸리며 손가락을 세어보았다.

"음, 기일을 칠월 구일로 잡았으니, 어디 보자. 그래, 이제 사십오 일이 지난 셈이구나. 나흘만 더 하자."

"정말?"

우쟁천이 기뻐서 반색하자 기옥화가 살짝 눈을 흘기며 고개를 저었다.

"조심해야지."

우쟁천은 금방 얼굴을 굳히고 아랫입술을 삐죽 내밀었다. 금세 엄숙하고 슬픈 표정을 되찾은 우쟁천은 말없이 기옥화의 뒤를 따랐다.

두 사람이 굳은 표정으로 거리를 지나가자 사람들이 수군거리며 길을

책임감도 *때로는* 활력이 된다 87

터주었다. 동네 아낙네들은 눈치를 보며 슬금슬금 따라왔고 몇몇 사람들은 얼굴에 슬픔을 담아 인사를 했지만 기옥화는 어느 누구에게도 아는 척하지 않았다.

두 사람은 만물로의 중앙에 이르러 큰 골목으로 들어섰다. 거기서부터 갑자기 분위기가 바뀌었다. 시끌벅적한 만물로와 인접한 골목인데도 불구하고 인적이 드문 골목이었다.

만물로에서 갈라지는 다른 골목과는 달리 길은 넓고 집들은 컸다. 담 하나의 길이가 짧게는 이십여 장, 길게는 육칠십여 장에 이르렀다.

기옥화와 우쟁천은 그 큰 집들 가운데서도 가장 큰 집의 문 앞에 이르러 멈춰 섰다. 그 순간 두 사람의 뒤를 몰래 따라오던 동네 아낙네들도 움찔하여 멈춰 섰다.

우쟁천이 소곤거렸다.

"할머니, 꼬집어줘."

기옥화는 우쟁천의 어깨에 손을 올리고 엄지와 검지로 남모르게 우쟁천의 겨드랑이 속살을 꼬집었다. 순식간에 우쟁천의 얼굴이 일그러지고 눈 주변이 붉어졌다.

기옥화와 우쟁천은 굳게 닫힌 문을 노려보며 가만히 서 있었다. 서 있는 것 말고는 어떤 일도 하지 않았다. 문을 두드리지도 않았고, 원독에 찬 저주의 목소리도 흘리지 않았다. 그저 문을 노려보고 서 있을 뿐이었다. 그것이 바로 두 사람이 지난 이십여 일 동안 하루도 쉬지 않고 행한 일이었다.

처음 며칠은 두 사람의 노고가 무의미한 것처럼 보였다. 그러나 닷새가 지나자 문 안쪽에서 반응이 나타났다. 굳게 닫힌 문이 살짝 열리더니 몇 쌍의 눈동자들이 번갈아가며 두 사람을 살피고 사라졌다. 그리고 사흘 전 봉두원의 아들 봉승경이 마침내 모습을 드러냈다.

창백하게 느껴질 정도로 하얀 얼굴에 곽주 제일의 부자라고는 상상할 수 없을 정도로 마른 체격을 지닌 사십대 초반의 남자였다. 너무나 무표정하여 얼음장처럼 느껴지던 봉승경의 얼굴이 꿈틀거렸다. 처음에는 벌레 보듯 눈살을 찌푸렸으나 우쟁천을 본 후로는 얼굴 전체가 일그러졌다.

기옥화는 가슴이 덜컥 내려앉는 것 같은 충격을 받았다. 만약 그 얼굴이 자기 손으로 우득명을 처리하지 못한 것에서 기인한 것이라면 기옥화는 오히려 화를 자초한 것일 테고 그 화가 우쟁천에게 미칠 것임을 깨달은 탓이었다.

기옥화는 불안한 마음을 억누르고 미리 생각해 둔 대로 소리쳤다.

"두고 보아라, 이놈! 내 이 아이를 거상으로 키우리라! 언젠가는 봉가를 발 아래 두게 하리라."

그 순간 봉승경의 입술에 차가운 비웃음이 감돌았다.

어디 재롱 한번 떨어보라는 듯한 차갑고 오만한 미소를 보았을 때 기옥화는 이미 목적을 달성했음을 느꼈다.

기옥화가 안도의 한숨을 내쉰 그날 이후 봉승경은 더 이상 두 사람에게 관심을 보이지 않았다. 오직 그 집안의 늙은 하인들 몇몇만이 가끔 안쓰럽게 내다볼 따름이었다. 그러나 그녀가 소문낸 우득명의 사십구제까지는 아직 나흘이 남아 있으니 우쟁천이 고생스럽다 해도 기옥화로서는 계속할 수밖에 없었다. 그것만이 봉승경에게 확신을 심어줄 수 있는 방법들 가운데 그녀가 생각해 낼 수 있는 유일한 방법이었다.

"한숨 돌리고 하려무나."

기옥화는 새로 짠 대형 탁자 위에 쟁반을 내려놓았다. 벽에 칸막이를 하던 오종삼이 나무 망치를 내려놓고 이마의 땀을 닦았다. 그리고 탁자로 다가와 기옥화가 내미는 찻잔을 받았다.
 기옥화와 마주 앉은 오종삼은 은근한 자부심과 걱정스러움이 뒤섞인 눈빛으로 가게를 둘러보며 말했다.
 "아주머니, 어떻습니까? 말씀하신 대로 하기는 했는데 좀 삭막해 보입니다만……."
 기옥화는 찻잔을 내려놓으며 가게를 둘러보았다. 많이 달라져 있었다. 가게라기보다는 넓은 마루나 방과 같은 구조라서 문밖의 길보다 한 자반 이상 높았다.
 "아니야. 생각보다 훨씬 훌륭하구나. 지금은 뭔가 빠진 듯 보여도 칠을 마치고 칸칸마다 옷을 걸어두면 분위기가 좋아질 거야."
 오종삼은 상상의 나래를 펼쳐 그가 옛날에 보았던 교수 기옥화의 옷들을 칸칸마다 걸어보며 환한 미소를 지었다.
 "그렇습니다. 아주머니 옷 몇 벌만 걸어두면 작지만 깔끔하고 화사한 가게가 될 것입니다."
 기옥화는 웃으며 물었다.
 "그래, 그동안 일감은 좀 구했어?"
 오종삼은 차를 한 모금 마시고 겸연쩍게 웃으며 대답했다.
 "지나가다가 본 사람들 몇이 자기네 일을 해달라고 부탁했습니다. 당분간은 일을 못해서 안달하지 않아도 되겠습니다."
 "잘됐군. 앞으로도 잘될 거야. 하! 그럼 이제 칠하고 간판만 달면 대충 끝인가?"
 "예, 이틀이면 마무리할 수 있을 것 같습니다."
 기옥화는 고개를 끄덕이며 오종삼을 치하했다.
 "그동안 고생 많았어."
 오종삼은 연신 고개를 저었다.

"아닙니다. 일을 할 수 있다는 게 이렇게 행복한 일인지 정말 몰랐습니다. 이제부터는 한순간도 방심하지 않고 살겠습니다. 우리 홍복이가 제 몫을 할 그날까지 정말 열심히 살겠습니다. 아주머니, 정말 고맙습니다. 이 은혜 절대 잊지 않겠습니다."

"어허, 또 이런다. 은혜는 무슨 은혜. 다 나 좋으라고 한 일이거늘. 그건 그렇고, 자네 안사람 말이야."

"예? 홍복 어미가 무슨 잘못이라도?"

기옥화는 오종삼의 놀란 눈을 바라보며 미소 지었다.

"잘못이라니? 아냐. 홍복이가 내 집에서 반은 살다시피 하니 자네 안사람도 낮 동안 여기 와 있으면 어떨까 물어보려는 것이었어."

"예?"

"내 말동무도 되어주고 바느질도 배워두면 언젠가는 쓸모가 있을 거야. 바느질도 반은 타고난다고들 하지만 나머지 반이라도 배워두면 철마다 홍복이와 자네 옷 만들어주는 정도는 아무것도 아닐 것이고, 나중에 나 죽고 나서는 곽주제일 소리도 들을 수 있을걸?"

오종삼은 크게 기뻐하며 고개를 끄덕였다.

"그래도 되겠습니까? 홍복이 어미가 밥을 좀 많이 먹습니다만."

"예끼, 이 사람! 먹는 만큼 부려먹을 테니까 각오하고 오라 하게. 그리고 자네도 홍복 어미가 여기서 지내는 동안은 와서 밥 먹어. 좀 북적거리며 살고 싶어."

오종삼은 쓴웃음을 짓는 기옥화의 얼굴을 안쓰럽게 바라보았다.

기옥화가 눈을 흘겼다.

"무슨 눈빛이 그래? 안 그래도 겨우 견디는 늙은이 눈에서 눈물 뺄 일 있는가?"

"죄, 죄송합니다."

오종삼이 뒤통수를 긁적이며 겸연쩍게 웃다가 화제를 돌리려는 듯 말했다.
"아, 아까 포목점 호 씨가 다녀갔습니다. 혹시 포목점 다시 할 생각이 나고 걱정스럽게 묻기에 아니라고 하니까 반색을 하고 갔습니다."
기옥화는 대답없이 고개만 끄덕였다. 그때 오종삼이 눈살을 찌푸리고 주저하다가 다시 말했다.
"그리고 적룡방 녀석이 기웃거리다가 고개를 끄덕이고 갔습니다. 귀찮게 하지 않을까요?"
기옥화는 오종삼의 걱정 가득한 얼굴을 바라보며 웃었다.
"그동안 빼앗아갈 것이 없으니 가만히 내버려 두었지만 이제는 시도 때도 없이 들락거리겠지. 걱정 말아. 그놈들 생각만 해도 치가 떨리는데 그 생각 없이 일을 시작했겠나?"
오종삼은 바보가 된 기분으로 기옥화를 멍하게 쳐다보았다. 지난 십오 년 동안 절망의 늪에 빠진 채 죽지 못해 살아왔던 기옥화였다. 그런데 변해도 너무 많이 변해 버렸다.
생각은 깊게, 결정은 단호하게, 그리고 행동은 과감하게.
지난 한 달 동안 지켜본 기옥화는 분명 그가 알던 그 기옥화가 아니었다.
오종삼은 문득 오랜 옛날의 일을 떠올렸다.
'그랬구나. 예전에는 그런 성격이셨지. 그래, 본색을 찾으신 거지 달라진 게 아니구나.'
"무슨 생각을 그렇게 해? 쇠뿔도 단김에 빼라고 했지? 잠깐 다녀오겠네. 집 좀 봐주게."
기옥화는 미지근한 차를 마저 마시고 방으로 들어갔다.

우쟁천은 기옥화가 걸음을 멈추자 그녀의 시선을 따라 한곳을 노려보았다. 봉승경의 저택과는 차이가 있었지만 기옥화의 집과는 비교할 수 없을 만큼 큰 집이었다.

우쟁천은 거대한 대문의 위쪽에 걸린 현판을 읽었다.

"적룡방(赤龍幇)? 할머니, 용은 상서로운 동물이라고 하던데 붉은 용도 그래?"

기옥화는 망설임없이 대답했다.

"나쁜 놈들이다."

"응?"

질문과 대답 사이에 미묘한 어긋남이 있음을 느낀 우쟁천은 눈을 뚱그렇게 뜨고 기옥화를 올려다보았다. 그러나 그녀는 자신이 동문서답을 했음을 깨닫지 못하고 적룡방의 대문만 노려보고 있었다. 그녀의 기색을 확인한 우쟁천도 덩달아 대문을 노려보았다.

그때 기옥화가 들고 있던 보자기를 내려놓고서 우쟁천의 두 어깨에 손을 얹고 말했다.

"천아, 곧 저기에 들어갈 것이다. 넌 아무 말도 하지 말고 사람들 얼굴 하나하나를 유심히 봐두어라."

"왜?"

"저기에 사는 인간들은 아주 흉악한 인간 말종들이다. 이 할미는 물론 시장의 모든 사람들을 괴롭히는 놈들이다. 그런 놈들이 수도 많고 힘까지 세다. 그러니 네가 힘이 세져서 모두 때려줄 수 있을 때까지는 함부로 까불지 말고 피해야 하는 놈들이다. 알겠느냐?"

우쟁천은 얼굴을 살짝 찌푸렸다가 마지못해 고개를 끄덕였다.

"내가 힘이 세져서 때려줄 수 있을 때까지만?"

기옥화는 말없이 고개를 끄덕이고 우쟁천의 머리를 쓰다듬어 주었다.

기옥화의 내심은 말과 달랐다. 그녀는 우쟁천이 평생 동안 적룡방과 부딪치지 않고 평온하게 살기를 희망했다. 적룡방이 한 사람에게 휘둘릴 만큼 나약한 집단이 아님을 잘 알고 있었기 때문이다.

적룡방은 곽주의 유일무이한 무림방파나 다름없었다. 불과 십수 년 전만 하더라도 적룡방과 어깨를 나란히 하던 독응당(毒鷹堂)이 있었으나 당대의 적룡방주 혈명도(血鳴刀) 고유상(固唯祥)에 의하여 일통되고 말았다. 그리하여 적룡방은 곽주를 군림하는 무림방파가 되었다.

그렇다고 해서 곽주에 적룡방 이외의 무인 집단이 없는 것은 아니었다. 우득명이 한때 몸담았던 비호도관(飛虎刀館)이 엄연히 존재하고 있었다. 그러나 비호도관은 아쉽게도 적룡방과 대립하지 않았다.

사파에 가까운 적룡방과 지금은 사라졌다지만 한때 당당했던 오대파에 그 무원(武源)을 둔 비호도관.

당연히 대립적인 관계여야 하는데 비호도관이 먼저 무림방파로서의 성격을 버렸고 그 후로 두 파는 서로를 모른 체하며 지내고 있었다.

사람들은 그런 두 파의 관계를 놓고 하나같이 비호도관을 손가락질하고 있었다. 적룡방이야 원래 나쁜 놈들이니 어쩔 수 없지만 비호도관은 돈에만 정신이 팔려 무인의 기개를 잃었다고 생각한 것이다.

비난에도 불구하고 비호도관의 관주 목현승의 입장에서는 어쩔 수 없는 노릇이었다. 힘으로만 따지자면 가족, 친지로 이루어진 비호도관은 적룡방의 삼분지 일에도 못 미쳤다.

겉으로나마 비견되고 있는 것은 그동안 비호도관에서 배출한 포쾌와 포두들이 적지 않은 탓이었다. 그러나 그들마저도 알게 모르게 적룡방과 끈이 닿아 있으니 기개를 드러내는 것 자체가 만용일 따름이었다. 결국 적룡방은 곽주의 지배자나 다름없었다.

기옥화는 그런 위세를 지닌 적룡방을 봉승경의 개라고 불렀다.

금력과 무력의 밀착은 어디에나 있는 일. 봉가의 사업과 밀접하게 연관되어 있던 고유상은 봉승경의 부탁을 받아 낮과 밤 할 것 없이 기옥화를 감시했다. 그리고 어떻게든 남편의 사업을 이어가려 했던 기옥화에게서 보호비 명목으로 포목들을 하나 둘 가져가 버렸다. 기옥화는 결국 모든 희망을 접고 실의 속에서 살 수밖에 없었다.

그렇게 남편의 사업을 말아먹고 자식을 떼어놓은 적룡방 앞인데도 기옥화의 두 눈은 원한으로 불타오르기보다는 근심으로 가득 차 있었다. 남편과 자식에 이어 마지막 희망인 우쟁천마저 잃게 되는 것이 아닌가 하는 걱정이었다.

기옥화는 고개를 가로젓고서 우쟁천의 머리를 다시 쓰다듬었다.

'아직 어리니 벌써부터 걱정할 필요는 없겠지. 철이 들면 현실을 깨닫게 될 게야.'

"할머니, 그런데 얼굴 표정은 어떻게 지어야 돼? 그때처럼 꼬집을 거야? 노려볼까?"

기옥화는 우쟁천의 갑작스런 질문에 정신을 차리고 고개를 저었다.

"그냥 말없이 내 곁에 서 있으면 된다. 노한 표정 짓지 말고 그냥 집에서처럼 편하게 있으면서 사람들 얼굴이나 기억해 둬라. 이 할미가 말하라고 하기 전에는 말하면 안 돼."

우쟁천이 고개를 끄덕이자 기옥화는 다시 한 번 머리를 쓰다듬어 주고 보자기를 들었다.

"가자!"

기옥화는 우쟁천의 손을 잡고 적룡방을 향해 힘차게 발을 내디뎠다.

기옥화가 분명히 인간 말종들의 소굴이라고 했다. 그러나 우쟁천은 적룡방에 들어서는 순간부터 그 분위기에 친숙함을 느꼈다.

쿠쿠한 땀 냄새, 거기에 뒤섞인 찌든 술 냄새, 늘어진 사람들, 간간이 들려오는 기합성, 그리고 전체적으로 느껴지는 느슨한 분위기가 태원의 등룡관과 비슷했기 때문이다.
 우쟁천이 느꼈던 친숙함은 오래가지 않았다.
 "어이! 어이, 할망구! 여기가 어디라고 함부로 들어와?"
 마당의 정자 그늘에서 늘어진 채 술을 마시고 있던 청년 하나가 벌떡 일어나 기옥화의 앞을 막아섰다. 마당이나 집 구석구석에 늘어져 있는 다른 사람들과 마찬가지로 조잡한 붉은 용이 수놓아진 검은 무복을 입은 이십대 중반의 청년이었는데, 특이하게도 두 개의 누런 앞 이빨이 쥐처럼 툭 튀어나와 있었다.
 "방주를 만나러 왔네. 지금 계시는가?"
 기옥화가 무심한 표정으로 담담하게 물었다.
 청년은 입술을 동그랗게 말면서 눈가에 주름을 잡았다. 그리고 좌우를 돌아보며 말했다.
 "방주님을 만나겠단다, 방주님을. 크크크크."
 그는 다시 기옥화를 응시하며 말했다.
 "이봐, 할망구, 노망났어? 우리 방주님은 만나고 싶다고 아무 때나 만날 수 있는 분이 아냐. 가서. 내가 이렇게 곱게 보내준다고 할 때 조용히 꺼지셔."
 기옥화는 바짝 다가온 얼굴을 외면하며 얼굴을 찡그렸다.
 "자네 얼굴 좀 치우게. 걸레를 문 것도 아닐 텐데 입 냄새가 지독하구먼."
 순간 사내가 얼굴을 붉히며 한 발 물러섰다. 그때 사방에서 웃음소리가 들렸다. 사내의 얼굴이 시뻘겋게 달아올랐다.
 "이 할망구가 죽고 싶어 환장했나?"
 금방이라도 후려칠 기색이었다. 말없이 지켜보고 있던 우쟁천은 자신도 모르게 두 주먹을 불끈 쥐고 사내의 낭심을 노려보았다. 바로 그때 기옥화가 먼저 보자기를 들어 사내의 얼굴을 후려쳤다.

"이놈! 네놈은 어미도 없이 난 놈이더냐? 버르장머리는 어디다 팔아먹었어?"

"이런!"

사내가 주먹을 들어 올렸다. 바로 그때 그의 뒤쪽에서 굵은 목소리가 들려왔다.

"어이, 서귀(鼠鬼)! 거기 무슨 일이야?"

사내는 주먹을 내리고 기옥화를 향해 위협적인 눈빛을 던진 후 뒤로 돌았다.

"당주님, 이 늙은이가 자꾸 방주님을 만나겠다고 억지를 부립니다요."

"누군데?"

서귀라 불린 청년에게 가려 목소리만 들리던 사내가 다가왔다. 목소리에 어울리는 건장한 체구에 두정까지 머리가 벗겨진 사내였다. 그가 기옥화의 얼굴을 확인하고 급히 외면하며 난감한 표정을 지었다.

"아구, 오랜만이구나."

기옥화가 먼저 아는 체를 하자 사내는 어쩔 수 없다는 듯 다시 기옥화를 응시했다.

"오, 오랜만에 뵙습니다, 아주머니."

"당주라고? 출세한 건가?"

사내는 대답하지 않고 쓸쓸하게 웃었다. 머리 때문에 나이 들어 보이지만 사내는 이제 서른셋에 불과했다. 그리고 한때는 우득명과 함께 깔깔거리며 시장통을 휘젓고 다니던 사람이었다. 오종삼과 함께 기옥화가 지어준 밥을 먹던 사람이었다. 그러나 지금은 아니었다.

만물로 사람은 적룡방에 몸담지 않는다는 암묵적인 규칙을 깬 최초의 사람이 그였고, 만물로 사람들이 배신자라고 부르는 사람도 노호도(怒虎刀) 유구(劉宄) 바로 그였다.

한동안 침묵하고 있던 유구가 낮게 말했다.

"아명 소식은 들었습니다."

기옥화는 유구를 빤히 바라보았다. 유구는 다시 그녀를 외면했다.

"잘 간 게지. 이제는 마음 편히 지낼 거다."

기옥화의 목소리는 무정했다. 유구는 여전히 외면한 채 씁쓸한 미소를 지었다.

"방주를 만나게 해다오."

유구는 기옥화가 화제를 돌린 것을 반기며 고개를 들었다.

"무슨 일로 방주님을 만나려 하십니까?"

"장사를 다시 시작하려고 해. 그 전에 담판을 지을까 하여 찾아왔다. 책임져야 할 아이가 생겼으니 예전처럼 다 빼앗기고 살 수는 없는 일 아니냐?"

유구는 곤란하다는 듯 넓은 이마를 쓰다듬으며 잠시 대답을 지체하다가 억지로 미소를 짓고 말했다.

"아주머니, 만물로의 보호비는 방주님께서 신경 쓰실 만큼 큰일이 아닙니다. 예전에는 어찌할 수 없었지만 지금은 제 선에서 대충 해결할 수 있으니 맡겨두고 그만 돌아가세요."

기옥화는 유구의 눈을 들여다보며 고개를 저었다.

"그건 네가 몰라서 하는 말이다. 다른 사람은 몰라도 난 달라. 봉승경과 척을 지고 있으니 담판을 짓기 전에는 하루도 편할 날이 없을 게야. 만나게 해다오. 이 일은 네 방주의 체면과도 관계된 일, 나쁠 게 없을 거야."

유구는 다시 눈살을 찌푸렸다. 그러나 그는 자신의 눈 깊은 곳까지 들여다보는 기옥화의 슬픈 눈을 외면할 수 없었다. 아무리 적룡방도가 되었다 해도 찢어지게 가난했던 그 시절에 언제나 배터지게 밥을 먹여주던 기옥화의 은혜를 잊을 수는 없는 일이었다.

"후우!"

한숨을 내쉬고 고개를 내저은 유구는 문득 우쟁천을 발견하고 반색했다.

"이 아이가 득명의 아입니까? 하, 물을 필요도 없겠네요. 알겠습니다. 일단 주선은 해보겠습니다. 따라오시지요."

유구가 앞장섰다. 그리고 기옥화가 그 뒤를 따랐다.

"어라? 자네들 저 늙은이가 누군지 아나? 도대체 누군데 유 당주님이 저렇게 쩔쩔매는 거야?"

멍한 표정으로 서 있던 쥐 이빨 청년이 사방을 둘러보며 물었다. 그때 정자 근처에 있던 한 청년이 대답했다.

"너 정말 저 할머니 몰라? 그렇지. 만물로 쪽이 네 담당 구역이었던 적은 한 번도 없었구나. 저 할머니가 봉가의 전주인 오입쟁이 봉두원을 죽게 한 바로 그 할머니야. 얼굴에 난 상처만 봐도 알 만할 텐데?"

"오호라! 맞다. 내가 왜 그 생각을 못했지?"

쥐 이빨 사내는 자신의 머리를 후려치고 나서 기옥화가 들어간 내원의 문을 바라보았다.

혈명도 고유상은 적룡방의 악명과는 어울리지 않는 마흔다섯 살의 잘생긴 중년인이었다. 그의 조모와 어머니가 모두 한창때 곽주제일이라 불린 기녀 출신인 탓이었다. 그러나 그의 눈빛만큼은 악명처럼 차갑고 날카로웠다.

그가 앉은 채로 만면에 미소를 짓고 기옥화를 반겼다.

"이게 누구신가? 그 유명한 독심파파(毒心婆婆) 아니신가? 아니지, 아니지. 교수의방을 열었으니 교수독심 기 여협이라고 불러 드릴까? 맞아. 어머니가 당신 옷을 정말 좋아했지. 관에 넣어달라고 하셨으니까. 크크크, 슬픈 일이 있다 들었는데 얼굴은 좋으네. 그 칼자국, 아니, 가위 자국이던가? 멋지오. 사내라면 박력이 넘쳤을 텐데. 풋!"

사실 고유상은 기옥화를 잘 알지 못했다. 그는 그저 지시만 내렸을 뿐 단 한 번도 기옥화를 유심히 본 적이 없었다. 만약 유구가 미리 말하지 않았다면 알아보지 못했을 것이다.

고유상은 자신의 맞은편 자리를 가리키며 기옥화에게 싱긋 웃어 보였다.

"올려보게 하지 말고 앉으시구려. 어? 그 녀석이 손자 되오? 자식, 누구 닮았는지 몰라도 똘똘하게 생겼소."

너무나 친근한 어조였다.

기옥화는 아무런 대꾸도 하지 않고 정색한 채 자리에 앉았다.

고유상은 등받이에서 등을 떼고 탁자에 바짝 붙어 앉으며 속삭이듯 물었다.

"근데 아드님이 죽었다는 게 정말이오?"

기옥화는 유들유들하게 웃는 고유상을 직시하며 차갑게 말했다.

"죽었으니 죽었다 하지 뭐 하러 거짓을 말하겠소? 살아 있어도 어차피 돌아오지 않을 텐데."

"흐흠, 그건 그렇지. 하아! 그동안 들인 공이 모두 허사가 되어버렸군. 알짜 가게 두 개를 날려 버렸어."

고유상은 다시 피식거리며 등받이에 등을 기댔다.

"그건 그렇고, 나하고 할 말이 뭐가 있다고 이 누추한 곳까지 행차하셨꼬? 장사를 다시 한다는 말은 들었소. 근데 그게 나와 무슨 상관이 있어서? 장사를 하고 정해진 보호비를 내면 그뿐 아닌가?"

기옥화는 다시 코웃음 쳤다.

"홍! 내게만 유독 정해진 보호비란 것이 없으니까 문제 아니겠소."

기옥화가 계속해서 차갑고 뻣뻣하게 나오자 고유상은 미소 띤 가운데 눈빛을 차갑게 굳혔다.

"할망구, 내게도 좋은 일이라 하기에 지금 아까운 시간을 허비하고 있어. 그러니 하고 싶은 말이 있으면 빨리 하는 게 좋겠군. 기분 더 더러워지기 전에 말이야."

기옥화는 한기가 도는 고유상의 눈에서 눈을 떼지 않으려고 피가 나도록 입술을 깨물었다.

기옥화는 마음을 차분하게 가라앉히고 말했다.

"요즘 높으신 양반들과 자주 어울린다고 들었소."

"그런데?"

"누가 그러더이다. 적룡방주 옷차림이 모임의 격에 안 어울린다고. 맞소?"

고유상의 눈썹이 꿈틀거렸다. 그러나 이내 눈빛을 풀어버리고 싱긋 웃었다.

이미 파다하게 난 소문이었다. 안 그래도 여러 사람 모인 자리에서 옷차림 가지고 봉승경에게 한소리 들었는데 기녀들이 호들갑을 떨며 같은 소리를 입에 올리는 바람에 죽도록 패버린 것이었다. 그 일로 인하여 고유상은 속 좁은 사람으로 소문나고 자존심에도 큰 상처를 입었다.

"홍! 뒤로 그런 말이 나돈다는 소리는 들었지. 그래, 당신이 보기는 어떻소?"

기옥화는 두 팔을 벌리는 고유상의 전신을 흘려보았다.

전체적으로 무난했다. 검은 비단 단삼은 고유상의 불룩한 아랫배를 가리는 동시에 그의 풍모를 강인하게 만들었고, 상질의 취옥으로 만든 옥건과 옥대는 고급스러웠다. 하체를 볼 수는 없었으나 그 또한 싸구려는 아닐 것이 분명했다. 문제는 그의 전신을 감싸는 흑견단삼 위의 붉은 용 문양이었다. 너무나 두드러져 촌스럽게 보였다.

기옥화는 피식 실소를 흘렸다. 그 순간 고유상의 눈에서 다시 독기가 흘렀고, 옆에서 가만히 지켜만 보던 우쟁천은 놀라서 몸을 떨었다. 그때 기옥화가 무릎 위에 놓여진 보자기를 탁자 위에 올렸다.

고유상의 눈길이 보자기에 이르는 순간 기옥화는 지체없이 그것을 풀었다. 여러 겹으로 겹쳐져 있는 검은 비단이었다.

기옥화는 두 손으로 비단 한구석을 잡아 먼지를 털듯하여 펼쳤다. 그것은 그냥 비단이 아니라 안은 붉고 겉은 검은 피풍의였다.

고유상은 두 눈을 찢어져라 부릅떴다.

"오오오오!"

고유상은 자신도 모르게 등받이에서 등을 떼고 두 손을 뻗었다. 고유상은 넋을 잃은 채 피풍의를 쓰다듬고 살폈다.

고유상은 격이 다르다는 말이 어떤 의미인지 깨달았다. 검은 피풍의에 은은하게 피어오른 묵운, 그리고 그 사이에 드문드문 드러나는 붉은 용은 마치 살아 있는 것처럼 그를 바라보고 있었다. 도저히 손을 뗄 수가 없었다. 비늘 하나하나가 손끝을 따라 일어서는 느낌이었다.

"자리가 사람을 만든다면 옷은 그 품격을 살리는 법."

'너같이 속이 허한 놈에게는 더욱!'

기옥화가 내심을 숨기며 말하는 순간 겨우 정신을 찾은 고유상은 자신이 너무 과도하게 감탄했음을 깨달았다.

"큼! 큼큼! 잘 만든 피풍의군."

고유상은 주먹으로 입을 막으며 다시 등받이에 등을 기대었다. 그러나 그의 눈길은 피풍의에서 벗어나지 못했다.

"이것으로 보호비를 받은 셈 치시오."

기옥화의 말에 고유상은 처음으로 피풍의에서 눈길을 떼고 실소했다.

"겨우 피풍의 하나로 보호비를 대신하라고? 내가 한낱 옷 따위에 환장할 사람처럼 보이는가?"

바로 그때 기옥화가 피풍의를 잡아 뒤집어놓았다. 순간 붉은 용 한 마리가 허공을 휘돌다가 탁자 위에 내려앉았다. 말 그대로 붉은 용이었다. 붉은 안감에 흑견사로 나무에 음각을 하듯 수를 놓았는데 펄럭이는 순간 피풍의에서 튀어나와 승천하려는 것만 같았다.

고유상의 눈빛이 또다시 흔들렸다. 그때 기옥화가 가위를 들고 피풍의 끝 자락을 잡았다.

"뭐 하려는 거지?"

고유상이 기옥화를 노려보았지만 그녀는 흔들리지 않았다. 오히려 가위를 벌려 피풍의 끝 자락에 대고 담담하게 말했다.

"당신이 아니고서야 이 곽주에서 그 누가 적룡피풍의(赤龍避風衣)를 입고 다닐 수 있단 말이오? 그런데 당신이 싫다 하니 찢어버릴 수밖에."

고유상은 기옥화의 기묘하고 당당한 아부에 웃음을 참는 듯 입술을 씰룩거리면서 한편으로는 여전히 노려보았다. 기옥화는 그 얼음장같이 차가운 눈빛을 묵묵히 받아내고 있었다.

"한순간이면 목을 따버릴 수 있다. 아니지. 솔직히 탐은 나니까 일단 받을 건 받고 나중에 말을 뒤집어 버릴 수도 있어. 그것도 아니군. 당장 손자 녀석의 목을 부러뜨릴 수도 있어. 그렇게 하겠다면 어쩔 텐가?"

기옥화는 차분한 눈빛으로 고유상을 직시하며 대답했다.

"자세히 보시구려. 여의주가 없는 용은 용이 아니라 이무기요. 그리고 당신은 봄이 와도 피풍의를 두르고 다닐 생각이오? 내 비록 교수라 불린다지만 할 마음이 없는 상태에서 그 같은 피풍의를 다시 만들 수는 없소. 다른 옷도 마찬가지고."

고유상은 잠깐 동안 기옥화를 노려보다가 결국에는 웃음을 흘리고 말았다.

"큭! 흐흐흐! 좋소, 좋아. 승복하지 않을 수 없구려. 그러니까 철따라 보호비 대신 이 같은 옷을 만들어주겠다?"

기옥화는 고개를 끄덕이며 덧붙였다.

"내가 만든 적룡문의(赤龍紋衣)는 천하에서 오직 한 사람만 입게 될 것이오. 또한 만금을 낸다 해도 봉숭경은 내가 만든 옷을 입지 못할 것이오."

"흐하하하! 봉 장주가 내 옷 타박을 했다는 사실은 도대체 누구한테 들었소? 좋아, 좋아. 내 옷을 만들어주는 한 내 교수독심 기 여협을 성가시게 하는 일은 없을 것이오. 내 비록 나쁜 놈이지만 이번 약속만큼은 내 거시기를 걸고 반드시 지키겠소."

기옥화는 고개를 끄덕이며 다시 보자기로 피풍의를 싸고 바로 자리에서 일어났다.

"여의주를 물려야 하니 내일쯤 사람을 보내시오. 내 눈대중으로 지금 입고 있는 단삼과 같은 옷도 한 벌 같이 만들어두었소. 풍채를 보니 대충 맞을 것 같구려. 그리고 취영루(翠影樓)에 교아취(喬娥翠)라는 노기가 있소. 그 아이의 눈썰미가 쓸 만하다 하더이다. 곁에 두면 도움이 되지 않겠소?"

"교아취? 노기라면 오래 있었다는 소린데 왜 들어본 적이 없을까? 인물이 좀 빠지나 보군."

고유상은 실실 웃으며 고개를 끄덕였다.

기옥화는 우쟁천의 손을 잡고 마루에서 내려섰다. 그리고 문득 생각난

듯 고개를 돌려 말했다.

"다음에는 지금 당신에게 가장 잘 맞는 옷 한 벌과 비단 몇 필 들려 보내시오. 나는 포목점주가 아니라 옷 만드는 사람이니까."

"크! 좋소. 아주 좋아. 꼼짝 못하고 당해 버렸는데 이렇게 유쾌할 수가 있나? 알았소. 내일 사람 보낼 때 지금 이 옷과 비단 서너 필 함께 보내지. 하하하하! 참나!"

기옥화는 말없이 내원을 빠져나갔다. 그녀의 등을 가만히 지켜보던 고유상은 또다시 웃음을 흘리며 고개를 저었다.

"처음부터 끝까지 단 한 번도 상황을 주도하지 못했지? 당차고 용의주도해. 크크큭! 이제야 이해하겠어. 죽이는 것보다 절망 속에서 사는 모습이 더 보고 싶다고 했었지. 봉승경 그 인간은 확실히 나보다 더 잔악한 놈이야. 어쨌든 훌륭해. 남자로 태어났으면 영웅호걸 소릴 들었겠지. 알아보자마자 곁에 두거나 죽여 버렸을 거야. 에휴! 그나저나 봉승경이 이 문제로 개지랄 떨지 않았으면 좋겠군. 입에 올리면 귀찮은데……. 에이! 그때는 거시기를 떼어버리지 뭐. 아닌가? 저 어린 놈 목을 비틀어 버리면 되겠군. 그럼. 아직 쓸 일이 많은데 떼버릴 수는 없지."

고유상은 자신의 사타구니 사이를 툭툭 두드렸다.

■4장■
지켜보는 것만으로도
행복해지는 사람이 있다

지켜보는 것만으로도 행복해지는 사람이 있다

우쟁천은 무언가 말하고 싶은 듯 입술을 움찔거리다가 기옥화의 얼굴을 보고는 참을 수밖에 없었다.

대화를 나눌 만한 분위기가 아니었다. 서당에서 나온 지 반 각. 지금처럼 무겁고 슬픈 표정은 처음 만났던 그날 이후 처음이었다.

멀리 만물로 입구가 보였다. 우쟁천은 무거운 걸음을 옮기는 기옥화의 곁에 바짝 붙어서 그녀의 손을 잡았다.

기옥화는 갑자기 손바닥에서 따뜻함이 느껴지자 걸음을 멈추고 우쟁천의 얼굴을 내려다보았다. 그녀는 왼손으로 우쟁천의 뺨을 쓰다듬으며 말했다.

"그런 선생에게는 아무것도 배울 것이 없다. 걱정 말아라. 내가 독선생을 모시는 한이 있어도 공부할 수 있도록 해주마. 틀림없이 생각이 바른 선생도 있을 것이다. 암, 있고말고. 넌 아무 걱정 하지 마라. 나쁜 놈! 꼭 닭같이 생겨가지고."

얼굴을 떠올리니까 또다시 부아가 치밀어 올랐다. 기옥화는 자신이 왔던 길을 돌아보며 중얼거렸다.
"에잇, 닭보다 못한 놈! 닭은 먹기라도 하지. 뭐라? 죄인의 자식? 그래서 가르칠 수 없다고? 같이 공부하라 하면 아이들이 다 떨어져 나갈 거라고? 그게 학문을 가르친다는 선생이 한다는 말이냐? 학문을 배우는 까닭이 무엇인데? 옳고 그름을 알고 바른 인간이 되려고 배우는 거 아니더냐? 그래, 백 번을 양보해서 죄인의 자식이라고 치자. 그렇다면 더 더욱 가르칠 생각을 해야지. 그러고도 선생이라고 거들먹거리지. 나쁜 놈! 아이고, 내가 지금 애 앞에서 무슨 소리를 하고 있는 건지."
"닭이 아니라 매처럼 무섭게 생겼던데……."
기옥화는 우쟁천의 중얼거림을 듣고 화를 삭였다.
"응? 아무렴 어떠냐? 닭이나 매나 새인 건 매한가지 아니더냐?"
우쟁천은 기옥화의 얼굴을 빤히 바라보며 진지한 어조로 말했다.
"근데 할머니, 꼭 가야 한다고 해서 말하지 못했는데 사실은 나 서당에 가고 싶지 않아."
"그게 무슨 소리냐? 배우는 것도 다 때가 있는 법이다."
기옥화가 눈을 똥그렇게 치뜨고 압박하는데도 우쟁천은 그녀를 똑바로 쳐다보고 자신의 뜻을 밝혔다.
"할머니, 나 글을 읽을 수 있고 쓸 수도 있어. 지금은 이 정도로 충분하지 않아? 고 할아버지가 그랬어. 곽주로 가서 글공부하기가 쉽지 않으면 차라리 세상을 보면서 가슴을 채우라고. 이제부터의 글공부는 뜻을 풀이할 수는 있어도 쉽게 이해할 수는 없을 테니까 나이가 좀 더 들어서 배워도 된다고 했거든."
기옥화로서는 쉽게 이해할 수 없는 말이었다. 고 할아버지라는 인물에 대해서는 수도 없이 되풀이해서 들었다. 그래서 본 적은 없지만 훌륭한 사람이라고 생각은 하고 있었다. 그가 말했다 하니 틀린 말은 아니라고 생각했지만 무슨 뜻인지 정확히 알 수가 없었다.

"가슴을 채운다는 말이 무슨 뜻이냐? 배워도 이해하지 못하다니? 그러니까 더 배워야 하는 것 아니냐?"

우쟁천은 잠시 미간을 찌푸려 생각을 정리하고 차분히 말했다.

"제대로 된 사람에게서 배우지 못하면 오히려 괴상하거나 고리타분한 사람이 된다고 했어. 많이 배운 사람이 나쁜 짓을 하면 더 무서우니까 잘못 배우기보다는 차라리 배우지 않는 것이 낫다 그랬지. 무슨 말인지 잘은 모르겠지만 사내대장부에게 진정으로 필요한 것은 머리를 채우는 것이 아니라 가슴을 채우는 거래. 사람들을 가만히 지켜보는 것만으로도 공부하는 거라던데? 어떨 때 왜 내 가슴이 우는지, 또 어떨 때 왜 웃는지 잘 살펴보래. 무슨 일이든지 가슴에서 우러나와 행한 일은 실패해도 후회가 없다고 했거든. 역시 무슨 말인지 잘은 모르겠지만 말이야."

우쟁천은 잠시 한숨을 돌리려는 듯 길게 심호흡하고 다시 생각을 정리한 후에 말을 이었다.

"그리고 책도 읽어야 할 나이가 있대. 앞으로 내가 배워야 할 책들은 어렵고 힘들어서 지금 당장 배워봐야 배우지 않아도 알게 되는 것들을 배우는 것과 글자 몇 개 더 배운다는 의미밖에 없대. 하지만 어느 정도 세상을 알고 사는 방법을 알 나이가 되면 그때는 흥미로울 수도 있다고 했어."

기옥화는 심각한 표정으로 길바닥에 쪼그려 앉았다. 무시할 수 없는 말이지만 선뜻 이해할 수도 없는 말이어서 차분히 되새김할 필요를 느낀 것이었다.

한참 동안 말이 없던 기옥화가 마침내 우쟁천을 바라보았다.

"좋다. 이 할미가 묻는 말에 제대로 대답할 수 있으면 굳이 서당에 가라고 하지 않으마."
 우쟁천은 기쁘면서도 한편으로는 긴장한 표정으로 기옥화의 입을 주시했다.
 "너는 아직 어리다. 그러니 옳고 그른 것을 쉽게 판단할 수 없다는 게 이 할미의 생각이야. 그런데 네가 느끼는 것이 제대로 된 것이라고 어찌 알 수 있겠느냐?"
 우쟁천은 주저하지 않고 대답했다.
 "고 할아버지가 그랬어. 그건 판단하는 게 아니라 저절로 느껴지는 거래. 잘 모를 때는 불쌍한 사람을 보면 안쓰럽게 생각하고 도와주는 나이든 사람에게 물어보래. 그런 사람은 나이를 헛먹지 않으니까 그런 사람이 대답하는 것은 틀림없을 거라고. 나한테는 할머니가 있잖아."
 기옥화는 미간을 모은 채 한참 동안이나 우쟁천의 천진하게 웃는 얼굴을 바라보았다. 단지 공부하기가 싫어서 영악하게 머리를 굴리는 게 아닌가 하는 의심이 인 탓이었다. 하지만 승복하지 않을 수 없었다.
 기옥화는 두 손으로 우쟁천의 두 뺨을 감쌌다.
 "알겠다. 이제 네게 서당 가라고 강요하지 않겠다. 하지만 이 할미에게 약속 하나 해다오."
 "뭔데?"
 "날마다 네가 한 일과 느낀 것을 이 할미에게 이야기해 주어야 한다. 약속하겠니?"
 우쟁천은 힘차게 고개를 끄덕였다. 기옥화는 포근한 미소를 지으며 일어섰다. 그리고 다시 우쟁천의 오른손을 잡고 집으로 향했다.
 "천아, 이 할미는 무식해서 네게 무엇을 하고 어떤 사람이 되라고 말해 줄 수 없구나. 하지만 한 가지 네게 꼭 해주고 싶은 말이 있단다."
 "뭔데?"

"하고 싶은 일은 무엇이든 해도 좋다. 하지만 한 번 결심하면 중간에 우는 소리 하지 말고 끝까지 이루어내는 사람이 되어라. 아무리 어렵고 힘들더라도 포기하면 안 돼."

우쟁천은 야무지게 주먹을 쥐어 보았다.

"응. 내 이름이 쟁천이야. 하늘과 다투어도 굴복하지 않는 사람이 되라고 그렇게 지었대. 아버지가 그랬지. 사나이는 용기다. 용기있는 사람은 아무리 힘들어도 굴복하지 않는다고 했지. 할머니, 나 열심히 수련할 거야. 무공을 열심히 익히면 용기가 불끈불끈 생긴대."

주먹까지 불끈 쥐며 의지를 드러냈는데 기옥화의 반응은 기대와 달랐다. 오히려 눈을 부릅뜨고 우쟁천의 머리를 쥐어박았다.

"이놈, 그러니까 결국 글공부는 안 하고 무술만 익히겠다는 소리구나. 이 할미가 무식하다고 벌써부터 술수를 부리니 이 일을 어쩌누?"

우쟁천은 왼손으로 머리를 쓰다듬으며 말했다.

"잇힝! 그게 아닌데. 무예가 높아지면 담이 커지고 담이 커지면 무예가 더욱 높아진다는 무언(武言)도 있단 말이야."

기옥화가 눈을 흘기며 다시 말했다.

"어쨌든 이제부턴 싸움질만 하고 다니겠구나. 약속하자마자 걱정부터 되니 이 일을 어쩌누?"

우쟁천은 연신 고개를 저었다.

"무로써 덕을 살핀대(武以觀德). 덕이 있는 사람은 함부로 힘을 자랑하지 않고 꼭 필요한 일에만 쓴다고 하지. 아버지하고도 약속했어. 함부로 싸움하지 않는다고. 그러니까 걱정하지 마, 할머니."

기옥화는 끝내 웃고 말았다.

교수의방을 연 지 한 달이 지났다. 가게는 깔끔하고 화사했지만 오종삼의 말대로 허전한 느낌이었다. 칸칸이 나눈 벽면 가득 옷을 걸어두겠다 했던 기옥화의 말과는 달리 겨우 두 칸에만 아이의 포삼과 아름다운 수전의가 걸려 있는 까닭이었다.

작업대를 대신한 탁자를 앞에 두고 기옥화가 미간을 찌푸리며 말했다.

"여보게, 여기 실 좀 꿰어주게."

단정한 수전의를 입은 수더분한 인상의 여인이 자신의 일을 내려놓고 기옥화에게서 실과 바늘을 건네받았다.

"아주머니, 너무 무리하시는 거 아닙니까요? 일이 끊이지 않아 좋기는 한데 잠시도 쉴 틈이 없지 않습니까?"

여인은 말하는 도중에도 바늘에 실을 꿰어 기옥화에게 건넸다.

기옥화가 빙그레 웃으며 물었다.

"왜, 힘든가?"

"아이고, 아닙니다요. 제가 뭐 하는 일이 있나요? 저는 여기 있는 것만으로 마냥 좋기만 합니다. 우리 세 식구 밥 먹지요, 바느질 배우지요, 그것도 모자라 하는 일도 없는 년이 돈까지 받습니다. 제가 힘들어한다면 천벌 받지요. 하지만 아주머니는 너무 과하십니다. 보세요. 옷 걸어둘 새가 없지 않습니까? 주문이 너무 많아서 이제는 더 받을 수도 없습니다. 하루 이틀 할 것도 아닌데 몸 생각 하시면서 쉬엄쉬엄 하세요."

"그런 뜻인가? 그럼 됐네. 난 또 자네가 힘들어서 못하겠다고 하면 어쩌나 했지. 내 걱정은 말게. 자네가 집안일을 도맡아서 해주니 난 좋아하는 일만 하는 게야. 더 늙으면 아무리 좋아해도 돈벌이로는 못할 일, 할 수 있을 때 해야지."

한 달밖에 안 된 가게가 그 정도로 성업하게 된 데에는 이유가 있었다. 기옥화가 내심 기대한 대로 다른 누구도 아닌 고유상 덕분이었다.

물론 고유상이 교수의방을 알리고 다닐 인간은 아니었다. 그러나 그가 요즘 늘 입고 다니는 기옥화의 옷들은 광고 그 자체였다. 그로 인하여 교수 기옥화의 솜씨가 여전하다는 것이 증명된 셈이니 고유상이야말로 걸어다니는 광고판이나 다름없었다.

문 연 지 하루 만에 곽주에서 알아주는 기녀들이 가장 먼저 찾아왔고, 그 다음에 온 이들이 내로라하는 고관의 부인들과 한창 멋 부릴 한량들이었다. 그들의 주문만으로도 이미 기옥화의 능력을 넘어선 상태였다. 공임을 따로 정할 필요도 없었다. 처음에 기본으로 닷 냥을 불러놓았더니 저절로 웃돈이 붙었다.

기옥화는 더 이상 주문을 받을 수 없었다. 하지만 사람들은 쉴 새 없이 찾아왔다. 우쟁천을 시켜 간단한 장부를 만들어놓고 작업 일정을 밝혀놓으니 주문을 하지 못한 사람들은 이미 만들어 걸어놓았던 옷들을 뺏다시피 하여 가져가 버렸다.

오종삼의 아내이자 오홍복의 어미인 초말녀(楚末女)는 기뻐서 비명을 질렀지만 기옥화는 이미 예상을 했다는 듯 담담하기만 했다.

"알겠는가? 여기 있는 동안 열심히 배우게. 자네 바깥사람도 돈을 버니 내게 제대로 배워놓으면 두 사람이 돈 모으는 일은 아무것도 아니지."

초말녀는 웃으며 손을 저었다.

"아이고, 제게 그런 손재주가 있어야지요? 그리고 아주머니가 쥐어주신 돈만으로도 우리 세 식구 사는 건 충분합니다요."

기옥화가 들고 있던 비단을 내려놓고 혀를 찼다.

"이런이런, 밥만 먹고 살 텐가? 자네도 들었지? 천이 말로는 홍복이가 보통 똑똑한 녀석이 아니라네. 몸이 약해서 무술을 익히는 것은 더디지만 글을 익히는 일은 자기보다 훨씬 빠르다 하네. 그런 아이라면 부모로서 당연히 공부를 시켜야 하지 않겠는가? 그리고 내가 천년만년 살겠나? 제대로 배워두면 내가 일 놓는 그날부터 내가 버는 돈은 전부 자네 것이야. 홍복이의 장래를 생각해서라도 열심히 익혀. 타고난 재주가 없으면 배로 노력하면 돼."

초말녀가 겸연쩍게 웃었다.

"예, 알겠습니다. 안 그래도 집에 가서도 자기 전까지는 실과 바늘을 놓지 않습니다. 재미도 있구요. 에구! 저놈이 또 얼쩡거리네."

초말녀의 어깨가 움츠러들고 목소리가 기어들어 갔다.

기옥화는 바느질 감을 탁자 위에 내려두고 문밖을 바라보았다. 이십대 후반이나 삼십대 초반으로 보이는 삐쩍 마른 사내가 기옥화를 바라보고 있었다.

"허! 그놈 참! 안 되겠구나."

기옥화는 사내를 향해 손짓했다. 사내는 코를 씰룩이며 안으로 들어왔다.

"안녕하슈?"

딴에는 웃으려는 것 같은데 눈이 뱀처럼 번들거리니 웃는 것 같지도 않았다.

기옥화는 거두절미하고 물었다.

"자네 뭣 때문에 자꾸 기웃거리나?"

"나 모르시우?"

"자네가 이 만물로에서 보호비를 걷는 사람이라는 건 모르는 사람이 없을 걸세. 하지만 나하고는 상관이 없는 일 같은데, 아닌가?"

사내의 이름은 목첨(穆沾)이었다. 눈빛이 뱀 같고 칼끝이 잔인하여 사목귀도(蛇目鬼刀)라고 불리는데 만물로를 담당하는 적룡방 사람들 가운데서도 우두머리 격에 속하는 인물이었다.

목첨은 입맛을 쩝쩝 다시면서 고개를 끄덕였다.

"아쉽지만 그렇수. 보호비 때문에 온 게 아니우. 아, 뭐냐 하면 말이오. 그게 아, 옷 한 벌만 지어주슈. 영롱루(玲瓏樓)에 내가 뒤를 봐주는 계집이 하나 있는데 여기서 만들어주는 옷 한 번 입어보면 소원이 없겠다는구려. 그러니 내 체면 좀 세워주시우."

기옥화는 목첨의 뻔뻔한 얼굴을 빤히 바라보았다.

"돈 받고 하는 일 못해줄 것은 없지. 하지만 좀 기다려야겠구먼. 한 석 달 후에나 오게. 옷감은 직접 준비하고 공임은 닷 냥만 받겠네."

옆에서 지켜만 보던 초말녀가 조마조마한 가슴을 부여잡고 연신 고개를 저었다. 그러나 기옥화는 못 본 척 무시했다.

초말녀의 걱정처럼 목첨의 얼굴이 일그러졌다.

"뭐요? 석 달? 그것도 모자라서 옷감도 내가 준비하고 공임까지 내어놓으라고? 이 목첨에게? 허, 이 할망구, 정신 나갔군! 나보고 돈을 내라고? 장사 그만 하고 싶어? 나이를 그만큼 처먹었으면 나 같은 놈 입에서 점잖은 말 나올 때 고분고분 듣는 게 신상에 이롭다는 것쯤은 알아야 할 것 아니야. 확 불을 싸질러 버릴까 보다, 쌍!"

기옥화는 목첨의 뱀눈을 노려보며 차갑게 소리쳤다.

"어디 할 수 있으면 한 번 해보아라, 이놈! 네놈이야말로 정신이 나간 게지? 지금 내가 만드는 옷이 누구 옷인 줄 알기는 아느냐? 이름만 대면 다 아는 사람들이 주문한 옷들이다. 네놈 협박 때문에 늦어졌다고 하면 네놈이 장차 어찌 될 것인 줄 모른단 말이냐? 나를 때리고 가게를 부셔봐라, 이놈! 한 달 보름 동안 일하지 않고 네놈 탓이라고 할 것이다. 해봐! 용기가 있으면 해봐라, 이놈!"

목첨의 얼굴이 갈등으로 인해 천변만화했다. 기옥화는 늦추지 않고 다시 소리쳤다.

"천지분간도 못하는 놈 같으니라고! 적룡방 안에만 해도 네놈 위로 몇이나 더 있더냐? 모르긴 몰라도 예닐곱은 될 것이다. 그 인간들이 왜 여기에 안 나타나는지 모른단 말이냐? 네 방주도 옷감을 보내고 부탁하는데, 그럼 너는 네 방주조차 안중에 없다는 소리 아니더냐? 알겠다. 네놈이 그렇게 높은 양반이라면 기꺼이 지어드려야지. 영롱루라고 했더냐? 네 계집의 이름을 대라. 알아야 가서 치수를 잴 것 아니겠느냐?"

목첨은 대답도 못하고 계속해서 고개를 저으며 뒷걸음질쳤다. 그리고 뒤도 돌아보지 않고 사라졌다.

기옥화는 혀를 차며 고개를 저었다.

"클클클, 단번에 못 들어오고 서성거릴 때부터 알아봤다. 뱀같이 차게 생겨가지고 담량은 손톱만큼도 안 되는 놈이 아니더냐."

초말녀는 여전히 두근거리는 가슴을 움켜쥐고 기옥화를 바라보며 고개를 저었다.

"아주머니, 그놈이 얼마나 잔악한 놈인데 그렇게 함부로 대하십니까? 천이한테 해코지라도 하면 어쩌시려구요?"

기옥화는 일감을 다시 잡으며 고개를 저었다.

"딱 보면 몰라? 시키기 전에는 일 저지를 배짱이 없는 놈이야."

초말녀는 겨우 한숨을 내쉬고 웃었다.

"하여튼 대단하십니다."

"흥! 무슨 대수라고 대단씩이나! 거드름 피우는 여우를 혼내주려면 흉포한 호랑이의 위세를 빌리는 게 당연한 거지. 에휴! 그나저나 요즘은 제대로 된 사내놈들이 없어. 천이와 홍복이는 저렇게 크면 안 되는데, 쯧쯧쯧."

그때 마침 가게와 안집을 연결하는 문이 열리며 우쟁천과 오홍복이 뛰어 들어왔다.

"할머니!"

"이놈! 가게에서는 뛰지 말라고 했지?"

"히히히!"

우쟁천과 오홍복이 서로 마주 보며 웃을 때 기옥화가 다시 물었다.
"무슨 일이냐? 배고파?"
초말녀가 환하게 웃고 있는 오홍복을 바라보고 있다가 끼어들었다.
"밥 먹은 지 얼마나 됐다고 벌써 배가 고프겠어요?"
오홍복이 초말녀를 보며 물었다.
"엄마, 아빠 지금 어디 있을까?"
초말녀는 우쟁천의 시선까지 자기에게로 와 닿는 것을 느끼며 의아한 표정을 지었다.
"그건 왜 물어?"
"응, 부탁할 게 있어서."
"부탁? 뭔데?"
오홍복은 궁금하다는 표정을 짓는 초말녀를 외면하고 우쟁천과 눈을 맞추며 의미심장한 미소를 교환했다.
"천아, 네가 말해 봐라. 이 아줌마도 좀 알자."
우쟁천과 오홍복은 다시 한 번 미소를 교환하고 동시에 고개를 저었다. 초말녀는 의좋은 형제 같은 두 아이를 바라보며 미소 지었다. 궁금한 것이야 나중에 오종삼에게 물으면 어차피 알게 될 일이었다. 그녀로서는 전에 없이 활기찬 오홍복을 보는 것만으로도 충분히 행복했다.
"네 아버지 지금 집에 있을 거야. 보덕이네 문짝 만들고 있을걸."
그 순간 두 아이는 다시 한 번 미소를 교환하고 후다닥 사라져 버렸다. 초말녀는 이미 닫혀 버린 문을 바라보면서도 미소를 지우지 않았다.
"천이가 복덩인가 봐요."
초말녀로서는 그렇게 생각할 수밖에 없었다. 우쟁천이 있음으로 해서 기옥화가 웃음을 찾았고 그로 인하여 오종삼은 물론 오홍복과 자신도 활기를 되찾았기 때문이다.

"그런가 보네."

기옥화도 미소를 지으며 일감을 잡았다.

초말녀가 다시 궁금한 표정을 지으며 물었다.

"아주머니, 제게도 이렇게 예쁜 옷을 지어주시면서 왜 천이에게는 헌 옷을 입히세요?"

기옥화는 옷감에 바늘을 꽂아두고 웃으며 고개를 저었다.

"자네는 도대체 도와주겠다는 사람인가, 방해하겠다는 사람인가? 집중을 못하겠구먼."

초말녀가 겸연쩍은 미소를 짓자 기옥화는 혀를 차며 말했다.

"자네는 내 가게에 늘 앉아 있는 사람이야. 그런 사람이 초라한 옷을 입고 있으면 손님들이 믿고 일감을 맡기겠는가? 하지만 아이들은 달라. 아이가 어리다 해도 보는 눈은 있지. 좋은 옷과 마구 입을 옷 정도는 구별할 수 있단 말일세. 좋은 옷을 입혀놓으면 맘 편하게 놀 수 있겠는가?"

기옥화는 초말녀의 반응도 살피지 않고 다시 일감을 잡았다.

초말녀는 다시 말을 걸지 못하고 고개만 끄덕였다. 일을 배운 김에 무리해서라도 홍복이에게 비단옷 한 벌 지어주겠다고 생각하고 있었다. 하지만 기옥화의 말을 듣는 순간 계획을 미루기로 했다.

초말녀는 일에 몰두하는 기옥화를 빤히 바라보았다. 구 년 전 오종삼과 혼인하여 기옥화를 처음 만났었다. 안 좋은 소문도 있었고 그녀의 얼굴 또한 어둡고 험악한지라 그녀에 대한 첫인상이 좋지 않았다. 음습하고 구질구질하다는 느낌이었을까? 만약 오종삼이 그녀에 대해 자세히 이야기해 주지 않았다면 동정하기는커녕 그 이후로 다시는 대면하려고 하지 않았으리라.

하지만 달라진 오종삼의 말대로라면 본색을 되찾은 기옥화는 남다른 사람이었다. 하늘이 부여한 천품이 다르다고나 할까? 그렇게밖에 이해할 수 없을 만큼 기옥화는 특별했다.
 기옥화는 강해야 할 때와 부드러워야 할 때를 본능적으로 알고 있는 사람이었고, 거기에 따라 용기있게 행동하는 사람이었다. 그뿐만이 아니었다. 배운 것 없기는 자신과 마찬가지인데도 말하는 방식이나 행동거지 하나하나에서 기품이 느껴졌다.
 '무엇이 다른 거지? 지체 높은 마님들을 많이 상대해서 그런가? 아니면 정말 하늘이 차별을 하는 건가?'
 초말녀는 단정한 자세를 유지하며 손 빠르게 바느질을 하고 있는 기옥화를 한참 동안이나 멍하니 바라보고 있었다.

"커흑! 잘 먹었다."
 상을 앞으로 밀어놓은 오종삼은 두 팔을 뒤로하여 마루를 짚고 배를 내밀었다.
 초말녀가 포만감을 트림으로 표시하는 오종삼을 흘겨보며 말했다.
 "제발 때맞춰 좀 와요, 상 두 번 차리게 하지 말고."
 "이 사람아, 일하는 사람이 그게 쉽나? 생각을 하고 있다가도 때만 되면 늘 깜빡깜빡한단 말이야."
 초말녀는 고개를 저으면서도 별달리 실망한 기색을 보이지는 않았다.
 오종삼의 성격이 본래 그랬다. 한 번 일을 시작하면 하겠다고 마음먹은 일까지 마쳐야 손을 뗐다. 그걸 알면서도 굳이 말을 하는 것은 제때에 챙겨 먹지 못해 건강을 해칠까 두려운 탓이었다.
 지금까지는 가슴이 떨릴 만큼 모든 것이 너무나 순조로웠다. 기옥화의 가게 일을 시작으로 해서 지난 일 년간 오종삼은 오래 노는 일 없이 일감을 맡아왔다. 물론 큰일은 목수가 많은 건원당이 도맡다시피 했지만 보수 유지와 같은 작은 일은 끊이지 않고 해왔다. 거기에 자신 또한 기옥화로부터 기대 이상의 보수를 받았고, 오홍복 역시 우쟁천의 도움으로 건강하게 자라고 있었다.

초말녀에게 있어서 지난 일 년은 그녀의 평생 그 어느 때보다도 행복한 해였다. 그래서 더욱 두려운 것이었다. 모든 것이 백일몽처럼 사라져 버릴까 봐.

초말녀의 그런 걱정은 너무나 당연한 일이었다. 늘 기옥화와 함께 있기 때문이었다. 한때는 모두가 부러워하던 가정을 꾸렸던 기옥화. 남편의 죽음과 함께 불행의 바닥까지 경험했던 그녀가 옆에 있기에 오종삼을 챙기지 않을 수 없었다.

초말녀는 가슴속 불안감을 애써 감추며 오종삼의 옆구리를 꼬집었다.
"아야! 이 여편네가 미쳤나? 왜 가만히 있는 사람을 꼬집고 난리야?"
"밥 때 못 맞추는 것까지는 참을 수 있어요. 그런데 왜 멀쩡한 식탁 놔두고 이 마루까지 밥상을 나르게 만들어요?"
오종삼은 다시 마루 위에 엎드려 눕다시피 하고는 벙긋 웃었다.
"그걸 몰라, 이 여편네야? 쟤들 노는 거 보는 게 내 반주(飯酒)라고."
오종삼이 마당으로 고개를 돌리자 초말녀도 싱긋 웃으며 두 아이에게 눈길을 주었다.

두 아이가 싸우고 있었다. 오홍복이 일방적으로 공격을 하고 우쟁천은 계속해서 밀리고 있었다. 오홍복은 연신 휘돌고, 다리를 내뻗고, 주먹을 내지르는데 우쟁천은 서서히 물러서면서 가끔씩 검지를 뻗어 오홍복의 몸 곳곳을 가볍게 찌를 따름이었다.

"아휴! 아직도 한 대도 못 때리네. 그만큼 배웠으면 이제 한 대 때려볼 만도 한데."
초말녀가 웃으면서도 얼굴을 찌푸렸다.

"에구,. 이 여편네야! 말이 되는 소리를 해라. 천이는 다섯 살 때부터 무술을 배웠다잖아. 가르쳐 주고 상대해 주는 것만도 감지덕진데 욕심은. 얼마나 보기 좋아. 제대로 뛰지도 못했던 녀석인데 저것 봐. 이젠 훨훨 날아다니네."

"누가 뭐래요? 그냥 하는 말이지."

바로 그때 계속해서 밀리기만 하던 우쟁천이 급작스럽게 휘돌아 오홍복의 뒤로 돌아갔다. 그리고 오른팔로 오홍복의 목을 감아쥐고 왼손 손바닥으로 그의 머리를 툭툭 쳤다.

"힘들지? 그만 하자."

"응. 안 그래도 숨차."

오홍복이 거칠게 심호흡을 하자 우쟁천은 웃으며 그의 어깨에 팔을 두르고 마루로 걸어왔다.

"어서 와서 차 마셔라."

초말녀가 마루 끝으로 소반을 옮기고 난간에 걸어두었던 수건을 집어 들었다. 두 아이가 냉차를 물처럼 벌컥 들이마시는 순간 초말녀는 두 아이의 얼굴을 확인하고 수건으로 땀이 흥건한 오홍복의 얼굴을 닦았다.

그때 오종삼이 기다시피 하여 아이들 앞으로 다가왔다.

"천아, 어떠냐? 우리 홍복이 실력 좀 늘었냐?"

우쟁천은 난처한 표정을 웃음으로 가리며 말했다.

"병아리 눈물만큼."

오종삼이 실망하여 미간을 찌푸리자 우쟁천이 다시 말했다.

"무술은 그런데요, 글공부는 이제 더 가르칠 수 없어요. 제가 아는 건 홍복이도 다 알아요. 저는 사 년 걸렸는데 홍복이는 일 년 만에 다 배웠다니까요."

오종삼이 입이 찢어져라 반색을 하며 말했다.
"그래? 그럼 앞으로는 어떻게 해야 되는데?"
대답이 궁금하여 초말녀도 바짝 붙어 앉았다.
우쟁천은 머리를 긁적이며 대답했다.
"이젠 저도 잘 모르겠어요. 글자는 대충 아니까 책을 사서 둘이서 공부할 수도 있는데 글 풀이는 해도 무슨 말인지 잘 모를 것 같아요."
초말녀가 무슨 말인지 알겠다며 고개를 끄덕였다. 기옥화에게서 들은 바가 있었던 것이다.
"글자는 아는데 내용이 어렵다는 말이구나."
우쟁천이 고개를 끄덕이는 순간 그동안 숨을 고르고 있던 오흥복이 오종삼과 초말녀를 번갈아 보면서 말했다.
"그래서 서법(書法)을 공부하려고."
초말녀가 순식간에 되물었다.
"서법이라니?"
"응, 글씨 잘 쓰는 법 말이야."
오종삼은 거기에 담긴 뜻을 금방 눈치 챘다. 바로 간판과 연관된 일이리라.
오흥복이 연이어 말했다.
"서향각(書香閣) 할아버지가 글씨 잘 쓰는 법을 가르쳐 준다고 했어."
오종삼은 그 말도 금세 이해했다. 서향각이라는 문방구점을 하는 이철금(李鐵琴)은 나름대로 글씨와 그림에 조예가 있다고 알려진 사람이었다. 일자무식인 오종삼으로서는 그 실력이 어느 정도인지 알 수 없었지만 어느 정도건 간에 그에게는 까마득한 실력이었다. 그 정도라면 문방구를 구입하는 어린 손님들에게 기초 정도는 가르쳐 줄 수 있으리라고 생각했다.
"그래, 무엇이든 하고 싶은 것이 있으면 해야지."

초말녀는 오종삼의 웃는 얼굴 뒤로 굳은 결의를 느꼈다. 그의 얼굴이 말하고 있었다. 등골이 부서지는 한이 있어도 네 뒷바라지를 해주겠다고. 그 마음이 곧 초말녀의 마음인 만큼 그녀는 누가 보지도 않는데 연신 고개를 끄덕였다.

오홍복과 우쟁천은 오종삼의 기대에 부응하듯 힘차게 고개를 끄덕였다.

우쟁천이 오홍복에게 말했다.

"쉬고 있어. 난 조금 더 해야겠다."

우쟁천은 오홍복의 대답도 듣지 않고 십지목인을 향해 걸어갔다.

오종삼은 십지목인과 나란히 선 우쟁천을 보며 미소를 지었다.

갑자기 들이닥친 두 아이의 부탁으로 십지목인을 만든 것이 십 개월 전의 일이었다. 당시에는 십지목인이 어떤 건지도 몰랐다. 우쟁천의 자세한 설명이 없었다면 나무 기둥에 대충 팔을 달아 만들었으리라. 하지만 우쟁천의 주문은 세세했다. 두 조의 팔과 다리, 그리고 머리의 자리를 분명히 했고, 강한 강도의 목재를 써달라고 부탁했으며, 나무 기둥에 속을 파서 또 다른 나무 기둥에 덧씌워 타격에 따라 움직일 수 있게 만들어달라는 요청을 했다. 그래서 내구성이 가장 좋은 박달나무로 우쟁천의 요구에 따라 십지목인을 만들었건만 십지목인은 어느새 무수한 상처를 입고 있었다.

"허, 이제 보니 정말 많이 컸네? 그때 겨우 두어 치 작게 만들어주었는데 벌써 다섯 치의 차이가 나네. 곧 새로 만들어줘야겠구나."

오종삼이 중얼거리는 순간 우쟁천이 움직였다. 왼손으로 십지목인의 상반신을 내치는 순간 목인이 휘돌아 보이지 않는 팔과 다리로 우쟁천을 공격했다. 우쟁천은 침착하게 오른발을 들어 하체의 공격을 피하고 오른손을 가슴 안쪽으로 휘둘러 반원을 그려 목인의 팔을 막았다.

그때부터가 시작이었다. 우쟁천의 몸놀림이 빨라지자 목인도 급박하게 반응하기 시작했다. 너무나 빨라 십지가 흐릿하게 보일 정도였다. 마주 선 우쟁천에게는 수십 개의 팔다리가 동시에 위협하는 것처럼 보이리라. 그럼에도 불구하고 우쟁천의 손발은 톱니바퀴 맞물리듯 정교하게 막고 다시 공격했다. 그 같은 속도는 조금 전 오홍복과의 수련과는 비교조차 할 수 없을 만큼 빠른 것이었다.

한참 동안 넋을 잃고 바라보던 오종삼이 문득 정신을 차리고 고개를 저었다.

"이러고 있을 때가 아니지. 먹었으니 일을 해야지."

오종삼은 우쟁천을 뚫어져라 보고 있는 오홍복의 머리를 한차례 쓰다듬고 초말녀에게 말했다.

"우선 아주머니하고 상의해 보고 서향각에 가서 물어봐. 돈이 얼마나 드는지."

초말녀는 미소를 지으며 고개를 끄덕였다.

"원래 내가 서법에 입문했을 때에는 무엇 하나 배우지 못하고 백 일 동안 먹만 갈았다. 먹을 가는 것이 아니라 마음을 갈고닦는다 하여 그리하라 했는데 당시의 나로서는 지루하기 그지없는 일이었다. 하지만 스승이 시키는 일에 얼굴을 붉힐 수는 없어 억지로 따랐지. 덕분에 백 일이 지났을 때 난 아무것도 깨달은 것이 없었다. 지루한 먹 갈기를 끝냈다는 기쁨뿐이었지. 아마 거기서 아무것도 느끼지 못했기 때문에 지금 내가 출중한 서예가가 되지 못하고 시장에서 문구를 팔고 있는 것일 게다. 결국 내가 가르치는 것은 문방구점 할아버지의 서법. 내가 모르는 것을 가르칠 수는 없으니 그저 기초나 배운다고 생각하여라."

서향각의 주인 이철금은 환갑에 이른 나이답지 않게 사고가 유연하고 합리적인 사람이었다. 그는 자신도 뜻을 알지 못한다 하며 자신이 경험했던 그 지루한 수행법을 강요하지 않았다. 그대로 하라 했으면 먹 몇 개는 더 팔았을 터인데도 며칠 동안 제대로 먹 가는 방법을 설명하고 시켜 본 후에 바로 붓을 쥐게 했다.

이철금은 말과 행동이 같은 사람이었다. 그의 가르침에는 격의가 없었다. 고리타분한 서법의 대강을 강의하지 않고 단 닷새 동안 기본적인 운필법(運筆法)을 가르친 후에 바로 영자팔법(永字八法)을 가르쳤다. 막연하게나마 스승과 제자 사이를 어렵게 생각하던 두 아이는 금세 긴장을 풀고 가르침을 달게 받아들이기 시작했다.

이철금은 혼신을 다하여 영 자 한 자를 써서 아이들 앞에 놓았다.

"익히 아는 글자지? 이렇게 자형이 엄숙 단정하고 필획이 규칙적인 서체를 해서체(楷書體)라 한다. 해서는 모든 서체의 근본이다. 이것에 익숙해져야 행서(行書)를 쓰고 또 초서(草書)를 쓸 수 있다. 일필일획에 혼신을 다하여 천천히 붓을 놀려야 나중에 제대로 된 글씨를 쓸 수 있을 것이다. 자, 보아라. 이 영 자를 쓰려면 서로 다른 여덟 개의 필획을 사용해야 한다. 해서에서 사용하는 모든 필획의 절반이 여기에 있는 것이다. 곧 이것을 잘 쓸 수 있으면 해서의 반은 공부한 것이 되니 옛 사람들이 서법을 가르칠 때면 누구나 이 영 자로부터 시작했다. 그래서 영자팔법, 혹은 영자팔법이라고 한다. 어떠냐? 시작이 반이라는 말이 틀린 말은 아니지? 그럼 이제부터 너희는 종이 한 장에 각기 열 자의 영 자를 쓰고 그것을 열 번 반복하여라. 본격적으로 가르치는 것은 그 일이 끝난 후부터 시작하기로 하자."

이미 이철금이 그 한 글자를 쓰기 위해 혼신을 다하는 모습을 본 터라 아이들은 섣불리 종이를 채우려 하지 않고 나름대로 정성을 다하였다.

아이들은 처음 한 장을 채운 후 그것을 확인하고 얼굴을 구겼다. 나름 대로 성의를 다하였건만 열 자 모두 그 크기가 다르고 획의 굵기도 다르며 중심선도 없이 난잡했다.

이철금은 아무런 말도 하지 않았다. 이미 아이들이 잘못된 것을 느끼고 있음을 표정에서 확인한 탓이었다.

다시 쓰기 시작한 아이들은 곧 두 장을 채우고 다시 다섯, 일곱, 아홉 장을 채웠다. 아이들은 때때로 이철금의 글씨를 확인해 가면서 마지막 열 번째 종이를 채웠다.

"어디 보자."

이철금은 두 아이에게 손을 내밀어 마지막 열 번째 종이를 받아 들었다.

"호오! 생각을 많이 했구나. 보아라. 이제 막 시작했는데 벌써부터 너희의 성격이 드러나지 않느냐? 쟁천의 글씨는 선이 굵고 힘차다. 글씨가 너무 커서 여백이 모자라는 경향이 있구나. 반면에 홍복이의 글씨는 가늘고 섬세하다. 나중에 아름다운 글씨를 쓰겠구나. 하지만 글자가 작다 보니 여백이 너무 많지? 쟁천은 사내답다. 성격이 호방할 것이고 뒤끝이 없으리라. 반면에 홍복이는 유약하지만 꼼꼼할 것이고 집중력이 뛰어나다. 가르쳐야 할 내 입장에서는 상당히 재미있는 학생들이 될 것 같구나. 한데 너희 둘 다 서법을 배운 적이 없다 하지 않았느냐?"

우쟁천이 머리를 긁적이며 대답했다.

"제게 글을 가르쳐 주신 고 할아버지는 악필이라면서 자신에게 서법을 배우려 하지 말라고 하셨어요. 그래서 우리는 땅바닥에 써보면서 글자만 익혔지요."

이철금은 가슴까지 내려오는 수염을 쓰다듬으며 고개를 끄덕였다. 그는 내심 당혹하지 않을 수 없었다. 비록 그린 것이나 다름없는 글씨였지만 공간을 인지하여 배열에 공을 들였고, 획 또한 일정하여 남다른 바가 있기 때문이었다.

"땅바닥에 연습은 했지만 글씨는 안 배우고 글자만 익혔다? 그렇다면 배운 것이 없는 것이나 마찬가지. 그런데 어찌하여 글자의 크기며 간격이 이렇게 일정할 수 있을꼬? 처음 배우는 아이들에게는 볼 수 없는 일이거늘 이상하구나."

잠시 고개를 갸웃거리던 이철금은 우쟁천과 오홍복의 얼굴을 번갈아 보다가 물었다.

"너희는 평소에 무엇을 하고 노느냐? 공부 말고 달리 매일같이 하는 것이 있느냐?"

"무술을 익힙니다."

두 아이가 동시에 말하는 순간 이철금은 즉시 의문을 해소할 수 있었다.

"무술을 익힌다? 잘은 모르겠다만 그 또한 공부이니 똑같은 동작을 반복해야겠구나?"

"예, 저는 육 년 동안 두 가지 권법과 한 가지 도법만 반복해서 수련했구요, 홍복이는 지난 일 년 동안 한 가지 권법만 익혔어요. 생각해 보니까 글씨 쓰는 것과 비슷한 것 같아요. 그래서 글공부보다 서법이 더 재밌는 것 같아요."

오홍복이 우쟁천을 흘끔 보고서 슬며시 고개를 저었다.

"아닌데. 글공부도 재밌는데."

"그러니까 네가 이상한 거야. 그게 뭐가 재밌어?"

이철금은 두 아이의 대화를 들으며 희미한 미소를 지었다.

"되었다. 오늘은 이만 하자. 앞으로 한동안은 이 영 자 한 글자만 쓸 것이니 그리 알고 내일부터는 아침밥 먹고 바로 오너라. 가보아라."

두 아이는 이철금에게 허리를 접고 가게를 지나 밖으로 나왔다.

"장래 장군과 학자가 한 자리에서 배우는 것인가?"

이철금은 두 아이의 뒷모습을 바라보면서 자신도 모르게 미소를 지었다.
"허, 고객 확보 차원에서 대충 가르칠 생각이었는데."

서귀 요구명은 요즘 신천지를 발견한 정복자가 되어 꿈 같은 나날을 보내고 있었다. 두 달 전 계집과 술에 찌들어 자신의 임무를 소홀히 한 결과로 천금도방(千金賭房)에서 쫓겨났을 때만 해도 세상이 끝장난 것만 같았다. 하지만 생각과는 달리 만금로는 완전히 별천지였다.

권력을 휘두르는 맛, 그것은 성질을 죽여가며 손님들의 비위를 맞추는 대가로 주색을 즐기는 것과는 또 다른 쾌락이었다. 그의 등장에 사람들이 쪼그라들고 그의 호통에 사람들이 굽실거릴 때마다 마치 세상을 다 가진 것만 같았다. 그래서 요구명은 별다른 명을 받은 적이 없음에도 불구하고 오늘도 만금로를 어슬렁거렸다. 사람들이 그의 눈치를 보며 슬금슬금 피해갔다.

"뭐야, 씨팔! 나한테 냄새나? 왜 멀쩡한 사람을 보고 피해가는 거야?"

말은 그렇게 하면서도 요구명은 오히려 기분 좋은 듯 입술을 씰룩이고는 오른쪽 가슴에서 조잡하게 꿈틀대는 붉은 용을 쓰다듬었다.

요구명은 다시 길 중앙을 차지하고 장포를 펄럭이며 팔자걸음으로 휘적휘적 걸었다. 그러다가 갑자기 코를 씰룩이고는 주위를 둘러보았다. 그의 눈길이 멈춘 곳은 양고기로 만든 음식을 주로 취급하는 가게였다.

요구명은 안 그래도 쥐를 연상시키는 입을 쭉 내밀고 가게로 걸음을 옮겼다. 오십대 후반의 초로인이 양고기 꼬치를 굽다가 요구명이 다가오는 것을 보고는 꼬치를 뒤집는 것조차 잊고 굳어버렸다.

"안녕하쇼?"

초로인은 대답도 하지 못하고 눈치만 살폈다. 요구명은 미간을 찌푸리며 초로인을 노려보았다.

"카악! 퉤! 이런 제길! 사람이 인사를 하면 받아주는 맛이 있어야 할 거 아니야! 뭐야, 씨팔!"

그때서야 초로인이 힘겹게 고개를 끄덕였다.

'카! 어르고 뺨치는 이 쾌감!'

요구명은 갑자기 안면을 바꿔 싱긋 웃으며 말했다.

"에이, 맛있는 양고기 다 타겠네. 뒤집어야지. 이리 줘보쇼. 내가 해주지."

요구명은 굳어 있는 초로인에게서 꼬치 다발을 빼앗다시피 넘겨받았다.

"음, 냄새 좋다. 근데 이거 냄새만 좋은 거 아냐?"

요구명은 꼬치를 이리저리 뒤집다가 초로인에게 웃으며 말했다.

"이 정도면 된 거요? 노릇노릇한 게 다 익은 것 같은데."

초로인은 다시 말없이 고개만 끄덕였다.

"그럼 그릇을 줘야지. 하루 종일 들고 있을까?"

초로인은 옆에 두었던 접시를 들어 내밀었다. 요구명은 꼬치 다발을 접시에 올려놓고 접시째 들어 식탁으로 가져갔다. 그 자리를 차지하고 있던 세 사람이 급히 일어나 가게 안쪽 식탁으로 옮겨갔다.

요구명은 두 사람이 앉을 수 있는 의자에 한쪽 발을 올린 채 가게 벽에 기대어 앉았다.

"어디 보자. 음식이 맛있는지는 먹어봐야 알지."

두 번 입 벌리는 것으로 꼬치 하나를 먹어치운 요구명은 입 안에 남은 양고기를 꿀꺽 삼키고 고개를 갸웃거렸다.

"양념은 좋네. 비법이 있는 것 같아. 근데 고기가 좀 퍽퍽한 것 같은데? 쥔장, 이거 양고기 맞소? 혹시 개고기 아니오?"

"야, 양고기 틀림없네."

요구명은 초로인을 흘끔 보고서 다시 꼬치 하나를 집어 들었다.
"어디 하나 더 먹어볼까? 음! 으음! 양고기 맞는 것 같네. 근데 쥔장, 이 달치 보호비 냈소?"
초로인은 또다시 대답하지 못하고 눈을 감았다. 그때 안쪽에서 초로인과 비슷한 나이의 노파가 수건으로 손을 닦으며 나왔다.
"아직 못 냈네. 곧 낼 테니 걱정 말게."
바로 그때 서향각에서 나온 우쟁천과 오홍복이 가게로 들어왔다.
"할아버지, 할머니, 저희 왔어요. 꼬치 네 개요."
우쟁천은 요구명의 식탁 안쪽에 자리잡으며 바로 품속을 뒤져 식탁 위에 네 문을 꺼내놓았다.
요구명은 대화를 중단시킨 두 아이를 향해 눈살을 찌푸린 후 노파에게 미소를 지으며 말했다.
"에이, 그럼 안 되지. 우리는 뼈 빠지게 보호해 주는데 먹을 거 다 먹고 입을 거 다 입고서 몇 푼 안 되는 보호비를 늦추면 쓰나? 으음, 근데 이거 생각보다 맛있네? 혹시 분주(汾酒) 없소? 먹다 보니 배고픈데 아예 밥 먹고 갈까? 지금 화과(火鍋)도 되오?"
눈치를 보며 우쟁천에게 꼬치를 가져다주는 초로인과는 달리 노파는 요구명을 직시하며 대답했다.
"이미 사흘간의 말미를 얻었네."
요구명은 입을 오물거리며 어눌한 발음으로 물었다.
"누구한테?"
"허승오가 허락했네."
"승오? 그 새끼 누구한테 허락받고 말미를 준 거야? 오늘 죽었어. 이 보시우, 그렇게는 안 되니까 챙겨서 주시우. 갈 때 가져가게. 음, 맛있다. 분주 없냐니까?"

노파는 요구명을 노려보다가 안으로 들어가 분주 한 병을 들고 나왔다. 그러나 노파는 그것을 요구명에게 건네지 않고 말했다.

"꼬치까지 해서 열아홉 문이네."

요구명이 피식 웃으며 고개를 비틀어 노파를 올려다보았다. 그 순간 초로인이 놀라서 달려와 분주병을 빼앗으려 했다. 그러나 노파는 끝내 병을 쥔 채 요구명을 노려보았다.

"지금 내게 돈 내라는 거야? 만금로의 안전을 위해서 불철주야 애쓰는 이 요구명에게 돈을 내라고? 이 할망구가 죽을 때가 다 되어가니 눈에 보이는 게 없는가 보구먼. 이런 제기랄!"

요구명이 반쯤 먹다 남은 꼬치를 땅바닥에 팽개치고서 의자를 박차고 일어섰다.

"늙은이를 치기라도 할 테냐, 이놈?"

노파는 물러서지 않고 요구명의 번득이는 눈을 노려보았다. 요구명은 주먹으로 식탁을 후려쳤다.

꼬치가 담긴 접시가 허공으로 튀어 올랐다가 떨어졌다. 그 순간 식당 안에 있던 사람들 다섯이 일제히 가게 안쪽으로 들어갔다. 바로 그때 이상한 소리가 들렸다.

"쯧쯧쯧."

요구명은 혀 차는 소리가 난 곳으로 고개를 돌렸다. 두 아이가 양손에 꼬치 하나씩을 든 채 그를 빤히 바라보고 있었다.

"뭐야, 이 자식들아! 안 꺼져? 눈깔을 확 파버린다?"

요구명이 눈을 부라리며 소리쳤다. 그러나 두 아이는 여전히 그를 바라보며 말했다.

"재밌나 봐. 그지?"

우쟁천이 오홍복을 보며 말하자 엉겁결에 같이 혀를 찬 오홍복은 또다시 엉겁결에 고개를 끄덕였다. 우쟁천이 다시 요구명을 바라보며 천진하게 물었다.

"아저씨, 재밌어요? 힘도 센 것 같은데 할머니를 때리려고 하네? 책에서는 그러지 말라고 그러던데, 재밌으니까 하는 거 맞죠? 나도 집에 가서 할머니 한번 때려봐야지. 밥상도 걷어차고. 홍복아, 너도 집에 가면 한번 해봐."

"난 안 돼, 형! 우리 아버지가 나보다 더 힘센데? 맞아 죽는단 말이야."

"맞다. 넌 아직 안 되겠구나. 아버지가 있으면 그런 재미난 일은 못하지. 나중에 저 아저씨처럼 힘 세질 때까지 기다려."

'이, 이 조막만한 것들이 뭘 알고 이러나, 모르고 이러나?'

당황할 수밖에 없었다. 세상을 알 만한 나이라면 당연히 윽박지르고 패버렸겠지만 철모르는 아이들처럼 보이는지라 입에서 나오는 대로 지껄이기가 꺼림칙했다. 그가 난처한 입장에 빠져 우물쭈물하는데 우쟁천이 꼬치 하나를 다 먹고 우물거리며 말했다.

"음, 맛있다. 이렇게 맛있는 꼬치가 한 문이면 무지 싼 거지요, 아저씨?"

요구명이 속으로 '패 죽여 버릴까?' 라고 생각을 하며 대답하지 못할 때 우쟁천이 다시 오홍복을 보며 말했다.

"적룡방은 가난한가 봐. 꼬치 세 개면 세 문밖에 안 되는데 그걸 못 내네? 아저씨, 영웅협객들은 모두 가난하나요? 안 되는데. 나도 커서 적룡방 아저씨들 같은 영웅호걸이 될 생각인데, 가난하면 배고프니까 다시 생각해 봐야겠다."

요구명은 속이 부글부글 끓어오르는데도 화를 내지는 못했다. 적룡방은 영웅호걸이라는데 그걸 아니라고 할 수는 없는 일 아닌가.

요구명은 천진하게 웃으며 자신을 빤히 바라보고 있는 아이들을 흘끔 보고서 전낭을 열었다.

짤랑!

요구명은 동전 세 개를 식탁 위에 던져 놓고 노파를 노려보며 말했다.

"내일 다시 오겠소."

요구명은 두 아이를 다시 한 번 보고는 가게를 나섰다. 그가 사라지자 오홍복이 우쟁천에게 물었다.

"왜 그랬어? 간 떨어질 뻔했잖아."

우쟁천이 빙긋 웃으며 오홍복의 머리를 쓰다듬었다.

"괜찮아. 이게 다 할머니한테 배운 거야. 이렇게 칭찬하면서 모른 척 놀리면 꼼짝 못하더라구."

그때 노파가 요구명이 먹다 남긴 꼬치 접시를 우쟁천의 탁자에 내려놓고서 그의 머리를 쓰다듬었다.

"다시는 그런 짓 하지 마라. 다친다. 더 먹고 싶으면 할아버지한테 달라고 하고."

노파가 들어가자 우쟁천은 여섯 개의 고치 가운데 세 개를 오홍복에게 건네며 이빨을 드러내고 웃었다.

우쟁천의 일일 보고가 끝나자 기옥화는 잡고만 있던 일감을 결국 내려 놓으며 눈살을 찌푸렸다.

"이 할미가 전에 뭐라 하든? 적룡방 놈들하고는 상종도 하지 말라 그랬지? 피하라 그랬지?"

우쟁천은 기옥화의 무릎 위로 슬며시 머리를 얹고서 말했다.

"하지만 그 할머니를 때릴 것 같았는데?"

기옥화는 우쟁천의 볼을 꼬집으며 말했다.

"이놈! 일이 잘 풀렸으니 그나마 다행이다만 잘못됐으면 홍복이가 다쳤다. 네 녀석의 협심을 나무라고 싶지는 않다만 끝까지 책임지지 못할 거면 안 하는 게 나은 법이야. 그놈이 돈까지 내고 갔다며? 마음속에 품은 앙심은 더 클 것이야. 다음에는 더 큰 행패를 부릴 텐데 그때마다 막아줄 수 있겠느냐?"

우쟁천은 고민에 빠진 표정으로 기옥화를 올려다보았다. 기옥화가 우쟁천의 뺨을 쓰다듬으며 부드럽게 말했다.

"사내대장부라면 어려운 사람을 외면하지 않는 법이다. 자신이 손해를 볼 수도 있고 또 욕을 먹을 수 있어도 감수하고 해야 할 때도 있다. 그러나 그러한 손해는 혼자 감당해야지, 다른 사람에게까지 강요해서는 안 되는 일이다. 손해를 보더라도 혼자 보고 끝까지 책임질 수 있는 일을 해야지. 네가 전에 말했듯이 그렇게 하려면 뜻도 중요하지만 힘이 있어야 하는데 넌 그것이 없지 않느냐?"

우쟁천은 흐르지 않는 코를 훌쩍이고는 고개를 끄덕였다.

"알았어. 수신제가 후에 치국평천하하란 말이지?"

"치국평천하가 뭔지 모르겠다만 수신제가임에는 틀림없지."

기옥화는 그때서야 웃으며 우쟁천의 뺨을 토닥거렸다. 그리고 잠시 후 우쟁천의 머리를 받쳐 일으켜 세웠다.

"비켜라, 이놈! 할미 일해야 된다."

우쟁천은 굼벵이처럼 꿈틀거려 기옥화로부터 멀어졌다.

"할머니, 나 심심한데 지금 수련하면 안 되지?"

일감을 막 잡던 기옥화가 다시 우쟁천에게로 고개를 돌렸다.

"다 씻어놓고 또 땀을 흘리겠다고? 과하면 모자란 것만 못하다 했다. 하루 종일 그것만 할 테냐?"

우쟁천은 고개를 푹 숙이고 그 자세 그대로 방바닥에 누웠다. 그리고 뒹굴뒹굴 굴러 방의 끝에서 끝까지 오갔다.
 막 옷에 바늘을 꽂은 기옥화가 다시 우쟁천에게 말했다.
 "이놈아, 정신 사납다. 가만히 좀 있어라."
 우쟁천은 다시 뒹굴뒹굴 굴러 기옥화의 무릎 앞으로 갔다. 우쟁천은 엎드려서 두 손으로 턱을 괴고 옷에 반쯤 수놓아진 하얀 매화꽃을 보며 물었다.
 "할머니, 진짜 이상하다. 만날 나보고 바늘에 실 꿰어달라고 하면서 어떻게 이렇게 진짜 꽃 같은 수를 놓을 수 있어?"
 기옥화는 빙긋 웃으며 다시 일감을 놓았다.
 "눈으로 보고 하는 것이라면 너와 말하면서도 할 수 있다. 하지만 이 할미의 비법은 손끝으로 보는 것이다."
 "손끝으로 본다고?"
 기옥화는 둥그렇게 치떠진 우쟁천의 눈을 보며 웃었다.
 "일단 수를 놓아야 할 모양을 정하고 나면 옷 어디에 어떤 수를 놓아야 하는지부터 먼저 마음속에 수를 놓는다. 그리고 시작을 하지. 그러면 그때부터는 굳이 옷을 볼 필요가 없다. 두 손끝이 시키는 대로 마음속 그림처럼 바늘을 찌르고 빼면 된다. 하지만 그렇게 하려면 오랜 훈련이 필요하고 또 오직 그것만을 생각해야 한다. 그런데 너처럼 옆에서 뒹굴거리는 굼벵이가 있으면 정신이 사나워져서 다른 곳에 바늘을 찌르게 되는 게다. 알겠느냐?"
 우쟁천이 벌떡 일어나 앉았다.
 "할머니, 나도 해볼래."
 "뭐라? 남녀가 유별한데 사내 녀석이 수를 놓겠다고?"
 "뭐 어때? 포목점 아저씨도 남자고 꼬치집 할아버지도 남잔데."
 "이놈아, 그건 장사 아니냐? 네가 나중에 이 할미의 뒤라도 잇겠다는 말이냐?"

우쟁천은 고개를 저었다.

"난 무인이 될 거라니까. 하지만 고 할아버지가 그랬어. 진정한 무인은 강유를 겸비해야 한다고. 권법을 익히면 학문을 배우고 칼을 배우면 음악을 아는 게 좋다고 했지. 음악은 재미없을 것 같으니까 바느질이라도 한번 해볼게."

"이놈이 또 무식한 할미 앞이라고 궤변을 늘어놓는구나."

기옥화는 우쟁천의 떼쓰는 얼굴을 직시하며 생각했다.

'허, 이 엉뚱한 녀석을 도대체 어떻게 키워야 하나? 오늘 일만 해도 어리니 무사히 지나갔지 서너 살만 더 먹었어도 사단이 났을 것이다. 무인이 된다는 생각이 확고한 것 같으니 잘못하면 제 아비 꼴이 날지도 모르는데 어찌한다? 여자의 소견으로 그냥 키우다가는 장차 크게 될지도 모르는 녀석의 앞길을 막을 수도 있을 것인데 어찌한다? 누구한테 물어보아야 하나? 허참, 거기다 바느질이라? 아니야. 혹시 가르쳐 놓으면 진중해질 수도 있겠지? 지겨우면 알아서 관둘 테고.'

"그래? 한번 해볼 테냐? 좋다. 그럼……."

기옥화는 바느질함을 뒤적여 손수건 크기의 하얀 자투리 비단을 꺼냈다.

"자, 여기에 수놓고 싶은 것을 놓아보아라. 무엇을 수놓고 싶으냐?"

우쟁천은 천을 한참 바라보더니 말도 없이 방을 나갔다가 다시 돌아왔다.

"할머니, 이거 수놓을래."

우쟁천이 내민 것은 오늘 그가 이철금으로부터 받은 영 자였다.

검은 색실 한 가지면 되니 적당하다 생각한 기옥화는 바늘과 검은 실, 그리고 골무를 우쟁천에게 넘겨주었다.

우쟁천은 알아서 바늘에 실을 꿰어놓고 한참 동안 흰 천을 보다가 마침내 바늘을 들었다.

기옥화는 첫 땀을 꽂는 우쟁천의 진지한 모습을 보며 빙긋 웃고서 자신도 일감을 들었다.

■5장■
꿈을 좇는 삶은 불행하지 않다

꿈을 좇는 삶은 불행하지 않다

"춥소이다. 이리로 붙어 앉으시오."

이철금이 기옥화와 오종삼에게 자리를 권하면서 탁자 위의 화로를 그들 쪽으로 밀었다. 기옥화는 굳이 사양하지 않고 목례를 하며 앉았다. 오종삼이 말없이, 그러나 조심스러운 태도로 자리에 앉았다.

이철금은 화로에서 주전자를 내려 심부름하는 소년이 가져온 찻잔에 물을 붓고 뚜껑을 닫아 두 사람에게 권했다. 그리고 가벼운 미소를 지으며 기옥화를 응시했다.

기옥화가 입을 뗐다.

"이 선생님, 우리 두 녀석이 잘하고 있는 겁니까?"

이철금은 질문을 이미 짐작하고 있었다는 듯 부드러운 미소를 지으며 두 사람을 바라보았다. 기옥화는 감정이 그리 드러나지 않는 표정이었지만 오종삼은 기대가 큰 듯 침을 꿀꺽 삼켰다.

이철금은 기옥화를 직시하며 말했다.

"오늘 바로 그 얘기를 하려고 두 분을 모셨소이다. 벌써 일 년 반이 다 되어가오. 처음에는 그저 장삿속으로 가르치려 했었소. 하지만 곧 즐거운 마음으로 가르칠 수밖에 없었지요. 두 아이의 개성이 특이하고 진전 또한 남달라 가르치는 나로서도 상당한 재미를 느낀 탓이오."

이철금이 회상의 여운을 즐기려는 듯 잠시 말을 끊은 동안 기옥화와 오종삼은 서로 마주 보고 기쁨을 나눴다.

"이제 두 아이 모두 다 그리는 것이 아니라 제법 쓴다는 말을 들을 정도가 되었소이다. 성격에 따라 전혀 다른 글씨를 쓰고 있지만 둘 다 아주 좋소."

기옥화가 흡족한 미소를 지으며 물었다.

"하면 앞으로도 계속 가르쳐 주실 생각이십니까? 염치없는 부탁입니다만 이왕 가르치시는 것 글씨뿐만이 아니라 글도 함께 가르쳐 주셨으면 좋겠습니다. 우리 쟁천이를 편견없이 가르쳐 줄 수 있는 사람은 이 선생님뿐인 것 같습니다. 부탁합니다."

이철금은 기옥화의 간절한 심정을 느끼고 웃으면서도 동시에 찡그렸다. 그리고 기옥화의 눈을 똑바로 바라보면서 말했다.

"가르치는 것이야 어렵지 않은 일이오만 아쉽게도 쟁천이는 흥미를 잃어가는 것 같소이다."

기옥화가 놀라서 눈을 치뜨고 할 말을 못한 채 입만 벌렸다. 이철금은 웃으면서 고개를 젓고 다시 말했다.

"그렇게 놀라실 필요 없소이다. 잠깐만 기다리시오."

이철금은 방구석에 있는 긴 서랍장에서 네 장의 종이를 골라 탁자로 돌아왔다. 그리고 그 가운데서 우선 두 장을 꺼내 탁자 위에 펼쳐 놓았다.

"보시오. 잘 썼지요? 어느 것이 쟁천이 것이고 어느 것이 흥복이 것 같소?"

기옥화는 오종삼을 힐끔 보고 고개를 저었다.

"저희 두 사람은 무식하여 알 수 없습니다."

이철금이 다시 고개를 저었다.

"느껴보시오. 아이들의 성격을 생각해 보면……."

얼마 지나지 않아 기옥화와 오종삼이 동시에 각각 한 장씩의 글씨를 짚었다. 이철금이 웃으며 고개를 끄덕였다.

"바로 맞췄소이다. 둘 다 아이들의 솜씨라고는 믿기지 않을 만큼 잘 쓴 글씨이나 쟁천이 것은 기세가 지나쳐서 여백이 모자라는데 반해 홍복이 것은 단정하고 아름답지만 힘이 모자라오."

어두운 표정의 기옥화와 환한 미소를 짓고 있는 오종삼이 동의한다는 듯 동시에 고개를 끄덕였다.

"원래 글씨를 이야기할 때는 강유(剛柔)와 정기(正奇), 그리고 아속(雅俗)이라는 것을 따지곤 하오. 강유라 함은 글씨의 강하고 부드러운 맛을 따지는 것이고 정기라 함은 정상적인 것과 기발한 것을 엿보는 것이오. 그리고 아속이라 함은 겉으로 드러나지 않는 품격과 발전성을 따지는 것이지요. 이 여섯 가지를 조화롭게 갖춘 글씨를 최상으로 치오. 물론 두 아이의 글씨는 아직 미숙하여 아속을 따질 상황이 아니지만 지금 이미 강유와 정기는 나름대로 엿볼 수 있소이다. 우선 이 두 글씨부터 봅시다."

기옥화와 오종삼은 이철금의 말을 제대로 알아듣지 못한 듯 어리둥절한 표정을 지으며 새로 펼친 두 글씨를 살폈다. 기옥화와 오종삼도 익히 아는 영 자였다.

두 사람은 즉시 우쟁천과 오홍복이 쓴 글씨를 분별해 내었다.

"이 두 글씨가 바로 두 아이가 처음 왔을 때 썼던 것들이오. 그냥 보기만 해도 많이 좋아졌다는 것을 아시겠지요?"

두 사람이 고개를 끄덕이자 이철금은 웃으며 네 장의 글씨를 나란히 배열하였다.

"우선 홍복이 글씨부터 봅시다. 잘 쓰고 못 쓴 것을 떠나서 첫 글씨는 여백이 팔 할 이상을 차지하고 있는데, 오늘 그 아이가 쓴 글씨는 이상적이라 할 만큼 균형을 이루고 있소. 그리고 누가 보아도 잘 썼다고 할 만큼 바르오. 이는 지나치게 심약하던 홍복이가 지난 일 년 반 사이에 심적으로 많이 강건해졌다는 뜻이오. 내 생각으로는 쟁천이로부터 무술을 배우고 또 쟁천이의 밝은 성격에 영향받은 탓인 것 같소. 다만 너무 정에 치우쳐 기가 부족한 것이 문제인데, 그 아이 스스로 배우려는 노력이 있고 또 나이가 들면서 부족한 부분을 메울 여지가 있으니 큰 문제는 아니오. 그러니 글이든 글씨든 계속해서 배우겠다면 능력이 닿는 만큼 가르칠 생각이오."

오종삼으로서는 반밖에 알아듣지 못할 말이었지만 그것만으로도 충분했다. 그러나 기옥화의 무거운 분위기 때문에 찢어지려는 입을 억지로 다물었다. 하지만 눈가에 맺힌 기쁨만큼은 어찌할 수 없었다.

그때 이철금이 기옥화를 보았다.

"이제 쟁천이의 글씨를 봅시다. 이 예전 글씨는 강함이 지나쳐 여백을 찾아보기가 어렵소만 오늘 쓴 글씨를 보면 삼 할 정도는 보이지요? 나름대로 강함을 죽이고 부드러움을 살리려고 노력한 결과지만 홍복이처럼 성정이 변한 것은 아닌 듯하오."

기옥화의 표정은 더욱 어두워졌다.

"걱정하실 이유가 없소. 홍복이의 글씨는 학사의 기품이 엿보이나 쟁천이의 글씨는 장수의 기상이 느껴지오. 지금 당장 누구의 글씨가 나은가를 따지자면 나는 오히려 쟁천이의 시원시원한 글씨에 더 많은 점수를 줄 것이오."

 기옥화가 숙였던 고개를 쳐들고 영문을 모르겠다는 듯 이철금의 웃는 얼굴을 바라보았다.

 "그 아이는 할 수 있음에도 불구하고 자신의 천성을 죽이고 싶어하지 않소이다. 그리되면 글씨도 호랑이가 날뛰는 듯한 기세를 잃는다는 것을 본능적으로 느끼고 있는 것 같소. 이는 정기를 따져 보아도 마찬가지. 홍복이의 글씨가 정에 치우쳐 있다면 쟁천이의 글씨는 기에 치우쳐 있소이다. 이 기란 규칙으로부터 떨어지려 함이고 상식에 반하려는 것이올시다. 구속되고 싶지 않은 자유 의지를 드러내는 것이오. 쟁천이에게는 그 것이 어울리지 않소이까? 너무 거칠면 문제가 되나 지금 정도라면 더 이상 천성을 억누를 필요는 없지 싶소이다. 억지로 죽이려 하면 자라는 아이를 밟는 결과가 나올 수 있다고 생각하여 일부러 내버려 두었소. 결국 쟁천이의 경우는 스스로 원해서 배우려 하지 않는 이상 지금 이 정도로 충분하지 않은가 하는 것이 내 판단이오."

 서서히 제 얼굴을 찾아가던 기옥화가 다시 다급하게 말했다.

 "그 말씀은 쟁천이를 더 이상 가르치시지 않겠다는······?"

 이철금이 온화하게 미소를 지으며 고개를 끄덕였다.

 "내 보기에 쟁천이는 학문으로써 입신양명할 아이가 아니오. 더구나 쟁천이 나이 이제 막 열셋이 되었소이다. 하고 싶어하는 것을 마음껏 할 수 있게 배려하고 나중에 나이가 들어 스스로 원할 때 다시 배우면 될 일이오. 그 아이가 늘지 않는 것은 스스로가 본능에 따라 거부하는 탓이지 자질이 떨어지는 탓은 아닌 것 같소. 만약 부족함을 느끼고 진심으로 다시 배우기를 원할 때는 여몽이 노숙을 놀라게 하듯이 괄목상대(刮目相對)할 진전을 보일 테지요."

 "괄목상대라 하심은 크게 는다는······?"

"그렇소. 짧은 시간 안에 큰 성취를 볼 것이오."
"음!"
우쟁천이 하고 싶어하는 것이라면 단 한 가지밖에 없었다. 허락하기는 했으나 아직도 마음 깊은 곳에서 우쟁천이 무술에 빠진다는 것에 거부감을 느끼는 기옥화였기에 이철금의 위로에도 침음성을 흘리지 않을 수 없었다.
오종삼은 침 삼키는 소리마저 죽이고 가만히 기다렸고, 이철금 또한 기옥화의 생각을 방해하지 않았다.
잠시 후 주저주저하던 기옥화가 결심한 듯 간절한 눈빛으로 물었다.
"이 선생님, 제 처지를 아시지요?"
이철금이 무겁게 고개를 끄덕이자 기옥화는 한숨을 내쉬며 말했다.
"무식한 계집이다 보니 쟁천이를 어찌 키워야 할지 막막할 때가 많습니다. 말씀하신 대로 성깔이 있는 녀석인데 무인이 되겠답니다. 좋아서 하는 일이라 하니 어쩔 수 없이 허락은 했습니다만 늘 조마조마합니다. 모난 돌이 정 맞는다지 않습니까? 할미의 입장으로는 제 아비하고 다르게 평탄한 삶을 살았으면 좋겠는데, 그리하려면 아이 기를 죽여야 할 것 같고……. 하아, 이 선생님, 도대체 어떻게 키워야 하는 것입니까?"
이철금은 기옥화의 심정을 이해한다는 듯 고개를 연신 끄덕였다.
"정도(正道)를 입에 올리기에는 이 사람 또한 부족한 것이 많은 사람. 그러나 한 가지는 분명하게 말씀드릴 수 있소이다. 실패를 하더라도 하고 싶은 것을 해보는 것이 후회가 없을 것이오. 그때 무엇을 했으면 좋았을 텐데, 라는 후회를 남기면 마음이 편치 않은 날에는 반드시 그 생각이 떠오르지요. 내가 그러했고, 사람이란 것이 원래 그런 것 같소."
"결국 하고 싶은 것을 하게 놔두는 게 좋겠다는 말씀이시지요?"
이철금은 고개를 끄덕였다.

"지난 일 년 반 동안 관심있게 지켜보았소. 언제나 결론은 같았지요. 이미 만들어진 틀에 가두어둘 수 없는 아이요. 착한 아이이니 강요하면 억지로 따를 테지만 그것이 감옥에 가두는 것과 무엇이 다르겠소?"

기옥화는 씁쓸한 미소를 지으며 고개를 끄덕였다. 그때 이철금이 덧붙였다.

"집안에서 모난다면 정 맞을 일 없겠지요. 하고 싶은 일을 하게 두되 태산이 되어 숨길 수 없을 때까지 드러나지 않게 하시면 될 것이오."

기옥화는 다시 한숨을 쉬고 힘겹게 고개를 끄덕였다. 이철금이 빙긋 웃으며 말했다.

"아, 그리고 언제라도 그 아이 스스로 원해서 다시 찾아온다면 기꺼이 가르칠 준비가 되어 있소. 그 녀석은 가르치는 재미가 있는 놈이라오."

그때서야 기옥화도 편한 마음으로 웃었다.

 *   *   *

묘시 초. 새벽 바람이 차가웠다. 짜증나던 더위가 누그러지고 며칠 선선한 바람이 불어 살겠다 싶더니 엊저녁에 비 한 번 내리고 나서 갑자기 싸늘해져서 시월 초순에 불과한데도 벌써 겨울의 초입에 들어선 것 같은 느낌이었다.

계절의 변화에 미처 적응하지 못한 여섯 명의 수문 군졸이 어깨를 움츠린 채 동문의 빗장을 풀고 거대한 문을 밀어붙이기 시작했다.

"니미, 엿 같네. 마충, 진상, 그 자식들 어디 간 거야? 씨팔! 두 놈 없다고 더럽게 무겁네."

그냥 하는 말이 아니었다. 욕설과 짜증을 섞어 말하는 고참 군졸 차인붕의 두 다리가 후들거리고 있었다.

"개자식들, 동료들은 안중에도 없어. 고 위장에게 술 처먹이고 알랑방귀 뀔 때 알아봤어야 하는데. 이놈들아, 늦은 거 몰라? 어제 뭐 했어들? 힘 좀 더 써봐!"

모두가 이빨을 앙다물고 힘을 쓰는데도 문이 움직이는 것은 영 시원찮게 보였다. 그런데 그때 갑자기 문이 시원하게 열어젖혀졌다.

"어? 뭐야?"

엉겁결에 벽까지 문을 밀어붙인 군졸들이 어리둥절한 표정으로 좌우를 둘러보다가 한 사람이 더 붙어 힘을 보탰다는 것을 알아차렸다. 얼굴은 아직 어려 보이는데 덩치는 어른과 맞먹는 소년이었다.

소년이 손을 탁탁 털면서 말했다.

"아주머니들이 구박해요? 힘쓰는 게 그게 뭡니까? 피죽도 못 얻어먹은 사람들처럼."

"어, 쟁천이구나. 고맙다."

차인붕이 벙긋 웃으며 우쟁천이 진 지게를 툭툭 두드렸다.

"너도 임마 이 나이 되어봐라. 서문경이 아니고서야 구박 안 받을 놈 있는가. 아니지. 내 마누라가 반금련이면 코피를 쏟아도 서문경 저리 가라 할 자신이 있는데."

우쟁천이 어리둥절한 표정으로 차인붕을 바라보았다. 그러자 그 옆에 서 있던 삼십 중반의 군졸이 말했다.

"에에, 주책바가지. 쟁천이가 몇 살인데 그런 소리를 하는 거요?"

차인붕이 나머지 한쪽 문으로 옮겨가며 우쟁천에게 물었다.

"한 열아홉, 스물 되지 않았냐? 알 만한 나이잖아? 암, 늙으면 못 쓰나니 달고 나왔으면 하루라도 빨리 쓰는 법을 배워야지."

우쟁천은 반대쪽 문 여는 것을 도와주고 나서 빙긋 웃었다.

"헤, 저 그렇게 나이 들어 보여요? 오늘이 귀빠진 날이니까 열여섯 됐는데요."

"뭐야? 네가 그럼 우리 아들놈보다 더 어리단 말이야? 아이고야, 남의 새낀 이렇게 바지런한데 그놈은 아직도 이불 속만 파고 있으니 장차 뭐가 될 것인고?"

"아저씨, 근데 뭘 배워요?"

"으응? 아니다. 아직은 아니야."

우쟁천은 의심스러운 눈초리로 차인붕을 보다가 그가 먼 산을 보자 문밖으로 나갔다.

"아저씨들, 나중에 봐요."

"오냐. 조심하고."

우쟁천은 다시 한 번 손을 흔들어 보이고 멀어져 갔다. 차인붕이 작아지는 우쟁천을 바라보며 중얼거렸다.

"하, 고놈! 이제 막 열여섯이 됐다고? 우리 곽주에 소년 장사 났네. 마충 그 자식 댓 놈이 붙어서 미는 것 같았어."

중년 군졸이 맞장구쳤다.

"그러게요. 형님, 내일부터는 아예 쟁천이 오거든 문 엽시다."

다른 어느 때보다 수월하게 문을 열었으니 그런 생각을 하는 것도 당연한 일이었다.

차인붕이 중년 군졸에게 눈을 흘기며 말했다.

"그러다 안 오면 어쩌고? 고 위장이 개지랄 떠는 거 보자고?"

"벌써 일 년이 넘었소. 비 오는 날 빼고 언제 쟁천이가 제 시간에 안 온 적 있었소?"

"벌써 그렇게 됐나? 하아, 일 년을 저렇게 한결같이 보내니 나중에 뭐가 되도 크게 될 놈이야."

중년 군졸이 씁쓸하게 웃었다.

"제대로 된 세상이면 그리될 것이오만 이 곽주에서는 안 되오. 봉가와 척을 지고 있는 한."

차인붕은 이제야 생각났다는 듯 혀를 찼다.

"쯧쯧쯧, 그렇지. 만물로 기 아주머니 손자였지? 아깝다."

차인붕은 안쓰럽다는 눈빛으로 우쟁천이 사라져 버린 구릉을 바라보았다.

삼 년 전 우쟁천은 성실하지 못하다는 이유로 이철금에게 호통을 듣고 쫓겨났다. 한숨을 내쉰 기옥화가 좋아하는 일을 하라고 허락한 것도 그때였다. 그 후 이 년 동안 우쟁천이 한 일은 끊임없는 반복 수련. 그러나 그 결과는 허탈하게도 그를 불안하게 만들었다.

내부의 기운은 끓어 넘치려 했고 초식은 더 이상 진전을 보지 못할 만큼 섬세해졌다. 그림자를 상대로 상상의 적을 상대로 끊임없이 반복했고, 그만큼 진전을 보았다. 그러나 그 결과 뒤로 혼자라는 한계 역시 보고 말았다. 갑자기 앞길이 꽉 막힌 듯 어둠 속에서 길을 잃은 듯한 기분이었다. 누군가가 옆에 있었으면 좋겠다는 마음이 절실했다. 틀린 것을 고쳐 주고 나아갈 길을 제시해 줄 사람이 있었으면 좋겠다는 생각이 간절했다.

그래도 혼자인 것은 달라질 수 없는 사실. '권법을 백 번 익히면 신법이 절로 드러나고, 천 번 익히면 그 이치가 스스로 나타난다'는 무언을 믿고 한 호흡, 한 동작에 공을 들여도 보았다. 그러나 맥이 빠지는 기분은 달라지지 않았다.

스승이 없는 것까지는 어쩔 수 없다 쳐도 적어도 자신보다 나은 상대를 만나 부족함을 깨닫고 싶다는 욕구가 갈수록 늘어만 갔다. 당시 나이가 막 열다섯 되던 해였으니 아무리 완벽하다고 해도 어른의 눈으로 보자면 모자랄 것이 틀림없다고 생각할 수밖에 없는 때였다.

기옥화에게 솔직하게 사정을 털어놓고 부탁해 보았다. 비호도관에 보내달라고.

기옥화는 아직 밝힐 수 없는 이유가 있다며 단호하게 거절했다. 그리고 바느질에 빗대어 말했다.

"이 할미가 어머니에게 받은 것은 바느질 도구와 누구나 쉽게 배울 수 있는 몇 가지 기술뿐이었다. 재미가 있다 보니 금세 늘었다. 어슷 시침질, 올 뜨기, 징검 바느질, 공그리기 같이 옷을 만드는 데 필요한 기본 기술뿐만이 아니라 상침하고 사뜨고 휘갑치는 법도 스스로 깨달았다. 곧 어머니를 능가했고, 동네에서도 솜씨 좋다고 소문이 자자해졌다. 그래서 나 또한 한때 더 이상 잘할 수 없다고 생각했었지. 그때 소주에서 왔다는 한 기녀의 아름다운 옷을 보고 충격을 받았다. 그때부터 이 할미는 바느질을 다시 배웠다. 실을 배우고 천을 배웠다. 수를 배우고 문양을 익혔다. 바느질 도구의 의미를 깨달았고 입을 사람의 체격과 성격, 그리고 생김새에 따라 달리 옷을 지어야 한다는 사실도 깨달았다. 이제 남들이 이 할미를 교수라 불러주지만 이 할미는 아직도 더 나아지고 싶어서 바느질 한 것이라면 무엇이든 유심히 살핀다. 이제 와서는 글을 익히지 못한 것마저 한이 되는구나. 천아, 너는 이미 너만의 바느질 도구를 가졌고 기본 기술을 익혔다. 그것으로써 틀림없이 더 나아질 수 있는 방법이 있을 것이다. 게다가 비호도관은 네 아비가 다녔던 곳. 그 후로 세상을 다니면서 더 배운 것도 있을 터, 네가 가진 기술은 틀림없이 비호도관의 그것보다 나을 것 같구나. 어렵겠지만 조금만 더 노력해 보런. 이 할미가 경험하기로 더 나아질 수 없다고 생각할 때를 넘어서면 틀림없이 또 다른 세상이 있더구나."

우쟁천은 승복했다. 그리고 아침 수련 장소를 바꾸었다. 안 그래도 내기가 끓어 넘쳐 수련할 때마다 소음이 커지고 있고 주변에서도 새벽마다 무슨 난리를 피우냐고 불평이 들어오던 때였다. 우쟁천 스스로도 할머니의 아침잠을 방해하는 것 같아 조심스러울 때가 많았다. 그래서 아예 한적한 곳을 찾아보기로 했다. 그 후 일 년 동안 우쟁천은 한결같이 창명산(蒼明山) 나들이를 나섰고, 오늘도 다른 날과 다름없었다.

성문에서 벗어나 작은 구릉을 넘으니 안 그래도 어슴푸레하게 보이던 성문이 시야에서 사라졌다. 우쟁천은 싱긋 웃으며 지게를 내렸다.

"헹! 내가 반금련을 왜 몰라. 보덕이네 누나 가슴만 봐도 벌렁벌렁하는데."

우쟁천은 지게에 실려 있는 대나무 다발 같은 이상한 물건을 내렸다. 네 치 정도의 굵은 대나무 끝에 시위를 당긴 활대와 같은 반원의 대나무가 고정되어 있고, 그 활대 같은 대나무에 여섯 개의 길고 짧은 대나무들이 달려 있었다. 그리고 그 각각의 대나무에는 크기가 서로 다른 돌들이 제 각각의 위치에 추처럼 달려 있었다.

우쟁천은 활대와 같이 굽은 대나무가 고정된 굵은 대나무를 지게의 중심에 만들어진 구멍에 꽂았다. 그리고 다시 지게를 졌다.

지게를 진 우쟁천의 모습은 특이했다. 여섯 개의 가는 대나무들이 발처럼 그의 전면을 가리고 있었다.

우쟁천은 우스꽝스러운 모습을 한 채 어렴풋한 창명산을 바라보았다.

"자, 가볼까?"

창명산까지의 거리는 대충 이십여 리. 왕복 사십여 리 길이었다. 아침 수련을 위해 가기에는 가깝지 않은 거리임에도 불구하고 우쟁천은 가볍게 걸음을 옮겼다.

갓 열여섯이 된 소년의 걸음이라고 할 수 없는 보폭이었다. 한 걸음 박차니 세 자를 나아가고 두 걸음째에 반 장에 이르렀다. 등 뒤에 지게를 지고 머리 위에 대나무 막대기들을 주렁주렁 매단 채 할 수 있는 일이 아니었다. 그러나 우쟁천의 보폭은 갈수록 넓어지고 속도 역시 빨라졌다. 그와 동시에 그의 앞쪽에서 어른거리던 여섯 개의 대나무가 점차 크게 흔들리며 그의 걸음을 방해하기 시작했다.

우쟁천은 앞과 좌우에서 자신을 향해 날아오는 대나무들을 일일이 쳐내며 나아갔다. 각각의 대나무가 각각의 무게와 길이, 그리고 나름의 무게 중심을 지니고 있어 어떤 것은 빨리 오고 어떤 것은 천천히 다가왔다.

우쟁천은 각각의 대나무를 쳐낼 때마다 일일이 힘을 조절해 가며 여섯 개의 대나무가 동시에 다가오도록 만들었다. 그리고 두 팔을 활짝 펴 한 번에 쳐낸 후에 다시 하나씩 쳐내기를 반복했다.

단순히 서서 그 일을 하자면 손 빠르고 감각이 좋은 사람은 오래지 않아 해낼 수 있을 것이다. 그러나 우쟁천은 거의 여섯 자에 이르는 보폭으로 쉼없이 달리고 있었다.

뛸 때는 손 하나 잘못 흔들어도 걸음이 꼬이기 마련이다. 거기에 대나무들은 제각각 움직여 눈을 어지럽히고 땅바닥은 고르지 않으니 우쟁천은 뛰면서 발을 디딜 땅을 살피고 대나무를 확인해야 했다.

흔들리며 오가는 대나무만큼이나 어지럽게 두 손이 움직였다. 그사이에 두 눈이 빠르게 움직이고 두 귀가 민활하게 대나무들이 부딪치는 변화의 소리를 감지했다. 그러나 그의 두 발만큼은 안정된 보폭을 계속 유지하고 있었다.

우쟁천은 그 같은 기이한 움직임과 함께 일각 정도를 달렸다. 성문에서는 그렇게 멀어 보이던 창명산 바로 아래였다.

"후우! 오늘은 좀 빨리 온 걸까?"

우쟁천은 아직도 회색 빛 하늘의 그늘 속에 웅크리고 있는 창명산을 올려다보다가 이제는 움직임을 멈춘 채 눈앞에 늘어져 있는 여섯 개의 대나무를 바라보았다.

"젠장, 쳐낸다고 바빠서 오늘도 엄두를 못 냈네."

우쟁천은 얼굴을 살짝 찌푸린 후 두 다리를 어깨 넓이로 벌리고 마보를 취한 채 대나무들을 노려보았다. 그리고 두 팔을 모았다가 활짝 펴서 대나무들을 쳐냈다.

"벽, 붕, 찬, 포, 횡, 정주."

제각각 다가오던 대나무들이 우쟁천의 쪼개어 치고, 짧게 내치고, 휘둘러 치는 등 찰나지간에 연속되는 여섯 동작에 되튕겨 나갔다가 거의 동시에 되돌아왔다. 우쟁천은 대나무들을 두 손으로 한꺼번에 받아 들고 고개를 갸웃거렸다.

"서서 하면 이렇게 쉬운데 왜 뛰면 어려운 거야? 무서운 건가? 넘어져도 까지는 것뿐인데 뭐가 무서워? 좋아, 내일은 반드시 시도해 본다."

우쟁천은 지게를 등에서 내리고 대나무들을 우산처럼 접어 산이 시작되는 숲 한구석에 던져 놓았다. 다시 지게를 진 우쟁천은 산으로 올라가기 시작했다.

"후우!"

우쟁천은 창명산 중턱에 일궈놓은 수련장의 앞쪽 바위 위에서 스스로도 깊이를 알 수 없는 호흡에서 깨어났다. 눈을 뜨니 붉은 태양이 그를 바라보고 있었다. 태양이 그 높이에 떠 있다는 것은 진시 중반 정도 되었다는 뜻이리라.

"한 시진은 된 건가?"

건곤보태신공에 몰입하는 시간이 길어지고 있었다. 천지의 기운을 흡입하여 본원진기에 보태면 전날 안정되었던 진기가 다시 들뜨고 그것을 안정시키기 위한 시간은 또다시 늘어났다. 그 과정을 반복하다 보니 호흡에 임하는 시간은 점점 길어질 수밖에 없었다.

고 노인의 말에 따르면 뱀이 이무기가 될 때 생기는 일시적인 현상이었다. 이무기가 여의주를 얻을 무렵이 되면 본신진기가 천지의 영묘한 기운과 점차 닮아가서 두 기운이 화합하는 데 필요한 시간이 줄어든다 했다. 여의주를 얻어 용이 되면 본신진기가 곧 천지의 기운이나 다름없어 짧은 시간의 호흡만으로도 보합태화가 이루어진다 했다. 그러니 지금 우쟁천의 경지는 뱀이 이무기로 화하는 때에 이른 것이었다.

우쟁천은 무언가가 전신에 꽉 들어찬 듯한 기분, 그렇다고 이물감이 드는 기분이 아니라 힘이 넘치는 상쾌한 기분을 만끽하며 허공으로 튀어 올랐다.

몸을 뒤집어 수련장의 중앙에 착지한 우쟁천은 늘 그랬던 것처럼 오행연환권을 연거푸 펼치는 것으로써 이완된 근육을 적절하게 긴장시켰다. 이를테면 풍뢰신권을 연마하기 위한 준비 동작과 같은 것이었다.

우쟁천은 오행연환권으로 인하여 가볍게 들떠 있던 호흡을 고르고 눈을 감았다. 그리고 풍뢰기공을 암송하며 풍뢰신권을 가르쳐 준 주귀 아저씨의 연무 모습을 떠올렸다.

풍뢰신권.

우쟁천에게는 누구보다도 자상하던 고 노인, 그러나 등룡관의 나머지 모든 이들에게는 쌀쌀맞기 그지없던 그 고 노인이 유일하게 인정하는 무공이었다. 고 노인의 건곤보태신공을 제외하고 우쟁천이 배운 세 가지 실전 무공 가운데 대성하면 그런대로 쓸 만하다 했던 무공이다.

우쟁천이 기억하기로 주귀 아저씨 염우빙은 따뜻하면서도 슬픈 눈을 가진 사람이었다. 그 역시 우쟁천을 총애하였으나 다른 사람들하고는 별다르게 친하지 않던 사람이었다. 그러나 등룡관의 다른 사람들은 모두 그를 경외하는 눈치였다.

염우빙은 등룡관의 업무가 끝나는 유시가 되면 늘 밥 대신 술을 마셨다. 그러다가 취하면 상처 입은 한 마리 호랑이처럼 연무장을 날뛰었다. 그가 풍뢰신권을 펼칠 때면 등룡관 사람들은 모두 숨죽인 채 연무장을 엿보았다.

염우빙은 풍뢰신권을 쉬지 않고 수차례 펼친 후 늘 혼잣말로 '이것으론 안 돼! 안 된단 말이야!' 라고 외치고 탈진하여 잠에 빠져들었다.

우쟁천은 염우빙이 연무할 때마다 반드시 그 자리를 지켰다. 눈을 감아야 될 만큼 강한 바람이 일고 그 안에서 천둥이 치기도 했다. 황홀하다는 표현으로는 부족했다. 풍뢰신권의 세 번째 초식인 풍진몽환(風塵夢幻)의 그 몽환경에 빠져 넋을 잃곤 했다. 고 노인이 말끝마다 쓰는 병아리 눈물이라는 표현 대신 사용한 그런대로 쓸 만하다는 표현은 바로 그 몽환경을 이르는 것이리라.

우쟁천으로 하여금 환상에 빠지게 만들었던 풍뢰신권. 그런 만큼 익히기도 힘들었다. 벌써 구 년 이상 수련했음에도 불구하고 염우빙의 연무 모습과는 판이하게 다른 바닥 수준에서 기고 있었다.

"무리없이 경(勁)을 운용하는 경지에 이르지 않고는 제 위력을 발휘할 수 없는 무공이 바로 풍뢰신권이다. 뜻대로 되지 않는다 하여 쉽게 포기하지 마라. 너라면 분명히 대성할 수 있을 것이다."

술에 취해서 축축해진 눈으로 우쟁천을 바라보며 머리를 쓰다듬던 염우빙의 말이었다. 아무리 해도 안 된다는 말이 목구멍으로 솟아오를 때마다 떠올리던 말이었다.

우쟁천은 무리없이 경을 운용하는 경지에 언제 도달할 수 있을지 알 수 없었다. 그러나 적어도 발경이 무엇인가는 어렴풋이 알게 되었다. 누군가가 설명해 주었다면 더 빨리 행할 수 있었을 그 경지를 한결같은 수련으로 이제야 대략 깨닫게 된 것이었다.

성문을 열 때 한 번에 힘을 씀으로써 문을 움직이고 일단 움직인 문은 수월하게 밀어붙일 수 있다.

그것은 내기의 응축과 발출의 문제였다. 조금 더 익숙해지면 그 두꺼운 성문에 구멍을 낼 수도 있을 것 같았다. 그것을 무리없이 여러 번 행할 수 있다면 곧 염우빙이 일으켰던 바람과 벼락을 재현해 낼 수 있으리란 것이 우쟁천의 생각이었다.

우쟁천은 염우빙과 잡다하게 떠오르는 생각들을 모두 지우고 풍뢰기공으로 단전에서 끓어 넘치는 기운을 단번에 일으켰다. 마보를 취하면서 간결하게 내뻗은 주먹에서 낮은 파공음이 흘러나왔다.

천뢰무망(天雷無忙),

천뢰는 두려움이 없다. 무엇이든 깨버리는 풍뢰신권의 기수식이자 일초식. 그 뒤로 연이어 작은 바람이 일었다 흩어지고 낮은 파공음들이 들렸다. 우쟁천이 두 발을 빠르게 교차하여 바닥을 훑어나가면서 첩풍축운(疊風蹴雲)과 풍진몽환을 연이어 펼치자 먼지구름이 한 자나 치솟아올랐고 다시 바람에 흩어졌다.

엉뚱한 곳에서 손바람이 닥쳐 상대를 당황하게 만든다는 풍류비선(風流秘旋)과 풍뢰신권의 유일한 금나수인 선풍포룡이 연이어 펼쳐지면서 허공에는 어지러운 수영(手影)들이 난무했다.

뒤이어 다시 낮은 파공음이 들리고 아무런 소리도 없는 움직임이 있었다. 허공에 수영이 가득한 가운데 한줄기 강한 뇌정이 친다는 풍중뇌정(風中雷霆)과 상대가 알지 못하는 사이에 치명타를 가하는 암뢰무형(暗雷無形)이 연이어 펼쳐진 것이었다. 그렇게 바닥과 허공을 어지럽게 휘젓고 다니던 우쟁천이 세차게 바닥을 찍고 움직임을 멈추었다.

발밑에서 갑자기 솟구쳐서 느끼는 순간 당할 수밖에 없다는 지뢰출세(地雷出世). 염우빙이 지뢰출세를 펼칠 때면 그의 정면에서 구경하고 있던 등룡관원들은 한결같이 좌우로 비켜섰고, 등룡관주는 구멍 뚫린 바닥을 보며 염우빙을 못마땅한 눈으로 노려보곤 했다. 그러나 우쟁천이 그것을 펼치자 땅바닥은 아무런 신음도 토해내지 않았다.

우쟁천은 별다른 결과를 보여주지 않는 땅바닥을 보며 고개를 젓고 심하게 거칠어진 호흡을 가다듬기 위해서 눈을 감고 바닥에 주저앉았다.

무슨 까닭인지 알 도리가 없지만 예전과는 달리 풍뢰신권을 두 번 연달아 펼칠 수가 없었다. 이상하게도 연무를 하면 할수록 점점 더 빨리 지쳤고, 기력을 되찾는 일도 더 오랜 시간이 걸렸다. 하지만 우쟁천으로서는 달리 방법이 없었다. 그저 할 수 있는 것을 계속 행할 뿐이었다.

우쟁천은 바닥을 드러내려는 물통을 보며 망설였다. 채워놓는 데 많은 시간이 걸리는 일은 아니었다. 그러나 그는 지금 간절하게 하고 싶은 일이 있었다.

"에라, 모르겠다. 얼마나 걸리려고."

우쟁천은 수건으로 젖은 몸을 닦고서 부엌에서 뛰어나오자마자 방으로 들어갔다. 그리고 장롱 밑바닥을 더듬어 빛바랜 봉서 하나를 꺼냈다.

달랑 그의 이름만 써 있는 봉서. 우득명이 우쟁천의 나이 열여섯이 되면 뜯어보라고 했던 그 편지였다.

우쟁천은 봉서를 부드럽게 쓰다듬다가 마침내 개봉했다. 펼쳐 보지도 않았는데 그리움이 눈물이 되어 뚝뚝 떨어질 것만 같았다.

"미쳤냐, 임마?"

우쟁천은 스스로를 꾸짖고 편지를 펼쳤다. 첫 번째 줄을 읽는 순간 그의 입술 사이로 웃음이 흘러나왔다.

"풋, 자기가 쓴 것도 아니면서."

알아서 잘 커버린 내 자식 보아라.
오 척은 넘었냐? 고 어르신이 말씀하시길 네 골격은 알짜라서 장차 기골이 장대할 것이라 하시더구나. 이 아비를 빼닮아 잘생겼으니 체격이야 좀 작다 해도 무슨 상관이겠느냐만 이왕이면 그랬으면 좋겠다. 한덩치 하면 시비가 줄어들거든. 여자들도 좋아하는 것 같고.
음, 무슨 말부터 해야 할까? 그렇지. 육 년 동안 연락이 없었으니 신경 좀 쓰이겠지? 네 할머니도 걱정하실 테고.
걱정할 필요 없다. 이 아비는 단지 좀 먼 곳에 와 있을 뿐이다. 오가는데만도 수삼 년은 족히 걸리는 먼 곳이고, 그곳에서 일을 마치려면 또 얼마나 많은 세월이 흐를지 알 수 없구나. 그래서 연락을 취하지 못할 뿐이다. 너와 네 할머니가 건강하다면 이 아비 또한 아무런 문제가 없을 것이니 걱정하지 마라.
음, 그리고 아들.
이제 본론인데, 지금부터 그동안 네비 말하지 않았던 것을 말하려 한다. 그러나 그 전에 네비 당부하고 싶은 것이 있다.
이 아비가 네비 할 이야기는 마음 편하비 읽을 수 있는 것이 아닐 것이다. 피가 거꾸로 치솟고 분노가 치밀어 이성을 잃을 수도 있을 것이다. 하지만 냉정해져야 한다. 네 나이 열여섯까지 이 편지를 읽지 말라고 한 이유는 그 나이가 바로 이 아비가 어쩔 수 없이 곽주를 떠나야 했던 때였고 또 그 나이 정도는 되어야 진정한 사나이가 될 수 있다고 생각한 때문이다.
아들아!
사나이라면 이성으로써 분노를 억누를 줄 알아야 한다. 네가 분노로 가슴을 채우는 것은 결코 이 아비가 원하는 것이 아니다. 분노할 것을 알고도 사실을 알려주는 이유는 다만 시비에 말려들 나이가 되었으니 영문을 모르고 일을 당하지 않도록 모든 일을 알고 대처하라는 뜻이다. 다시 한 번 말하지만 냉정해져라. 그것이 안 되거든 또다시 고통을 겪어야 할 네 할머니를 생각해 주기 바란다.
 준비가 되었느냐?

 우쟁천은 편지에서 눈을 떼고 잠깐 생각에 잠겼다.
 '뭔데 이렇게 심각한 거야? 그때 아버지가 뭐라고 했었지? 반드시 해야만 했던 일을 한 대가로 죄인이 되었다고 했었던가? 그 얘기겠지?'
 처음 곽주에 왔을 때 우쟁천은 가끔 살인자의 아들이란 소리를 들었다. 주눅이 들었고 의문도 생겨서 기옥화에게 묻기도 했지만 그녀는 신경 쓰지 말라고 했을 뿐이었다.
 우쟁천은 금세 잊어버렸다. 물론 그렇게 된 데에는 우쟁천의 밝고 강한 천성과 기옥화의 세상을 향한 코웃음이 도움이 되었지만, 무엇보다도 대부분의 사람들이 오히려 따뜻한 동정의 눈길을 보낸 때문이기도 했다. 그런데 그때의 의문이 지금 되살아나고 있었다.
 우쟁천은 심호흡으로 마음을 다잡고 다시 편지를 읽기 시작했다.
 편지를 훑어나가는 우쟁천의 두 눈이 점점 커졌다. '네 나이 즈음에 너의 할아버지가 돌아가셨다'로 시작된 이야기는 아버지의 말처럼 분노하지 않을 수 없는 내용이었다.
 그 안에 모든 것이 있었다. 기옥화의 얼굴에 난 상처가 어떻게 생긴 것이며 기옥화가 왜 관(官)을 믿지 않고 왜 봉가와 적룡방을 그토록 싫어하는지, 또 왜 아버지가 곽주에서 살지 못하고 세상을 떠돌아다녀야 하는지, 그리고 어떤 삶을 살았는지 그 이유와 사연들이 모두 밝혀져 있었다.
 우쟁천은 편지를 와락 구겨 버리고 눈을 감았다.
 "후우! 후우! 후우!"

몇 번이고 의도적으로 심호흡을 해도 분노로 울렁거리는 가슴을 진정시킬 수가 없었다. 당장이라도 도끼를 들고 봉가로 달려가 봉승경의 목을 찍어버리고 싶었다. 적룡방으로 달려가 눈에 보이는 대로 쳐 죽이고 싶었다.

머리 속이 핏물로 낭자해진 순간 기옥화의 얼굴이 떠올랐다.

'네가 힘이 세어서 모두를 때려줄 수 있을 때까지……'

언젠가 적룡방에 갔을 때 기옥화가 한 말이었다. 우쟁천은 그 말을 뱉던 기옥화의 얼굴을 생생하게 떠올릴 수 있었다. 그때는 몰랐지만 그 표정은 때려달라는 얼굴이 아니었다. 참아달라는 부탁이었고 말썽을 일으키지 말아달라는 간절한 마음의 표현이었다.

"후우! 냉정해져라? 이걸 알고 어떻게 냉정해지라고."

우쟁천은 고개를 저었다. 그때 또 하나의 얼굴이 떠올랐다. 원독에 가득 찬 눈으로 그를 노려보며 소리치던 얼굴.

'닮았구나. 내 아들을 죽인 그놈과 꼭 닮았어. 흥! 흉악한 놈이라 도망다니면서도 새끼를 낳았구나. 죽일 놈!'

우쟁천은 이제야 그 노파가 누군지 알아차렸다. 나이로 보나 허름한 옷을 입고 있는 것으로 보나 봉두원의 어미일 리는 없을 테니 그 당시에 죽었다는 하인의 어미이리라.

우쟁천은 다시 고개를 저어 노파의 얼굴을 지워 버렸다.

"아버지를 비난할 자격이 없어. 죽어 마땅한 일을 한 거야, 당신 자식은."

말과는 달리 노파의 얼굴은 우쟁천의 분노를 조금이나마 누그러뜨렸다. 우쟁천은 겨우 눈을 떴다. 그리고 구겨진 편지를 방바닥에 놓고 손바닥으로 문질러 펴기 시작했다. 아직 읽어야 할 것이 많이 남아 있었다.

이 아비는 할머니를 모시지 못하는 것이 한이 될 뿐 지금의 삶을 억울하다고 생각하지는 않는다. 원인이 무엇이든 간에 두 사람을 죽였고 한 사람을 불구로 만들었다. 그러니 그들의 집안 또한 우리처럼 평탄하지 못할 것이기 때문이다.

아들아, 분노로 벌인 일의 결과는 비참했다. 후회만 남을 뿐 결코 통쾌하지 않았다. 이 아비는 말이다, 네가 나와는 다른 삶을 살았으면 좋겠다. 아비 노릇을 제대로 하지 못했으니 어떤 인간이 되라고 말할 자격은 없다만 적어도 분노로 인생을 망치는 인간이기보다는 꿈을 꾸는 인간이 되었으면 좋겠다.

네 이름의 뜻을 알지? 네 탓도 아닌 것을 뒤돌아보지 말고 큰 꿈을 꾸어라. 다 이루지 못할지라도 꿈을 추구하며 사는 동안 네 삶은 불행하지 않을 것이다. 지금 이 아비가 이루기 힘든 꿈을 좇아 먼 곳에 와 있으면서도 웃는 것처럼.

내 아들 쟁천! 아느냐? 너를 처음 안았을 때 당황하기도 했지만 정말이지 기뻤단다. 사랑한다.

우쟁천의 눈에서 닭똥 같은 눈물이 뚝뚝 떨어졌다. 아직 읽어야 할 것이 남아 있음에도 눈앞이 흐려 읽을 수가 없었다.

우쟁천은 소매로 눈물을 훔치며 중얼거렸다.

"지금은 도끼를 휘두를 때가 아니란 말이지? 무슨 뜻인지 알았어. 할머니를 생각하란 말이지? 아버지, 나 무인이 될 거라는 생각은 변함없어. 하지만 말이야, 이제 정말 강한 무인이 되겠어. 세상의 나쁜 놈들을 다 짓밟아 버릴 만큼 강한 무인이 되겠어. 그래, 강해질 거야. 내 눈앞에서만큼은 누구든 가난하다는 이유로, 힘이 없다는 이유로 억울한 일을 당하게 하지 않겠어. 피눈물 흘리지 않게 하겠어."

눈물을 닦아낸 우쟁천의 두 눈이 강렬한 빛을 발했다. 우쟁천은 다시 편지를 들어 남은 부분을 읽기 시작했다.

지금까지 이 할아비가 대필했다. 이제부터는 내 용건을 간단히 적으마.
네겐 두 가지 길이 있다. 곽주에서 평생을 살 생각이라면 네가 이 등룡관에서 배운 것만으로도 충분할 것이다. 물론 배운 것을 잊지 않고 대성할 때까지 노력한다는 전제 하에서 하는 말이다. 이 할아비의 건곤보태신공과 염주귀의 풍뢰신권만으로도 곽주 정도의 작은 곳에서 너를 힘들게 할 놈이 없을 것이다. 너도 이제 알겠지만 곽주는 작은 성곽 도시. 강호인이라고 하여 관을 무시하고 함부로 무력을 행사할 수는 없을 테니 그 정도면 충분하지.
하지만 말이다. 네 포부가 곽주에서의 평범한 삶 이상이라면 반드시 먼저 이 할아비를 찾아와야 한다. 네가 익힌 건곤보태신공은 완전한 것이 아니다. 문제가 될 것은 없으나 전반부에 불과하니 더 강해지기 위해서는 더 많은 것을 익혀야 한다. 그리고 네 아비의 알량한 혈호도법은 당연히 문제가 많고 풍뢰신권 또한 충분하지 못하다. 풍뢰신권을 십이성 대성한다면야 강호에서도 한 행세 할 수 있겠다만 그래도 그 정도 가지고는 역시 수많은 적수를 만나게 될 것이고, 그 가운데는 이기지 못할 상대 또한 부지기수일 것이다.
천아, 뜻이 크면 배워야 할 것도 많은 법. 다시 말하는데 네 포부가 곽주를 넘어설 때는 다른 곳은 제쳐 두고 우선 내게 와라.
아니다. 그냥 보고 싶구나. 이 할아비 죽기 전에 한 번은 찾아주겠지?

"할아버지, 저도 보고 싶다고요. 하지만 아직은, 아직은 아닌 것 같아요. 지금 떠나면 할머니가 불안해하실 거예요. 하지만 갑니다. 반드시."
새로운 결의로 굳어져 있던 우쟁천의 얼굴에 다시 미소가 감돌았다. 그때 밖에서 기옥화의 목소리가 들렸다.
"천아, 뭐 하느냐? 밥 먹어야지."

우쟁천은 아무 일 없는 듯한 목소리로 소리쳤다.
"금방 갈게요!"
우쟁천은 구겨진 편지를 몇 번이나 펴서 봉서 안에 넣었다.

　　　　　　＊　　　　＊　　　　＊

마동은 천하에서 가장 비천한 취급을 받는 집안에서 태어났다. 그의 조부는 똥지게를 날랐고 그의 아비 역시 똥지게를 날랐다. 만약 그가 남다른 총기를 갖고 태어나지 않았더라면 그도 역시 똥지게를 졌을 것이고 그의 자식도 마찬가지였으리라.
"싫어. 똥지게만은 지지 않을 거야."
똥지게라는 놀림과 또래 아이들의 따돌림은 오기가 되었고, 마동은 나름대로 세상을 관찰한 끝에 어린아이답지 않은 일생일대의 결정을 내렸다. 여덟 살 어린 나이에 아비를 설득했다. 출세하여 집안을 일으키겠다고. 믿어달라고. 난감한 표정을 짓던 아비는 어릴 때부터 남달랐던 장남의 총기를 믿어보기로 했다. 마동은 가뜩이나 어려운 집안에 은 다섯 냥의 큰 빚을 남긴 채 결국 내서당(內書堂)에 들어갈 수 있었다.
내서당, 황실에서 운영하는 환관의 교육 기관이다.
여덟 살의 마동에게 있어서 글을 배운다는 것은 비천함에서 벗어난다는 뜻이었기에 공짜로 먹여주고 글을 배울 수 있는 내서당은 당연한 선택이었다.
또 다른 의미의 비천함, 고자의 의미를 모르는 어린 마동은 글을 읽고 쓰게 된 순간 그의 환관 스승의 성을 따라 이신충(李信忠)이라는 이름을 직접 지었다. 그는 동료들 모두가 힘들어하는 생활을 오히려 즐겼다. 많이 배우면 배울수록 비천함에서 멀어진다는 생각 하나만으로 남보다 탁월한 성취를 이루었다.

그는 또 탄탄한 체격을 가진 덕에 황실 요인의 경호를 담당하는 도지감(都知監)에서 무공을 배웠고, 권력의 핵심이라 할 수 있는 동창(東廠)의 당두로 활동하기도 했으며, 곧 황태자의 측근이 되어 확실한 미래를 보장받았다.

그는 그의 이름처럼 충성스럽고 신의가 넘치는 인물이 되려고 노력했다. 지위가 올라가도 교만함을 드러낸 적이 없었고 재물이 들어와도 탈이 날 것은 손대지 않았다.

그리고 드디어 황태자가 황제가 되었다. 그가 바로 성화제였으니 때를 기다리고 있던 이신충은 물을 만난 물고기나 다름없었다.

이신충은 신체적으로 여전히 비천했고, 그래서 손가락질을 받았지만 그 누구도 면전에서 그를 놀릴 수 없는 지위를 얻었으니, 그가 바로 당금의 금의위(錦衣衛)의 수장이자 동창의 제독태감(提督太監)이었다.

명 성화 9년(서기 1473년) 경사 자금성.

이신충은 기분 좋을 정도로 취기가 오른 상태에서 집무실로 돌아왔다. 오늘은 그가 동창제독의 자리에 오른 지 만 삼 년이 되는 날. 수하들이 어마감(御馬監:황제의 마구를 관장하는 곳)의 목장에서 주연을 준비한 탓에 적당히 취할 정도로 즐기고 돌아온 것이었다.

"공공, 차를 준비하오리까?"

젊은 환관의 물음에 이신충은 미소까지 지으며 고개를 끄덕였다. 책상에 앉아 지그시 눈을 감고 취기를 즐기니 과거의 일들이 꿈처럼 떠올랐다.

힘들었다. 그러나 단 한 번 내색하지 않고 꿋꿋하게 견뎌냈다. 그 결과 지금의 자리에 올랐고, 그는 결국 여덟 살의 어린 나이에 한 약속을 지켰다.

은 다섯 냥의 빚.

지금이라면 돈 축에도 끼지 못할 금액이었다. 하지만 여덟 살짜리 당돌한 아이의 아비에게는 천만금이나 다름없는 큰돈이었다. 그것으로 인해서 그의 아비는 허리가 부러질 정도로 똥지게를 지어 날라야 했으리라. 이신충은 평생토록 그 빚의 무게를 가슴속에 간직하여 스스로를 단련시켰다.

물론 지금 그의 아비는 황금 방석에 앉는 호사를 누리고 있었지만 이신충은 그 모습에 기뻐하기보다는 방석 위에서도 굽은 허리를 펴지 못하는 아비의 모습을 슬프게 바라보곤 했다.

"얘야, 나는 무식해서 네가 무엇 하는 사람인지 모른다. 하지만 사람들이 말하더라. 무서운 자리고 무서운 사람이라고. 죄를 짓지 마라. 나라를 말아먹은 왕진(王進) 같은 인간은 되지 말아다오. 오래오래 살아서 네 동생들과 조카들이 다시는 똥지게를 지지 않게 해다오. 너는 똑똑한 아이니까 잘할 거다. 암, 잘할 거야."

그의 아비는 그가 집에 들를 때마다 그의 손을 잡고 말했다. 이미 했던 말임을 기억하지 못한 채 되풀이하고 또 했다. 천하에서 몇 손가락 안에 드는 권력자인 이신충이었지만 그의 아비 앞에서는 한결같이 그리하겠다는 대답을 되풀이했다. 그리고 그 말을 지키려고 노력했다.

'이 자리가 그냥 생기는 자리는 아니지. 지은 죄는 어쩔 수 없어. 하지만 아버지 말대로 왕진 같은 말로(末路)는 싫어. 똥지게만큼이나 싫어. 죽어서도 욕먹는 인간은 되지 않겠다. 교만하지 않는다. 드러나지 않는다. 적을 만들지 않는다. 그래, 그렇게 사는 거야. 가능하다면 말이지.'

"공공, 차 대령했습니다."

이신충은 생각 중에 끼어든 환관을 나무라지 않았다.

"수고했다. 쉬어라."

이신충은 젊은 환관을 내보내고 차 향을 음미했다. 그가 좋아하는 철관음(鐵觀音). 차 하면 용정(龍井)을 꼽으나 그는 거칠고 사나이다운 풍미가 느껴지는 철관음이 좋았다.

뚜껑을 내려놓고 한 모금 입에 머금으니 취기가 사라지는 것 같았다.

"하, 좋군. 응?"

정신을 차리고 보니 눈길이 닿은 책상이 낯설게 느껴졌다. 자리를 뜰 때면 언제나 같은 방식으로 정리를 해놓는 습관을 가지고 있었다. 그런데 지금의 책상은 뭔가 흐트러진 느낌이었다.

이신충은 무엇이 달라졌는지 확인했다. 없어지면 곤란한 것을 책상 위에 놓아둘 그도 아니었지만 달리 없어진 건 없는 것 같았다. 고개를 갸웃거린 이신충은 혹시나 하여 책상 밑으로 손을 넣었다.

딸깍!

서랍 밑에서 또 다른 서랍이 튀어나왔다.

"헉!"

이신충은 눈을 부릅떴다. 빈 서랍. 그가 나가기 전만 해도 두 권의 책자가 들어 있던 그 서랍이 비어 있었다. 남은 것은 한 장의 한지뿐.

"여봐라!"

그가 소리치자 문을 지키는 동창의 위사 두 사람이 급히 들어왔다.

"누구를 들였더냐, 아니면 자리를 비웠더냐?"

위사들은 눈을 둥그렇게 떴다.

"공공, 저희가 감히 어찌 그런 일을 벌일 수 있단 말입니까?"

"네놈들이 감히!"

이신충의 눈에서 불꽃이 피어오르는 순간 위사들이 무릎과 이마를 동시에 찍으며 소리쳤다.

"맹세코 그런 일은 없었습니다."

이신충은 위사들의 이마에서 흘러내리는 피를 보며 머리를 식혔다. 일부러 누군가를 들였다면 이 자리에 남아 있어서는 안 되는 이들이었다. 살아남을 수 없을 테니까. 게다가 그들 두 사람은 그가 잘 아는 이들. 아직 위사에 불과하지만 나중에 중하게 쓰기 위해 측근에 두는 이들이었다.

이신충은 급히 걸음을 옮겨 창가로 갔다. 창문은 닫혀 있었지만 삼중 자물쇠가 풀려 있었다.

이신충이 돌아서며 소리쳤다.

"첩형(諜刑)들을 모두 불러 모아라. 금의위의 북진무사(北鎭撫使)도 불러."

엎드려 있던 두 위사들이 튕기듯 일어나 급히 사라졌다.

이신충은 의자에 털썩 주저앉아 눈을 감고 왼손으로 이마를 짚었다.

"이런 일이……."

두 권의 책자가 엄청난 비밀을 품고 있는 기밀문서 같은 것은 아니었다. 그러나 그 가치는 세상 어느 것보다도 더 컸다. 적어도 이신충에게는.

두 권의 책자, 그것들은 강호의 비급이라 할 수 있었다. 천하제일의 무공이라고 할 수는 없으나 경공과 도법에 있어서는 단번에 일가를 이룰 수 있을 정도의 절정무공서들이었다.

그렇다고 해서 이신충이 크게 아까워할 정도는 아니었다. 많지는 않지만 그 정도의 무공은 황실무고에서도 구할 수 있었다. 정작 중요한 것은 그 무공서들이 누구에게서 나온 것인가 하는 문제였다.

바로 만 귀비(萬貴妃). 당금의 황제 성화제를 한 손에 쥐고 흔드는 철의 여인. 그녀가 동창의 세를 늘리라는 말과 함께 선물한 비급이었다.

드러난 황제가 성화제라면 숨은 황제는 만 귀비. 아무리 이신충이라 할지라도 만 귀비에게 미운털이 박힌다면 하루아침에 나락으로 떨어질 수밖에 없었다.

이신충은 머리를 흔들어 정신을 차리려고 애를 썼다. 그러다가 문득 비밀 서랍 속에 자신이 넣지 않은 종이 한 장이 있음을 깨닫고는 그것을 확인했다.

아무런 글씨도 없이 오직 그림 하나만 그려져 있는 종이였다. 얼굴 모양으로 추측되는 동그라미 속에 사람의 혀 같은 것이 희롱하는 듯 길게 늘어져 있는 그림이었다.

문밖에서 사람 발소리가 들리며 조용히 문이 열렸다.

"공공, 성 내에 있는 모든 첩형들과 북진무사가 입실하였습니다."

"들여라!"

여섯 사람이 들어왔다. 그들은 미리 받은 언질이 있는지 고개만 숙여 보이고 말을 기다렸다.

"교진국(喬進國), 이게 무엇인 줄 아느냐?"

그림을 내보이자 지목받은 삼십대 중반의 환관이 눈을 치떴다.

"그, 그것을 어찌 공공께서?"

쾅!

이신충이 책상을 후려치며 소리쳤다.

"무엇이냐고 묻지 않느냐?"

정보 담당 첩형 교진국은 부동자세를 취하며 대답했다.

"비천협도(飛天俠盜), 혹은 천면협도(千面俠盜)라고 불리는 강호의 도둑 막유수(莫流水)가 물건을 훔치고 나서 자신의 소행임을 알리려고 남기는 징표입니다."

이신충은 불꽃이 튕기는 듯한 눈으로 여섯 사람을 살폈다.

뽀도도독!

이신충의 주먹에서 소리가 나고 천면협도 막유수의 상징이 그 안에서 꼬깃꼬깃 구겨졌다가 재가 되어 책상 위로 뿌려졌다.

"공공, 반 시진 전 내정의 담을 넘으려는 도둑 하나가 금의위의 위사들에게 발각되었습니다. 그 신법이 하도 비쾌(飛快)하여 잡지는 못하였으나 현재 동창의 위사들과 함께 추적 중인 것으로 압니다."

다른 사람들과는 달리 제대로 관복을 차려입은 사십대 초반의 장년인이 조심스럽게 말했다.

이신충은 화를 내는 대신 눈을 감았다. 그러나 곧 이글거리는 눈빛을 드러내며 낮게 말했다.

"그놈이 내 방에 들어와 만 귀비께서 하사하신 두 권의 비급을 훔쳐 갔다! 회수하라! 천하를 뒤집어서라도 찾아와!"

모두가 허리를 접고 급히 나갔다.

"후우! 이를 어찌한다? 어찌한다?"

사 년 전에도 똑같은 일이 있었다. 강호의 도둑이 황궁에 침입하여 황성을 발칵 뒤집어놓았다. 하지만 그때도 도둑을 끝내 잡지 못했다. 천하를 뒤집어서라도 찾아오라 명했으나 상대가 천면협도라면 이번에도 잡을 수 있는 확률은 희박했다. 진면목을 아는 사람이 아무도 없으니 황궁 근처에서 얼쩡거려도 쉽게 잡을 수 없으리라.

"이럴 때는 역시 정공법뿐인가?"

다시 한숨을 내쉰 이신충은 고개를 들어 소리쳤다.

"귀비께옵서 아직 침수 들지 않으셨는지 확인해 보고 깨어 계시면 내가 배알을 청한다고 전해 올려라."

밖에서 대답이 들려왔고, 발걸음 소리가 다급하게 멀어져 갔다.

평소라면 의자에 앉아 기다렸으리라. 하지만 이신충은 앉을 수가 없었다. 다시 서기가 힘들지도 모른다는 생각 때문이었다. 입 안이 바짝 말라 버린 것 같았다. 그런데도 이신충은 궁녀에게 물 한잔 청하지 못했다.

반 각을 기다린 끝에 문이 열렸다. 침의에 비단 피풍을 두른 채 한 여인이 들어섰다. 옷차림만 보면 자다 나온 궁녀 같았다. 하지만 그 얼굴을 보면 순식간에 생각을 바꿀 수밖에 없으리라.

오 척 반이 넘으니 여인치고는 큰 키이나 장신인 이신충보다는 세 치 이상 작았다. 그럼에도 불구하고 그녀의 두 눈은 이신충을 내려다보는 것 같은 느낌이었다. 바다 같은 눈이었다. 파도도 없고 바람도 한 점 없는, 배는커녕 작은 섬 하나 보이지 않는 고요한 바다. 무엇이든 삼켜 버리고 표시조차 내지 않을 깊고 위엄 어린 눈이었다.

여인으로서의 매력 또한 압도적이었다. 고귀함과 차가움이 동시에 느껴지는 아름다운 얼굴, 그리고 늘씬함과 풍만함을 동시에 드러내는 몸매를 보는 순간 사나이라면 누구나 두 가지 상반된 감정을 느낄 것이다.

한 번이라도 안아보고 싶다는 욕망, 그리고 그 반대로 감히 꿈도 꿀 수 없다는 위축감.

그랬다. 그녀가 바로 황제의 어머니요 누나이며 연인인 만 귀비였다. 그녀에게는 그 정도 자격이 있었다. 황제의 보령 겨우 이십삼 세, 만 귀비의 나이는 놀랍게도 사십일 세였다. 그럼에도 불구하고 황제는 그녀의 품에서 떠나지 못했다.

그렇다고 그녀가 단지 성숙하고 농염한 아름다움만으로 총애를 받는 것은 아니었다. 심약한 황제를 키운 것도 그녀였고 황제를 지킨 것도 그녀였다. 그녀는 황제의 곁을 떠나지 않았다. 낮에는 갑주를 입고 검을 찬 채 황제의 주변에 머물렀고 밤에는 침상에서 그를 지켰다. 말더듬이 황제는 오직 만 귀비의 입을 통해서만 정사를 논했다.

황제에게는 황후는 물론 많은 비빈들이 있었지만 그 누구도 만 귀비를 시기하지 못했다. 단 한 번, 황후 오씨가 그녀를 시기하다가 폐후가 된 뒤로는 새로운 황후마저도 그녀의 눈치를 살폈다. 그러니 이신충인들 만 귀비의 눈치를 살피지 않을 수 없었다.

"이 공공, 야심한 시간에 무슨 급한 일인가?"

술시의 막바지에 이른 때였다. 만약 이신충이 환관이 아니었다면 감히 만나겠다는 청조차 올리지 못했으리라.

이신충은 대답도 하기 전에 오체투지부터 하였다.

"존후(尊后)께옵서는 소신을 죽여주시옵소서!"

존후, 존귀한 황후라는 뜻이니 귀비에 불과한 그녀에게는 어울리지 않는 칭호였다. 그러나 이신충에게는 너무나 당연한 일이었다.

무표정하던 만 귀비가 눈을 둥그렇게 치뜨고 이신충의 뒷머리를 내려다보았다.

"아니, 도대체 무슨 일이기에 이 공공 입에서 죽여달라는 소리가 나와?"

이신충은 쿵쿵 소리가 나도록 연이어 머리를 찧으며 가늘고 낮지만 피를 토할 것 같은 음성으로 말했다.

"존후 마마, 소신이 존후 마마의 하해와 같은 은혜를 입어 두 권의 기서를 받자왔으나 교만한 마음으로 관리를 소홀히 하였으니 이 어찌 죽을 죄를 지은 것이 아니겠나이까?"

만 귀비는 그때서야 눈살을 찌푸리며 의자에 앉았다. 그리고 일어나란 말도 없이 이신충의 뒷머리를 빤히 내려다보았다.

"잃었다?"

이신충은 사정없이 머리를 찧었다.

쿵!

"강호의 비천한 도둑이 감히 황궁을 범접하게 한 죄 또한 죽어 마땅한 일이오니 소신 두 번 죽어도 감히 억울하다 하지 못하옵니다."

"흠, 강호의 도둑이라? 누구를 말하는 것이지?"

"수하들의 말로는 비천협도, 혹은 천면협도라 불리는 막유수라는 자라 하옵니다."

"아, 천면협도! 그래, 그놈이라면 금의위나 동창의 경비쯤은 코웃음 치며 농락할 수 있을 게야."

만 귀비는 강호의 소문에 정통한 듯 단번에 알아듣고 기묘한 미소를 지었다.

"이 공공은 그만 일어나라."

"죄인이 어찌……."

"괜찮으니 일어나라. 다른 사람이라면 일을 숨기려고 온갖 수를 다 쓸 터인데 이 공공은 바로 내게 달려와 이실직고하였다. 그것만으로도 기꺼워 그대의 죄를 묻고 싶지 않구나. 이 공공, 실수는 하였으나 역시 충직하도다. 그대 같은 충신을 내 어찌 한 번의 실수로 내칠 수 있을까? 그 마음 잊지 말고 황상을 뫼시어라."

쿵!

"크신 은혜 무엇으로 갚으오리까? 소인 분신쇄골할 각오로 황상 폐하와 존후 마마를 모시겠사옵니다."

만 귀비는 부드럽게 웃으며 손을 흔들었다.

"그래그래, 그런 마음이면 되었으니 그만 일어나라."

이신충이 조심스럽게 일어섰다. 만 귀비가 그의 붉은 이마를 바라보며 빙긋 웃었다. 그와 같은 편안한 웃음은 좀처럼 보여주지 않는 것이어서 이신충은 그녀가 내심으로까지 용서했음을 깨달았다.

"쯧쯧쯧! 그래도 아쉽구나. 동창의 아이들이 능광신법(凌光身法)을 익혔다면 서넛만으로도 천면협도 그자의 발을 묶어둘 수 있었을 텐데……."

"죄만(罪萬)하옵니다, 존후 마마."

고개를 숙이는 것 외에는 달리 할 것이 없었다. 오히려 절문된 오대파의 무공 가운데서도 비전이라고 할 수 있는 천수불영도법(千手佛影刀法)을 언급하지 않은 것만으로도 감지덕지해야 할 판이었다.

"아아, 질책하는 것이 아니야. 그 정도야 이 공공도 능히 구할 수 있는 것 아닌가? 한데 조치는?"

"천하를 뒤집더라도 반드시 잡아오라 명했습니다."

만 귀비는 입을 가리지도 않고 남자처럼 웃었다.

"하하하! 그깟 일로 천하를 뒤집어? 동창의 위사들이 벌 떼처럼 몰려다니면 백성들이 불편해할 게야. 너무 큰 소란 떨 것 없어. 적당히 하라."

이신충은 다시 허리를 접으며 말했다.

"그것을 찾지 못한다면 소신이 무슨 면목으로 존후 마마를 뵈올 수 있겠나이까? 하나 존후 마마의 명을 받자와 백성들에게 불안감을 줄 수 있는 행동은 최대한 자제시키고 가급적이면 조용히 처리토록 하겠나이다."

만 귀비는 웃으며 자리에서 일어섰다.

"그리하라. 그리고 한 가지!"

"예, 마마."

"이왕 동창 전체를 움직일 일이면 강호의 정세를 한번 확인해 보는 게 어떠한가? 작금에 이르러 황상의 심기를 어지럽힐 만한 세력은 없어 보이나 강호의 무리들은 일당백의 용자들이 제법 많으니 사악한 무리가 역당을 짓지 않도록 늘 경계를 하는 게 좋을 것 같아."

이신충은 다시 고개를 숙였다.

"영명하신 명이옵니다. 명심 봉행토록 하겠나이다."

"물러가라. 너무 속 끓이지 말고 오늘은 편히 쉬도록 하라."

"망극하옵니다. 소신 이만 물러가겠나이다."

이신충은 조심스러운 뒷걸음질로 방을 빠져나갔다. 만 귀비는 문이 닫힐 때까지 숙여져 있는 이신충의 머리를 보며 흐릿한 미소를 지었다.

■6장■
없다는 건 그렇게 서러운 거다

없다는 건
그렇게 서러운 거다

"왔냐?"
 오종삼은 시원하게 들이킨 물그릇을 내려놓으며 빙긋 웃었다. 우쟁천이 기대에 찬 눈빛으로 오종삼을 바라보며 고개를 끄덕였다.
 오종삼은 가게에서 집 안으로 통하는 문 옆의 시커먼 몽둥이를 두 손으로 집어 우쟁천에게 건넸다.
 "옛다, 네 장난감."
 한 손으로 수월하게 몽둥이를 받아 든 우쟁천은 갑자기 느껴지는 무게에 놀랐다가 다시 기뻐하며 오종삼에게 고개를 숙였다.
 "아저씨, 감사! 감사!"
 오종삼이 미소를 짓는 순간 우쟁천은 몽둥이를 눈앞으로 가져갔다. 그것은 몽둥이가 아니었다. 칼날과 손잡이, 그리고 칼받이까지 구분되는 삼 척 반 정도의 목도였다. 도신의 넓이는 세 치 정도로 넓었고 도파에는 무두질한 소가죽을 감았다. 무게를 늘리려고 도신의 두께를 두껍게 만든 것을 제외하면 진도와 비슷한 느낌이었다.
"어떠냐? 네 주문대로 된 것 같으냐?"
우쟁천은 대답하기 전에 먼저 도파를 쥐고 휘둘러보았다. 삼 척 반의 목도라고 믿을 수 없을 정도로 무거웠다. 한 손으로 휘두르기에는 부담스러울 정도였는데, 일단 허공을 가르고 난 후에는 도의 무게가 우쟁천의 팔을 당기는 듯한 느낌이었다.
우쟁천은 도를 늘어뜨리고 오종삼을 향해 환하게 웃었다.
"최고예요."
오종삼은 만면에 장인의 긍지를 담아 흐뭇하게 웃었다.
우쟁천의 요구는 장난감의 수준을 넘은 것이었다. 삼 척 반의 길이에 도신의 넓이는 세 치로 한정하면서 무게는 또 여덟 근 정도로 무겁게 해달라고 하니 처음에는 황당하기까지 했다. 그 길이와 넓이로 그 무게를 갖는 목재는 존재하지 않는 까닭이었다.
하지만 우쟁천은 그냥 친구의 아들이 아니었다. 기옥화의 생명이며, 오홍복의 형이고, 스승이면서 동시에 친구였다. 어떻게든 만들어주고 싶었다.
오종삼은 고민 끝에 박달나무의 속을 파고 그 안에 철물을 넣는 방법을 택했다. 그 방법보다는 진도를 사주는 게 나을 테지만 칼을 싫어하는 기옥화를 생각하여 몇 배나 힘들게 목도를 만들어낸 것이었다.
목도에 투자한 시간만 따져도 사흘이 넘었다. 그냥 목도라면 한 식경이면 만들 수 있는 그에게 있어 꽤나 오랜 시간이 투자된 것이었다. 그것도 다행히 일감 하나를 막 끝낸 후에서 그 정도로 끝난 것이지 일하는 사이사이에 시간을 내어 했다면 보름 넘게 걸렸을지도 모를 일이었다.
우선 대장간에 가서 적당한 무게의 철근이 되려면 어느 정도의 철물을 쏟아 부어야 하는지 확인해야 했고, 거기에 맞춰 박달나무의 내구력을 크게 손상시키지 않는 범위 내에서 속을 파내는 작업도 보통 힘든 일이 아니었다. 게다가 철근 값과 목재 값으로 한 냥에 가까운 돈을 투자했으니 오종삼의 수고는 결코 작다고 할 수 없었다. 그러나 그의 노고는 우쟁천의 한줄기 미소로 쉽게도 사라져 버렸다.

"나름대로 신경은 썼다. 하지만 무게를 맞추려고 안에 쇠를 넣었으니 단단한 것과 세게 부딪치면 아무리 박달나무라도 견디지 못할 거야."

"걱정 마세요. 어디 후려칠 건 아니니까."

오종삼은 고개를 끄덕이며 웃다가 눈을 둥그렇게 치뜨며 우쟁천의 입 주변을 살폈다.

"엉? 그게 뭐냐? 쥐새끼 같구나."

"히, 그러게 말이에요. 할머니가 징그럽다 그러네요. 차라리 요기처럼 많이 났으면 보기라도 좋을 텐데."

우쟁천이 자신의 하체를 손가락질하며 키득거렸다.

"하하하! 이젠 정말 다 컸구나."

"그렇죠? 이제 분명히 사나이인가요?"

우쟁천이 갑자기 어깨를 떡 벌리며 자랑스럽게 물었다. 오종삼은 작지 않은 자신의 체구와 엇비슷해진 우쟁천의 위아래를 살피며 고개를 저었다.

"아직 멀었다, 인석아. 장난감을 쥐고 어른 대접 받고 싶은 게냐? 그리고 정말 어른 소리 들으려면 나처럼 머리를 틀어 올려야지."

"쳇! 아무튼 감사합니다. 그런데 아저씨, 십지목인은 안 되나요?"

오종삼은 씁쓸하게 웃으며 고개를 저었다.

"팔다리만 만들어 끼우면 되니까 고쳐 주는 거야 어렵지 않다만 며칠이나 가려고? 네 손에 오래 견뎌낼 나무는 이제 없다. 강철이나 돌로 만들면 또 모르겠다만 그거야 내가 해볼 도리가 없구나."

우쟁천은 얼굴을 찌푸렸지만 곧 미소를 지었다.
"예, 다른 방법을 찾아보지요 뭐. 하지만 고쳐는 주세요. 홍복이는 아직 써야 하니까요."
"안 그래도 다리는 다 깎아두었다. 가서 바꿔 끼우기만 하면 되니 저녁밥 먹고 해놓으마."
우쟁천은 웃으며 목도를 흔들어 다시 한 번 감사의 뜻을 표하고 가게를 나섰다.
만물로의 대로로 나가기에 앞서 우쟁천은 목도를 눈앞으로 가져갔다.
"그래, 이 정도 무게면 혈호도법의 기세가 그런대로 드러날 거야."
아버지의 편지를 개봉한 지도 일 년 가까이 지났다. 안 그래도 하루 종일 수련만 하고 지냈지만 지난 일 년 동안은 다른 해와는 비교도 안 될 만큼 각고의 노력을 했다. 그럼에도 불구하고 건곤보태신공을 제외하면 그 어떤 무공도 만족스럽지 못한 진전을 보이고 있었다.
어릴 때 누누이 듣던 말이 내공의 진전은 확인하기 어려운 것이니 티끌 모아 태산을 쌓는다는 생각으로 꾸준히 연마하라는 소리였다. 그런데 지금 우쟁천은 오히려 내공의 상승을 실감하면서도 실전 무공의 진전을 거의 느끼지 못해서 고민이었다.
사실 그 같은 고민은 고 노인이 곁에 있었다면 말 한마디로 쉽게 풀어줄 수 있는 것이었다. 우쟁천의 내공은 바닥이 좁고 위가 넓은 그릇의 밑바닥에 자박자박 물을 채운 상태. 즉, 물을 부으면 계속해서 수위가 올라가는 게 여실하게 보이는 상태였다.
실전 무공의 경우는 달랐다. 등룡관을 떠나올 때 이미 정도(正道)를 머리 속에 각인시킨 상태였고, 우쟁천은 지난 세월 동안 그가 기억하는 정도에 가장 가깝도록 성취를 이루어냈다. 결국 내공이 부족해서 제 위력을 드러내지 못하는 풍뢰신권을 제외하고는 그릇의 한계까지 물을 채워

버린 것이었다. 그것을 분명하게 인지하지 못하는 우쟁천은 진전이 없음을 불안해할 수밖에 없었다.

그러나 한 가지 그가 느끼는 것은 있었다. 혼자 상상하면서 그림자와 비무하는 것으로는 더 이상의 진전을 보기 어렵다는 것이었다. 전기(轉機)가 필요했다.

우쟁천은 그 전기를 실제 비무라 생각하고 있었다. 문제는 곽주에서 비무 상대를 찾기는 어렵다는 것이었다. 그가 아는 무인이라고는 비호도관 사람이 아니면 적룡방도들뿐이었다. 하지만 가능하면 숨겨야 하는 그의 처지에서 감히 비무를 청해볼 수 없는 사람들이었다.

우쟁천으로서는 또다시 등룡관이 아쉬울 수밖에 없었다. 그곳이라면 그를 상대해 줄 사람이 넘쳐 날 테고, 부족한 점을 지적해 줄 사람도 많으리라. 하지만 지금 기옥화를 홀로 내버려 두고 곽주를 떠날 수 없는 것 또한 그의 처지. 결국 고민 끝에 내린 결론은 또다시 할 수 있는 일을 하는 것이었다.

현재 그가 가장 답답하게 여기는 것이 바로 혈호도법의 불완전성이었다. 오행연환권은 기본 중의 기본. 수만 번 반복하여 그로서는 더 이상 나아질 방도를 찾을 수 없는 무공이었다. 풍뢰신권의 경우는 또 달라서 어렴풋하게나마 무엇이 부족한지를 알면서도 더 나아갈 수 없는 무공이었다. 하지만 혈호도법은 두 가지 권법과는 많은 점에서 달랐다.

오행연환권과 풍뢰신권은 무공 자체로는 완성된 것이었다. 하지만 혈호도법은 아직 개선의 여지가 많은 미완성의 도법이었다. 혈호도법은 우득명이 비호도법을 근간으로 하여 세상을 떠돌면서 훔쳐 보고 배운 여러 가지 잡다한 무공들을 섞어 만든 것이었다. 결국 풍뢰신권은 말할 것도 없고 오행연환권에 비해서도 완성도가 크게 떨어지는 무공이었다.

만약 우득명이 만든 것이 아니었다면 고 노인은 우쟁천으로 하여금 혈

없다는 건 그렇게 서러운 거다 185

호도법을 배우도록 놓아두지 않았으리라. 최상의 자질을 가진 무인이 극성으로 익혔다고 전제해야 이류도법이나 될 것이라는 게 혈호도법에 대한 고 노인의 평가였다.

그럼에도 불구하고 우쟁천은 유독 혈호도법에 애착을 가지고 있었다. 무공의 강약을 떠나서 혈호도법은 그의 아버지 우득명의 의지의 소산이었다. 포두가 되기를 원했지만 죄인이 될 수밖에 없었던 아버지는 봉가의 권력과 적룡방의 무력이 감히 범접하지 못할 상승무공을 얻기 위해 천하를 떠돌았다.

나이와 근골은 넘어설 수 없는 벽이 되었다. 얻은 것이 짐이나 다름없는 우쟁천. 결국 인연을 찾아 세상을 떠도는 일마저 포기해야 했던 우득명이었지만 그는 포기하지 않았다. 그가 보았고 또 경험했던 모든 무공들을 조합하여 혈호도법을 만들어낸 것이었다. 그것을 아는데 우쟁천이 어떻게 혈호도법을 소홀히 할 수 있겠는가.

그래서 우쟁천은 일단 혈호도법에 매진해 보기로 했다. 다른 무공과 달리 혈호도법은 우쟁천이 보기에도 개선이 필요한 도법이어서 그의 능력이 닿는 데까지만이라도 수정해 보려는 것이었다. 성과를 본다면 아버지가 만들고 아들이 발전시킨 도법이라는 의미가 있을 테니까.

우쟁천은 먼저 강한 기세를 첫 번째 덕목으로 요구하는 혈호도법을 위해 도부터 만들기로 했고, 그 결과물을 지금 손에 들고 있었다. 기분이 좋았다. 기옥화를 생각해서 진도는 포기했지만 손에 든 느낌으로는 진도에 버금가는 대체물이 될 수 있을 것 같았다.

우쟁천은 만족스러운 미소를 지으며 목도를 장삼 속에 숨기고 시장 안으로 들어섰다.

"형!"

우쟁천은 목소리를 듣자마자 누군지 깨닫고 미소를 지었다. 고개를 돌려보니 이제 열네 살의 건강한 소년이 된 오홍복이 겨드랑이에 책 한 권을 낀 채 뛰어오고 있었다. 그런데 오홍복 혼자 오는 것이 아니었다. 그 뒤로 그 또래의 소년들 몇이 따라오고 있었다. 모두 아는 얼굴들이었다.

우쟁천이 의아한 표정을 지을 때 오홍복이 코앞까지 다가와 거친 숨을 가라앉히고 말했다.

"형, 아버지한테 갔다 왔어?"

우쟁천은 미소를 지으며 장삼을 슬쩍 들춰 목도를 보여주었다. 오홍복이 빙긋 웃으며 말했다.

"다 됐구나."

우쟁천이 고개를 끄덕이는 순간 네 소년이 오홍복의 뒤에 늘어섰다. 오랜만이었다. 소년들은 모두 만금로에서 자란 아이들로 한때는 어울려 놀기도 했지만 우쟁천이 무공에 전념하면서부터는 자주 보지 못한 녀석들이었다.

우쟁천은 의아한 표정으로 소년들의 얼굴을 하나하나 확인하듯 살폈다. 모두가 찡그린 얼굴이었다. 우쟁천은 그들 가운데 맨 끝에 선 귀여운 소년, 구보덕을 보며 벙긋 웃었다.

"보덕아, 누나 잘 있냐?"

구보덕은 봉가가 직영하는 옥 가게 만옥(萬玉)의 관리자인 구영충의 아들이었다. 구보덕이 찡그린 표정 그대로 입술을 쭉 내밀었다.

"그건 왜 물어?"

우쟁천은 구보덕의 머리를 쓰다듬으며 웃었다.

"이놈아, 안부도 못 물어? 그냥 물어본 거야."

"흥! 그래, 잘 있어. 곧 시집갈 거야."

우쟁천이 눈을 둥그렇게 치뜨고 두 손으로 구보덕의 머리를 잡았다.

"정말? 언제? 어떤 놈한테?"

구보덕은 인상을 쓰며 자신의 머리에서 우쟁천의 손을 떼어냈다.
"이제 그만 신경 끄라니까. 우리 누나 열아홉 살이야. 아빠 엄마 모두 얼른 보내서 한 입 줄이겠대."
"엥? 몇 년 만 기다려 주지."
"내가 누나한테 형 얘기 해봤는데 코웃음만 치더라. 젖비린내 난다고."
"쳇! 조그만 게 감히 누구보고 젖비린내 난대? 그건 그렇고, 니들이 웬일이냐? 홍복이 뒤를 졸졸 따라다니고?"
본론을 물으니 구보덕을 비롯한 소년들이 다시 인상을 썼다. 그런데 그것은 어떤 감정의 표현이 아니었다. 고통의 표정이었다.
"형, 우리 안 맞는 법 좀 가르쳐 주라."
구보덕이 대표로 말했다. 그 순간 우쟁천은 낯빛을 바꾸고 오홍복을 바라보았다. 오홍복이 고개를 저으며 말했다.
"얘들 원래 알고 있었잖아."
"아, 그랬지?"
이철금에게 쫓겨난 이후 기옥화는 무공에만 전념하겠다는 우쟁천에게 무공을 밖에 드러내지 말라고 엄명을 내렸고, 오홍복에게도 단단히 주의를 주었다. 하지만 구보덕 등은 그 이전에 이미 우쟁천이 무공 수련을 한다는 사실을 알고 있었다.
우쟁천은 다시 구보덕을 보면서 물었다.
"근데 안 맞는 법이라니? 누가 때렸어?"
소년들 모두가 울상을 지으며 옷자락을 들추고 소맷자락을 걷었다. 여기저기에 시퍼렇게 멍이 들어 있었다.
"뭐야? 누가 이랬어?"
"봉천기!"

봉천기라면 봉승경의 둘째 아들이었다.

우쟁천은 얼굴을 찌푸리며 물었다.

"그놈이 왜? 맞은 이유가 있을 거 아냐?"

그때 오흥복이 우쟁천의 옷자락을 끌어 골목 안으로 들어갔다. 그리고 아이들을 대표하여 배경을 설명했다.

"일 년 전부터 봉천기가 비호도관에 나가기 시작했어. 이제 좀 배웠나 봐. 근데 써먹을 데가 없으니까 전쟁놀이 한다면서 애들 불러가지고 때린다는데?"

"뭐야? 전쟁놀이? 걔도 열넷이지, 아마? 그 나이면 할 때가 지난 거 아닌가? 안 가면 되잖아?"

오흥복이 짐짓 무거운 표정으로 고개를 저었다.

"애들은 그럴 수 없어. 애들 부모님들이 모두 봉가가 하는 가게에서 일하잖아. 잘못하면 부모님들이 잘리니까 가기 싫어도 가야 돼. 그래서 만날 놀면서 집안일은 안 도운다고 야단맞아도 말도 못하고 나한테 왔더라."

"아, 그래?"

우쟁천은 새삼스럽게 아이들 얼굴을 보았다.

"장한 놈들이네. 암, 사내대장부라면 당연히 그래야지. 즐거운 일, 기쁜 일은 부모님께 알려서 기쁘게 해드리고 슬픈 일, 힘든 일은 숨겨서 걱정하시는 일이 없도록 하는 것이 사내대장부의 본색이지. 음, 장하다."

우쟁천은 문득 기옥화의 얼굴을 떠올렸다. 부모가 곁에 없는 것은 불행이지만 기옥화 같은 할머니가 있다는 것은 큰 복이라는 사실을 새삼스럽게 깨달았다.

열일곱. 생각해 보니 대개 그 나이의 아이들 같으면 일을 하는 게 보통이었다. 밥벌이할 기술을 익힌다든지, 점소이가 된다든지, 그것도 아니라면 적어도 가업을 돕는다. 하지만 우쟁천은 탁월한 실력을 가진 기옥화 덕분에 오로지 한 가지 그의 목표를 향해 매진할 뿐 장래의 직업 기반을 마련한다거나 돈을 버는 일에는 무관심했다.

우쟁천은 고개를 흔들어 부끄러운 생각을 끊어버렸다. 자신을 돌아보는 일은 뒤로 미루고 우선 분노를 취해야 할 때였다. 어린 소년들답지 않게 사려 깊은 구보덕 같은 아이가 안 그래도 미운 철부지에게 맞고 지낸다는 것에 분노해야 마땅한 일이었다.

"보덕아, 내가 천기 그 자식 죽도록 패줄까?"

반색하며 고개를 끄덕일 줄 알았는데 구보덕 등은 곧장 고개를 저었다. 우쟁천은 눈을 치떴다가 이내 알겠다며 고개를 끄덕였다.

"그래, 너희가 진정한 사내대장부다. 암, 진정한 복수는 스스로의 손으로 하는 거다."

구보덕 등은 다시 고개를 저었다.

"그게 아니고, 형, 우리가 원하는 건 맞지 않는 거야. 때리면 우리 아빠 엄마가 골치 아파져."

사실 우쟁천이 봉천기를 때릴 수는 없는 상황이었다. 정체를 숨긴다면 모르겠지만 그것이 아닌 바에야 나중에, 아주 나중에 가능할 일이지 지금은 아니었다. 그는 다만 위로라도 해줄 생각이었는데 구보덕 등은 미리 상의한 것이 있는 듯 다시 사려 깊은 대답을 했다.

우쟁천은 눈시울을 붉히며 고개를 끄덕였다.

"좋다. 좋아. 무슨 뜻인지 알겠다. 그 빌어먹을 전쟁놀이는 어디서 하는데?"

"동문 못 가서 폐가 있는 데 있잖아. 거기 공터에서. 아침 먹고 나면 만날 나오래."

우쟁천은 구보덕의 머리를 쓰다듬으며 고개를 끄덕였다.

"알았다. 우선 봉천기 그 자식한테 너무 세게 때리면 엄마 아빠가 알아차리니까 살살 때리라고 말하고 당분간만 맞고 살아라. 이 형이 내일 몰래 가서 실력을 확인해 보고 대책을 마련해 보마. 내일부터는 점심 먹고 홍복이랑 우리 집에 와라."

횡!
위에서 아래로 내려치는 단순한 동작이지만 우쟁천의 얼굴은 진지하기 그지없었다. 그는 다시 자세를 바로 하고 또다시 오른발을 내디디며 똑같은 동작을 반복했다. 이마에 송알송알 맺혀 있던 땀방울들이 주르륵 흘러내리자마자 그 자리에 또 다른 땀방울들이 맺혔다.

내려치는 벽도세(劈刀勢) 한 동작만을 반 시진 내내 반복하고 있었다. 갑자기 무게를 늘렸으니 초식을 연마하기에 앞서 무게에 적응하는 것이 먼저였다.

벽도가 끝나면 또다시 다른 동작을 끊임없이 반복할 작정이었다. 혈호도법을 재점검하기에 앞서 기본이 되는 모든 동작들을 정교하게 반복할 수 있을 때까지 계속할 예정이었다.

한 시진 동안 혹사당하던 목도가 아래로 늘어졌다.
"후우! 무게 좀 늘렸다고 손목과 어깨가 뻐근하네. 생각보다 오래 걸리겠는걸."

우쟁천은 계획에 차질이 생겼다는 말을 하면서도 기분 좋게 웃으며 목도를 방문 앞에 걸어두었다. 그리고 마루턱에 걸터앉아 쏟아질 듯한 별들을 올려다보았다.

"뭐가 다른 걸까? 분명히 모자란 감이 있는데 그게 뭘까?"
우쟁천은 풍뢰신권과 오행연환권을 펼치는 모습을 상상하면서 혈호도법에 없는 무언가를 심각하게 고민했다. 초식 하나하나를 떠올리면서 필요없다고 생각되는 부분들을 지워 나가기 시작했다.

먼저 풍뢰신권 자체를 제외시켰다. 세 가지 무공 중에 가장 뛰어난 것이지만 제대로 익혀내지도 못한 것에서 새로운 것을 찾는다는 것은 말이 안 된다고 생각했다.

그 다음에 고려한 것이 오행연환권. 도법에 적용하기에는 문제가 많다. 금벽권과 토횡권을 제외한 나머지 삼권은 도법에 적용하기에 무리가 있었다. 도법은 검법과 달라서 찌르는 동작보다는 베는 동작이 위주가 되는데 화포권, 수찬권, 목붕권이 모두 찌르는 동작으로 이루어진 탓이었다.

"아니야, 아니야. 동작이 문제가 아니라니까. 뭔가 더 근본적인 게 있어. 혈호도법은 아버지가 만들었다기보다는 모았다는 게 옳아. 모았다? 그게 뭐? 어쨌든 효과적인 동작들이잖아?"

우쟁천은 두 손으로 머리를 쥐어짜며 고개를 흔들었다.

"모르겠어. 뭐가 모자란 거야?"

우쟁천은 다시 고개를 흔들고 심호흡을 했다.

"급할 거 없어. 단번에 생각이 떠오른다는 게 이상한 거지."

우쟁천은 주방 한쪽에 이어진 욕탕에서 찬물을 뒤집어쓰고 옷을 갈아입은 후에 기옥화의 방으로 갔다.

기옥화는 무릎 위에 놓여 있던 옷을 탁자 위로 던져 놓고 우쟁천을 응시했다. 우쟁천은 빙긋 웃으며 의자 뒤로 가서 기옥화의 어깨를 주무르기 시작했다.

기옥화는 희미한 미소를 지으며 눈을 감았다. 그리고 등 뒤에 바짝 붙어선 우쟁천의 배 위에 머리를 기대고 안마를 편안하게 받아들였다.

이제는 기옥화의 손보다 커다란 손인데도 우쟁천의 안마는 세심하고 정교했다. 긴장으로 뻣뻣해진 목과 굵어진 어깨 심줄을 하나하나 풀어놓고 있었다.

"아하! 이젠 그만 해라. 너무 시원해서 졸리는구나."

"졸리면 자야지."

"아니다. 아니야. 조금만 더 하면 끝내겠구나. 그리고 아직 잘 시간 되려면 멀었잖느냐? 됐다. 이제 그만 해라."

기옥화는 손을 올려 우쟁천의 손등을 토닥였다.

우쟁천은 손을 떼고 기옥화의 맞은편 의자에 앉았다. 그리고 두 손바닥을 합쳐서 내밀었다.

"할머니, 상을 내려주옵소서."

기옥화가 웃으면서 우쟁천의 손을 후려쳤다.

"이놈, 겨우 고깟 것 하고 상을 달라고?"

"헤헤, 뭐 비싼 거 달라는 건 아니고, 그거 줘. 못 쓰는 바늘 모아둔 거."

언젠가 우쟁천은 기옥화가 무뎌진 바늘을 갈아서 재활용하지 않는다는 사실을 알아채고 이유를 물은 적이 있었다. 그때 기옥화는 작은 것을 아끼려다 큰 것을 망치지 않기 위해서라고 대답했다. 갈면 새것처럼 날카로워지겠지만 바늘이 짧아지는 것 역시 당연한 이치. 짧은 바늘은 원래의 바늘에 맞추어둔 섬세한 감각을 흐트러뜨린다고 했다. 아주 미묘한 오차가 생겨 바느질하는 동안 내내 집중력을 흐려놓는다고 했다. 그때부터 우쟁천은 바늘을 버리지 말고 자신에게 달라고 부탁했다.

기옥화는 탁자 위의 바느질함에서 돌돌 말린 기름종이를 꺼내어 우쟁천에게 건넸다. 우쟁천은 그것을 받는 즉시 방구석으로 달려가 지름이 한 자 정도 되는 팔각 지함을 열었다. 지함에는 수십 개의 바늘이 꽂혀 있는 바늘집과 검은 무늬가 뒤섞인 흰색 무명천이 들어 있었다.

우쟁천은 바늘집을 꺼내고 기옥화에게서 받은 기름종이를 풀었다. 기름종이 안에는 십여 개의 무딘 바늘들이 들어 있었다. 우쟁천은 그 바늘들을 하나씩 들어 바늘집에 꽂고 다시 지함에서 무명천을 꺼내어 펼쳤다.

무명천은 일곱 자 정도의 길이에 폭이 두 자 정도 되는 것이었는데, 거기에는 엉성한 사람 모양의 수가 검은 실로 놓아져 있었고 전신 곳곳에 하얀 실로 점이 찍혀 있었다.

우쟁천은 나무집게로 그 천을 얇은 나무판에 고정시키고 벽에다 건 후에 바늘집만 든 채 탁자로 돌아왔다.

잠깐 동안 지켜보던 기옥화는 이미 익숙한 광경인 듯 관심을 끊고 탁자 위에 내려놓았던 일감을 다시 잡았다.

실제로 오래된 일이었다. 기옥화의 예상처럼 우쟁천의 바느질 취미는 오래 지속되지 않았다. 처음 영 자를 수놓는 일에 실패한 후로 바느질의 기초부터 시작하더니 일 년을 조금 넘긴 후 실력이 늘지 않는다며 흥미를 잃어버렸다. 수를 놓는다는 것은 아예 무리였고, 터진 옷을 엉성하게나마 기울 수 있는 정도만으로도 기옥화의 예상보다는 훨씬 오래간 것이었다.

한동안 바늘을 잡을 생각도 하지 않던 우쟁천이 어느 날 갑자기 새로운 놀이를 생각해 내었다. 그것이 바로 지금 준비하고 있는 것이었다.

우쟁천은 바늘집을 탁자 위에 놓고 왼손 엄지와 동그랗게 만 중지 사이에 바늘 하나를 뽑아 끼웠다. 그 즉시 그가 손가락을 튕기니 바늘이 날아가 무명천에 꽂혔다.

"에휴! 또 빗맞았네. 왜 이렇게 조금씩 비틀리지? 감은 대충 맞는 것 같은데 반 치나 틀리네."

엄지와 검지로 바늘을 잡아 던지는 것은 쉬운 일에 속했다. 일 장이 조금 넘는 거리를 격한 채 원하는 곳을 자유자재로 맞추는 데까지 넉 달도 걸리지 않았으니까.

오른손 엄지와 중지 손톱 사이에 바늘을 끼우고 튕겨내는 일은 던지는 것만큼 쉽지 않았다. 처음에는 동그란 손톱 때문에 바늘을 중앙에 고정시키는 것조차 어려웠다. 그것을 한 손으로 해내는 데에만 한 달이 넘게 걸렸고 그사이에 엄지에 굳은살이 박였고, 중지의 손톱이 깨졌다가 결국 빠져 버렸다.

우쟁천의 그러한 인내는 기옥화가 이해할 수 없는 부분이었다. 그저 빠른 속도로 탄지수(彈指手)를 만들고 그 사이에 바늘을 끼우는 단순한 일이었다. 바느질보다 훨씬 더 지루한 일이기도 했다. 그런데도 우쟁천은 바느질을 배울 때와는 달리 손톱이 빠지는 고통조차 감내하면서 단 한 번 싫증을 내지 않고 끝내 해내었다.

우쟁천은 그것으로 끝내지 않았다. 손가락을 튕겨서 던지는 것만큼의 정확도를 확보하기 위해 끊임없이 반복했다. 결국 일 년도 지나지 않아서 눈으로는 날렸다는 사실을 느낄 수조차 없을 만큼 빠른 속도로 바늘을 원하는 위치에 꽂았다.

기옥화는 아무런 말도 하지 않았지만 내심 대견하게 생각했다. 단지 그 일을 해냈다는 이유가 아니라 원하는 것을 위해 끊임없이 노력하여 끝내 해내는 자세 때문이었다. 그 일로 기옥화는 우쟁천이 반드시 그가 원하는 사람이 될 것이라 확신했고, 진심으로 우쟁천의 무공 수련을 인정했다. 하지만 우쟁천은 그것으로 만족하지 않았다. 다시 왼손으로 바꾸었고, 그것이 벌써 반년 전의 일이었다.

우쟁천은 다시 바늘 하나를 손가락 사이에 끼우며 말했다.

"할머니, 내가 철이 없는 건가?"

기옥화는 일손을 놓고 눈을 둥그렇게 치떠 우쟁천을 바라보았다. 우쟁천은 기옥화를 보지 않고 무명천을 노려보고 있었다.

"뜬금없이 무슨 말이냐?"

우쟁천은 손가락을 튕겨 바늘을 날렸다.

"에휴! 또야?"

우쟁천은 기옥화를 바라보며 말했다.

"오늘 보덕이하고 다른 애들 몇을 만났거든."

우쟁천은 낮에 있었던 일을 기옥화에게 모두 털어놓고 다시 물었다.

"내가 철이 없는 거야, 걔들이 조숙한 거야? 나도 이제 돈 벌 궁리를 해야 하는 거 아닌가?"

기옥화는 그때서야 질문의 요지를 깨닫고 고개를 끄덕였다.

"그랬구나. 그 녀석들 착하구나. 천아, 없는 건 그렇게 서러운 거다. 사는 게 빡빡하면 뭔가 되겠다는 꿈조차 꿀 겨를이 없는 거야. 우선 먹고 사는 문제가 해결되어야 다음이 있는 것이지. 그 다음이란 것이 뭔가 본보기가 될 만한 것을 보고 배워야 가능한 것인데, 우선 배가 고프니 딴생각할 여유가 없는 것이지. 집에서 부모가 한숨을 쉬면서 걱정하니 아이들도 어쩔 수 없이 자신의 처지를 깨닫고 걱정할 수밖에 없는 것이야. 하지만 아무리 어려운 처지에 놓인 부모라도 자식들이 부모를 걱정하는 것은 원치 않을 것이다. 아직 몰라도 되는 것을 알고 고민하니 조숙한 것이지. 너무 걱정하지 마라. 될 놈은 되게 되어 있다. 나아지지 않으면 자신도 부모와 같은 처지가 될 것이라는 사실을 머지않아 깨닫게 될 테지. 그렇게 착한 녀석들이 자신의 자식들도 같은 걱정을 하며 크게 될 것이란 것을 알게 될 테니 어찌 이를 악물고 노력하지 않겠느냐. 틀림없이 그 녀석들 가운데 누군가는 부자가 될 것이다."

우쟁천은 알 것 같다며 고개를 끄덕였다.

"그럼 난?"

기옥화는 싱긋 웃으며 물었다.

"어떻게 생각하는데?"

"몰라. 어쨌든 난 할머니가 있으니까 복받은 거지."

기옥화는 손을 뻗어 우쟁천의 볼을 쓰다듬었다.

"지금 같은 생각을 하는 것만으로도 철부지는 아니구나. 천아, 전에 어디선가 들었는데 나이를 먹는다는 건 어깨 위에 책임이라는 짐을 쌓아가는 것이라더라. 어릴 때는 짐을 질 튼튼한 몸과 마음을 만드는 게 우선이다. 지금 네 나이 스물도 못 되었으니 남 걱정할 필요 없다. 큰 꿈을 가진 사람은 큰 책임을 져야 하는 사람이니 책임을 회피하지 않을 튼튼한 몸과 마음을 만들기 위해 노력해야 할 나이야. 무엇이 중요하다는 것을 알고 있다면 다른 일은 잠시 접어두어도 돼. 마음속에 새겨두기만 하면 되는 거야. 그 아이들의 처지를 안타깝게 여기는 지금의 그 마음, 그리고 힘들고 어렵더라도 희망을 잃지 않겠다는 마음. 알겠느냐?"

우쟁천은 벌떡 일어나 기옥화의 등 뒤로 걸어갔다. 그리고 그녀를 등에서부터 껴안고 코맹맹이 소리로 말했다.

"알았어요, 우리 망구(望九)."

기옥화가 눈을 치뜨고 손을 뒤로 뻗어 우쟁천의 머리를 두드렸다.

"이놈! 버르장머리없기는!"

"왜에? 적어도 아흔 살까지는 살아달라는 말인데. 그래야 내가 그 마음 잊지 않고 있는 걸 확인할 거 아냐?"

기옥화는 우쟁천의 머리를 쳤던 그 손으로 그의 뺨을 쓰다듬었다.

"잊지 않을 것을 안다. 틀림없이 훌륭한 무인이 될 것이다. 그래, 아흔 살까지 살아야겠구나. 훌륭한 무인이 된다면 돈은 못 벌 것이 틀림없으니 이 할미가 많이 벌어놓으마."

우쟁천은 후닥닥 자리로 돌아가 기옥화의 얼굴을 빤히 바라보았다.

"훌륭한 무인은 돈을 못 벌나?"

"어렵지 않겠니? 칭송받는 관리는 대개 가난하더라. 녹봉도 못 받는 강호의 무인은 더 가난하지 않겠니?"

우쟁천은 미간을 찌푸리고 볼을 긁적이며 중얼거렸다.

"그런가? 생각을 다시 해봐야겠네? 아흔 살까지 우리 망구를 고생시킬 수는 없는 일이지. 일단 직업부터 가져 볼까? 포두? 싫어. 표사? 아냐. 차라리 적룡방을 무너뜨리고 곽주를 가져 버릴까?"

"생각보다 그릇이 작구나. 차라리 천하를 가진다고 해라. 이놈! 이 할미는 아직도 훌륭한 무인이 어떤 사람인지 잘 모르겠다만 그것이 무엇이든 간에 사내가 한 번 마음을 먹었으면 일단 되고 봐야지 힘들 것 같다고 금방 뜻을 꺾어?"

웃으며 시작한 말이 질책으로 끝났다.

"에이! 그게 아니지. 내가 적룡방을 대신할 수 있으면 우선 만물로의 모든 상인들이 보호비를 낼 필요가 없잖아? 그러니까 그것도 한 방법이라구. 그리고 우리 망구 편히 살게 해줄 수도 있고."

"걱정 마라, 이놈아. 이 할미 먹을 건 이미 벌어놓았으니 네놈은 네 앞가림이나 잘하여라. 큰일을 할 사람은 작은 일에 연연하지 않는다. 이 할미가 네 앞길을 막을 것 같으냐? 바느질에도 네가 말하는 강호라는 게 있다면 이 할미는 천하제일을 노렸을 것이다. 어째서 나이를 먹을수록 뜻이 작아진단 말이냐?"

"오우! 우리 할머니한테도 명성을 얻으려는 욕구가 있구나?"

"흥! 실제로는 그렇지 않은데 남들이 그렇게 불러준다고 그게 무슨 의미가 있느냐? 진정한 실력이 그 정도 되었으면 한다는 소리다. 이놈! 사내는 배포가 커야 한다. 이왕 뜻을 품었으면 그 방면에서 하늘 아래 최고가 되겠다고 생각하여라. 작은 것에 연연하여 생각을 바꾸고 울고 웃는 짓거리를 하는 놈은 사내가 아니다."

우쟁천은 말없이 고개를 저으며 벙긋 웃는 것으로써 말싸움에서의 패배를 자인했다.

우쟁천은 다시 왼손으로 바늘을 튕기기 시작했다. 기옥화도 다시 일감을 잡았다. 두 사람은 한참 동안 서로의 일에 몰두했다. 아무런 말도 오가지 않았지만 두 사람 사이에는 포근한 온기가 존재했다. 그것이 바로 그들 두 사람이 서로의 존재를 느끼는 방식이었다. 방해는 하지 아니하되 곁에 있음을 알리고 그 존재 자체만으로도 위로를 느끼는, 두 사람 사이의 묵계와 같은 것이었다.

우쟁천이 바늘을 거의 다 소비했을 때를 즈음하여 기옥화가 가위질로 실을 끊었다. 그리고 구겨져 있던 옷감을 들어 눈앞에 펼쳤다.

"하나 끝냈구나."

그것은 이미 옷감이 아니었다. 하나의 완성된 옷이었다. 따로 수를 놓을 필요가 없는, 그러나 기옥화가 가장 좋아하는 옷 수전의였다.

그때 우쟁천이 마지막 바늘을 날리고 나서 흑의인 위에 은빛 비늘이 돋은 것만 같은 무명 천과 판자를 걷어 탁자로 돌아왔다.

"할머니, 닷새 만에 끝내 버렸네? 역시 멋지다!"

언제나 그랬지만 역시 감탄스러웠다. 크기와 색상이 각양각색인 자투리 천들을 모아 그것들 하나하나를 정성스럽게 이어 아름답게 만든 옷, 수전의. 버려도 뭐라 하지 않을 천 조각들이 모여 화사한 옷이 되었으니 화려한 변신이라고 말해도 과언이 아니었다.

우쟁천은 문득 고개를 갸웃거리며 수전의를 뚫어지게 바라보았다.

"모았다? 그런 다음에는 배열과 조화인가?"

혹시 마무리가 어설픈 곳이 없나 확인하던 기옥화가 우쟁천의 중얼거리는 말을 듣고 고개를 들었다.

"그게 무슨 말이냐?"

우쟁천은 대답하지 않았다. 아예 듣지도 못한 것 같았다. 그는 탁자에 팔꿈치를 대고 턱을 괸 채 수전의를 바라보며 생각에 잠겨 있었다.

기옥화는 다시 묻지 않았고 우쟁천의 정신을 되돌리지도 않았다. 가끔 우쟁천의 그런 모습을 보아왔고, 그것이 나름대로 진지한 고민에 빠져 있다는 것을 아는 까닭이었다. 기옥화는 그러한 모습을 보는 것이 좋았다.

* * *

청백수사(淸白秀士) 상철현(尙哲現)은 얼굴을 찡그리며 한쪽 눈을 떴다. 아직 구월 중순이었다. 그런데도 산서의 땅바닥에서 올라오는 한기가 그를 떨게 만들었다.

상철현은 꺼져 버린 모닥불을 확인하고 두 손으로 얼굴을 비볐다.

푸르르!

그가 깬 것을 느낀 듯 근처에 풀어두었던 말들이 투레질을 했다.

상철현은 땅바닥에 대고 있던 어깨를 쓰다듬으며 몸을 일으켰다.

그의 몽롱한 정신처럼 밝음과 어둠이 혼재된 어슴푸레함이 대략의 시간을 알려주었다.

"묘시 정도 되었나? 하! 새벽이라고 춥군. 나도 늙었나 봐. 하룻밤 야영했다고 상태가 영 안 좋아."

상철현은 벌떡 일어나 동공(動功)으로 찌뿌드드한 몸을 풀었다. 개운해진 표정으로 막막한 초원을 살피던 그가 땅바닥을 내려다보았다.

두 사람이 여전히 자고 있었다. 청의 경장을 입은 사내는 가슴에 검을 품은 채 반듯이 누워 있었고, 다른 한 사람은 몸을 웅크리고 여행용 면포를 머리까지 뒤집어쓴 채 이미 꺼져 버린 모닥불에 바짝 붙어 있었다.

"정목! 군아! 일어나!"

상철현이 말하자 두 사람 가운데 검을 품고 자던 사람이 벌떡 일어섰다.

"죄송합니다, 당주!"

이십대 후반 정도로 보이는 차가운 인상의 청년이었는데, 그는 자지 않은 사람처럼 눈을 번득이며 절도있게 허리를 접었다.

"뭐가?"

상철현이 웃으며 묻자 사내 손정목(孫正木)이 무뚝뚝한 목소리로 대답했다.

"불을 꺼뜨리지 않으려고 했는데 깜빡 잠이 들고 말았습니다."

"고목 같은 놈, 너를 데려오다니 내가 미쳤지."

상철현이 고개를 저으며 혀를 차자 손정목은 영문을 모르겠다는 듯 그를 빤히 바라보았다.

"검밖에 모르는 밥통은 재미없단 말이다, 이놈아! 넌 그냥 백검당(百劍堂)에 있지 뭐 하러 나한테 왔냐?"

손정목은 눈살을 살짝 찌푸리며 대답했다.

"채 당주께서 제가 좀 부드러워질 필요가 있다고 하시면서 억지로 보내셨습니다."

"못된 친구 같으니라구! 결국 자기 책임을 나한테 떠넘긴 것 아냐? 넌 그 말의 의미를 이해나 하고 있냐?"

"제가 고지식하다는 건 알고 있습니다만 당주께서 제게 무얼 요구하시는 건지는 잘 모르겠습니다."

"하하하! 고지식하다? 넌 그 정도가 아냐. 인간적으로 매력이 없어. 시시해. 네 나이에 비해 무공은 좀 강한 편이야. 하지만 그게 다야. 그렇다고 천하제일도 아니고 그저 네 동료들 중 발군일 따름이지. 재미없는 인간은 말이야, 도구일 따름이야. 사람이 꼬이지 않아. 사람 사는 세상에서 살려면 어울려 살아야 하는데 넌 재미도 없으면서 무섭기까지 해. 누가 너를 따르려고 하겠어? 그런데 채 당주 그 친구는 널 아껴. 널 백검당의 차기 당주로 생각하고 있는 거야. 그래서 세상 돌아가는 것도 알고 포용력도 좀 기르라고 나한테 보낸 거지. 근데 나한테는 너, 짐이야."

손정목은 자신을 지목하는 상철현의 손끝을 보면서 입술을 씰룩거리다가 고개를 숙였다.

"열심히 배우겠습니다."

"그래그래, 뭘 배우겠다는 건지는 잘 모르겠지만 열심히 해. 그건 그렇고, 배고프다."

"건량을 준비할까요?"

상철현은 대답하지 않고 뒤로 돌아서며 소리쳤다.

"아군! 일어나라! 버리고 간다!"

머리까지 뒤집어쓴 면포가 꿈틀거리면서 잠결의 목소리가 들려왔다.

"아잉! 아빠! 조금만!"

"이것아, 데리고만 가면 말 잘 듣는다고 약속했지?"

"알았어! 일어나면 될 거 아냐!"

면포가 들리고 그 안에서 불타는 듯한 홍의 경장을 입은 소녀가 나왔다. 소녀는 온몸을 배배 꼬다가 입을 쩍 벌리고 기지개를 켰다.

"정목, 저걸 봐라. 저것이 그래도 지 또래 녀석들에게는 인기가 있지. 뭐라 그러더라? 그렇지. 홍연자(紅燕子). 홍! 하지만 저게 본색이다. 입을 쩍 벌리고 하품하고 눈곱은 덕지덕지. 집에서는 더해. 열여섯이나 먹은 것이 제 아비 앞에서 속곳을 내놓고 뛰어다닌다. 그러면서 따라다니는 꼬마 놈들 앞에서는 온갖 예쁜 척을 다 한다더군. 표리부동(表裏不同)의 원단이라고 할 수 있지. 다른 사람도 다 똑같아. 그런데 넌 달라. 그러니까 재미없지. 긴장 좀 풀고 살자. 내 어깨까지 뻣뻣해진다. 알겠냐?"
 손정목은 입술을 살짝 비틀어 미소를 대신하면서 춥다고 어깨를 쓰다듬는 상우군(尙瑀珺)을 뚫어져라 바라보았다.
 상우군이 배시시 웃으며 눈을 깜빡거렸다.
 "어머! 오빠! 뭘 그렇게 빤히 봐? 혹시 나 좋아해?"
 손정목이 기가 막힌 듯 헛웃음을 토하는 순간 상철현이 말했다.
 "이것아, 정목이 몇 살인데 너 같은 젖비린내 나는 것을 좋아하겠느냐? 그리고 눈곱이나 떼고 그런 소리를 해라."
 "흥! 아빤 뭘 몰라. 나같이 예쁜 여자는 눈곱이 끼어도 예쁘대."
 상철현과 상우군이 마주 보며 미소를 지었다.
 손정목이 다시 물었다.
 "당주, 건량이라도?"
 상철현이 손정목의 말을 막고 주변을 둘러보았다.
 "역시 네가 아니라 길잡이를 데리고 왔어야 했어. 당최 어딘지 모르겠군. 어디로 가야 하는지도 모르겠어."
 상우군과 손정목도 산과 초원밖에 보이지 않는 주변을 둘러보았다. 그때 멀리서 이상한 소리가 들렸다.
 따다다당! 따당! 따다다당! 따당!
 세 사람이 거의 동시에 소리가 나는 쪽으로 고개를 돌렸다. 작은 점하나가 점점 커지고 있었다. 그리고 곧 확연한 실체를 드러냈다. 흑의 면복을 입은 청년이 대나무가 주렁주렁 달린 지게를 지고 뛰어오고 있었다. 그 모습이 하도 신기해서 세 사람은 청년이 다가올 때까지 눈을 떼지 못했다.
 마침내 청년이 그들 앞에 이르렀다. 우쟁천이었다.
 우쟁천은 세 사람을 확인하고 웃으며 말했다.

"안녕하세요? 좋은 날이죠?"

상철현이 반갑게 웃으며 고개를 끄덕였다.

"오, 그렇군. 배만 안 고프면 기분 좋은 아침이었을 거야. 그런데 이보게, 곽주성이 도대체 어디에 붙어 있는 겐가?"

우쟁천은 모닥불을 피운 자리와 말에 매달린 짐들을 보며 피식 웃었다.

"이런, 길을 몰라서 야영하셨군요? 제가 온 길로 이십 리만 더 가면 됩니다. 저 구릉만 넘었어도 불빛이 보였을 텐데."

"하! 그런가? 어두워지니 방향을 종잡을 수가 있어야지."

"그렇지요. 이곳은 낮에도 인적이 드물어서 초행이면 당황스럽지요."

우쟁천은 고개를 끄덕이며 세 사람의 얼굴을 차례로 바라보았다. 반대로 상철현은 우쟁천을 빤히 바라보다가 고개를 갸웃했다.

"자네 올해 몇인가?"

"열일곱 됐습니다만."

"허! 체격이 좋구먼. 스물은 된 줄 알았는데 찬찬히 보니 앳된 구석이 남아 있구먼. 사내답게 잘생겼어."

"헤헤, 그런 소리 종종 듣지요."

"그런 소리라니? 나이 들어 보인다는 소리?"

"아니요. 사내답게 잘생겼다는 소리요."

두 사람이 동시에 웃었다. 그런데 상철현이 갑자기 웃음을 지우고 물었다.

"그런데 자네 남색(男色) 성향이 있나?"

우쟁천이 눈을 둥그렇게 치떴다.

"예에? 초면에 그 무슨 징그러운 말씀이십니까?"

"이상해서 그러네. 열일곱이면 이성에 눈을 뜰 때인데 자넨 내 귀여운

딸은 흘려보고 이 고목 같은 친구를 찬찬히 살피더군."
 우쟁천은 새침한 표정으로 자신을 빤히 바라보고 있는 상우군을 다시 살폈다. 하얀 얼굴에, 너무 크고 맑아 막 눈물이 쏟아질 것만 같은 눈에, 선명한 콧날, 그리고 작고 붉은 입술을 지닌 귀여운 소녀였다.
 우쟁천은 다시 상철현을 바라보며 무덤덤한 어조로 말했다.
 "아직 애잖아요."
 "엥?"
 "뭐야?"
 상철현은 입을 쩍 벌렸고, 상우군은 허리에 두 손을 얹고 눈에 쌍심지를 켰다. 상철현은 허리가 뒤로 접힐 정도로 파안대소를 터뜨렸다.
 "하하하하! 여자가 아니라 애다? 젖비린내난다는 말이지?"
 우쟁천은 미소를 지으며 두 손을 가슴 아래 가져다 붙였다.
 "여자라면 적어도 여기가 실(實)해야……."
 상철현이 실실 웃으며 무릎을 쳤다.
 "아하! 그쪽 취향이었구먼. 역시 젊을 때는 그쪽이 먼저 눈에 들어오는가 봐. 그래, 나도 그랬던 것 같아."
 그 순간 상우군이 우쟁천을 향해 미끄러지듯이 다가서면서 손을 뻗었다. 우쟁천은 본능적으로 한 바퀴 휘돌며 물러섰다. 그의 지게에 달려 있던 대나무들이 상우군의 손등과 팔을 향해 날아갔다.
 상철현과 손정목이 지게를 지고 허공을 휘돌고도 안정되게 내려서는 우쟁천의 몸놀림을 보고 호기심 어린 눈빛을 교환했다. 그 순간 상우군은 입술을 깨물고 발목을 휘돌려 걸음을 멈춰 세우고 원을 그리듯 손을 휘저었다. 여섯 개의 대나무가 허공으로 튀어 올랐다.
 쉑!
 상우군의 하얀 손이 가슴을 향해 다가오자 우쟁천 또한 손바닥을 내밀었다. 상우군의 얼굴에 차가운 비웃음이 떠올랐다. 그러나 그녀의 얼굴은 금세 당혹감으로 물들었다.

장과 장이 부딪쳤으니 우쟁천은 당연히 볼썽사나운 모습으로 바닥을 기어야 했다. 그런데 부딪치는 느낌이 이상했다. 물속으로 빠져들듯 깊숙이 끌려 들어가는 것만 같았다.

상우군은 눈을 치떴다. 뒤로 튕겨져 나가야 마땅한 우쟁천의 얼굴이 바로 코앞까지 다가와 있었다. 얼굴과 얼굴이 부딪칠 것만 같았다. 그 순간 우쟁천은 맞닿아 있던 상우군의 손을 부드럽게 밀었다. 상우군은 별다른 충격 없이 뒤로 밀려났다. 그때 그녀가 처냈던 여섯 개의 대나무가 제자리로 돌아왔다.

상우군은 입술을 깨물고 발끝에 힘을 주었다. 그러나 그녀는 대나무를 건드리기도 전에 누군가의 힘에 의해 뒤로 당겨졌다.

상철현이 상우군의 뒷덜미를 잡아당기고 있었고, 상우군은 발끝으로 겨우 땅을 짚고 있었다.

"이놈! 오랜만에 재밌는 친구를 만났는데 왜 초를 쳐?"

"하지만 아빠! 저게 날 놀렸잖아요!"

"그게 어떻게 너를 놀린 게 되지? 그건 저 친구의 취향이야. 너하고는 하등 상관이 없는 문제란 말이다. 그렇지, 정목?"

우쟁천을 빤히 바라보던 손정목은 어떻게 대답하여야 할지 몰라 눈만 꿈뻑거렸다.

상철현은 고개를 젓고 상우군을 자신의 뒤로 당겨 세웠다.

"젊은 친구, 그럼 저 녀석을 빤히 본 이유는?"

보호 본능 때문에 자신도 모르게 무공을 드러내고 만 우쟁천은 숨겨봐야 소용없다는 것을 깨닫고 뒤통수를 긁적였다. 우쟁천이 상철현에게서 손정목에게로 시선을 옮기고 그의 허리에 달린 검을 보면서 말했다.

"강한 형님 같아서요."

손정목이 입술 끝을 실룩였다. 상철현은 우쟁천의 기이한 지게와 지게에 실려 있는 목도를 살피면서 고개를 끄덕였다.

"자네도 기본이 탄탄해 보이더군. 갑작스러웠을 텐데 당황하지 않고 잘 대처했어. 어느 분 문하에 있나?"

"문하랄 것까지는 없구요, 어릴 때 잠깐 배운 것을 지금껏 혼자 익히고 있어요. 이왕 시작한 것이니 잘하고 싶은데 곽주를 떠날 형편이 안 돼서 꿈만 꾸고 있지요."

"아하! 그렇군. 혹시 말이야, 형편이 나아지면 석가장(石家莊) 근방의 제검전(帝劍殿)으로 날 찾아오게. 내가 상승의 공부를 익힐 수 있도록 주선해 보지."

우쟁천으로서는 눈을 치뜰 수밖에 없었다.

제검전.

북직례 석가장에 근거를 둔 문파로서 북직례는 물론 산동 땅까지 그 영향력을 행사하는 천하오강(天下五强)의 하나였다. 문호는 누구에게나 열려 있으나 특히 검을 익힌 사람이면 누구나 몸담기를 원하는 검인(劍人) 중심의 무인 집단이었다.

"고맙습니다. 기회만 되면 실례가 되어도 반드시 찾아뵙지요."

그때 상우군이 팔짱을 낀 채 코웃음 쳤다.

"흥! 이미 늦었어. 그 나이에 무슨 무공을 배우겠어? 괜히 칼 한 번 휘둘러보지도 못하고 죽지 말고 안빈낙도(安貧樂道)하는 게 좋을걸?"

우쟁천은 정색을 하고 말했다.

"사나이는 죽음보다도 삶 같지 않은 삶을 두려워하지."

"헹! 죽음이 뭔지도 모르면서 어디서 주워 들은 건 있어가지고."

"모르는 것을 두려워할 시간이 있으면 차라리 아는 것을 공고히 할 거야."

상철현은 물론 무표정으로 일관하던 손정목까지도 고개를 끄덕였다.

상철현은 상우군의 머리를 가볍게 쥐어박고 두 손을 가슴 아래에 대어 흔들며 말했다.

"자네, 꼭 찾아주게. 난 자네같이 재밌는 친구가 좋아. 근데 이름이?"

"아, 우쟁천입니다."

"하하하! 이름도 재밌구먼. 하늘을 다툰다? 나는 상철현일세. 제검전의 용금당(用金堂)을 맡고 있으니 쉽게 찾을 게야. 하! 배가 고프구먼. 우리 꼭 다시 만나세. 정목, 밥은 가서 먹자."

손정목이 고개를 숙이고 말을 이끌어왔다. 세 사람이 모두 말에 올랐다.

우쟁천이 상철현을 올려다보며 말했다.

"오늘은 왠지 검문이 심했어요. 성문도 반만 열어놓고. 전엔 이런 일이 없었는데 뭔가 문제가 있나 봐요."

"음, 그런가? 우리하고는 별 해당 사항이 없을 것 같구먼. 하여튼 고맙네. 우리 꼭 다시 보세."

상철현은 사람 좋은 미소를 지어 보이고 곽주를 향해 나아갔다. 상우군이 우쟁천을 향해 코웃음 쳐 보이고 그 뒤를 따랐다. 손정목도 말 머리를 돌리기 전에 우쟁천을 보고 가볍게 고개를 끄덕였다.

"손정목이다. 또 보자."

그는 우쟁천이 인사를 하기도 전에 말 머리를 돌려 달려나갔다.

세 인마가 구릉을 넘을 때까지 꼼짝하지 않고 서 있던 우쟁천이 갑자기 화들짝 놀란 표정이 되었다.

"헉! 일각은 지났겠다. 잘못하면 늦겠는데."

우쟁천은 구보덕 등과의 약속을 상기하고 산으로 뛰어갔다.

상철현 등은 성문 앞에 이르러 말에서 내렸다. 십여 보를 걸어가니 수문위장 고청두가 군졸 둘과 함께 앞으로 나섰다.
"호패와 노인."
상우군을 뺀 두 사람은 품속에서 호패를 꺼내어 고청두에게 넘겼다. 고청두가 건성으로 호패를 살펴보고 말했다.
"노인은?"
상철현은 고개를 저었다.
"없소. 이것으로 대신하고 싶소만."
고청두는 상철현이 내민 은원보를 보고 침을 꿀꺽 삼켰다.
'제기랄, 횡잰데 하필이면 이런 때에……'
고청두는 쓴 입맛을 다시며 뒤를 흘끔 바라보고 소리쳤다.
"수상한 놈들이다! 잡아라!"
순간 장창을 든 군졸 여덟이 문에서 달려와 세 사람을 에워쌌다. 그리고 그 뒤로 검은 옷을 입고 가죽 장화에 검은 관모를 쓰고 두 자 반 정도의 짧은 도를 찬 사내 다섯이 말없이 늘어섰다.
상철현은 자신을 매섭게 노려보는 다섯 사내를 보며 빙긋 웃었다.
"어허! 뭔가 오해가 있는 듯한데 우리는 적룡방의 방주와 약속한 것이 있어 찾아온 사람들이오."
고창두가 흠칫하며 상철현 등을 살폈다. 고청두는 상철현 뒤에서 검파를 쥔 채 조용히 서 있는 손정목을 보고 입술을 핥았다.
'제기랄! 엿 됐군. 어떻게 해야 하나, 나중에 경을 칠 텐데?'
고창두로서는 난감하지 않을 수 없었다. 곽주에 살면서 적룡방의 체면을 무시할 수는 없는 일이었다. 그렇지만 그의 등 뒤에는 천하가 벌벌 떠는 무리들이 있었다.

'사는 게 먼저지.'

고창두는 손정목의 차가운 눈을 보면서 찔끔하고도 결국 소리칠 수밖에 없었다.

"순순히 포승을 받겠느냐, 아니면 저항을 해보겠느냐?"

상철현은 할 수 없다는 듯 고개를 젓고 고창두 너머의 흑의인들에게 말했다.

"거기 동창의 당두들이신 것 같은데, 맞소?"

중앙에 있던 사내가 차가운 미소를 지으며 가볍게 고개를 끄덕였다.

"얌전히 조사를 받으라! 죄가 없으면 풀어준다!"

'흥! 노인도 없는데 풀어줘? 저 말에 속아 억울하게 죽은 사람들이 얼마나 많을까?'

상철현은 빙긋 웃으며 품속에 천천히 손을 넣었다. 순간 동창 사람들이 일제히 도파를 쥐었다. 상철현은 왼손 손바닥을 뻗어 잠깐 기다리란 표시를 하고 오른손을 천천히 뺐다. 그의 손에는 반짝이는 은패가 들려 있었다.

"확인하시오."

상철현은 은패가 완만한 포물선을 그리도록 던졌다. 은패를 확인한 사내는 고개를 끄덕이고서 앞으로 나섰다.

"병사들을 물려라!"

고창두가 눈짓을 하기도 전에 군졸들이 일제히 뒤로 빠졌다.

흑의사내가 상철현에게 은패를 건네며 예의를 갖추어 물었다.

"제검전 분이시군요? 어느 분이신지?"

"용금당을 맡고 있는 상철현이오. 저 아이는 내 딸이고 이 친구는 백검당의 수석검사 손정목올시다."

사내의 뒤쪽에 있던 또 다른 사내가 품속에서 책자 하나를 꺼내 빠른 속도로 뒤적였다. 그가 고개를 끄덕이자 흑의사내가 절도있게 목례하고 성문 쪽으로 손을 뻗었다.

"아, 청백수사 상 대협 되시는군요. 무례를 범했습니다. 들어가시지요."

"고맙소. 한데 동창에서 무슨 일로 여기까지?"

"강호의 도둑 하나가 무례하게도 황궁을 범하였습니다. 산서가 고향이라고 알려진 자라서 산서 전역 길목길목마다 검문을 하고 있지요. 제독께서 보통 노하신 게 아니라 들었습니다."

"아하! 보자. 산서가 고향인 강호의 도둑에 황궁을 범하고도 도주할 능력이라? 그렇다면 천면협도?"

흑의사내가 씁쓸한 미소를 지으며 고개를 끄덕이자 상철현도 같은 표정을 지어 동정을 표했다.

"얼굴도 모르는 자를 잡자니 노고가 크시겠소이다."

흑의사내가 고개를 저으며 말했다.

"수상한 자를 만나면 얼굴부터 잡아당겨 보라는 명이 떨어졌습니다만 진면목으로 돌아다닌다면 아무런 소용도 없는 일이지요."

"쯧쯧쯧, 산서가 고향이라고 해서 꼭 산서에 있으란 법도 없을 것이니 헛고생만 하시는 것 아닌지 모르겠소. 도와드릴 수 있으면 좋으련만 천면협도라면 우리도 어찌할 수 없겠구려. 수고하시오."

흑의사내가 다시 앞을 틔워주며 목례했다. 상철현 등이 사라지자 동창의 당두들도 성문의 뒤쪽 어둠 속으로 들어갔다.

고창두는 고개를 갸웃거리다가 특별히 누구를 지목하지 않고 물었다.

"제검전이면 강호의 문파 아니냐?"

젊은 군졸 하나가 대답했다.

"그렇지요."

"허! 이상타. 강호인들은 관과 엮이는 것을 무척이나 싫어한다던데 지금 보니 친해 보이잖아. 어떻게 된 일이지?"

젊은 군졸은 강호에 대해 관심이 많은 듯 나름대로의 결론을 내렸다.

"제검전은 북직례에 있는 대문파잖아요. 적룡방이 우리와 그렇고 그런 사이인 것처럼 그들도 그런가 보지요. 동창과 제검전, 뭔가 이권이 걸려 있는 거예요. 틀림없이."

"그럴까?"

고개를 갸웃거리던 고창두가 갑자기 울상을 지었다.

"으헝! 내 은원보!"

　　　　　　＊　　　　＊　　　　＊

교아취는 자신의 삶이 박복한 건지 평탄한 건지 알 수 없었다. 찢어지게 가난한 집의 장녀로 태어났으니 어린 시절이 박복한 것 같기는 했다. 하지만 배가 고팠다는 것 말고는 별다른 기억이 없었다. 나이 여섯에 기루에 팔렸는데, 그때부터는 먹는 걱정을 하지 않았기 때문이다.

그렇다고 그녀가 얼굴이나 가꾸고 몸매나 걱정하는 편한 삶을 산 것은 아니었다. 신경질적인 기녀들의 수발을 들어야 했고 한편으로는 혹독한 선생 밑에서 기예를 배워야 했다.

안타깝게도 그녀는 평범 이하의 동기(童妓)였다. 얼굴이 예쁜 것도 아니고 기예가 특출한 것도 아니었기에 감당해야 할 설움이 적지 않았다. 그러나 평범하게 태어난 사람 누구나 그 정도의 고통은 감내하고 산다는 것을 잘 알고 있었기에 덤덤하게 견뎌냈다.

부잣집 맏며느리 같은 후덕한 인상 때문에 교아취는 정식 기녀가 된 후에도 사람들의 주목을 받지 못했다. 기녀로서 제대로 된 손님에게 지목받은 적이 없었다. 그녀는 결국 예기의 길을 걸어야 했지만 그쪽에도 특출한 재질이 없던 까닭에 술 마시는 손님들 뒤에서 들어주는 이도 없는 거문고를 연주하는 것으로써 시간을 보내야 했다.

기루의 주인은 교아취를 볼 때마다 투덜거렸다. 적자 인생 기녀라고. 돈을 벌려고 사와 먹이고 입히고 가르쳤는데 손님이 찾지 않으니 본전 생각이 난다는 의미였다. 그럼에도 불구하고 주인은 교아취를 팔거나 쫓아내지 못했다. 그녀의 후덕한 인상과 포근한 마음 씀씀이가 신경질적인 기녀들의 마음을 다독이는 데에 큰 몫을 했기 때문이다.

기녀로서의 자질은 부족했지만 교아취에게도 남다른 것이 있기는 했다. 바로 탁월한 색감과 안목이었다. 그녀는 기녀로서 돈을 벌어주지는 못했지만 주루를 장식하는 일이나 기녀들의 치장에 조언을 함으로써 주인의 억울함을 조금은 달래주었다.

세월이 흐르고 기녀 나이로 노기에 접어드는 스물여섯의 고비를 넘기자 교아취는 퇴기도 아니고 그렇다고 기루의 여집사도 아닌 이상한 처지가 되어 눈칫밥을 먹고 살아야 했다.

그런데 한 사람이 그녀를 불렀다. 기루의 주인조차도 벌벌 떠는 사람이었고, 그녀도 무서워서 눈 한 번 마주치지 않던 사람이었다. 그 사람이 이상한 제안을 했다. 자신의 집에 와서 살라고. 교수 기옥화가 추천했으니 앞으로는 자신의 옷차림을 살피고 집 안을 꾸며보라고.

교아취에게는 고민해 볼 여지가 없었다. 그 사람의 제안은 제안이 아니라 명령이었고, 그녀 자신도 주인의 눈치를 더 이상 견딜 수 없었기 때문이다.

그로부터 칠 년이 흘렀다. 교아취는 적룡방에서의 삶에 대충 만족했다. 그녀가 하는 일이라고는 곽주에서 제일 무서운 사람의 옷차림을 정하는 일과 집안의 분위기를 바꾸어놓는 정도였고 그 외의 시간은 다른 사람의 간섭 없이 자유로이 썼다.

그런데 최근에 그녀에게 변화가 생겼다. 기녀로서 단 한 번도 제대로 된 손님을 받지 못한 그녀에게 슬며시 다가오는 사내가 있었다. 그녀도 그 사내를 마음으로 받아들이고 있었다. 교아취는 서른셋이 되어서야 평생 처음으로 남들에게는 평범한, 그러나 그녀에게는 평범함을 넘어서는 욕구를 느꼈다.

"아취! 어디 있느냐?"

짜증난 목소리가 들려왔다. 교아취는 찻물을 쏟지 않으려고 조심하면서도 발걸음을 빨리했다.

"갑니다, 나리!"

방으로 들어서자 고유상이 그녀를 노려보며 으르렁거렸다.

"어디 갔다 왔어? 오늘 내가 중요한 손님을 맞는다 하지 않았느냐?"

교아취는 사람들이 고유상을 두려워하는 이유를 알 수 없었다. 잔혹하다, 겁난다, 피도 눈물도 없다 같은 소리를 들어왔기 때문에 그녀 역시 막연히 두려워한 적이 있었다. 그러나 직접 겪어본 고유상은 그저 짜증난 아이에 불과했다.

교아취는 차분하게 대답했다.

"나리께서 차를 준비하라 하셨지요."

"아, 그랬지. 거기 놓고 이리 오너라. 뭘 입어야 할까? 오늘 손님은 정말 중요한 분이시다. 예의에 어긋나서는 안 돼."

교아취는 오늘처럼 호들갑 떠는 고유상을 본 적이 없었다. 보통은 교아취가 날씨와 시간을 고려하여 권하는 것을 그대로 입었다. 선택의 시간은 겨우 반 분. 그녀에게는 은인이나 다름없는 교수 기옥화가 절기(節氣)는 물론 일기(日氣)까지 고려하여 옷을 만들어주어서 선택의 여지가 별로 없는 까닭이었다.

"오늘은 날씨가 안 좋으니……."

"오늘은 봄꽃이 활짝 필 것 같은 날입니다. 이것을……."

"비가 오니 이 옷을 입으시지요. 우산은 이미 청아에게……."

몇 마디 말하고 건네주면 알아서 입고 나갔고, 옷차림 때문에 기분 나빠서 돌아온 적은 한 번도 없었다.

'오늘 손님은 정말 중요한 사람인가 보구나.'

교아취는 오히려 옷장의 문을 닫았다.

"이게 무슨 짓이냐?"

고유상이 교아취를 무섭게 노려보았다. 그녀는 당황하지 않고 고유상의 팔을 잡아끌었다.

"나리, 우선 차부터 드시고 마음을 가라앉히세요. 이렇게 서두르셔서야 손님을 제대로 대접할 수 있겠습니까? 이제 겨우 진시(辰時) 중반이나 되었겠습니다. 손님들은 오시(午時) 중반경에 오기로 하셨다면서요? 앉으세요."

고유상은 눈에 힘을 풀고 고개를 끄덕였다. 교아취가 차의 뚜껑을 열어주자 고유상은 그때서야 눈을 감고 심호흡을 한 후 차를 한 모금 마셨다.

"나리, 대체 어떤 분이 오시기에 평정을 잃으십니까? 주주(州主)보다 더 높은 분이십니까? 봉승경 나리보다 더 중한 분이십니까?"

"그런 인간들과는 비교도 할 수 없지. 내가 그 인간들 만나면서 이렇게 고민한 적이 있더냐? 경사에 대단한 연줄을 가진 양반이고, 무림에서도 지대한 영향력을 행사하는 양반이지. 잘만 되면 얻는 것이 적지 않을 것이니 심기를 불편하게 만들어서는 안 돼."

교아취는 잠시 생각에 잠겼다가 고개를 끄덕였다.

"그렇다면 나리께서 돋보이셔서는 안 되는 자리군요?"

"응? 그렇지, 그렇지."

"방주로서의 위엄은 보이시되 그쪽보다 뛰어나 보여서는 안 된다 이 말씀이시지요?"

고유상이 무릎을 쳤다.

"그래, 네 말이 옳다. 그렇게 보여야 해."

교아취는 방금 닫은 옷장 문을 바라보며 말했다.

"그렇다면 오늘은 교수의방의 옷을 피하셔야겠습니다."

"응? 다른 옷은 불편한데……."

지난 몇 년 동안 기옥화의 옷 이외에는 입어본 적이 없었다. 기옥화의 옷을 입으면 남들이 우러러 보는 것 같아 기분이 좋아질뿐더러 움직이는 데도 더없이 편하여 다른 옷을 입는다는 생각은 해본 적이 없었다.

"나리의 탁월한 체형에 교수의방의 옷이라면 그 어느 것을 입어도 남보다 뛰어나 보일 수밖에 없습니다. 하니 오늘은 피하셔야지요."

"그, 그러냐?"

"나리의 위엄이 크게 손상되지 않을 정도에서 골라보겠습니다. 우선 차를 드시고 마음을 가라앉히시지요."

교아취는 그동안 손질만 하고 입지 않았던 옷들을 빤히 바라보다가 몇 가지를 서슴없이 꺼냈다.

고유상의 눈빛에 불만이 어렸다. 교아취의 말처럼 기옥화의 옷을 입지 못하는 것은 어쩔 수 없다 하더라도 교아취가 선택한 옷들은 하나같이 비단이 아니었다. 아삭거리는 느낌의 결이 고운 마포 같은 옷감으로 만든 옷이었다.

"그걸 입으라고?"

교아취는 웃으며 검은색 상하의에 소매가 없는 장삼을 겹쳐서 병풍 위에 내걸었다.

"이 옷감은 해동의 높은 사람들만 입는다는 안동포(安東布)에 우리 물을 들인 것입니다. 보통은 한여름에 입는 옷이나 겹쳐 입으면 지금도 괜찮지요. 천이 하도 귀하여 경사에서도 높은 분들이나 입을 수 있는 옷이라 하니 안목이 있는 사람이면 알아볼 것이고 몰라도 천하게 보지는 않을 겁니다. 다른 옷들은 모두 어설픈 용들이 수놓아져 있어 격이 떨어지니 오늘은 이렇게 차림 하시지요."

교아취가 조용히 강요하자 고유상은 군말없이 입었다. 교아취는 고유상의 앞과 뒤를 돌며 옷매무시를 살피고 고개를 끄덕였다.

"훌륭하십니다."

고유상은 두 팔을 벌린 채 한 바퀴 돌아보더니만 고개를 끄덕였다.

"음, 내 지금껏 이 옷이 마포 같아서 꺼렸는데 입고 보니 나름대로 괜찮구나."

고유상이 만족감을 표하자 교아취는 빙긋 웃으며 말했다.

"앉으시지요. 머리를 좀 만져야겠습니다."

고유상은 아이처럼 교아취의 말을 따랐다. 머리를 올리고 관을 씌운 후 옆으로 두 가닥 긴 머리카락을 흘려 내리니 혈명도라는 별호답지 않게 후덕한 장년인의 풍모가 느껴졌다.

"나리, 됐습니다."

"음, 수고했다. 오늘 일이 잘 끝나면 큰 상을 내리마."

"나리, 그것보다도 걱정이 있습니다."

고유상이 의혹 어린 눈으로 뒤돌아보았다.

"무엇이냐?"

"나리는 준비가 되셨지만 다른 사람들은 아닌 것 같습니다. 모두가 불량한 모습으로 지내니 손님들 들어오시다가 인상 쓰실까 두렵습니다."

고유상은 눈을 부릅뜨고 이마를 쳤다.

"아차! 내가 그 생각을 못했구나. 어찌해야 될까? 그놈들이 제대로 된 옷이나 있을까 모르겠네."

"용문양이 없는 무복으로 통일하여 입게 하시지요. 인상이 험악한 사람이나 옷을 준비하지 못하는 사람들은 밖으로 내보내 숨기도록 하시구요."

"오냐. 그렇게 해야겠구나. 손님들 눈살을 찌푸리실 일은 만들지 말아야지."

"그럼 그렇게 알고 유 당주께 전언토록 하겠습니다."

"유구? 왜 하필 유구야? 아니지. 누구면 어때? 말만 잘 전해지면 되지. 하아! 수하들이라고 잔뜩 있어봤자 무슨 소용이야. 어찌 된 일인지 머리를 쓸 줄 아는 사람이 너밖에 없구나."

고유상이 연신 고개를 끄덕였다.

교아취는 허리를 접어 보이고 밖으로 나갔다. 급히 방을 나서는 서른세 살 교아취의 얼굴이 복사꽃처럼 발그레해졌다. 덩달아 그녀의 발걸음도 무뚝뚝한 나비를 찾아가는 꽃향기처럼 가벼워졌다.

■7장■
한 방울의 물이 스며들더니

한 방울의 물이
스며들더니

　　　　　　　　우쟁천은 칠 장이나 솟은 은행나무를 날다람쥐 같은 날랜 움직임으로 거침없이 올라갔다. 그곳이라면 폐가의 공터가 훤히 보이는데다가 몸을 숨기기에도 적당한 탓이었다.
"어? 선객(先客)이 계셨네?"
나무 상층부에 올라가 자리를 찾다가 적당하다 싶은 가지를 발견했지만 이미 한 중년인이 선점하고 있었다. 삼십대 후반쯤으로 보이는 중년인이었는데 빛바랜 황의를 입고 나뭇가지와 나뭇잎 사이에 교묘하게 누워 있어서 미처 발견하지 못했던 것이다.
황의사내가 실눈을 뜨고 물었다.
"뭐 하게?"
가래 끓는 듯한 나이 든 목소리여서 얼굴과 목소리가 조화롭지 못했다.
"숨어서 볼 게 있어서요."

"술래잡기하냐?"

"에이! 제 나이가 몇인데 술래잡기를 하겠어요?"

"하기야 그거 하기는 많이 크구나. 어느 쪽?"

우쟁천은 폐가의 공터 쪽으로 손가락을 뻗었다. 중년사내가 주변을 둘러보다가 자신이 누워 있는 가지만한 곳이 없다고 생각했는지 손을 까딱거렸다.

우쟁천은 나뭇가지들 사이의 작은 공간 속으로 몸을 날려 중년사내의 발끝 쪽으로 이동했다. 작지 않은 그가 굵기가 가는 쪽으로 뛰어서 이동했는데도 가지가 크게 움직이지 않자 사내는 우쟁천의 얼굴을 빤히 쳐다보았다.

우쟁천은 완전히 자리를 잡고 말했다.

"실례합니다. 그런데 아저씨는 여기서 뭐 하세요?"

"엥? 아저씨? 잠깐만!"

사내는 자신의 뺨을 쓰다듬었다.

"사마귀? 에구! 깜박했다. 카악, 퉤!"

사내가 가래침을 뱉어내고 빙긋 웃었다.

"나 뭐 하냐고? 저 집이 옛날에 내가 살던 집이거든. 어릴 때 이불에 오줌 싸면 만날 이 나무 위로 도망쳤지. 간만에 고향에 왔다가 이 나무를 보니 반가워서 잠시 추억을 더듬는 중이었다."

우쟁천은 눈을 동그랗게 치떴다. 사내의 목소리가 얼굴과 어울리는 목소리로 변한 때문이었다. 사내는 우쟁천의 놀람을 읽고 씩 웃었다.

"가끔 목소리가 잠겨."

가래침 한 번 뱉었다고 목소리가 백팔십 도 바뀔 수 있다고는 믿지 않았다.

우쟁천은 애써 묻지 않았다.

"아하! 신기하네요."

사내가 화제를 바꾸려는 듯 급히 일어서서 우쟁천과 나란히 앉았다.

"음, 저기 누가 있긴 있구나."

구보덕과 다른 네 소년이 나란히 서 있었고, 햇살에 뻔쩍거리는 은의를 입은 소년 하나가 버티고 서 있었다.

"애들보다 머리 반 정도는 크네. 저놈이 저렇게 컸었나? 하기야 잘 처먹고 사니까 당연한 거지. 패도 몇 대는 대충 견디겠는걸?"

우쟁천이 고개를 갸웃거리다가 생각을 끊어버렸다. 뭔가 일장 연설을 하던 봉천기가 죽도를 들자 아이들이 일제히 움츠러들었다.

"에휴! 애초부터 상대해 볼 생각이 없구나. 바보 녀석들! 싸우기도 전에 기세를 잃어? 아휴! 둘러싸야지 일자로 서면 어떻게 해, 한 놈인데? 에구, 답답해라."

구보덕 등은 전쟁의 상대자라기보다는 체벌의 순서를 기다리는 아이들 같았다. 봉천기가 죽도를 휘두를 때마다 우르르 뒤로 밀렸는데 가장 늦게 물러난 녀석이 팔을 맞고 허리를 맞았다. 봉천기로서는 따로 초식이란 걸 펼칠 이유가 없었다. 그저 아이들을 쫓아가 순서대로 때리기만 하면 되었다.

"아이고! 어차피 맞을 것 한 대 때려보고 맞자는 생각은 왜 못 하냐고? 왜 전부 주저앉는 거야?"

맞는 모습도 똑같았다. 봉천기가 죽도를 휘두르려고만 해도 아이들은 엉덩방아를 찧으며 죽도를 머리 위로 들어 올리고 눈을 감은 채 고개를 숙였다.

중년사내가 답답해서 미치려고 하는 우쟁천의 옆얼굴을 흘끔 보고 말했다.

"어설프지만 그래도 격식은 차리네. 배운 놈과 안 배운 놈은 기세에서 차이가 나지. 코앞에서 보면 어설프게라도 배운 놈은 좀 다르지. 왜? 답답하면 네가 가서 혼내줘라. 너라면 저런 놈 대여섯은 장난이지 싶은데."

우쟁천은 눈을 아이들에게 고정시킨 채 대답했다.

"그럴 입장이 못 되거든요."

"왜? 저 번쩍거리는 녀석이 봉가의 자식이어서?"

우쟁천이 사내에게로 고개를 돌렸다.

"아세요?"

"봉천기라면서. 놀면서 번쩍거리는 비단옷 입는 봉가가 또 있을까?"

"으음, 그렇네요. 아무튼 이야기하자면 길거든요. 우선 저거 좀 보구요."

봉천기의 움직임은 아무리 봐도 어설펐다. 죽도를 내려치는 속도와 회수하는 방법, 방향 전환은 물론 진퇴의 보법마저 엉망이었다. 그런데도 아이들이 포기하고 맞는 것을 보자 우쟁천은 다시 화가 나기 시작했다.

우쟁천은 고개를 저으며 아이들이 맞는 광경을 외면했다.

"에휴! 더 볼 것도 없겠군. 저 정도면 전술만으로도 충분할 테니 한 사나흘 가르치면 되겠다."

황의사내가 웃으며 고개를 끄덕였다.

"아하! 저 아이들이 네게 이길 수 있는 방법을 가르쳐 달라고 했구나."

"이길 수 있는 방법이 아니라 안 맞는 방법이요. 저 아이들 부모가 모두 봉가의 가게에서 일하거든요."

간단한 답변인데도 사내는 전후 사정을 모두 이해한 것 같았다.

"쯧쯧쯧, 남의집살이는 저래서 서러워."

우쟁천은 눈을 둥그렇게 뜨고 사내를 보았다.

"제 할머니랑 똑같은 말을 하시네요. 없는 건 그렇게 서러운 거다 하셨는데."

"나이 든 사람 하는 말이 거기서 거기지."

"예? 제 할머닌 환갑이 다 되셨는데요?"

사내가 잠깐 멈칫한 후에 웃으며 화제를 바꾸었다.

"누가 그러더라. 가난은 불행이 아니라 불편한 거라고. 하지만 저 아이들 경우는 불행한 거야. 너무 빨리 어른이 되어버리면 포부를 가질 시간이 없거든."

"제 할머니 얘기하실 때 옆에 계셨어요?"

"또 같은 말이냐?"

황의사내가 빙긋 웃자 우쟁천도 미소 지으며 고개를 끄덕였다.

"할머니가 달리 하신 말도 있지요. 서러움이 깊어져서 두려움이 되고 오기가 되면 저 중에서 부자 하나쯤 나올 거라 하셨죠."

황의사내가 고개를 끄덕였다.

"음, 그럴 수도 있지. 근데 할머니가 어느 분이신데?"

"교수의방이 제 집이에요."

"아하! 만물로 끝에 포목점 하던 그 집? 그럼 네 아비가 봉두원 그 호색한을 단죄한 그 양반이냐?"

"아세요?"

"얼굴은 몰라. 말은 들었다. 암, 사내라면 그래야지. 생각이 조금 짧기는 했다만 그 나이에 그렇게 하지 않는 놈이 있다면 겁쟁이지. 그럼 아버진? 같이 사냐?"

우쟁천은 씁쓸한 미소를 지으며 고개를 저었다. 사내라면 그래야 한다는 그 한마디에 사실을 말해 버리고 싶었다. 살아 있지만 죽은 것으로 되어 있다고. 하지만 오늘 처음 만난 사람이어서 참을 수밖에 없었다.

"저 가봐야겠어요. 아직 아무것도 못 먹었거든요."

사내는 웃으며 고개를 끄덕였다.
"나 여기서 봤다고 소문내지 마라. 옛날에 못된 짓 많이 했거든."
우쟁천은 의미심장한 미소를 지었다.
"떠나는 거 아니었어요?"
"조금 더 있다가."
"어두워지면요? 조심하세요. 검문이 심해졌더라구요. 아는 문지기 아저씨 말로는 동창인가 하는 데서 나온 사람들이 달달 볶는데요."
깜짝 놀란 듯 사내는 나무에서 떨어질 뻔했다. 그러나 금세 평정을 되찾고 물었다.
"분명히 동창이라고 하든?"
"한동안 고달프겠다고 한숨을 쉬더라구요. 그 사람들 저도 봤어요."
사내가 의미심장한 미소를 지으며 우쟁천의 어깨를 토닥였다.
"나하고는 별 상관 없는 일이다만 어쨌든 생각해 줘서 고맙구나."
우쟁천도 같은 의미의 미소를 지었다.
"그렇죠? 아저씨하고 무슨 상관이 있겠어요? 근데 배 안 고프시겠어요? 번잡한 곳은 무척이나 싫어하실 것 같은데. 뭐 좀 가져다 드려요?"
"괜찮다. 생각해 보니 푸짐하게 얻어먹을 곳이 있구나."
"그럼 정말 갑니다."
"잘 가라."
우쟁천은 가볍게 목례를 하고 나뭇가지들을 타고 땅에 내려서서 만물로 쪽으로 사라졌다.
"그놈, 기특한 놈이네. 몸놀림을 봐서는 기초가 되어 있는 것 같은데 생각을 한번 떠볼 걸 그랬나?"
사내는 빙긋 웃으며 다시 나무에 기대어 누웠다.

모자란다는 것은 알지만 정확히 무엇이 모자란 것인지는 알지 못하는 답답한 상태였다. 수전의를 보고 순간적으로 깨달음을 얻기는 했지만 그 것을 혈호도법에 적용하는 문제는 완전히 별개인 듯 어려웠다.

"수전의를 보면 큰 조각이 있고 작은 조각이 있으며 그 색깔에 따라 큰 조각이면서 작게 보이는 것이 있고 작은 조각이면서도 크게 보이는 것이 있다. 그것들을 적절하게 배열하여 이어놓으면 곧 하나의 아름다운 옷이 된다. 그것이 곧 조화. 크고 작은, 짙고 옅은 강유의 조화라 할 것이다. 하지만 혈호도법은 크고 작은 것은 있어도 짙고 옅은 것은 없는 한 색깔. 강한 기세만을 요구하는 도법이다. 기세를 잃는 순간 도법 자체가 무용지물이 된다."

우쟁천은 목도를 늘어뜨린 채 눈을 지그시 감고 심호흡을 했다. 호흡이 끊어지는 순간 우쟁천은 일 보를 크게 내디디며 목도를 힘차게 쳐 올렸다. 호보진산(虎步震山)은 수십 차례나 허공을 십자로 갈라놓는 혈조난무(血爪亂舞)로 연이어 이어졌고 마당은 그물 같은 도영(刀影)으로 어지러워졌다.

쿵!

오른발로 땅을 찍어 허공으로 솟구쳤다가 긴 포물선을 그리며 떨어지려는 찰나 우쟁천은 목도를 내리찍듯이 휘둘렀다. 땅에 착지하는 순간 바닥을 찍을 듯 내리 꽂히던 목도가 반원을 그렸고 그와 동시에 우쟁천의 오른발이 비틀렸다.

횡!

비호제천(飛虎制天)에 이어 포호단공(咆虎斷空)을 펼치자 공기가 찢어지는 듯한 섬뜩한 파공음이 울렸다.

허공을 상하로 가른 목도가 비틀려 땅에 박히는 순간 우쟁천의 신형이 허공으로 튀어 올랐다. 우쟁천의 신형이 세 차례나 연거푸 횡으로 휘도는 동안 목도 또한 상, 중, 하단을 연이어 갈라놓았다.

노호번천(怒虎翻天)이 힘을 잃는 순간 우쟁천은 땅에 배를 깔고 드러눕듯 몸을 낮췄다가 목도를 머리 위로 뻗고 두 발로 연이어 땅을 찍어 앞으로 나아갔다. 아호출림(餓虎出林)의 결과로 도첨(刀尖)이 상상의 적을 꿰뚫었다고 생각한 순간 우쟁천은 몸을 세우고 도를 내던지는 시늉을 했다. 그것이 바로 흑호투심(黑虎透心). 도를 상대의 가슴에 던지는 혈호도법의 마지막 초식이었다.

우쟁천은 목도를 늘어뜨리고 고개를 저었다.

익숙해질 때까지는 아무런 의문도 없었다. 맨주먹이 아닌 목도를 들고 신나게 휘두를 수 있다는 것이 좋았고, 초식 하나하나가 모두 세찬 기운을 내포하고 있으니 가슴이 뻥 뚫리는 느낌이 들어서 좋았다. 그것을 가르치고 함께해 주는 사람이 아버지라서 더욱 좋았다. 뭔가가 부족하다는 것을 인식하기 전까지는 잘해봐야 이류도법이라는 고 노인의 평가가 오히려 이상하다고 생각했다.

고 노인의 평가는 아프지만 틀린 것이 아니었다. 혈호도법은 살기 그 자체. 죽이지 않으면 죽을 수밖에 없는 절박함을 내포하고 있었다.

초식 하나하나가 오로지 상대를 죽이기 위한 살초들이어서 강한 기세를 담아 폭풍처럼 상대를 몰아칠 뿐 방어라고는 눈곱만큼도 고려하지 않는 도법이었다. 만약 상대가 혈호도법을 막아내고 여력을 남길 수 있는 정도의 사람이라면 남은 것은 죽음뿐이었다.

"아버지는 도대체 무슨 생각으로 이런 도법을 만든 거야? 어떻게 해볼 도리가 없네."

푸념하는 우쟁천이 모르는 것이 있었다. 그가 기억하는 우득명은 늘 웃는 등룡관의 아버지일 뿐 인연을 얻기 위해 험한 세상을 떠돌던 우득명이 아니었다.

 운명적으로 도를 잡은 우득명은 강한 도객을 찾아 떠돌지 않은 곳이 없었다. 그러나 그때 그의 나이 이미 십육 세. 제대로 된 기초를 얻지 못한 채 근골은 이미 굳어가고 있었다. 뼈를 깎고 근육을 자르는 고통도 마다하지 않겠다고 사정을 해도 모두가 고개를 저을 따름이었다.

 낙담했으나 포기를 몰랐던 우득명은 복건성에 이른 후 자원하여 군문(軍門)에 들어갔다. 복건성은 왜구의 침탈이 심한 곳. 강병이 아니면 몰살이라는 등식에 따라 그곳의 병사들은 남다른 훈련을 받는다고 들었기 때문이다.

 우득명이 거기서 배운 것은 오로지 적을 죽이는 것을 목적으로 하는 혼원도법(混元刀法). 결국 우득명은 투박하고 직선적인 기세가 강한 비호도법에 상대를 죽일 때까지 쉬지 않고 몰아치는 혼원도법을 가미할 수 있었다. 그러나 그 대가는 처절했다. 우득명은 강호에서 벌어지는 싸움과는 차원이 다른 왜구와의 사투에서 질릴 만큼 피 맛을 보아야 했다.

 그 결과로 병졸로는 작지 않은 공을 세우게 된 우득명은 군문을 나오는 특전을 받고 다시 산서로 돌아왔다. 무공에 약간의 자신감을 갖게 되어 강호의 방파에 몸을 담을 수 있지 않을까 기대했던 것이다. 그러나 그는 강호를 너무 만만하게 보고 있었다. 막상 부딪쳐 보니 어느 한곳도 만만하게 몸을 의탁할 곳이 없었다. 쉽게 들어갈 수 있는 곳은 실력 배양에 도움이 안 되었고, 무언가 얻을 수 있겠다 싶은 곳은 평생토록 구속을 당해야 했다.

 할 수 없이 떠돌 수밖에 없었던 우득명의 선택은 장성 근역의 보표단(保鏢團)이었다. 주로 몽고를 오가는 상단을 호송하는 일이었는데, 약탈 자체가 당연한 삶의 방식이었던 몽고 부족들과 상대를 해야 하는 일인지라 위험했지만 보수는 좋았다.

거기서 인연이 있어 횡도 위주의 살기가 강한 몽고족 고유의 혈륜도법(血輪刀法)을 익히게 된 우득명은 그때부터 그가 익힌 세 가지 도법과 그가 경험했던 도법들을 떠올려서 혈호도법의 전신을 세웠고, 차후 등룡관에 몸담은 동안 혈호도법을 만들었다. 결국 혈호도법이 지금과 같은 형태를 갖춘 것은 우득명의 삶에 비추어 당연하다고 말할 수밖에 없었다.

그 삶을 모르는 우쟁천이 낙담하고 있을 때 마당 문이 열리고 오홍복이 들어왔다. 그리고 그 뒤로 구보덕 등이 멈칫멈칫 눈치를 보며 마당 안으로 들어왔다.

"오! 밥은 먹고 왔냐?"

구보덕 등이 고개를 끄덕였다. 우쟁천이 웃으며 구보덕에게 물었다.

"밥은 누나가 차려주냐? 잘하는지 모르겠네."

"아, 정말 끈질기네. 이제 그만 신경 끄라니까."

"아, 이 자식! 형이 걱정돼서 하는 말이야, 곧 시집간다니까. 말도 못하니? 홍복아, 넌 가서 밥 먹어라. 배가 고파서 먼저 먹었다."

오홍복이 고개를 끄덕이고는 방으로 들어갔다.

우쟁천은 하릴없이 집안을 두리번거리는 아이들에게 소리쳤다.

"착한 겁쟁이들! 주목!"

아이들이 모두 우쟁천을 보았다.

"오늘 너희가 먼지나게 맞는 것을 보았다. 눈물이 앞을 가려 차마 못 봐주겠더구나. 보덕아, 근데 말이야, 너희 얻어터지기 전에 봉천기가 주절주절하는 것 같던데 무슨 말을 한 거냐?"

구보덕이 얼굴을 찡그리며 대답했다.

"늘 똑같아. 자기가 악비 장군이래. 우리는 북쪽 오랑캐고. 그러면서 하는 말이 '악비 장군 현신하셨으니 오랑캐는 무릎을 꿇어라' 야. 그러면 우리가 죽어라 하고 소리쳐. 그때부터 전쟁이 시작되는 거지."

"하! 유치하긴. 에휴! 너희도 마찬가지야. 죽으라고 소리쳤으면 죽여야지 도망은 왜 가냐? 어차피 맞을 거 한 대 때리겠다는 각오로 맞서면 안 돼? 그렇게 무서워? 잠깐 보고 말았지만 너희 다섯이서 그 한 놈 이기는 건 오늘 내일 이틀만 가르쳐 줘도 될 것 같더라. 그런 놈한테 차례대로 맞고 있어?"

아이들이 하나같이 소리쳤다.

"때리면 안 된다니까."

"알아, 알아. 그러니까 머리를 써야지. 일단은 내일 맞으면서 물어봐. 만약 그놈 말대로 오랑캐가 이기면 어떻게 할 거냐고? 악비 장군이 죽으면 전쟁 끝나는 거냐고. 계속 이기고 있으니까 그렇다고 하겠지. 약속을 받아."

"계속한다고 하면 어떻게 해?"

"그땐 그때 가서 생각하고. 하지만 일단은 약속할 거야. 나중에 딴말을 하더라도 당장은 너희 같은 겁쟁이들한테 질 턱이 없다고 생각할 테니까."

아이들이 모두 고개를 끄덕였다.

우쟁천은 웃으며 아이들을 일렬종대로 세웠다. 그리고 목도를 들고 첫 번째 아이 구보덕 앞에 섰다.

"때리지 않을 거니까 절대 안 다쳐. 그러니까 겁먹지 말고 목도를 끝까지 봐."

구보덕이 고개를 끄덕이자 우쟁천은 마치 혈호도법을 펼칠 때처럼 맹렬한 기세로 목도를 휘둘렀다.

윙!

"엄마야!"

목도가 코끝을 스치듯 지나가자 구보덕은 소리를 지르고 눈을 감은 채 땅바닥에 주저앉았다.

우쟁천은 아이들을 바꿔 세우며 다섯 번 연거푸 목도를 휘둘렀다. 아이들의 반응은 한결같았다.

"어떠냐? 봉천기가 대나무 휘두르는 것하고 비교해서."

"우와! 상대도 안 돼! 무서워! 무서워!"

"그렇지? 오늘 할 연습은 내 목도를 끝까지 보는 거야. 그럼 봉천기가 휘두르는 대나무는 한눈에 다 보일 거야. 다치지 않는다는 거 알지? 그러니까 안심하고 봐."

우쟁천은 아이들을 일렬 횡대로 바꿔 세우고 도를 휘둘렀다. 비호도법의 주종을 이루는 벽도를 중심으로 횡도와 그 외 각종 도법의 기본 운도법을 차례대로 보여주었다. 처음에는 겁먹었던 아이들이 곧 적응하여 도를 끝까지 보려고 노력했다.

"자, 오늘은 이 정도만 하고 내일 보자. 약속받는 거 잊지 말고. 이왕 맞는 거 대나무를 끝까지 보고 머리만은 맞지 않겠다는 각오로 피해봐. 알겠어?"

아이들이 고개를 끄덕이자 우쟁천은 대문을 열어주며 마무리했다.

"약속받으면 내일은 각자 일곱 자 정도의 가는 대나무를 들고 와. 흔들면 쉽게 휘어지는 거. 알겠지?"

아이들은 다시 한 번 고개를 끄덕이고 사라졌다.

* * *

호유웅(胡柔雄)은 곽주의 치안을 책임지는 추관이다. 세평(世評)에 따르면 그는 대체로 공평무사한 사람인데 크게 틀린 평이 아니었다. 그는 작은 것에 욕심 부려 이름을 더럽히는 것보다는 뒤에서 손가락질받는 것을 더 두려워했다. 그래서 그의 판결은 대체로 적절했고 죄인들도 별다른 불만을 표하지 않았다.

그렇다고 해서 그가 털어서 먼지 한 톨 안 나올 청백리라는 뜻은 아니었다. 그의 지론은 수청무어(水淸無漁). 깨끗한 물에는 고기가 없으니 나쁘다 말하고는 부하들의 비리를 엄하게 다스리지 않았고, 그에 대한 반대급부 또한 소문나지 않는 정도만큼 확실히 챙기고 있었다. 결국 직접 비리에 관여하진 않지만 뒤탈없는 내부 상납은 절대 거절하지 않는, 동시에 자리만큼은 철저하게 지키는 유형의 인간이었다.

오늘도 호유웅은 배가 고파오자 기계적으로 일을 처리하기 시작했다. 죄인이 그의 앞에 무릎을 꿇으면 곧바로 죄목을 듣고 건성으로 죄인의 항변을 들은 후 머리 속에 떠오르는 적당한 처벌에서 한 단계 낮추어 바로 뱉어냈다.

"장 열 대를 치고 열흘간 옥에 가두어라. 다음!"

호유웅이 배를 쓸면서 탁자에 엎드렸다.

'아이고! 다리까지 후들거리는구나. 나도 늙었나? 아니야. 향국이 그년이 내 진을 다 빨아 먹어서 그래. 애고! 빨리 끝내고 뜨거운 인삼탕이나 한 그릇 먹어야겠다.'

두 명의 포졸이 무릎을 꿇고 있는 죄인의 양 팔을 잡아 자리를 옮겼다. 그 순간 다시 포두 한 사람이 나서고 그 뒤로 또 다른 죄인이 포졸들에게 붙잡힌 채 끌려 나왔다.

포졸들은 이제 쉰이나 된 듯한 회의사내를 팽개치듯 바닥에 던지고 어깨를 눌러 무릎 꿇렸다. 그 순간 포두가 들고 온 종이를 펼쳐 읽었다.

"이름은 모유풍(毛遊風), 죄목은 무전취식에 영업 방해입니다. 기록을 보니 과거 나리께서 이미 두 차례나 선처하신 적이 있습니다. 그럼에도

한 방울의 물이 스며들더니

불구하고 다시 죄를 지었으니 이번에는 중형으로 다스리시어 국법의 지엄함을 보여주는 것이 합당하다 사료되옵니다."

배가 고파 제대로 듣지 못한 듯 호유웅은 눈을 반쯤 감은 채 힘없는 목소리로 다시 물었다.

"이름이 뭐라고?"

"모유풍입니다."

순간 배가 고파 늘어져 있던 호유웅이 벌떡 일어나 두 손으로 머리를 감싸고 소리를 질렀다.

"악!"

주변에 있던 모든 이들이 놀라서 눈을 치떴다.

"나리, 갑자기 왜 그러십니까?"

호유웅은 부들부들 떨리는 손으로 죄인을 손가락질하며 소리쳤다.

"네놈이, 네놈이 또다시……!"

호유웅은 말을 맺지도 못하고 죄인만 노려보았다. 순간 죄인은 바닥에 이마를 대고 납작 엎드리며 부르르 떨었다.

"나리, 용서하소서. 배가 고파서, 배가 너무 고파서 그만……."

호유웅은 그 말을 듣는 순간 눈을 감고 고개를 뒤로 젖히며 두 손으로 자신의 목을 죄었다.

모두 이상한 눈빛으로 두 사람을 번갈아 바라보았다. 죄목은 겨우 무전취식과 그에 따른 영업 방해. 처벌이 아무리 무거워봤자 곤장 대여섯 대 때리고 잠시 옥에 가두어두는 게 전부일 따름이었다. 그러니 호유웅의 반응은 물론 죄수의 반응 역시 과하기는 마찬가지였다.

의혹의 눈빛이 호유웅 한 사람에게 몰리는 순간 그는 이마에 손을 짚고 의자에 털퍼덕 앉았다. 그가 힘없이 말했다.

"남은 일은 모두 내일로 미루라. 내 오늘 국법을 어기는 한이 있어도 저놈만큼은 내 손으로 직접 엄하게 다루리라."
 "나리, 무슨 까닭으로 그리 화를 내시는지요?"
 포두가 조심스럽게 물었지만 호유웅은 탁자를 치며 추상같은 목소리로 소리칠 뿐이었다.
 "무전취식이라 했지? 저놈을 지금 당장 내 방으로 옮겨라. 그리고 푸짐하게 음식을 대령하라."
 사람들 모두가 어안이 벙벙한 표정이 되어 서로를 쳐다보았지만 호유웅의 목소리가 하도 서릿발 같아서 토를 달지 못하고 고개를 숙였다. 그때 호유웅이 음식 값이라는 듯 은자 두 냥을 탁자 위에 던져 놓으며 힘없이 말했다.
 "너희도 오늘 한잔하면서 서로의 노고를 위로하라."
 호유웅이 힘없이 방으로 들어갔다.
 "무언가 사연이 있는 놈이로구나. 그런데 나리께서 음식 고문을 하실 모양일세. 호오! 처음 듣는 방법이지만 배고픈 놈에게는 딱일세그려. 보고 냄새는 맡아도 정작 먹지는 못할 테니 말일세."
 누군가 말하자 나머지 사람들도 어정쩡한 표정으로 고개를 끄덕였다.
 포두가 소리쳤다.
 "뭐 하느냐, 저놈을 어서 나리 방으로 옮기지 않고!"
 포졸 두 사람이 죄인을 질질 끌어 방으로 데려갔다.
 무서운 표정으로 탁자에 앉아 있던 호유웅이 뿌도독 소리가 나도록 주먹을 쥐어 보이며 낮고 무정한 음성으로 말했다.
 "놓고 나가거라. 그 어떤 소리가 들려도 방에 사람을 들이지 말라. 아니, 아예 주변을 물려라."
 "예, 나리."
 포졸들이 죄인을 던지듯 방 안으로 밀어놓고 문을 닫았다.

한 방울의 물이 스며들더니 235

호유웅은 포졸들의 발소리가 들리지 않을 때까지 무서운 눈빛으로 죄인을 노려보았다. 그때 죽은 듯 엎드려 있던 죄인이 일어나 너무나 자연스럽게 포승을 풀어버리고 호유웅의 맞은편 의자에 앉았다.

죄인이 이빨을 드러내며 웃자 호유웅의 무섭던 눈빛이 사라지고 어깨가 움츠러들었다.

"이, 이보게, 유수. 자네 정말 날 말려 죽이려는가? 다시는 나타나지 말라고 했는데 왜 또 와서 나를 어렵게 만드나?"

호유웅의 목소리는 지금까지와는 달리 애절하기 그지없었다.

"에이, 칠 년이네. 격조했지 않은가? 간만에 불알친구가 왔는데 반겨주지는 못할망정 이거 왜 이러나? 자꾸 이러면 자네 집으로 갈 거야. 첩 새로 들였다지, 동서?"

죄인에서 친구로 갑작스레 신분을 바꾼 사내는 의자에 등을 기대고 두 발을 탁자 위로 얹었다.

"이, 이보게, 제발 내 사정 좀 봐주게. 자네는 나라에서 뒤쫓는 큰 도둑이고 나는 곽주의 치안을 책임진 사람이야. 안 그래도 동창에서 자네를 잡겠다고 상주하는 바람에 고달파 죽겠는데 이렇게 나를 곤란하게 하는가? 제발 밥만 먹고 가주게."

사내는 호유웅의 간절한 애원을 듣고 눈살을 찌푸리다가 허리춤을 뒤적였다.

또르르!

구슬 같은 뭔가가 호유웅 쪽으로 굴러갔다.

"숙박비야. 알다시피 이번에는 좀 오래 있어야 할 것 같아. 재수없이 금의위 놈들에게 걸려가지고. 도둑 하나 잡으려고 동창 놈들까지 움직인다는 게 도대체 말이나 되나? 국고 낭비야. 어쨌든 바깥에서 떠돌다가는 한없이 피곤해질 것 같으니 자네 신세를 질 수밖에. 그 정도면 위험을 감수할 만하지?"

구슬을 집어 살펴보니 지름이 한 치는 될 것 같은 묘안석이었다. 그 한 알만으로도 십 년치 녹봉은 충분할 것 같았다.

사내는 눈에서 여실한 갈등을 드러내면서도 쉴 새 없이 구슬을 매만지는 호유웅을 보며 빙긋 웃었다.

호유웅은 불안감이 분명하게 느껴지는 목소리로 물었다.

"오, 오래라면 어느 정도나?"

"놈들 떠나면 나도 떠날게."

"저, 정말 괜찮을까?"

"자네 이 얼굴이 내 얼굴이라고 장담하나? 하도 안 봐서 나도 잘 모르는데 자네가 왜 걱정을 해? 만에 하나 동창 놈들이 알면 또 어떤가? 자네 죄진 거 있나? 나는 무전취식한 부랑자. 자네는 내가 어릴 적 친구임에도 불구하고 사정에 연연하지 않고 법에 따라 준엄한 심판을 내린 몰인정한 관리가 아닌가? 정 사정이 어렵게 되면 뒤통수 쳐도 이해해."

호유웅은 눈을 감고 긴 한숨을 쉬었다. 그냥 친구가 아니었다. 비록 정직하게 살아온 것은 아니지만 그를 배신할 수는 없는 일이었다. 그가 옆집에 살지 않았더라면 지금의 호유웅도 없었기 때문이다.

배고플 때 밥을 훔쳐다 준 이가 바로 그였고, 공부하라고 책을 가져다 준 이도 그였다. 곽주를 떠난 후에도 틈틈이 찾아와 무공을 가르쳐 준 이 역시 그였으며, 홀어미니 돌아가셨을 때 상을 치를 수 있게 해준 이 또한 그였다.

지금은 가진 것이 많아 쉽게 포기할 수 있을지 모르겠지만 적어도 예전에는 한 번쯤 그를 위해 목숨을 걸겠다고 생각한 적도 있었다. 목숨을 걸지는 못하더라도 뒤통수를 칠 수는 없는 이였다.

호유웅은 마침내 결심하고 사내를 직시하며 고개를 끄덕였다. 그때 밖에서 목소리가 들렸다.
"나리, 음식 대령했습니다."
사내는 호유웅이 눈치를 주기도 전에 바닥으로 내려앉아 스스로 포승을 몸에 둘렀다. 호유웅이 탁자를 후려쳤다.
쾅!
"이놈! 그래도 네놈이 정신을 못 차리고!"
"아이구! 나리, 용서하십시오. 제발 한 번만."
호유웅은 서릿발 같은 기색을 되찾은 후 문을 향해 소리쳤다.
"들여라!"
급히 사온 듯한 음식이 줄줄이 들어오고 포졸들이 다시 나갔다. 포졸들의 발소리가 사라지자 사내는 포승을 풀어놓고 의자에 앉았다.
호유웅과 사내가 사이좋게 밥을 먹기 시작했다.
"근데 자금성에서는 뭐 좀 건졌나? 후루루룩!"
배가 많이 고팠는지 호유웅은 국을 통째로 들어 마시고 사내를 바라보았다.
"냠냠냠! 그게 말이야, 보고(寶庫) 근처에도 못 가봤네. 보지도 못하고 쫓기니 너무 억울해. 하! 꼭 한 번 구경하고 싶은데. 음, 이거 맛있군."
사내는 소고기 완자를 다시 입 안에 넣었다.
"맛있어? 그런데 또 갈 생각인가?"
호유웅도 소고기 완자 하나를 집어 들었다.
"자네 내 성격 알잖나? 후루루룩!"
"아무리 자네라도 황천길에서 되돌아올 수는 없는 일이네. 제발 자금성만은 좀 포기하게. 황실이 아니라도 털어먹을 데 많잖아? 음, 이 완자 정말 맛있군. 음음, 맛있어."
"내가 괜히 천면이니 비천이니 하는 말을 듣는 줄 아나? 고자 뒤나 닦아주는 놈들에게 잡힐 것 같아? 잡힐 것이 두려워 자네를 찾아온 게 아니라 내가 그동안 격무에 시달리다 보니 잠시 휴양이 필요해서 온 것뿐이야. 음, 이 양유과도 괜찮구먼."

두 사람은 상다리가 부러질 정도로 차려진 그 많은 음식들을 거의 다 비울 때까지 식사를 멈추지 않았다.

족쇄를 차고 포승에 묶인 모유풍, 강호에서 이름 높은 도둑 비천협도 막유수는 총총걸음으로 앞서 걸었다. 막유수의 뒤에서 건성으로 포승을 잡고 따르던 포졸이 고개를 끄덕이며 말했다.

"아하! 어릴 때 나리의 옆집에 사셨다? 그런데 나이가 들어 신분이 이렇듯 천지 차이가 나니 나리께서 안타깝고 불쌍하게 여기시어 더 화를 내신 거다?"

"왜 아니겠나? 면목이 없으니 내가 그 양반의 친구로 자처하지는 못하겠네. 하지만 그 양반은 나를 박대한 적이 없어. 어릴 때부터 언제나 나를 챙겨주셨지. 싸움이 나면 내 편을 들어주셨고 배고프다 하면 먹을 걸 가져다주셨지. 그런데 나는 그 은혜를 갚지는 못할망정 이렇게 나이 들어서까지 그 양반 속을 상하게 만드는구먼. 에휴!"

힘없는 걸음걸이에 자괴감이 가득한 어조였다.

"문을 열어라!"

옥사에 들어가니 모두 네 칸의 옥이 있었다. 포졸은 네 칸의 옥 가운데 사람이 가장 적은 세 번째 옥 앞으로 막유수를 이끌었다. 그가 눈짓을 하니 옥졸이 옥문을 열었다.

포졸이 막유수의 족쇄와 포승을 풀어주었다.

"그나마 여기가 좀 편할 거요."

"고맙네."

막유수가 네 명이 함께 쓰는 옥 안으로 발을 들였다. 다시 옥문이 잠겼다.

포졸이 옥 안의 수인들을 둘러보며 말했다.

"너희 잘 들어라! 이 양반은 우리 추관 나리의 어릴 적 친구 분이야! 문제가 생기면 네놈들은 살아남지 못할 테니 쓸데없이 텃세 부리지 말고 편히 쉬게 해드려! 알겠나?"

수인들이 대답없이 고개만 끄덕였다. 포졸의 경고에 별다른 신경을 쓰지 않는다는 표정들이 여실해서 포졸로서는 눈살을 찌푸리지 않을 수 없었다. 그때 막유수가 말했다.

"신경 써줘서 고맙구먼. 경험이 있으니 앞으로는 내가 알아서 하겠네. 잘 가게."

화가 난 호유웅이 별도의 지시를 내리지 않았으니 포졸은 지금까지 신경 써준 것만으로도 충분한 호의를 표시했다고 생각했다.

"그럼 편히 지내구려. 난 가보겠소."

"고맙네."

막유수는 옥사의 문이 완전히 닫히는 것을 확인하고 천천히 돌아섰다. 감옥의 중앙을 차지하고 드러누워 있는 거구의 사내를 제외한 나머지 세 명의 수인이 하나같이 막유수를 노려보고 있었다.

그들 가운데 광대뼈가 툭 튀어나와 있는 마른 사내가 입을 열었다.

"형님, 살점부터 바를까요, 아니면 갈비 몇 개 추릴까요?"

엎드려 있던 거구의 사내가 관심없다는 듯한 어조로 말했다.

"여기 대빵 친구라잖아. 먹지도 못할 돼지 멱을 따봐야 시끄러울 뿐이다. 그냥 한구석에 찌그러져 있으라고 그래."

광대뼈사내가 못마땅한 표정을 지으며 막유수에게 말했다.

"너, 운수대통했어. 네 자리는 저기 오물통 옆이다. 제기랄! 오랜만에 신참 하나 들어와서 재밌겠다 했더니만……."

나머지 사내들도 더 이상 관심이 없다는 듯 눈을 내리깔았다. 그때 막유수가 광대뼈사내와 거구의 사내 사이로 끼어들었다. 수인들이 갑작스러운 막유수의 행동에 놀라 눈을 치떴다.

막유수는 다른 수인들이 제지하기 전에 거구의 사내 머리맡으로 다가가 쪼그리고 앉았다.

"어이, 형님! 고개 좀 들어봐라! 새 사람이 왔으면 얼굴을 보이고 통성명 정도는 하는 게 세상 사는 도리잖아?"

사내가 천천히 몸을 일으켜 세워 앉았다. 보통의 인상이 아니었다. 육척 반이 넘으니 체구만으로도 사람을 압도할 지경인데 사각형의 얼굴 여기저기에 작은 칼자국들이 나 있고 눈은 쭉 찢어져 있어서 얼굴을 마주하는 것만으로도 오금이 저릴 인상이었다. 그가 굵은 입술을 비틀며 웃음을 흘렸다.

"큭! 세상 사는 도리라? 그걸 아는 인간이 여긴 왜 들어와? 모르나 보지? 세상에는 세상의 법도가 있고……."

막유수가 빙긋 웃으며 말을 받았다.

"옥에는 옥의 법도가 있지."

"오! 밖에서 한가락 했던 모양이군. 그렇다면야……."

사내가 누런 이빨을 드러내며 좌우를 둘러보자 그의 손짓만 기다리던 세 명의 수인이 천천히 일어섰다. 막유수가 웃으며 손을 저었다.

"아아! 싸우자는 게 아니야. 에, 나도 나이가 있으니 오물통 옆은 좀 그렇다는 거지. 나 좀 오래 머물러야 하는데, 어떤가? 자네 건강해 보이니 이 뼈다귀 시린 영감에게 자리 양보 좀 하게. 감옥이라고 늙은이에게 편한 자리를 권하는 미풍양속을 지키지 말라는 법은 없지 않은가?"

사내는 어이가 없다는 듯 뒤로 물러앉으며 좌우를 둘러보았다. 사내의 손가락질 한 번에 막유수를 덮칠 것 같던 다른 수인들도 입을 쩍 벌렸다.
사내가 고개를 저으며 말했다.
"하, 영감? 그래, 영감이라 치고. 그런데 세상을 막 산 영감탱이로구나. 애들아, 아무래도 안 되겠다. 몇 군데 부러져야 영감님께서 이곳 법도에 익숙해지실 모양이다."
기가 차서 기세를 누그러뜨릴 수밖에 없었던 세 수인이 막유수에게로 다가갔다. 막유수는 왼쪽 손바닥으로 바닥을 지그시 눌렀다가 손을 뗐다. 그리고 입술을 오므려 그가 방금 손을 뗀 곳에 바람을 보냈다.
"훅!"
먼지가 피어오르고 그곳에 선명한 손자국이 드러났다. 깊이 한 치가 넘는 손도장. 화강암으로 이루어진 단단한 바닥에 생길 수 있는 것이 아니었다.
"이 자리는 내가 이렇게 도장 찍었거든. 나머지 자리는 알아서들 정하고. 알겠지?"
잠시 멍청한 표정으로 손도장을 바라보던 수인들이 후다닥 뒤로 물러섰다. 거구의 사내도 마찬가지였다. 책상다리를 하고 있다가 바로 발을 뻗어 두 발과 두 손, 그리고 엉덩이를 빠르게 놀려 창살까지 물러섰다.
막유수는 그를 향해 싱긋 웃어 보이고는 두 손으로 머리 밑을 괴고 자리에 누웠다.
"어이, 형님! 괜찮아! 나 좋은 사람이야! 근데 다리가 좀 저리네?"
쿵! 파파파박!
바닥에서 먼지가 피어올랐다. 거구의 사내가 막유수의 말이 끝나기 무섭게 무릎걸음으로 번개같이 다가온 탓이었다.
그가 조심스럽게 막유수의 오른쪽 다리를 주무르기 시작하자 벽까지 물러섰던 광대뼈사내도 무릎을 꿇고 막유수의 왼쪽 다리를 주물렀다. 그 주변으로 다른 두 명의 수인이 무릎 꿇고 앉아 혹시라도 다음 명이 있을까 하여 조용히 대기했다.

"아하! 얼마 만에 갇힌 거야? 냄새는 좀 나지만 집에 온 듯 편하네. 이봐, 형님!"

막유수가 턱짓으로 거구의 사내를 가리켰다. 사내는 수줍은 처녀처럼 배시시 웃으며 다음 말을 기다렸다.

"허! 그 눈도 그런 식으로 웃어지는구먼. 신기하네. 근데 이름이 뭔가?"

"소인 왕옥(王玉)이라 하옵니다."

"허허허! 왕씨에 옥이라?"

평소 누가 자신의 이름을 가지고 놀리면 가만히 있은 적이 없는 왕옥이었지만 이번만큼은 자신에게 어울리지 않는다는 것을 인정하고 겸연쩍게 웃었다.

"근데 자네, 이 방 주인이면서 너무 쉽게 물러난 거 아닌가? 그 얼굴에 그 체격이면 성깔도 있고 힘도 좀 쓸 텐데."

막유수의 얼굴이 원래 순박하게 생긴데다가 말투까지 부드럽게 느껴지자 왕옥은 긴장을 풀고 대답했다.

"흐으! 저 같은 인간이 눈치없이 설치면 칼 맞기 딱 좋지요. 저야말로 이상합니다요. 어르신의 일수는 제가 평생토록 본 적이 없는 것입니다. 어르신은 틀림없이 천하에 몇 안 되는 고수이실 텐데 관의 형옥에 들어오시다니요? 미리 보여주지 않으셨다면 소인은 멋모르고 황천길로 달려들었을 겁니다요."

왕옥의 의문은 당연한 일이었다. 슬쩍 누르는 것만으로 화강암을 한 치나 파내는 강호의 고수가 관졸들에게 잡혀왔다는 것은 듣지도 보지도 못한 기사(奇事)였다.

막유수도 이해한다는 듯 웃음을 흘렸다.
"내가 자청해서 온 거야. 피곤한 놈들 피해서 좀 쉬려고. 여기까지 뒤지고 다니진 않을 테니까 말일세. 아! 자네들 편히 앉아. 피곤하면 누워도 좋고. 어이, 괜찮다니까. 나 격식 차리는 거랑 사람 때리는 거 좋아하지 않아. 어서!"
그래도 믿을 수 없다는 듯 수인들은 하나같이 막유수의 눈치를 살피면서 조심스럽게 책상다리를 하였다. 막유수가 신경도 쓰지 않자 수인들은 겨우 한숨을 내쉬고 긴장을 풀었다.
"근데 옥이 자네 여기 오래 있었나?"
"보름 됐습니다요."
"두어 달이면 딴 곳으로 가겠구먼?"
왕옥이 고개를 저었다.
"잘 모르겠는뎁쇼. 아직 말이 없습니다."
막유수가 눈을 둥그렇게 뜨고 왕옥의 전신을 훑어보았다.
"응? 어디 아픈가?"
원래 포청의 형옥은 임시 옥사였다. 특별한 사유가 있거나 몸을 움직이지 못하는 환자가 아니라면 두 달 이상 머물지 못했다. 특히 죄질이 나쁜 자는 단시일 내에 이송되었다. 아무리 열악한 환경일망정 죄지은 자에게는 과분한 것. 공짜로 먹여주고 재워줄 수는 없다 하여 강제 노역의 형에 처하는 것이 일반적이었다.
왕옥은 막유수의 질문의 요지를 깨닫고 뒤통수를 긁적이며 말했다.
"친구들이 소인을 소심호(小心虎)라 부르는데, 주먹은 쓸 만하지만 배포가 없어서 큰일을 벌이지 못한다면서 그리 부릅지요. 이번 일도 마찬가지여서 적룡방 놈들이 사기를 친 거지, 소인에게는 죄가 없습니다요. 소인이 아무리 소심하다고 해도 사기당한 걸 알면서 참겠습니까? 해서

도박장을 뒤엎었습니다만 결국 실컷 두들겨 맞았는데, 오히려 소인만 이곳에 처박혔습니다요. 말이나 됩니까, 어르신?"

"음, 억울하겠군. 그런데 소심호 아니네? 이 곽주에서 감히 적룡방의 도박장을 뒤엎어? 살아 있는 게 다행이군."

"헤! 그때 소인이 좀 취해서 주제 파악을 못하고는……."

"두어 달 쉬다 나가라는 소리 같은데 자네 경우라면 관의 판단이 옳은 게야. 안 그러면 쥐도 새도 모르게 파묻힐 수도 있으니까. 나가서도 한동안은 납작 엎드려 지내는 게 좋을 것 같군. 자네에게 적룡방을 뒤엎을 능력이 없는 한은 말이야."

왕옥도 대충 알고 있는 듯 고개를 끄덕였다. 그리고 잠시 주저하다가 조심스럽게 물었다.

"어르신, 강호가 아무리 넓다고 해도 어르신 정도면 누가 감히 어찌할 수 없을 것 같은데 뒤를 쫓는 놈들이 있습니까?"

"나는 힘이 좀 있다고 해서 함부로 사람을 다치게 하는 인간이 아니야. 하지만 근 삼십 년간 강호를 떠돌다 보니 죽이지 않을 수 없는 놈들도 가끔 만나지. 특히 말이야, 색마나 먹고 살기 힘든 사람들을 괴롭히는 놈들을 보면 아직도 피가 끓어올라. 얼마 전 경사를 지나다가 여인을 겁간하는 색마 한 놈을 쳐 죽였어. 하, 그런데 그놈이 하필이면 강호에서 이름 높은 세가의 자식이 아니겠나?"

왕옥이 침을 꿀꺽 삼키며 물었다.

"세가라 하시면 어디를 말씀하시는 건지?"

"그건 알 필요 없지. 자네들이 나보다 먼저 나가 술김에라도 입을 잘못 놀리면 지금의 내 수고가 도로아미타불이 되고 말 테니 모르는 게 좋아. 강호를 동경하는 사람이면 누구나 알 만한 집안의 자식이라고 생각하면 돼."

여섯 수인 모두가 저마다의 생각에 잠겼다. 알 만한 집안을 떠올리는 것이리라. 막유수는 빙긋 웃으며 그들의 호기심을 채워주었다.

"내 비록 천하제일고수는 아니네만 누구와 맞서도 죽지 않을 정도의 자신감은 있는 사람이야. 하지만 나는 혈혈단신 떠도는 것을 좋아하는 사람, 강호의 세가를 홀로 상대할 수는 없지. 해서 잠잠해질 때까지 여기서 요양이나 하다 가려고 들어온 거야."

왕옥이 무릎을 탁 치며 고개를 끄덕였다. 그러나 곧 다시 호기심 어린 눈빛으로 물었다.

"숨기에는 이보다 좋은 곳이 없습니다만 색마를 쳐 죽이셨으니 떳떳하지 않으십니까? 이치를 따진다면야 감히 어르신을 핍박하지는 못할 것 같은데요."

"허! 자네 생긴 것하고 다르게 순진하네그려. 천하에 몇 안 되는 세력이야. 인정할 것 같아?"

"하지만 증인이 있지 않습니까?"

"겁간당한 처자 말이야? 그 처자가 바로 내 입의 자물쇠야. 증인이 살아 있다는 것을 안다면 죽일 거야. 그 처자와 관계있는 사람, 즉 그 일을 알 만한 사람은 모른다 해도 역시 죽이겠지. 해서 나 스스로 입에 자물쇠를 채웠건만 그놈들은 내 입이 화근이 될까 무서운 거야."

"복수가 문제가 아니다? 죽은 자만이 말이 없다?"

"음, 이제야 이해가 되는 모양이군."

막유수는 흐뭇하게 웃었다. 지금 그가 하는 이야기의 반은 사실이었고 반은 거짓으로 한동안 지낼 옥방의 편안한 분위기를 위해 대충 만들어낸 것이었다. 그런데 수인들이 하도 진지하게 들어주니 이야기 만드는 재미가 적지 않은 것이었다.

지금까지 말없이 듣고만 있던 광대뼈사내가 조심스럽게 물었다.

"어르신, 근데 그 세가 놈들은 어르신이 그 색마를 죽였다는 것을 어떻게 알았을까요?"

"호! 좋은 질문이네. 밝힐 수는 없네만 나와 같은 강호의 사람들은 나름대로 이름을 얻는 기술을 가지고 있지. 유식한 말로 성명절기라 하는데, 성명절기는 그 사람의 도장과 같아서 한 번 펼치면 반드시 특별한 흔적이 남아. 정확히 누구의 것인지 알 수 없는 경우가 대부분이지만 적어도 몇 사람, 혹은 어느 파의 무공이라는 것 정도는 유추해 낼 수 있는 것이지. 그래서 비밀리에 무언가를 해야 할 때면 함부로 그 기술을 사용하지 않아. 한데 그놈의 무공이 생각보다 고강해서 어쩔 수 없이 내 기술을 사용하고 말았지. 그때 그놈이 세가의 자식이란 걸 알아차렸으니 뒤처리를 제대로 했어야 했는데 그 처자가 수치심 때문에 자꾸 죽으려 하는 바람에 마무리를 제대로 하지 못하고 말았어."

모두가 고개를 끄덕였다. 그때 왕옥이 천장을 올려다보며 한탄했다.

"하! 강호의 인연만 얻으면 협객이 될 수 있다고 생각했건만 쉬운 일이 아니로구나. 좋은 일을 하고도 어려운 처지에 빠지고 그것을 당당하게 밝힐 수도 없으니 끝까지 책임진다는 것이 이 얼마나 어려운 일인가? 나 같은 날호는 감히 꿈꾸지 못할 사나이다운 일이로다."

나머지 수인들이 눈을 둥그렇게 치뜨고 왕옥을 보았다. 막유수도 웃으며 고개를 끄덕였다.

"호! 자네 뭔가를 좀 아네? 뭐, 어릴 때 꿈꾸기라도 했나?"

왕옥이 쑥스럽다는 듯 웃으며 말했다.

"어릴 때야 무슨 꿈인들 못 꾸겠습니까? 저도 한때 강호의 협객이 되어 풍진 세상 어르신처럼 호호탕탕하게 살고 싶다고 생각은 했습니다. 한데 요 모양 요 꼴이 되었으니 부끄럽기 짝이 없네요. 참을성없고 게으르고 소심하니 당연한 일이라고 생각합니다만 아직도 강호라는 말만 들으면 가슴이 벌렁벌렁합니다요."

막유수는 왕옥을 다시 보았다. 생긴 것만큼 흉악한 인간은 아닌 것 같았지만 하오잡배인 것은 틀림없는 사실. 그런 그마저 한때 강호의 협객을 동경했다는 사실이 놀라운 것이었다.

'하기야 아이 때야 대개 다 똑같지. 처음부터 나쁜 놈이 되겠다고 생각하는 아이가 어디 있을까?'

"하아! 자네들과 같이 있으니 무료하지는 않겠군. 앞으로 잘 지내보자고. 자네들도 이제 내가 무서운 사람이 아니라는 걸 알았을 테니 내 눈치 보지 말고 편안하게들 지내. 빈말 아니야. 날씨도 점점 추워지는데 붙어서 온기를 나누며 지내자고."

왕옥과 수인들이 동시에 대답했다.

"예, 어르신!"

왕옥이 대표하여 다시 말했다.

"저희도 어르신을 모시고 지내게 되어서 좋습니다요. 앞으로 강호 이야기 종종 해주십시오."

"알았어. 내 이야기 보따리를 풀어놓으면 한 달은 그냥 갈 거야."

모두가 기대에 찬 얼굴로 고개를 끄덕였다.

* * *

상철현은 옷을 벗고 적룡방에서 제공한 비단 침의로 갈아입었다.

"휘유! 간 떨어지는 줄 알았네."

이미 옷을 갈아입고 차를 마시던 손정목이 의혹 어린 표정으로 상철현을 바라보았다. 하루가 바쁘긴 했지만 그렇다고 깜짝 놀랄 만한 일은 없었기 때문이다.

"무슨 말씀이십니까?"

상철현은 옷고름을 여미고 탁자에 앉았다. 손정목이 차를 따라주자 상철현은 향을 맡고 한 모금 머금었다가 삼킨 후에 웃으며 말했다.

"적룡방주 처음 봤을 때 말이야, 깜짝 놀랐다. 그 옷차림하며 방 꾸며 놓은 것이 보통이 넘더라구. 음식이야 별 볼일 없었지만 대접하는 태도나 성의도 생각 이상이었지. 하오잡배답지 않게 품격이 있는 거야. 너도 한 번 생각해 봐라. 스스로 수준있다고 생각하는 놈들하고 협상을 하려면 귀찮은 게 얼마나 많겠냐? 간단히 처리하려고 왔는데 이놈들 혹시 요구가 과하면 어쩌지, 대안이 필요하겠는걸 등등을 생각하다 보면 골이 빠개져. 안 그래도 할 일 많은데 말이야. 다행히 기루에 가니까 본색이 드러나더라. 일을 시켜주는 것만으로도 감지덕지하니 예산을 많이 아꼈어. 아마도 그 여자 때문이겠지?"

"오가며 분위기를 살피던 그 엄전하게 생긴 여인 말입니까? 부인은 아닌 것 같던데요?"

"응, 마누라는 아닌 것 같더라. 파락호가 그 정도 안목이 있을 턱이 없지. 아무튼 그 여인네가 나를 헛갈리게 만든 주범이었어. 협상 먼저 했더라면 눈물을 머금고 알아서 올려줬을지도 몰라. 휘유! 지금 생각해도 간 떨리네."

상철현은 과장되게 가슴을 쓸고 차를 물처럼 벌컥 들이켰다.

"앗! 뜨거워라! 뜨겁다고 말 좀 해주지!"

지금 같은 경우는 말해 봤자 소용없다는 것을 아는 손정목은 입술 끝을 살짝 비틀 뿐이었다.

"휘유! 어쨌든 쉽게 끝나서 다행이다. 가는 길에 태원과 오대산 유람이나 하고 가야지."

손정목은 상철현이 애초부터 놀 생각을 하고 왔다는 것을 알고 있었다. 그래서 그의 중얼거림에 동조하지 않고 오히려 심각한 표정으로 물었다.

"당주, 꼭 이들 같은 하오잡배 무리들과 연을 맺어야 합니까? 직접 할 수도 있는 일 같은데……."

상철현이 피식 웃음을 흘리고 고개를 저었다.

"또 그놈의 결벽증이 도지는구나. 너 채탄광을 관리한다는 게 어떤 건지나 알고 있냐?"

상철현은 손정목의 대답을 기다리지 않고 이어 말했다.

"석탄을 캐는 일은 소금을 생산하고 파는 것과 마찬가지로 나랏일이다. 하지만 그것을 온전히 나라에서 하기에는 손이 너무 많이 가다 보니 상인들에게 채탄 권리를 넘기고 권리금과 함께 생산량에 따라 세금을 받는 거다. 만약 생산량이 적어서 세금이 줄어들면 채탄권 또한 보장받지 못한다. 그렇다고 함부로 광부를 늘리면 인건비가 많이 드니 상인의 입장에서는 취할 바가 못 되지. 결국 차선으로 택한 것이 죄수들을 부리는 것인데, 이 죄수들 또한 나라에서 사오는 것이다. 머릿수에 따라, 복역 기간에 따라 가격을 매기는 게야. 죄수들을 다루는 것이 어디 쉬운 일이냐? 풀어주면 한없이 편히 지내려 하고, 독려하면 집단으로 난동을 부린다. 그래서 상인들은 그 관리를 우리 같은 사람들에게 맡기는 것이다. 하지만 죄인을 부린다는 것은 우리 같은 사람에게도 편히 할 만한 일이 아니야. 죄수들을 무력으로 찍어 누르는 것이야 어렵지 않지만 약자들에게 독한 마음을 품는다는 것은 쉽지 않은 일이지. 알겠어? 더구나 우리 사람이 산서 땅에 대거 상주하게 되면 남쪽의 혼원당(混元堂)이나 서쪽의 북도련(北道聯)이 불편해하겠지. 그래서 토착 세력인 적룡방이 적임인 것이야."

손정목의 표정은 침중했다. 그는 한동안 입을 꾹 다물고 있다가 슬픈 표정으로 상철현을 응시했다.

상철현이 손을 뻗어 막 열리려는 손정목의 입을 막았다.

"너 지금 그런 일에 왜 우리가 개입해야 하는지 물으려는 거지? 깨끗하게 살고 싶다 이거지?"

손정목은 무언으로 시인했다. 상철현이 가볍게 웃음을 흘리고 말했다.

"돈이 되기 때문이지. 제검전에 딸린 입이 모두 몇이나 될 것 같으냐? 지난달 명부에 실린 사람만 해도 팔백칠십사 명이다. 그 가족들까지 하면 기천은 된다는 소리고, 한 달이 지났으니 그새 또 늘었겠지. 그 많은 입들을 먹여 살리는 데 얼마나 많은 돈이 드는지 아느냐? 너처럼 무공만 익히는 철부지들은 몰라. 주루 몇 개, 표국 몇 개, 객잔 몇 개 운영해서는 도저히 유지해 나갈 수 없다. 알겠어? 너처럼 강한 무인이 왜 필요한지 생각해 보아라. 힘이 세면 셀수록 이권도 커진다. 그것이 아니라면 도대체 왜 집단으로 모여 있겠느냐? 검 한 자루 벗하여 풍찬노숙(風餐露宿)하면서 때로 시를 읊고 무한검로(無限劍路)나 추구하며 인간이 아닌 것처럼 살고 말지."

손정목은 번뇌에 찬 눈빛으로 물었다.

"당주께서도 이런 일을 하기 위해 강호에 투신하신 것은 아니지 않습니까?"

지금껏 훈계조로 말하던 상철현이 눈살을 찌푸렸다.

"사람의 마음이 모두 너 같고 또 한결같다고 생각한다면 그건 착각이다. 나도 너처럼 어릴 적에 무공을 접했고 그것이 좋아 무인이 되었다만 너처럼 무공 자체를 삶의 목적으로 삼지는 않았다. 나는 힘을 갖고 싶었다. 할 수 있는 한 세상을 좋은 쪽으로 변혁시켜 보고 싶었어. 하지만 능력 이상의 꿈이더구나. 나이가 들어 현실을 보고 가정을 꾸려 입장이 바뀌다 보니 내 능력에는 가당치도 않은 꿈이었단 것을 깨달았다. 무얼 하겠느냐? 돌이켜 볼까? 계속 가야 했다. 내가 할 수 있는 것은 겨우 전 안에서 입지를 굳혀 그나마 전이 내가 꿈꾸었던 세상에 근접하도록 일조하는 것뿐이다. 그러기 위해서는 무엇보다도 전이 힘을 가져야 한다고 판단했고, 난 지금 그 일에 충실할 따름이다."

손정목은 슬픔이 엿보이는 눈빛으로 물었다.

"타협입니까?"

"그렇게 되나? 하지만 네가 그 말을 할 자격이 있는지 스스로에게 먼저 물어보아라. 전에 소속된 이상 순수성을 유지할 수는 없다. 결국 너 또한 타협한 게야. 전은 너처럼 순수하지 않다. 현실적이고 권력 지향적이다. 그걸 모르고 있었느냐?"

상철현은 손정목을 무정한 눈으로 바라보았다. 손정목은 그 눈을 외면하고 두 손으로 찻잔을 쥔 채 찻물을 빤히 들여다보았다.

"먼저 자거라. 군아 녀석 잘 자는지 잠깐 들여다봐야겠다."

상철현은 손정목의 대답을 듣지 않고 방을 나갔다.

손정목은 사실 생각에 빠져서 상철현의 말조차 듣지 못했다.

검을 잡았고 검이 좋았다. 더 나아지고 싶었고 방법을 찾았다. 그가 살던 산동의 가까운 곳에 강한 검인들의 집단인 제검전이 있었기에 망설일 필요가 없었다. 그리고 만족했다. 자질을 인정받았고 젊은 검인들의 꿈인 백검당에 들었다. 소속된 이들 모두 상승검도를 꿈꾸는 젊은이들이었으니 그 역시 오직 한 가지 상승지로만을 찾아 헤맸다. 다른 생각 할 여유가 없었고 그런 여유가 필요하다는 생각조차 해보지 않았다. 그런데 상철현의 말을 듣자 혼란에 빠진 것이었다.

상철현의 강호는 그가 생각하는 강호가 아니었다. 무의 극의를 추구하는 사람들의 세상이 아니었다.

손정목은 두 손으로 머리카락을 쥐어뜯었다. 시간이 멈춰 버린 것만 같았다. 탁자에 이마를 댄 손정목은 자는 사람처럼 한참 동안이나 꼼짝도 하지 않았다.

드르륵 하고 문 여는 소리가 들리자 손정목은 겨우 시간의 흐름 속으로 돌아왔다.

상철현은 엉거주춤 일어서는 손정목의 번뇌에 찬 얼굴을 보며 미간을 찌푸렸다. 그는 탁자로 다가와 찻잔에 차를 따르고 벌컥 들이킨 후에 앉았다.

손정목은 선 채로 상철현의 시선을 외면했다.

"죄지었냐? 앉아."

손정목이 앉자 상철현이 그의 얼굴을 빤히 보다가 한숨을 쉬었다.

"하아! 너는 아직도 모르는구나. 내가 왜 너를 데리고 왔을까? 보표 삼아서? 네가 속한 세상을 배우란 거다. 세상을 네 뜻대로 살 수 없음을 깨달으라는 거다."

손정목이 영문을 모르겠다는 눈빛으로 상철현을 응시했다.

"상승검도가 삶의 목표인 네 입장에서는 배우기 싫겠지. 하지만 정목, 강호 또한 세상의 일부다. 십인십색. 너처럼 검로의 끝을 보려는 이들이 있으면 검을 수단으로 재력을 쌓으려는 이가 있고, 권력을 쥐려는 이도 있다. 그리고 나처럼 목적을 상실하고도 떠나지 못하는 인간은 자신이 속한 집단이 잘되는 것으로써 대리 만족을 하기도 한다. 강호에 남고 싶은 것이고, 그곳에 소속되어 있다는 것으로 안도감을 느끼는 것이다. 무슨 뜻인지 알겠느냐? 나는 너의 강호를 인정한다. 하지만 너의 강호만이 옳다고 주장하지는 마라. 강호는 강호인 각각의 강호가 합쳐져서 만들어낸, 경계가 모호한 세상이고 그래서 절대 진리가 존재할 수 없는 세상이다. 나는 네가 네 길을 가되 그 정도는 깨닫고 가기를 바란다. 그래야 중도에서 좌절하지 않을 테니까."

손정목은 진지한 기색으로 물었다.

"잘 모르겠습니다. 어떤 경우의 좌절을 말씀하시는 겁니까?"

"너는 지금껏 특별한 희생도 없이 네가 하고 싶어하는 것을 해왔다. 그것이 어떻게 가능했을까? 그건 네가 인간 손정목이 아니라 제검전 백검당의 손정목이기 때문이다. 하지만 지금껏 너의 안온한 울타리가 되어 주었던 전이 너에게 대가를 요구할 때가 올 것이고 그리되면 넌 네가 지켜 나가고 싶은 너만의 강호, 너의 순수성을 지킬 수 없게 될 것이다. 그것이 곧 네게는 견디기 힘든 좌절일 것이다."

손정목은 미간을 좁히고 고개를 저었다.

"순수성을 지킬 수 없다는 말씀이 도대체 어떤 의미입니까?"

"묻자. 전주께서 이유도 알려주지 않고 누군가를 죽이라는 명을 내리신다면? 그 사람이 무공도 약하고 네 보기에 착한 사람이라면? 자, 넌 어떻게 할 것이냐? 전주의 명을 거역할 것이냐?"

손정목은 그 어떤 대답도 할 수 없었다. 세상에 공짜는 없다는 것을 이제는 알 것 같았다.

상철현이 손정목의 흔들리는 눈을 직시하며 말을 이었다.

"그것이 바로 네가 내게 현실과 타협했음을 비난할 수 없는 이유다. 넌 전과 어울리는 사람이 아니야. 그런데 네가 얻고 싶은 것을 빨리 얻기 위해 쉬운 길로 들어섰다. 물론 어려서 전에 몸담는다는 것이 어떤 의미인지 몰랐을 수도 있다. 하지만 이젠 알겠지? 무언가를 쉽게 얻을 때는 반드시 그 안에 감춰진 무엇인가가 있다. 네게는 자유 의지라는 것이 존재하지 않아."

가슴이 싸늘하게 식어버렸다. 마치 영혼을 담보로 악마와 계약을 한 것만 같았다. 악마가 원하는 것을 제공하는 동안은 편하고 즐겁지만 그 대가를 요구하는 순간이 오면 그의 세상은 철저히 파괴되고 말 것이다.

손정목은 무의식 중에 상철현을 노려보았다. 도대체 내게 왜 이러냐고 화를 내고 싶었다. 하지만 머리만 터져 나갈 뿐 목소리는 나오지 않았다. 그때 상철현이 다시 말했다.

"네가 정녕 네 목표에만 충실하고 싶다면 어떤 대가를 치르더라도 전을 벗어나야 할 것이다. 물론 그 다음의 일도 쉽지 않을 거야. 원하는 대로만 세상을 산다는 것은 참으로 어려운 일이다. 지금껏 네 자유 의지를 담보로 전이 제공했던 것들을 모두 네 스스로 해결해야 한다. 당장 기본적인 의식주부터 문제가 되겠지. 네가 노력하여 돈을 벌어보았느냐? 그래, 자연을 벗 삼아 노숙하고 사냥하여 끼니를 때우며 오로지 검로에만 매진한다 치자. 그 또한 쉬운 일이 아닐 것이다. 한 달이면 낭만이지만 일 년이면 궁상이다. 가정을 꾸리겠다는 생각은 아예 하지도 말아야겠지. 혼자 연무하는 것은 쉬우냐? 그것이 어려워서 전에 투신한 것이 아니더냐? 결국 네가 전을 떠난다 해도 당장 얻을 수 있는 것은 힘겨운 삶과 자유 의지뿐이다. 그 후로도 형극의 길을 걸어야겠지."

상철현의 말대로라면 손정목이 취할 길은 두 가지뿐이었다. 하지만 그 어느 길도 쉽게 택할 수 없었다.

전을 벗어나면 고행과 죽음, 남는다면 의지없는 꼭두각시.

손정목은 붉어진 눈으로 상철현을 보며 물었다.

"제가 도대체 어떻게 하기를 바라시는 겁니까?"

"잘못된 질문이다. 네 스스로에게 물어라."

손정목은 침묵 속에서 상철현의 무정한 눈만 바라보았다.

"원망스러우냐? 그렇기도 하겠지. 의심스럽겠지만 난 채 당주와는 다른 의미로 너를 아낀다. 정목! 이도 저도 아닌 인간은 되지 마라. 생각을 못하는 인간도 되지 마라. 찾는 동안은 길을 잃은 것이 아니고 보이지 않는다고 길이 없는 것은 아니다. 고민해 보아라. 네가 어떠한 결정을 내리더라도 비난하지 않을 것이다. 내겐 그럴 자격도 없고. 하지만 깊이 고민해 보라고 충고해 주고 싶구나. 전이 과연 부도덕한 존재더냐? 네가 취할 수 있는 바가 오직 두 갈래 길 가운데 하나뿐이더냐?"

상철현은 손정목에게 또 다른 고민을 안겨놓고 침상에 가 누웠다.

■8장■
한 방울의 물이 끝내
방죽을 무너뜨리고

한 방울의 *물이*
　　　끝내 방죽을 무너뜨리고

"그건 뭐야?"
　봉천기는 아이들의 손에 죽도가 아닌 장대가 들려 있는 것을 보고 눈살을 찌푸렸다.
　구보덕이 말했다.
　"악 장군, 전쟁터에서 칼만 들고 싸우지는 않겠지? 우리 북쪽 오랑캐들은 이 장창으로 오늘 반드시 악 장군을 죽이고 승리를 취할 것이다."
　구보덕은 우쟁천의 지시대로 봉천기를 악비로 불러 이미 전쟁이 시작되었음을 알렸다. 악비로 대접받았으니 악비의 말로 답해야 하는데 창을 쓰지 못하게 할 수는 없는 일.
　'흥! 무기를 바꾼다고 상황이 달라질 것 같아?'
　"긴 말이 필요없다 이거지? 좋아, 이제 나 악비가 너희를 섬멸하여 도탄에 빠진 나라와 백성을 구하리라! 오라!"
　구보덕 등은 빠른 속도로 봉천기를 에워싸고 오히려 뒤로 물러서서 거리를 확보했다.

봉천기는 언제나 그랬던 것처럼 가장 어리고 약한 왕성진에게로 쇄도했다. 바로 그때 왕성진이 장대를 휘돌리면서 뒤로 물러섰다. 봉천기는 일순 당황했지만 곧 왕성진이 그리는 원 안에 죽도를 찔러 넣었다. 죽도와 장대가 부딪치는 순간 장대를 타고 힘으로 밀어버리면 간단히 제압할 수 있다고 생각한 것이었다. 그러나 그 같은 방법은 우쟁천이 이미 예상한 것과 같았다.

봉천기의 좌우에 있던 두 소년이 장대를 휘돌리며 다가왔다. 봉천기는 물러설 수밖에 없었다. 위협적인 소리를 내며 휘도는 세 개의 장대를 한꺼번에 물리칠 방도가 없었기 때문이다. 다행히 아이들은 접근을 불허할 뿐 공격은 하지 않았다. 그가 물러서는 순간 장대 휘돌리는 일을 멈추고 호흡을 고르고 있었다.

봉천기는 공격 대상을 등 뒤에 있는 구보덕으로 바꾸어 빠른 속도로 나아갔다.

윙윙윙윙윙!

구보덕은 장대를 휘돌리며 급히 물러섰다. 그 순간 봉천기의 좌우에 있던 아이들이 같이 봉을 휘돌리며 구보덕과 같은 속도로 움직였고, 봉천기의 등 뒤에 있던 다른 두 아이 역시 그의 등을 찌를 듯 장대를 뻗으며 같은 속도로 따라왔다. 결국 누구를 공격해도 봉천기는 언제나 원진 안에 있었다.

수십 차례 더 시도하여도 같은 결과를 얻을 수밖에 없었던 봉천기는 헉헉거리며 아이들을 살폈다. 아이들 역시 숨을 몰아쉬기는 마찬가지였지만 그들의 눈빛은 침착함과 가벼운 희열로 물들어 있었다.

봉천기는 결국 두 손을 후들거리는 무릎 위에 얹었다. 바로 그 순간 다섯 아이가 동시에 장대를 뻗어 봉천기의 가슴과 머리, 그리고 등을 눌렀다.

구보덕이 선언하듯 말했다.

"악 장군, 그대는 죽었다! 이것으로 전쟁은 끝났어!"

다섯 아이가 봉천기의 대답을 기다렸다. 겨우 숨을 고른 봉천기는 고개를 저었다.

"전쟁 끝에 송에는 나 한 사람, 오랑캐는 너희 다섯이 남았고 모두 칼을 들고 있다. 창은 설정과 달라. 무효야."

구보덕이 인상을 쓰며 말했다.

"악비 장군은 원래 창의 달인. 오랑캐가 장창을 들면 오히려 더 유리해지는 사람이야. 그걸 몰라?"

"몰라. 나 그런 거 몰라. 오늘은 이걸로 끝낼 테니까 내일부터는 죽도를 들고 와. 그러고도 이기면 전쟁을 끝낸다. 만약 안 나오면 아버지한테 말할 거야."

아이들은 봉천기를 노려보다가 구보덕의 눈짓에 따라 공터를 떠났다. 미간을 찌푸리고 아이들의 뒷모습을 바라보던 봉천기는 조금 전 아이들의 그 침착한 눈빛을 떠올리고는 고개를 갸웃거렸다.

"왜지? 왜 저렇게 여유만만한 거야?"

봉천기는 의식적으로 발걸음 소리를 죽이고 아이들의 뒤를 따랐다.

우쟁천이 손가락을 튕기는 순간 은빛 광채가 번득이더니 무명 천에 수놓아진 엉성한 사람의 미간에 바늘이 꽂혔다.

"됐다. 이 느낌인가?"

우쟁천은 다시 왼손 엄지와 중지 사이에 바늘을 넣고 튕겼다.

"오, 좋아!"

계속해서 반복해도 비침은 오차를 보이지 않았다.

우쟁천은 두 손에 동시에 바늘을 꽂아 손가락을 튕겼다. 두 개의 비침이 두 어깨에 정확히 꽂혔다. 더 이상 날릴 바늘이 없자 우쟁천은 무명천을 걷어와 바늘을 뽑기 시작했다.

"할머니, 봉천기는 아버지가 둘이라던데 하나는 또 누구지?"

기옥화는 일손을 멈추고 눈을 뚱그렇게 떴다.

"그게 무슨 소리냐?"

바늘들을 모두 바늘집에 꽂은 우쟁천이 장난스런 미소를 지으며 말했다.

"사내자식이 한 입으로 두 말을 하니 아버지가 둘인 게 틀림없지."

기옥화가 그때서야 뜻을 알고 피식 웃으며 다시 일감을 잡았다.

"할머니, 나 궁금한 게 하나 있는데……."

기옥화가 다시 고개를 들고 말하라는 듯 눈짓했다.

"할머니는 왜 아버지하고 같이 가지 않았어? 나 같으면 지긋지긋해서라도 떠났을 텐데."

기옥화는 쓰디쓴 미소를 지었다.

"글쎄, 왜일까? 평생 성문을 벗어나 본 적이 없어서 무서웠을까?"

우쟁천은 고개를 저었다. 그 정도를 무서워할 기옥화가 아니란 것은 그가 더 잘 아는 까닭이었다.

기옥화가 우쟁천의 반응을 보고 웃었다.

"그래, 이제 너도 알 건 다 아는 듯하니 말해 주어야겠지. 네 아비가 떠났던 그때 내가 함께 갔다면 나는 좀 더 마음 편하게 살았을 수도 있겠지. 하지만 말이다, 그때 함께 갔더라면 죄를 짓고 야반도주한 것으로 알려질 것이고 네 아비는 흉악무도한 살인자가 되었을 것이다. 이 할미는 이 얼굴로 항변하고 싶었다. 내 아들에게 그럴 수밖에 없었던 이유가 있음을 보여주고 싶었어."

우쟁천은 고개를 끄덕이고 웃었다.

"할머니는 강해. 이제 아버지를 욕하는 사람은 봉가뿐이야. 결국 뜻을 이루었네?"

"고맙구나. 하지만 지금은 확신하지 못하겠다. 과연 내 선택이 옳은 것이었을까? 가끔 그날 생각을 한다. 함께 갔더라면 네 아비의 마음이 편했을까?"

"음, 잘 모르겠는걸? 성을 벗어나면 두 사람 모두 도망자가 되는 거지? 아버지 혼자라면 떠돌아다닐 수 있지만 이주 허가서와 호패도 없이 할머니하고 같이 살아야 하면 산속에서 숨어 살아야 하잖아. 할머니는 바느질을 못할 거고 아버지는 수련을 못할 거야. 사냥꾼으로 늙어 죽든지 산적이 되지는 않았을까? 갑갑했겠네. 아니지. 마음은 편했을까? 에이, 잘 모르겠어. 아무튼 할머니는 옳아. 난 할머니 손자인 게 자랑스러워."

기옥화가 빙그레 웃으며 말했다.

"이놈! 또 무슨 말을 하려고 이렇게 사람을 들뜨게 만드누?"

우쟁천은 마음속에 담아두었던 이야기를 꺼낼 수가 없었다. 방금 자신의 입으로 곽주를 떠나면 고생스러울 것이라고 말해 놓고 태원으로 가자는 말을 한다는 게 모순이라는 것을 깨달은 것이다.

"뭐 별다른 건 아니고 아버지가 연락하면 함께 살 방도를 생각해 보는 게 어떨까 해서. 근데 그러려면 어쨌든 곽주를 떠나야겠네."

기옥화는 잠깐 동안 침묵하고 나서 방을 휘 둘러보았다. 그녀의 평생이 담긴 집이었다. 하지만 가족이 함께 살 수 있다면 무적자로 세상을 떠도는 일을 고생으로 여길 그녀가 아니었다. 다만 이제 나이가 들어 짐이 될까 두려운 것이었다.

우쟁천은 방 안을 둘러보는 기옥화의 얼굴을 빤히 바라보며 무겁게 고개를 끄덕였다. 기옥화의 두 눈은 닿는 곳마다 절제된 감정을 토해냈다.

희로애락이 한순간 교차할 때도 있었다. 우쟁천은 감히 끼어들지 못했다.

'에휴! 괜히 쓸데없는 말을 해가지고. 현실적으로 어렵잖아. 태원 근동에서 숨어 산다고 해봐. 할머니가 뭘 하시겠어? 수 잘 놓는다고 소문나면 오히려 곤란해지는데. 결국 내 밥이나 챙기면서 살라는 말 아냐.'

우쟁천은 이마를 후려치고 표적 천을 든 채 자리에서 일어났다.

방 안을 둘러보던 기옥화는 우쟁천의 등을 바라보며 들리지 않게 한숨을 내쉬었다.

'하아! 저 녀석이 힘든가 보구나. 떠나고 싶은 게지. 가야지. 가자 하면 가는 게 옳지. 나 편하자고 내 손자 발목을 잡을 수는 없는 일이지. 아닌가? 떠나보내는 게 옳은 건가? 이제 죽을 때가 다 되었는데 나 때문에 하고 싶은 일을 제대로 하지 못하면 안 되지. 보내자.'

바로 그때 마당에서 미약한 소리가 들렸다. 그리고 삐걱대는 소리가 이어서 들렸다.

우쟁천은 표적 천을 벽에 붙인 후 미간을 찌푸리고 방문으로 다가갔다.

"왜 그러느냐?"

"잠깐만. 이상한 소리가 들려서."

우쟁천이 방문을 열었다. 그 순간 번쩍거리는 무언가를 든 세 명의 흑의복면인이 마루를 향해 다가오고 있었다.

"누구냐?"

우쟁천이 소리치는 순간 복면인들은 대답 대신 그를 향해 쇄도했다.

우쟁천도 즉시 앞으로 튀어나갔다. 음험한 살기를 띤 은빛 광채는 짧은 비수. 그들 가운데 하나라도 방 안으로 들어서게 되면 기옥화가 위험한 상황에 처할 수도 있었다.

우쟁천은 마루를 박차고 튀어나가 선두에서 다가오는 사내에게 왼손 손바닥을 내뻗었다. 순간 비수가 우쟁천의 손바닥을 뚫어버릴 듯 다가왔다. 우쟁천은 원을 그리듯 손바닥을 휘돌려 비수를 피하고 복면인의 손목을 잡았다. 선풍포룡의 식으로 사내를 제압한 우쟁천은 반원을 그리듯 휘돌며 사내의 손목을 제압한 손을 바꾸고 등으로 사내의 품속으로 뛰어드는 동시에 왼쪽 팔꿈치로 복면인의 콧등을 찍었다.

"악!"

복면인이 비명을 토하고 주저앉으려는 순간 다른 복면인 하나가 우쟁천을 지나 마루 쪽으로 나아갔다. 우쟁천은 쥐고 있던 사내의 손목을 비틀어 던져 버렸다. 콧등이 내려앉고 팔목이 부러진 사내는 힘없이 날아가 마루 쪽으로 나아가던 복면인의 진로를 막았다.

복면인이 주춤하는 사이에 우쟁천은 어느새 또 다른 복면인의 손목을 비틀어 쥐고 오른손 손바닥으로 그의 가슴을 후려쳤다.

"억!"

복면인은 바로 무릎을 꿇고 앞으로 꼬꾸라졌다. 우쟁천은 여전히 잡고 있던 그 손목을 보란 듯이 비틀어서 부러뜨려 버렸다. 뽀도독 소리와 함께 답답한 신음 소리가 났다. 하나 남은 사내는 겁에 질려서 덤비지도 나아가지도 못하고 우두커니 서 있었다.

우쟁천은 부들부들 떨리는 사내의 비수와 두 다리를 보며 물었다.

"누구냐?"

사내는 연신 고개를 저으며 비수를 떨어뜨렸다.

"여, 여기 돈 많이 벌었다고 해서……. 그, 그리고 할머니하고 어린 손자만 산다고 해서……. 우, 우리 그냥 보내주면 다, 다시는……."

우쟁천은 그런 생각을 하는 사람이 있을 수도 있다고 생각하며 그의 발밑에 널브러져 신음하고 있는 사내의 복면을 잡아당겼다. 이십대 중반으로 보이는 낯익은 사내였다.

"어디서 본 얼굴인데? 너도 벗어."

복면사내가 고개를 저었다.

"그, 그냥 보내다오. 그, 그게 네 신상에 이롭다. 아, 아무 일 어, 없었던 것처럼 그냥 가게 해다오."

우쟁천은 눈빛에 차가운 분노를 담아 사내를 압박했다.

"벗어. 벗지 않으면 내가 벗긴다. 우선 비수를 들었던 그 손모가지부터 부러뜨려 놓고 벗길 거야."

사내는 눈을 감고 천천히 복면을 벗었다. 사각 턱이 특징인 삼십대 초반의 사내였다. 우쟁천이 익히 아는 얼굴이었다.

"당신은 봉가의 하인 동만금?"

하인이되 그냥 하인이 아니었다. 봉승경이 출타할 때면 보표처럼 따라다니는 인물이었고, 만물로에서 그 위세가 당당한 적룡방의 사목귀도 목첨과도 호형호제하며 지내는 인물이었다.

우쟁천은 그들이 단순한 강도가 아니라는 것을 직감하고는 마루에 서 있는 기옥화를 쳐다보았다. 놀라서 하얗게 질려 있을 줄 알았는데 기옥화는 의외로 침착하게 가라앉은 얼굴로 고개를 저었다.

"너의 주인이 시켰더냐?"

동만금은 기옥화를 보며 고개를 저었다.

"도박으로 빚을 져서 온 것뿐이오. 주인하고는 상관없소."

"그래? 그렇다고 포청에 넘겨도 되겠구나?"

"강도 짓 하려다가 잡혔으니 무슨 말을 더 하겠소. 넘기시오."

복면을 벗자 동만금은 더 이상 떨지 않았다. 그는 무표정한 얼굴로 기옥화와 우쟁천을 번갈아 바라보고는 처분만 기다린다는 듯 가만히 서 있었다.

우쟁천은 가장 먼저 넘어진 사내의 복면을 벗겼다. 그리고 그의 얼굴을 확인한 후에 기옥화를 바라보았다.

"그냥 보내줘라."

"할머니!"

"보내줘."

기옥화는 고개를 젓고 방 안으로 들어가 버렸다. 우쟁천은 홀로 서 있는 동만금에게로 다가갔다. 바로 코앞에서 그의 얼굴을 뚫어지게 쳐다보았다. 하지만 그는 허공을 대하듯 무표정하게 서 있었다.

우쟁천은 슬쩍 고개를 돌려 열려 있는 문을 바라보았다. 비명을 듣고 몰려온 동네 사람들 몇이 호기심 가득한 눈으로 바라보고 있었다.

"악! 내 코!"

순식간에 동만금의 코를 주저앉혀 버린 우쟁천은 코를 잡고 바닥을 뒹구는 그를 내려다보며 싸늘하게 말했다.

"같이 와놓고 혼자 멀쩡하게 돌아가면 욕먹겠지. 이놈들 데리고 꺼져! 개자식들!"

동만금은 겨우 일어나서 나머지 두 사내를 일으켜 세웠다. 처음에 넘어진 사내는 홀로 걸을 수 있었지만 가슴을 얻어맞은 사내는 정신을 차리지 못했다. 동만금은 기식이 엄엄한 사내를 업고 나갔다.

문밖에서 구경하던 사람들이 바닥에 떨어진 비수와 복면, 그리고 동만금 등의 흑의로 단번에 상황을 이해하고 우쟁천에게 고개를 끄덕여 보인 후 흩어졌다.

우쟁천은 문을 단속하고 방으로 들어갔다.

"왜 그냥 보내주는데?"

"그놈 말하는 것을 보면 믿는 구석이 있는 게야. 돈이 궁해서 왔다는 건 거짓말일 것이고, 봉가가 시킨 일임에 틀림없다. 결국 무슨 이유로든

다시 나오겠지. 그렇다면 관에 들어가서 죄인처럼 신문받게 되는 사람은 우리일 것이다."

우쟁천은 두 주먹을 움켜쥐었다.

"제기랄, 조금 더 패줄걸."

기옥화는 한숨을 쉬고 두 손을 뻗어 우쟁천의 얼굴을 쓰다듬었다.

"무공을 익힌 보람이 있구나. 혹시라도 다치지나 않을까, 죽지나 않을까 걱정했는데……."

우쟁천은 자신의 얼굴을 쓰다듬는 기옥화의 거친 두 손 위로 손을 포개고 웃으며 말했다.

"할머니, 걱정하지 마. 절대, 절대 그따위 놈들이 할머니를 위협하게 놔두지 않겠어. 이젠 할머니를 지킬 수 있어. 아버지와 한 약속, 지킬 수 있어."

"그래그래."

기옥화는 쓰디쓴 미소를 지으며 고개를 끄덕였다.

그녀의 마음속에는 걱정이 가득했다. 칠 년이었다. 걱정했던 것과는 달리 평온한 세월이었다. 적룡방의 위협은 완전히 사라져 그 끈질기던 감시의 눈길마저 거둔 것 같았고, 봉승경은 그녀와 우쟁천의 존재 자체를 잊은 것만 같았던 세월이었다.

'왜 갑자기? 왜?'

원인을 따질 일이 아니었다. 이제 봉승경도 우쟁천이 무공을 익히고 있다는 사실을 알게 되었으니 위협을 느끼게 되리라. 그렇다면 그가 앞으로 우쟁천에게 해코지를 할 수도 있는 일이었다. 하지만 그러한 걱정을 우쟁천에게까지 하게 할 수는 없었다.

'역시 떠나보내는 게 옳아. 태원으로, 그 고 노인에게로 보내자. 하지만 이런 일이 생겼으니 내쫓듯 보내면 가려고 하지 않겠지? 어찌한다?

역시 같이 가야 하나?

"할머니, 무슨 생각해?"

기옥화는 급히 정신을 차리고 미소를 머금었다.

"천아, 그 웃음 잃지 마라. 웃으면 없던 복도 따라온다더라. 앞으로 어떤 힘들고 괴로운 일이 생기더라도 항상 그렇게 웃어야 한다."

우쟁천은 기옥화의 심중을 눈치 채지 못하고 더 밝게 웃었다.

바늘은 주인의 손조차 몰라보고 사정없이 파고들었다.

"으음!"

기옥화는 왼손 중지에 맺힌 핏방울을 보며 얼굴을 굳혔다. 바늘에 찔려본 것이 언젯적 일인지도 기억나지 않았다. 마지막으로 찔려본 게 팔년 전이던가? 아들 우득명을 떠나보내고 건성으로 일했을 때 몇 번 찔린 적이 있었지만 우쟁천과 함께 산 이후로는 단 한 번도 실수를 한 적이 없었다.

"에구! 원숭이도 나무에서 떨어지고 물고기도 익사할 때가 있다지만 아주머니가 바늘에 찔릴 줄은 몰랐네요."

기옥화의 불안한 마음을 짐작하지 못하는 초말녀가 까르르 웃음을 터뜨렸다.

"예끼, 이 사람! 난 사람 아닌가? 남은 아파 죽겠는데 그 앞에서 웃어? 못됐구먼."

초말녀는 그래도 웃음을 참지 못하고 입을 가렸다. 웃음을 진정시킨 초말녀가 자신의 왼손을 기옥화 앞으로 뻗었다.

"전 천 번도 넘게 찔렸을걸요. 이젠 굳은살이 박여서 아픈지도 모르겠어요."

기옥화는 씁쓸하게 웃으며 일감을 내려놓았다.

"곰 같은 자네하고 같은가? 잠시 쉬어야겠구먼. 정신이 산란해서 안되겠어. 차나 마시세."

초말녀는 고개를 끄덕이고 안가로 들어갔다.

"후유! 늙으면 걱정이 많아진다더니……. 아무 일도 없을 거야."

스스로를 다독거려 보아도 불안한 마음이 가시지 않았다. 하루하고 반나절 동안 아무런 일도 없었다지만 봉승경의 집요한 성격으로 보아 일이 터지는 것은 시간문제 같았다.

"지은 죄가 있으니 당장 일을 벌이지는 않겠지? 아니야. 우리 천이, 범상한 실력이 아니었지? 날랜 장정 셋을 눈 깜짝할 사이에 때려눕혔다. 그걸 안 이상 봉가도 안심하지는 못할 텐데, 가만히 있지는 않을 텐데. 이놈, 할미 맘도 모르고 잘도 나돌아다니는구나. 어찌한다?'

오래전부터 나이가 차면 떠나보낼 생각을 하고 있었다. 봉가가 흉계를 꾸미지 않더라도 우쟁천이 입신양명하는 것만큼은 두고 보지 않을 것이기에 더 큰 세상에서 마음껏 활개치고 살게 하려 했다. 문제는 그것이 언제인가 하는 것이지 보내느냐 마느냐가 아니었다.

"이렇게 떠나보낼 결심을 하게 되었으니 차라리 잘된 것인지도 몰라. 보내자. 곧 날이 추워질 테니 따뜻한 솜옷 한 벌 지어서 떠나보내자. 네댓새 걸릴 테니 그사이에 잘 구슬려서 마음 편히 떠나보내자."

기옥화는 작심을 한 듯 길게 한숨을 내쉬고 고개를 끄덕였다.

"아주머니, 별고없으셨죠?"

목소리에 놀라 문을 바라보니 교아취가 막 들어서고 있었다.

"오! 어서와."

교아취는 빙긋 웃어 보이고 가게 밖을 향해 말했다.

"들여놓으세요."

장정 한 사람이 비단 여섯 필을 마루에 내려놓고 교아취에게 고개를 숙인 후 사라졌다.

교아취가 탁자를 사이에 두고 기옥화의 맞은편 의자에 앉았다. 기옥화가 웃으며 말했다.

"소식 들었어. 안 그래도 그 일로 한 번 부르려고 했더니만 왔구먼. 내가 축하하는 뜻으로 옷 한 벌 만들어주지."

교아취가 쑥스럽게 웃었다.

"고맙습니다. 좋기도 하고 무섭기도 하고. 제가 잘살 수 있을지 모르겠어요."

"유구 그 녀석, 내가 잘 알아. 무슨 마음을 먹고 적룡방에 들어갔는지 모르겠다만 천성은 착한 놈이야. 그놈이 만물로를 맡고 나서 사람들이 좀 편해졌다고들 하더군. 그나저나 고유상 그놈이 용케도 허락을 했군."

"허락 못할 뭐가 있겠어요? 혼인하고도 매일 거기서 살다시피 할 텐데요. 그리고 요즘은 기분이 아주 좋은 것 같아요."

"그러니까 계속 살이 찌지. 지난봄보다 품이 두 치는 느는 것 같더라. 그놈 옷은 고치는 것도 힘들어."

"그렇죠? 품이 작다고 투덜대면서도 자기 잘못인 건 인정하더라구요. 게을러졌다나? 예전부터 그래 놓고."

기옥화가 웃으며 그녀의 손을 잡아당겨 토닥였다.

"그놈은 그놈이고, 어쨌든 자네라면 잘살 수 있을 게야. 유구 그 녀석도 한자리하고 있으니 어린 계집들 탐하려면 얼마든지 할 수 있어. 그런데도 자네에게 혹한 것을 보면 아직은 정신이 제대로 박혀 있는 게야. 잘 살게."

교아취가 얼굴을 붉히며 고개를 숙였다. 그리고 문득 생각났다는 듯 고개를 번쩍 치켜들고 물었다.

"강도가 들었다던데 혹시 봉 가주와 상관이 있는 일인가요?"

기옥화는 가슴이 철렁 내려앉는 충격을 힘겹게 감당하고 급히 되물었다.

"혹시 들은 말이 있는가?"

교아취가 고개를 갸웃거리며 대답했다.

"분명치는 않지만 오늘 아침에 흘리듯 한 말이 있거든요. 운상적룡의를 꺼내주니까 입지 않고 와룡을 매만지면서 중얼거렸어요. 이제 이만한 옷을 어디서 구하나 하던데요?"

기옥화는 피가 나도록 입술을 깨물었다. 그때 교아취가 심각하게 말을 이었다.

"그래서 제가 왜 그런 말을 하냐 물었더니 그냥 아니라고 얘기하더라구요. 그런데 조금 전에 방을 나서는데 그이, 아니, 유 당주가 넌지시 말하더라구요. 아주머니께 조심하시라고 전하라고. 어제저녁에 방주와 봉승경, 그리고 주주가 모인 자리에서 아주머니하고 쟁천이 이름이 나오더라고. 봉승경이 뭐라 했다던데? 맞다. 아들놈이 이상하다 해서 사람을 보내봤더니 손속이 보통이 아니더라고. 가만히 내버려 두어서는 안 되겠다고 했다던데요. 도대체 무슨 일인가요?"

기옥화는 대답하지 못하고 눈을 감았다. 하늘이 빙빙 도는 것만 같았다. 그때 방문이 열리고 초말녀가 쟁반에 찻물과 찻잔을 담아 내왔다.

"어? 아취 왔구나. 그럼 찻잔 하나 더 가지고 와야겠네?"

초말녀는 교아취와 눈인사를 하고 쟁반을 탁자 위에 내려놓았다.

"자네 지금 나가서 쟁천이 좀 찾아오게. 빨리!"

기옥화의 목소리는 가늘게 떨리고 있었다. 초말녀는 다른 말을 할 여유가 없음을 깨닫고 급히 가게를 나섰다.

"내일은 또 무슨 변명을 할까? 그리되면 아버지가 넷이 되는데. 족보가 골치 아파지겠어."

우쟁천은 골목 안으로 들어가는 봉천기를 멀리서 바라보며 빙긋 웃었다. 오늘은 계획대로 무승부로 끝났지만 내일은 아이들이 이길 날이었다. 하지만 아직 싫증나지도 않은 장난감들을 버릴 봉천기가 아니니 내일 또다시 다른 말을 할 것이 틀림없었다. 하지만 아이들은 이미 봉천기의 장난감이 아니었다.

"형!"

오홍복의 목소리가 들리자 우쟁천은 입가에 미소를 드리우고 고개를 돌렸다. 오홍복이 달려와 그의 옆에 붙었다.

"오늘은 어떻게 됐어?"

"시시하게 대치만 하다가 끝나 버렸지 뭐. 넌 많이 배웠냐?"

"응. 근데 사부님이 안 찾아온다며 화내시더라."

"그렇지? 두어 달 된 것 같은데. 쳇! 자기가 쫓아내 놓고 자주 오라는 건 또 뭐야? 어쨌든 내일은 가서 뵐게. 근데 배고프다."

"나도."

우쟁천과 오홍복은 약속이라도 한 듯이 집을 향해 걸었다. 그들이 막 집 근처에 당도한 때였다.

"어? 엄마가 왜 저렇게 뛰어오지?"

오홍복은 손을 뻗어 초말녀를 가리키고 우쟁천의 반응을 살폈다. 그런데 우쟁천은 초말녀가 아닌 무언가를 보고 눈살을 찌푸렸다. 그의 눈동자가 머문 곳을 보니 거기에 포청의 포두와 포졸들이 한 사내를 앞세우고 다가오고 있었다.

초말녀가 우쟁천과 오홍복을 발견하여 뛰어오다 말고 빨리 오라고 손짓했다. 그 순간 그녀를 지나 포두와 포졸들이 우쟁천 앞에 이르렀다.

"저놈입니다, 나리!"

우쟁천에 의해 코뼈가 내려앉은 봉가의 하인 동만금이 우쟁천을 향해 손가락질을 했다.

포두가 고개를 끄덕이고 우쟁천을 노려보며 말했다.

"죄인 우쟁천은 순순히 오라를 받아라!"

"죄인? 내가 무슨 죄를 지었단 말이오?"

"이놈! 사람을 죽이고도 오리발을 내밀겠다는 소리냐? 얘들아, 무엇 하느냐? 빨리 저놈을 포박하라!"

다섯 명의 포졸이 장창을 내뻗으며 우쟁천을 에워쌌다. 우쟁천은 멍한 표정으로 동만금을 바라보았다. 그가 우쟁천을 무섭게 노려보고 있었다.

우쟁천은 오른쪽 손바닥을 눈앞으로 가져갔다. 지금 당장은 일의 인과가 문제가 아니었다. 사람이 죽었다는 사실이 더 충격적이었다. 그날 우쟁천은 첫 번째 사내를 제압하는 순간 제대로 된 무공을 익힌 사람이 아니라는 사실을 즉시 깨달았다. 그래서 권이 아닌 장을 썼고 내력 또한 반감시켰다. 그런데도 사람이 죽었다 했다.

우쟁천은 죽은 자가 누구인지 미루어 짐작할 수 있었다. 그가 가슴을 후려친 두 번째 사내가 죽었으리라.

우쟁천이 멍하게 서 있자 긴장하고 있던 포졸들이 급히 포승을 꺼내 그를 묶었다. 포승이 몸을 옥죄어오자 우쟁천은 번득 정신을 차리고 소리쳤다.

"놔라! 설령 사람이 죽었다 한들 내 집에 들어온 강도를 죽인 것이 무슨 죄가 된단 말이냐!"

동만금이 우쟁천에게 삿대질을 하며 소리쳤다.

"네 이놈! 강도라니? 옷을 만들어달라고 부탁하러 간 손님을 죽여놓고 강도라니? 흉포한 놈 같으니라고!"

우쟁천의 두 눈이 붉게 물들었다. 동만금은 감히 눈을 마주치지 못하고 급히 포두의 뒤로 물러섰다. 우쟁천은 이를 앙다물고 두 팔을 서서히 옆으로 폈다.

"천아! 안 된다!"

우쟁천의 눈빛이 가라앉았다. 그는 초말녀의 부축으로 겨우 몸을 지탱한 채 자신을 바라보는 기옥화를 확인하고 눈을 감았다.

기옥화는 억지로 버티며 고개를 저었다. 살인죄와 거주지 이탈죄는 그 무게가 달랐다. 더구나 관병과 싸우고 성을 벗어날 수는 없는 일이었다. 일이 이렇게까지 된 이상 적룡방과도 직접 부딪칠 수밖에 없는 일이었다. 차라리 무죄가 밝혀질 때까지 옥에 갇혀 있는 것이 안전할 수도 있었다. 기옥화는 적어도 그렇게 생각하고 있었다.

"어리석은 짓 하지 마라. 증인들이 있지 않느냐? 내 곧 사람들을 모아 따라갈 것이니 우선은 참아라."

우쟁천은 눈을 뜨고 기옥화에게 억지로 웃어 보이며 고개를 끄덕였다. 우쟁천은 포두에게 말했다.

"갑시다."

우쟁천이 포청으로 끌려가자 기옥화는 곧장 골목으로 돌아 들어갔다. 그날 밤 문밖에서 그 광경을 지켜봤던 사람들의 얼굴을 기억해 내고 그들을 찾으러 간 것이었다.

골목에 들어서는 순간 기옥화는 자신도 모르게 소리를 질렀다.

"이놈들!"

기옥화는 힘을 잃고 털퍼덕 주저앉았다. 초말녀가 급히 달려와 부축했으나 그녀도 어찌하지 못하고 그저 기옥화의 옆에 앉을 뿐이었다.

집집의 문 앞에 서 있던 십여 명의 적룡방도가 서슬 퍼런 병장기를 장난스럽게 휘돌리며 기옥화를 내려다보고 있었다. 그들이 있는 한 그 누구도 우쟁천의 편이 되어 증언을 해주지 않으리라.

악다구니를 써도 소용없는 일이라는 것을 알고 있었다. 차라리 정신을 놓아버리는 게 나았다. 하지만 그럴 수는 없었다.

"내가, 내가 여기서 넋을 놓아버리면 안 되지. 우리 쟁천이, 어떻게든 구해내야지. 또다시 살인자로 만들 수는 없지. 이, 이보게, 나 좀, 나 좀 일으켜 세워주게."

기옥화가 버둥거리며 일어나려 하자 초말녀도 용을 써서 그녀를 도왔다. 그러나 기옥화는 쉽게 일어서지 못했다.

우중충한 분위기의 옥사 앞에 이른 우쟁천은 발걸음을 멈추고 하늘을 올려다보았다.

"하아!"

당장이라도 엉성하게 매듭 지어진 포승과 족쇄를 풀어버리고 관가를 벗어날 자신이 있었다. 하지만 그리되면 두 번 다시 기옥화를 보지 못하리라. 그의 아버지와 똑같은 신세가 되어 세상을 떠돌아야 하리라. 하지만 이제 열일곱이었다. 이대로 인생을 끝내기에는 너무나 억울했다. 그래서 다시 생각해 보아도 역시 결론은 똑같았다.

재판은 이미 정해둔 판결을 끄집어내기 위한 것처럼 일사천리로 진행되었다. 그 과정에서 기옥화는 포졸들에게 악다구니를 쓰고, 복면과 비수를 증거로 제시하고, 돈을 마련하겠다는 말도 했다. 그럼에도 불구하고 이십 년의 강제 노역 형이 떨어져 버렸고 결국 그녀는 공평하지 못한 세상을 향해, 미련을 버리지 못하고 결단을 미룬 스스로를 향해 저주를 퍼붓다가 끝내 정신을 잃었다.

"어이하나, 우리 할머니! 불쌍해서 어이하나?"

옥에 갇히는 건 자신이었건만 우쟁천은 기옥화의 얼굴을 떠올리며 눈물을 흘렸다.

칠 년. 그것도 감수성이 예민한 십대의 대부분을 차지하는 긴 세월 동안 눈물을 흘린 적은 아버지의 편지를 개봉한 그때뿐이었다. 그렇게 키워준 사람이 기옥화였다. 또다시 칠 년 전의 그 공허한 얼굴을 하게 될 기옥화를 생각하니 눈물을 참아낼 수가 없었다.

"이놈아! 빨리 가자!"

포승을 잡고 있던 포졸이 말했다. 재촉의 말이었지만 혹독하게 몰아세우는 말은 아니었다. 억울한 것을 아는 듯 한참 동안 움직이지 않는 우쟁천을 참을성있게 기다려 주다가 이제야 겨우 포승을 흔들고 부드럽게 말을 건넨 것이었다.

우쟁천은 한숨을 내쉬고 포승 아래쪽에 처져 있던 두 팔을 들어 올려 눈물을 닦았다. 그리고 마굴의 입구와 같은 옥사의 문을 향해 걸었다.

옥졸이 얼굴을 구기고 낮게 혀를 차며 문을 열었다. 대소변 냄새와 땀 냄새, 그리고 오래된 걸레에서 나는 듯한 퀴퀴한 냄새가 동시에 흘러나왔다.

우쟁천은 무표정하게 옥사 안으로 걸어 들어갔다. 옥졸이 좌우로 늘어서 있는 옥들을 살피며 안으로 들어갔다.

"이보슈, 장 옥사! 그놈 실하게 생겼네. 여기 넣어줘. 사람이 없어서 밤에 춥다구."

옥졸은 목소리가 들린 그 옥을 보고는 고개를 끄덕였다. 자물쇠를 열고 문을 열었다. 포졸이 포승과 족쇄를 풀어주었다.

"한 대엿새만 지내면 될 게다. 형기가 두 달 이상 남은 수인들은 곧 태악산 흑석곡으로 옮겨진다더구나."

포졸은 우쟁천의 어깨를 토닥거리고는 부드럽게 내리눌러 문 안으로 밀었다.

우쟁천이 옥 안으로 순순히 들어가자 할 일을 마친 포졸은 옥졸을 향해 고개를 저으며 옥사 밖으로 향했다. 자물쇠를 걸어 잠근 옥졸 또한 옥문 앞에서 우두커니 서 있는 우쟁천의 등을 보며 혀를 차고 사라졌다.

"어라? 이놈 보소? 대가리에 피도 안 마른 것이 고개를 뻣뻣이 들고 있네? 이놈아, 눈깔 좀 내리깔아 봐!"

누군가가 뭔가를 말한 것 같기는 했다. 그러나 그런 말에 귀 기울일 정신이 없었다.

우쟁천은 편안한 자세로 자신을 올려다보는 몇몇 사람들의 호흡을 느꼈다. 그러나 그는 내려다보고 확인하기보다는 눈을 감고 옥문에 등을 기댄 채 주저앉을 뿐이었다.

"우와! 형님! 이놈을 어떻게 해야 합니까? 정말 이곳 물정 모르는 모양인데?"

다섯 수인 가운데 유독 광대뼈가 도드라져 보이는 사내가 우쟁천의 앞으로 다가와 그의 뺨을 토닥였다. 그 뒤에서 굵직한 목소리가 들렸다.

"어르신 싫어하신다. 아직 세상 물정 모르는 아이 같으니 너무 심하게 다루지 마라."

왕옥의 목소리였다. 광대뼈사내가 인상을 쓰며 말했다.

"하! 그래도 여기까지 들어왔으니 인생의 쓴맛도 느껴봐야지요. 어이구! 이놈 궁둥이가 튼실하네. 나이가 어리니 피부도 야들야들하겠는걸?"

광대뼈사내는 은근슬쩍 손을 내려 우쟁천의 엉덩이를 토닥였다. 바로 그 순간 우쟁천이 눈을 떴다.

광대뼈사내는 우쟁천의 눈빛을 보고는 흠칫 놀라 급히 손을 거두었다. 누구나 처음 들어왔을 때 짓는 공포나 분노의 눈빛이 아니었다. 무섭다기보다는 꺼림칙했기 때문에 물러선 것이었다. 슬픔이 깊어져 공허함이 되어버린 눈빛. 그 눈빛은 사내가 우쟁천에게 호의를 가지고 있다 해도 감히 위로해 보려고 시도하지도 못할 유형의 것이었다.

우쟁천이 광대뼈사내를 빤히 보며 아무런 감정이 느껴지지 않는 낮은 목소리로 말했다.

"나를 가만히 내버려 두시오. 다치게 하고 싶지 않소."

그 순간 막유수 옆에 앉아 있던 왕옥이 뿌드득 소리가 나도록 주먹을 쥐고 광대뼈사내 옆으로 다가왔다.

"가만히 보고 있자니 안 되겠구나. 귀때기 새파란 것이 버르장머리가 없어. 우선 좀 맞고 시작해 보자."

우쟁천은 왕옥의 험상궂은 얼굴을 무심하게 쳐다보고서 조용히 말했다.

"내가 어찌해야 나를 가만히 내버려 두겠소?"

잠시 뒤로 물러나 앉았던 광대뼈사내가 웃으며 앞으로 다가와 앉았다.

"두 가지 방법이 있지. 첫째, 저기 어르신을 빼고 나머지 사람들을 모두 곡소리 토하게 만들면 돼. 쉽지?"

"두 번째는?"

광대뼈사내는 누런 이빨을 다 드러내며 웃었다. 그리고 두 손으로 바닥을 짚어 막유수 앞으로 다가갔다.

"어르신, 잠깐만요."

광대뼈사내는 가부좌를 틀고 앉아서 가만히 지켜보는 막유수의 발밑 짚단들을 들춰냈다.

"여기 이런 거 하나 더 만들면 우린 그냥 깨갱이지."

우쟁천의 눈에서 처음 감정이란 것이 드러났다.

장인!

한 치가 넘게 패인데다가 굵은 손금까지 드러나 보이는 장인이었다. 손바닥으로 쳐서 생길 수 있는 것이 아니었다. 심후한 내력을 바탕으로 누른 자국. 지금의 우쟁천으로서는 도저히 흉내 낼 수 없는 경지였다.

우쟁천은 자신도 모르게 바닥을 만져 보았다. 생각한 대로 튼튼한 화강암이었다. 그는 그때서야 처음으로 수인들의 면면을 확인했다. 그리고 직감적으로 그 장인의 주인을 알아보았다. 어르신이라 불리는 초로인. 지금 그를 보며 빙긋이 웃고 있는 사람이었다.

우쟁천은 몸을 일으켜 세우고 장인 앞으로 다가갔다. 무슨 이유인지는 몰라도 왕옥과 광대뼈사내가 순순히 자리를 비켜주었다.

우쟁천은 장인을 노려보다가 주먹을 쥐었다. 바닥의 것처럼 선명한 장인을 만들어낼 능력은 없었다. 주먹 또한 마찬가지였다. 그러나 풍뢰신권으로 다진 그의 실력은 두꺼운 나무껍질을 바스러뜨리고 단단한 암석을 깰 수 있었다.

쾅!

천둥 같은 굉음이 울려 퍼졌다. 돌가루와 짚 부스러기들이 튀어 오르고 쌓인 먼지들이 허공을 부유했다. 옆방에서 놀란 목소리가 들려오고 옥졸이 쫓아왔다.

"무슨 일이야?"

옥졸이 놀라서 묻는 그 순간 우쟁천은 또다시 주먹으로 바닥을 내리찍었다.

"이러면 되는 거야? 응? 이러면 나를 가만히 내버려 둘 거야?"

쾅! 쾅! 쾅! 쾅! 쾅!

우쟁천은 분노에 찬 목소리로 소리를 지르며 같은 자리를 연달아 내리찍었다.

"그만!"

막유수가 다시 바닥으로 내리 꽂히는 우쟁천의 손목을 잡았다. 그대로 시간이 멈춰 버린 것 같았다. 옥졸과 수인들 모두 입을 쩍 벌린 채 굳어 있었고 막유수 역시 우쟁천의 손목을 쥔 채 가만히 있었으며 우쟁천 또한 눈을 감고 움직이지 않았다.

시간이 흐르고 있음을 알려주는 것은 오로지 한 가지. 우쟁천의 주먹에서 방울이 되어 떨어지는 피뿐이었다.

"봐라. 내가 건드리지 말라 그랬지? 관을 보아야 눈물을 흘릴 놈들 같으니라고!"

막유수가 정적을 깨고 웃음 지었다. 왕옥 등은 대답도 하지 못하고 눈을 부릅뜬 채 피가 고인 작은 웅덩이를 바라보고 있었다.

막유수는 다시 미소를 짓고 우쟁천의 손을 잡아당겨 살폈다.

"어디 보자, 이놈. 철골이구나. 다행히 뼈는 나가지 않았어. 이보시게, 장 옥사. 안 되는 줄은 아네만 마시다 남은 술 있으면 좀 주겠나? 내 나중에 백배로 갚아줌세."

옥졸 또한 조그만 피 웅덩이만 보고 있다가 머리를 흔들어 정신을 차렸다.

"갚아줄 필요 없네, 이 사람아. 그놈 사연을 다 아는데 어떻게 외면하겠어."

옥졸은 순순히 고개를 끄덕이고 분주 반 병을 가져와 건넨 후 사라졌다.

"이놈들아, 멍하게 있지 말고 이 피나 닦아. 피 위에서 잘 수는 없잖느냐?"

광대뼈사내가 짚단을 들어 고인 피를 닦아내는 동안 막유수는 우쟁천의 손을 펴고 술로 소독했다. 그리고 우쟁천의 옷자락을 찢어 상처를 감쌌다. 우쟁천은 막유수가 하는 대로 맡겨둔 채 멍하게 앉아만 있었다.

"형님, 세 번째 밀려나셨소. 이것 보시오."

광대뼈사내가 고인 피를 닦아내자 패인 자국이 깊이를 드러냈다. 모두가 살펴보았는데 거의 한 치는 되었다. 가볍게 누른 막유수의 장인과 다섯 차례나 연이어 후려친 우쟁천의 자국을 같은 경지에서 논할 수는 없는 일이었지만 왕옥 등이 보기에는 하등의 차이가 없었다.

왕옥 등은 패인 곳과 우쟁천을 번갈아 바라보았다. 이미 막유수가 말한 것이 있어서 처음부터 건드릴 생각도 없었다. 가볍게 장난이나 치려한 것이었는데 일이 이렇게 되고 보니 전신에 소름이 돋는 기분이었다.

그들에게 있어서 막유수는 이미 동네의 큰형님이나 마찬가지였다. 그 앞에서 못하는 말이 없었고 못하는 행동이 따로 없었다. 하지만 우쟁천은 다른 존재였다. 나이가 어리다고는 하나 감히 넘볼 수 없는 실력자였고 무엇보다도 소름 끼치는 독기의 소유자였다.

'주먹질이라도 했더라면? 으이그!'

왕옥 등은 허공을 멍하게 쳐다보는 우쟁천을 보며 다시 한 번 몸을 떨었다. 바로 그때 막유수가 우쟁천의 머리를 후려쳤다.

"이놈! 정신 차려라! 힘 좀 든다고 그리 정신을 못 차려서야 어디에 쓰겠느냐? 어려울 때, 힘들 때일수록 밝게 살아야 한다! 그래야 희망도 생기는 법이다!"

세차게 두드려 맞는데도 반발심이 생기지 않았다. 바로 그의 말이 기옥화를 떠올리게 했기 때문이다. 기옥화도 그렇게 말하지 않았던가. 어렵고 힘들더라도 웃으라고. 웃는 얼굴이 보기 좋다고.

우쟁천은 슬픈 미소를 지으며 막유수를 쳐다보았다. 막유수가 빙긋 웃었다.

"이놈! 억지로라도 웃으니까 그나마 보기 좋구나. 그런데 그 시커먼 놈들은 떠났냐?"

뜬금없다 할 질문이었다. 잠시 멍한 표정을 지었던 우쟁천은 눈에 초점을 잡고 막유수의 얼굴을 봤다.

막유수가 의미심장한 미소를 지으며 다시 말했다.

"없는 건 그렇게 서러운 거지? 에구! 또 목이 잠겼네."

얼굴도 다르고 목소리도 달랐지만 역시 아는 사람이었다. 우쟁천은 막유수의 얼굴을 뚫어지게 바라보았다. 막유수가 미소를 지으며 고개를 끄덕였다.

이상한 모양새였다. 상좌. 짚이 많이 깔린 좋은 자리에 막유수와 우쟁천이 벽에 등을 기댄 채 나란히 앉아 있었고, 왕옥 등 네 수인이 그 앞에서 반원을 그리고 앉아 있었다. 우쟁천의 사연을 듣고 있는 것이었다.

"허! 독하지 않으면 끊어버릴 수 없는 악연이로고."

막유수는 우쟁천의 사연을 모두 듣고 나서 혀를 차며 고개를 저었다.

"예? 독하다고 해서 봉가 그 벼락 맞아 뒈질 놈을 어떻게 떼어냅니까? 가질 건 다 가진 놈인데. 몰래 죽여 버려요? 그렇다고 봉가가 무너지는 건 아니잖아요?"

왕옥이 고개를 갸웃거리며 물었.

막유수는 왕옥의 눈을 빤히 바라보며 아무런 감정을 담지 않은 어조로 말했다.

"씨를 말려 버리면 되지."

"후우우!"

왕옥 등은 눈을 치뜨고 막유수를 보고서 몸을 떠는 시늉을 해 보였다.

막유수가 아무런 반응도 보이지 않는 우쟁천을 보며 빙긋 웃고서 다시 말했다.

"세상이 더러울수록 없는 설움은 더 커지지. 억울한 일을 당하고도 억울하다 항변조차 해볼 수 없는 세상에서 없다는 것이 생활의 궁핍함만을 의미하는 것은 아니겠지. 적어도 권력과 금력, 그리고 무력 가운데 한 가지 정도는 갖춰야 설움을 면할 수 있다. 이놈아, 네가 가장 쉽게 얻을 수 있는 것이 무엇이냐?"

"무력입니다."

"역시 그렇지? 그런데 네놈은 아이와 여인네들까지 죽일 만큼 독한 종자는 아닌 듯하다. 남에게 독할 수 없으면 스스로에게 독해져라. 지금 네가 처한 상황에서는 힘이 곧 자유다. 강해져야 해. 그들에게 건드리면 죽는다는 공포심을 줄 만큼 강해져야 한다."

우쟁천은 회의적인 눈빛으로 물었다.

"독하다고 강해질 수 있나요?"

막유수는 확신에 찬 목소리로 대답했다.

"무엇이든 상승지로에 오르기 위해서는 몇 차례의 고비를 넘겨야 한다. 정체되었다고 느끼는 그 시간이 바로 한 단계 나아가는 고비. 독하지 못한 놈은 만족하거나 포기하고 말지. 독기야말로 무공을 익히는 데 반드시 필요한 자질이다. 그 다음에 오성이 있고 스승이 있고 상승공부가 있다."

"어떤 고통도 감내할 자신이 있습니다. 하지만 더 나아갈 길을 찾을 수가 없어요."

우쟁천의 간절히 구하는 눈빛을 보며 막유수는 크게 고개를 끄덕였다.

"그 길, 내가 열어주겠다. 네게 그 길을 갈 수 있는 자질이 있다면. 내 비록 천하제일은 못 된다만 적룡방 정도는 하룻밤 새에 날려 버릴 수 있다. 그 정도라면 이 곽주뿐 아니라 산서 땅의 그 누구도 너를 함부로 넘보지 못하리라. 따라와 보겠느냐?"

우쟁천은 그 즉시 막유수의 맞은편으로 자리를 옮겨 무릎을 꿇고 고개를 숙였다. 막유수가 우쟁천의 절을 막았다.

"그 길을 갈 자질이 있다면, 이라고 했다. 아무리 좋은 공부라도 그에 맞는 자질이 없으면 화중지병(畵中之餠)인 것이야. 더구나 나는 일인전

승(一人傳承)의 문파를 책임지고 있다. 함부로 제자를 들일 수는 없어. 음, 또 사제의 연을 이런 냄새나는 곳에서 맺을 수는 없는 일. 결정은 나중으로 미루자."

그때 우쟁천의 뒤쪽에 있던 왕옥이 막유수를 뚫어지게 바라보며 말했다.

"어르신, 저는요? 전 안 됩니까?"

막유수는 너털웃음을 터뜨리고 고개를 저었다.

"옥아, 미안하다만 곤란하구나. 아는 걸 알려주는 게 뭐가 어려울까? 하지만 기초도 없이 네 나이에 상승의 공부를 익히는 것은 오히려 몸을 망치는 지름길이다. 근골이 뒤틀리고 오장이 뒤바뀌어 버려."

왕옥이 의심스러운 눈초리로 막유수를 노려보았다. 막유수가 웃으며 우쟁천에게 물었다.

"무공은 언제부터 시작했지?"

"다섯 살에 호흡법을 시작했고 여섯 살부터 권장법을, 그리고 일곱 살부터 도법을 익혔습니다."

막유수가 왕옥에게 어떠냐는 듯 눈짓을 했다. 왕옥은 실망하여 고개를 저었다.

"에이! 어르신한테 한 수 배우면 적룡방 놈들한테 숙이고 다닐 필요 없을 텐데. 제기랄! 다섯 살이라고? 그 나이에 어떻게 무공을 배울 생각을 해? 놀기도 바쁜데. 쳇!"

막유수가 피식 웃으며 우쟁천에게 다시 눈길을 주었다. 사실 그 또한 우쟁천의 시작이 짐작보다 이르다고 생각했다.

"손을 다오."

막유수는 우쟁천의 맥문에 엄지를 대고 다시 말했다.

"최대한으로 기를 끌어올려 보아라."

우쟁천은 가부좌를 틀어 앉았다. 그리고 눈을 감고 심호흡을 한 후에 건곤보태신공을 끌어올렸다.

"허!"

막유수가 헛바람을 토했다. 맥동하는 기운이 막유수의 손을 털어내 버린 때문이었다.

"허! 너 혹시 천 년 묵은 이무기라도 잡아먹었더냐? 최소한 반 갑자 이상은 되는 것 같은데?"

"따로 먹은 것은 없는데요."

막유수는 턱수염을 쓰다듬으며 곤란한 표정으로 생각에 잠겼다. 그가 다시 입을 열 때까지 누구도 방해하지 않았다.

"십이 년 연공에 반 갑자가 넘어? 상승지공을 익혔구나. 곤란하게 됐어."

애초에 막유수는 우쟁천이 기초는 되어 있으나 그 이상의 인연을 만나지 못하여 제대로 된 무공을 익히지 못했다고 생각했었다. 곽주의 사정을 알 만큼 알기 때문에 쓸 만한 무공을 가르칠 만한 사람이 없다고 판단한 것이었다.

우쟁천이 물었다.

"그게 무슨 의미인지?"

막유수의 답변은 기쁨이면서 동시에 충격이었다.

원래 내공의 정도는 대부분 연공 기간에 상당하는데 꼭 그런 것만은 아니었다. 무공 자체의 특징과 강약이 뚜렷하듯이 호흡법에도 나름의 특징과 강약이 존재한다고 했다. 거기까지는 우쟁천도 쉽게 이해했다.

만약 같은 기간 동안 같은 노력으로 각기 다른 호흡법을 연마한 두 사람이 같은 수위의 내공을 얻는다면 호흡법의 좋고 나쁨이 따로 존재할 수 없으리라.

하지만 막유수는 우쟁천의 지금과 같은 성취가 강호에서 보기 드문 것이라 했다. 곧 그가 익힌 건곤보태신공이 강호의 상승공부 가운데 몇 손가락 안에 꼽힐 수 있는 것이란 의미였다. 그냥 익히라고 해서 익혔을 뿐 그것이 지극한 경지의 상승공부임은 이제야 알 게 된 것이었다.

"그런데 무엇이 곤란하단 말씀입니까?"

"원래 너에게 지금의 심법을 포기시키고 내 사문의 독문심법을 가르치려 했다. 그리하면 이미 열린 기로들을 이용할 뿐 내공 자체는 다시 쌓아야 한다. 하지만 내 사문의 무공들을 십 할 펼쳐 내려면 어쩔 수 없는 노릇이지. 그러나 지금 네가 익힌 심법은 다른 부분에서는 어떨지 모르나 내공을 쌓는 데에는 탁월한 공능을 지닌 상승공부 같다. 그걸 가르치려고 공을 들인 사람도 있을 텐데 함부로 포기시킬 수는 없는 것 아니냐?"

우쟁천은 어떻게든 건곤보태신공을 가르치려고 애를 썼던 고 노인의 얼굴을 떠올렸다.

"내공을 그대로 유지하고 실전 무공을 배운다면 어떻게 됩니까?"

"대성하기 어려울뿐더러 주화입마의 위험 또한 감수해야 하니 함부로 행할 수 없는 노릇이다."

"제가 배운 무공들은 각각 다른 사람들에게서 나온 겁니다. 하지만 지금껏 별다른 징후가 없는데요?"

막유수가 의혹 어린 눈빛을 하고 미간을 찌푸렸다.

"그렇단 말이지? 알겠다. 너에 대해서 좀 더 알아야 무엇이든 시작해 볼 수 있겠구나. 그전에 우선 너의 고민부터 해결해 주어야겠다. 무엇을 하든 사념이 있으면 위험이 따른다. 지금 네 기가 정순하지 못한 이유는 아마도 걱정하실 네 할머니 때문이겠지?"

우쟁천이 대답하기도 전에 막유수가 왕옥에게 말했다.

"옥아, 장 옥사 좀 불러다오."

왕옥은 창살을 붙잡고 소리쳤다. 술을 가져다준 그 옥졸이 와서 짜증 어린 목소리로 왕옥에게 말했다.

"뭐야, 이놈아?"

막유수가 겸연쩍게 웃으며 창살 앞으로 다가갔다.

"이보게, 장 옥사. 내가 부탁이 있어서 불렀다네. 내 나중에라도 반드시 사례를 할 테니 호 나리께 나를 한 번만 불러달라고 전해주겠나? 자네에게는 절대 불이익이 생기지 않을 걸세. 내 반드시 사례하겠네. 부탁 좀 하세."

"흥! 나리와 안면 좀 있다고 막 부려먹으려고 하네? 돈이 없어 무전취식한 주제에 어떻게 사례하겠다는 거야?"

"허! 하필이면 무전취식이었을까? 그래, 그때 하필 배가 고팠지."

막유수가 혀를 차고 눈빛을 바꾸었다. 그리고 오른손을 창살에 대었다. 바로 그때 우쟁천이 급히 다가와 간청했다. 막유수라면 분명히 무언가를 할 수 있을 것 같다는 느낌 탓이었다.

"이보시오, 옥사 나리. 우리 할머니 누군지 알지요? 그 사례, 내가 반드시 하겠소. 부탁 좀 합시다."

옥졸의 눈빛이 바뀌었다. 그 또한 기옥화가 돈은 제법 번다는 소리를 들은 모양이었다.

"정말이지?"

"아까 술도 그냥 주셨지 않소? 잊지 않을 겁니다."

옥졸이 고개를 끄덕여 보이고 사라졌다. 그리고 잠시 후 막유수는 포졸 둘의 감시를 받으며 옥사를 벗어났다.

호유웅이 못마땅한 얼굴로 물었다.

"또 뭔가?"

막유수가 탁자 건너에 앉아 있는 호유웅의 코앞으로 얼굴을 들이밀고 말했다.

"자네 우쟁천이란 아이 처넣고 봉가 놈한테 얼마 받아먹었어?"

호유웅은 잠깐 눈을 치떴다가 맹렬히 고개를 저었다.

"받긴 뭘 받아? 바깥 돈은 안 챙기는 거 알잖아?"

"이 친구야, 유황 불길에 휩싸이고 싶나? 그렇게 억울한 사람을 많이 만들어서 그 죄를 다 어찌 감당하려고 그러나?"

호유웅이 얼굴을 일그러뜨리고 말했다.

"어쩔 수 없었어. 주주와 봉가가 이미 작당을 한 것을 어쩌란 말인가? 주주 그 돼지가 덮어준 게 좀 있어서……."

막유수가 눈살을 찌푸리며 혀를 찼다.

"자네 어렸을 때 생각해 봐. 힘없다고 설움당한 게 어디 한두 번인가? 내 다음에 올 때는 고자 집을 털어서라도 한밑천 챙겨줄 테니까 더 이상 죄짓지 말고 은퇴하게. 올챙잇적 생각도 못하고, 쯧쯧쯔."

호유웅은 대답하지 않고 입맛만 다시다가 화제를 돌렸다.

"내가 얼마나 받아 처먹었는지 알아보려고 왔나?"

"부탁이 있어."

호유웅이 불안한 눈빛으로 말했다.

"또 뭐?"

"동창 놈들은 갔나?"

"아직 있네. 그놈들 때문에 불안하고 귀찮아 죽겠어."

"곧 수인들을 옮긴다며?"

호유웅이 손가락을 꼽아보며 대답했다.

"음, 나흘 후가 될 거야. 근처에 새로 석탄광이 발견되었다네. 거기서 강제 노역시키겠다는 거지. 근데 왜? 자넨 해당 사항 없어."
"해당 사항 있게 만들어주게. 이왕이면 한 십 년 썩게 해줘."
"안 되지. 죄목이야 만들면 되지만 중간에 도주하면 내 책임이란 말이야."
"걱정 말게. 탄광에 도착해서 사라질 테니까. 거긴 자네 관할이 아니니 책임이 없잖아. 또 동창 놈들 때문에 마음 졸일 필요도 없고."
호유웅이 눈을 번쩍였다.
"정말이지? 내 책임 벗어나서 사라질 거지? 근데 왜?"
막유수가 빙긋 웃으며 의자 등받이에 기대어 앉았다.
"이 풍진 세상 바람처럼 살다가 가려고 했는데 갑자기 흔적을 남기고 싶다는 욕심이 생겨서 말이야."
"그 무슨 뜬구름 잡는 소린가?"
"우쟁천이라는 아이, 좀 두고 봤다가 제자 삼으려고."
호유웅이 깜짝 놀라며 고개를 저었다.
"안 돼. 나중에 나한테 보복하겠다고 하면 어쩌고? 자네가 가르친 아이를 내가 감당할 수 있을 것 같은가? 안 돼. 무조건 안 돼. 자네가 꼭 하겠다면 나도 꼭, 꼭 동창에 발고(發告)할 거야."
막유수는 웃으며 고개를 젓고 자리에서 일어나 방을 거닐었다. 그는 호유웅의 책상에 놓인 그릇 뚜껑을 열어 유과 하나를 꺼내어 먹고 아예 그 그릇을 탁자 위로 옮겨왔다.
"이거 맛있네? 근데 말이야, 내가 그 정도 생각도 안 하고 일을 시작하겠는가? 걱정 말게. 대신 그 아이에게 좋은 일 한 가지만 해주게."
호유웅이 퉁퉁 부은 입으로 말했다.
"빼달라는 거면 입도 벙긋하지 마. 난 못하네."
막유수는 유과를 입 안에 머금고 말했다.

"그런 무리한 부탁은 하지 않아. 그냥 그 아이와 할머니를 만나게 해주게. 그걸로 충분해."

호유웅은 몇 개 남지 않은 유과 그릇을 힐끔 넘겨보고 얼른 두 개를 집어 들고서 고개를 끄덕였다.

식음을 전폐한 채 머리를 싸매고 드러누웠던 기옥화는 포졸의 전언을 듣자마자 벌떡 일어났다. 넘어가지 않는 밥을 억지로 구겨 넣고 초말녀와 함께 장을 봤다. 지게로 져야 할 만큼 넉넉하게 음식을 만들고 전표도 몇 장 챙겼다. 그리고 약한 모습을 보이지 않겠다며 마음을 굳게 다진 후 오종삼을 앞세우고 포청으로 향했다.

일부러 굳은 얼굴로 옥사에 이르렀지만 옥사의 문이 열리고 퀴퀴한 냄새와 지린내가 흘러나오는 순간 눈물을 보이고 말았다. 어렵게 마음을 가다듬고 옥사에 들어갔는데 그 우중충한 분위기가 다시 한 번 기옥화의 가슴을 헤집은 것이었다.

기옥화는 옥졸들에게 음식과 술을 건네주고 장 옥사와 함께 우쟁천의 옥방 창살 앞에 이르렀다. 그사이에 오종삼이 각 옥방마다 작은 대나무 찬합 하나씩을 나누어 주고 남은 찬합들을 든 채 기옥화의 옆에 이르렀다.

오종삼이 창살 사이로 왕옥 등에게 찬합들을 넘겨주는 동안 기옥화는 우쟁천의 손을 붙잡고 눈물만 흘렸다.

"할머니, 나 괜찮아. 그런 얼굴 하지 마. 웃으라며? 이렇게 웃고 있잖아."

기옥화는 우쟁천의 손을 잡은 채 팔뚝을 들어 올려 눈물을 훔쳤다. 그러나 어리석음에 대한 자괴감과 후회가 눈물로 변한 터라 기옥화의 눈은 금세 눈물이 그렁그렁 차 올랐다.

"미안하다. 정말 미안해. 이 할미가 어리석어 너를 이 지경으로 만들었구나. 떠나야지, 떠나야지 하면서도 지난 세월이 너무 평온했기에 어떻게든 넘어갈 줄 알았어. 미안하구나. 하루만, 하루만 더 일찍 결심했어도 네가 이 지경이 되지는 않았을 텐데."

바로 그때 기옥화의 귀에 작지만 또렷한 목소리가 흘러 들어왔다.

"부인, 내색하지 말고 듣기만 하시오. 나는 지금 쟁천이 뒤에 앉아 있소."

기옥화는 귀에 꽂히듯 들려온 목소리에 어리둥절하다가 막유수를 확인했다. 막유수가 부드럽게 웃으며 고개를 끄덕였다.

"부인, 나는 원래 여기에 있을 사람이 아니오만 사정이 있어 자진해서 들어와 있소. 나가려면 지금 당장이라도 나갈 수 있는 사람이오."

기옥화는 분명히 입 밖으로 소리를 낸 것이 아니라는 사실을 깨닫고 깜짝 놀랐다. 하지만 곧 말의 내용을 상기하고 살짝 고개를 끄덕였다.

"내가 쟁천이를 어여쁘게 보아 제자로 들일까 생각 중이오. 그러니 지금 쟁천이가 어려운 처지에 있다고 걱정하실 필요가 없소이다. 봉가나 적룡방은 물론이고 포청도 신경 쓸 필요가 없소이다. 사흘 후에 다른 곳으로 옮긴다 하니 그때 쟁천이와 함께 떠날 생각이오. 도주라 해도 좋소만 쟁천이의 안전에 대해서는 걱정하지 마시구려."

기옥화는 우선 눈물을 닦았다. 그리고 다시 막유수를 보고 미약한 미소를 지으며 고개를 끄덕였다.

"일단 떠나면 쟁천이는 곽주로 다시 돌아오기 힘들 것이오. 곽주를 벗어나자마자 정착할 곳부터 찾을 것이니 부인은 언제든지 떠날 준비를 하시고 기다리고 계시오. 적룡방 따위가 감히 내 앞길을 막지는 못할 것이니 부인 한 사람 곽주 성에서 빼내는 것은 문제도 아니라오. 부디 쟁천이 걱정은 하지 마시고 자중자애하시어 건강한 모습으로 다시 만납시다."

막유수는 그 말을 끝으로 벽까지 물러나 앉았다. 기옥화는 눈짓으로 감사의 뜻을 표시하고 우쟁천에게 웃어 보였다.

"건강해야 한다. 우리 반드시 다시 만날 게다. 그렇지?"

"응, 걱정하지 마. 곧 함께 살 수 있을 거야."

우쟁천은 기옥화의 뒤에서 어두운 얼굴을 하고 서 있는 오종삼을 보며 밝게 웃었다.

"아저씨, 할머니 잘 좀 부탁드려요."

오종삼이 기옥화의 옆에 쭈그려 앉았다.

"인석아, 그런 걱정 하지 말고 네 건강이나 잘 챙겨. 나 믿지?"

"예. 아저씨를 못 믿으면 세상 누구를 믿어요?"

"그래, 내 아예 아주머니하고 같이 살 생각이다. 걱정하지 마라."

우쟁천은 오종삼의 손을 굳게 잡았다.

두 사람이 아쉬운 발걸음을 떼어야 할 때가 되었다. 기옥화는 우쟁천이 약속한 대로 옥졸에게 닷 냥짜리 전표를 건넴으로써 그의 입을 찢어지게 만들고 힘겹게 옥사를 벗어났다.

죽음과 자유는 같은 값이다

　　　　　　　　두 사람은 누운 채로 옥의 천장을 바라보며 소곤거리고 있었다.
　"태원의 등룡관? 호, 그 보잘것없는 곳에 기인이 숨어 있었군."
　우쟁천은 보잘것없다는 막유수의 말에 눈살을 찌푸렸다. 그는 등룡관이 정확하게 어떤 일을 하는 단체인지 알지 못했다. 하지만 등룡관은 우쟁천에게 있어서 무인의 본향과도 같은 곳이었다. 그곳에는 언제나 비무가 있었고, 스스로를 이기려는 사내들의 연무와 땀 냄새가 있었고, 무엇보다도 그리운 사람들과의 추억이 있었다.
　"왜? 기분 나빠?"
　막유수가 만 하루 동안 보여왔던 엄숙함은 이미 사라지고 없었다. 얼굴은 달랐지만 그 성격은 이미 폐가의 나무 위에서 보았던 사마귀 아저씨였다. 우쟁천에게 있어서도 그쪽이 편했다. 이미 할머니를 진정시켰고 스스로도 마음을 가다듬은 후라서 그도 천성대로 자연스럽게 대응했다.

"그럼요. 제가 사랑하는 사람들을 싸잡아서 삼류라고 말하는 것과 마찬가지잖아요?"

"사실인 걸 어떻게 해? 거짓을 말해 줄까? 너 기분 좋으라고?"

우쟁천은 몸을 비틀어 막유수를 바라보며 말했다.

"그건 아니지만 무인들이 날마다 찾아왔어요. 그들 모두 등룡관 아저씨들과 비무를 나누었는데, 이기고 나간 사람은 거의 못 봤거든요. 그런데 보잘것없다니까 이해가 안 되네요."

막유수가 웃으며 고개를 끄덕였다.

"아하! 그럼 묻자. 칠 년 전에 만물로에 왔다 그랬지?"

"예."

"그때 만물로는 컸냐, 작았냐?"

"물론 컸지요. 한참 가야 끝에 이르렀으니까."

"지금은?"

우쟁천은 미간을 찌푸리며 만물로를 떠올려 보았다. 우쟁천이 바로 대답을 하지 못하자 막유수가 다시 말했다.

"바로 그거다. 사람이 크는 만큼 세상은 작아진다. 왜? 발걸음이 넓어져서? 그럴 수도 있겠지. 하지만 활동 반경이 넓어진 탓이 더 클 거야. 예전에는 만물로가 네 세상, 지금은 곽주 전체가 네 세상. 보고 밟은 땅만큼이 한 사람의 세상 전부지. 그래서 사람은 견문을 쌓아야 한다. 많은 것을 보고 들은 사람은 그렇지 못한 사람에 비해 판단 기준이 높을 수밖에 없다. 네가 본 세상은 태원과 곽주뿐이지만 내 세상은 천하다. 이해하겠냐?"

우쟁천이 고개를 끄덕이며 진지하게 물었다.

"등룡관이 그렇게 형편없는 곳인가요?"

"음, 정확히 말해서 등룡관은 강호의 방파라기보다는 표국과 같은 무인들의 상업 집단이라고 말하는 게 옳을 게야. 왜냐하면 등룡관은 대가를 받고 비무를 해주는 비무관이거든. 그러니 방회(幇會)처럼 명령에 따라 일사불란하게 움직인다기보다는 급여를 받고 개인적으로 일하는 사람들의 집단이라는 게 옳아. 단체의 힘이라는 것이 존재하지 않는다는 뜻이다."

부스스 소리가 들렸다. 잠든 척하던 왕옥 등이 일어나 두 사람의 이야기를 노골적으로 듣기 시작한 것이었다. 막유수는 왕옥 등을 힐끔 보고 웃으며 말을 이었다.

"청객들이 나섰으니 이야기 좀 늘려볼까? 어디 보자, 어디서부터 시작할까? 그래, 강호의 무인들을 대별해 보자면 몇 부류로 나눌 수 있을까? 우선 첫 번째로 먹고 살기 위해 칼을 잡은 자들이 있겠지. 강호인의 다수를 차지하면서도 개인의 이름으로는 알려지지 않는 자들, 곧 각 문파의 이름없는 하급 무사들이 그들이다. 두 번째는 소수이면서도 강호를 대변하는 강자들, 즉 지역의 패자들이나 각 문파의 수장이 되는 사람들인데 그들은 대개가 권력 지향적이어서 내가 싫어하는 부류지. 세 번째는 무를 해탈과 득도의 도구로서 연마하는 이들인데 나이가 들수록 오히려 위선자가 되고 사이비가 되는 것 같아 별로 마음에 들지 않는 녀석들이다. 하지만 뭐, 가끔씩 대선대불(大仙大佛)이 나오기도 하니까 그런가 보다 하는 녀석들이지. 네 번째는 세상의 지배 권력을 조롱하고 강호의 자유로움을 사랑하는 자들이다. 이들 또한 대개는 강자라고 할 수 있지. 강호에서는 힘이 곧 자유. 강한 자만이 강한 자를 조롱할 수 있으니까. 하지만 이들은 개인이 강할 뿐이라서 세상을 변혁시키지는 못해. 스스로 구속되기 싫으니 남을 구속하는 것 또한 싫어하지. 그리고 다섯 번째는 무 그 자체를 숭앙하는 이들이다. 오직 무가 좋아서 그것 한 가지만 생각하고 사는 외골수들인데 이름없는 낭인으로 고독한 일생을 마치는 자들이 그들이고 끝내 무의 극의를 이루어내는 자들 역시 소수지만 그들 중에서 나온다. 대충 이 정도랄까?"

막유수가 호흡을 고르려는 듯 말을 끊었다.

왕옥이 말했다.

"그럼 어르신은 네 번째인가요?"

"큼, 큼큼, 그렇게 말할 수 있겠지."

막유수는 겸연쩍게 웃다가 자신이 어떤 부류에 속하는지를 생각하고 있는 우쟁천을 보았다.

"인석아, 너는 아직 자격 미달이다. 자, 이제 다시 등룡관으로 돌아가 보자. 등룡관을 찾는 이들은 대개가 첫 번째 유형에 속하는 인간들이다. 사고가 아니라면 사람이 죽는 일은 드문 곳이 등룡관이다. 자기 실력은 궁금하지만 그렇다고 죽음을 담보로 비무할 용기는 없는 인간들이 찾아가지. 결국 그곳 등룡관에서 인정을 받았다 함은 산서무림에서 그나마 칼질을 호구지책으로 삼을 수 있는 정도라는 뜻이랄까? 다시 말해서 고수들은 굳이 찾아갈 필요가 없는 곳이고, 이름난 고수가 찾아오면 아예 신청을 받지 않는 곳이 또한 등룡관이다. 그런 등룡관에서마저 인정을 받지 못한다면 하급 무인도 못 된다는 뜻이니 실력을 더 쌓아오든지 아니면 딴 짓 하고 살라는 의미야. 결국 찾아가는 사람은 삼류, 등룡관의 무인들은 잘 봐줘야 이류 정도지."

우쟁천은 눈을 감고 옛일을 회상해 보았다. 그러나 그 초식들이나 비무자의 얼굴 표정 같은 것은 쉽게 떠오르지 않았다. 그저 그 당시에는 하늘을 나는 것 같았고 땅을 가를 것 같다고 느꼈다는 정도였다.

"왜? 납득하지 못하겠냐?"

"잘 모르겠네요."

"음, 시간도 많은데 좀 더 확실하게 설명해 주마. 태원 근동에서 무림방파라고 할 만한 곳은 모두 여섯 곳 정도다. 무력을 따지자면 등룡관은 다섯 번째 정도라고 할 수 있겠구나. 그것도 네 번째와는 크게 차이가 나는 다섯 번째다. 여기 이 작은 곽주 땅의 유일한 무림방파인 적룡방에 비해도 낫다고 할 수 없는 정도고, 산서 전체를 따지자면 열 손가락, 아니, 열 발가락 다 합해도 꼽히지 못할 정도다. 그러면 천하를 놓고 볼 때는 어떨까? 산서가 무림에서 차지하는 비중이 어느 정돈지를 생각해 보면 등룡관이 얼마나 보잘것없는 곳인지 알 수 있겠지."

이어진 막유수의 설명은 우쟁천뿐만이 아니라 왕옥 등에게도 새삼스럽게 세상이 얼마나 넓은지를 알려주는, 복잡하면서도 현실적인 이야기였다.

막유수의 말에 따르면 산서인의 기질은 거칠고 호방하여 강호인의 천성과도 부합되는 면이 많았다. 그럼에도 불구하고 산서는 천하에서 강호인의 영향력이 가장 미미한 곳이었다.

막유수는 그 이유로 세 가지를 들었다.

그 첫 번째는 만리장성과 맞닿은 지리적인 위치였다. 장성과 맞닿은 땅이 어디 산서뿐이 아니지만 섬서 땅은 경사에서 너무 멀고 경사가 있는 북직례는 방비가 철저한 만큼 외적이 침입하기에 가장 용이한 곳이 바로 산서였다. 그러한 이유로 해서 산서는 여타 지역과 달리 군의 위세가 막강했고 반대로 강호인들의 세력은 위축될 수밖에 없다.

두 번째 이유는 북방의 척박한 환경이었다. 여름은 짧고 겨울은 길고, 산은 많고 평야는 적은 산서는 여타 지역에 비해 인구 수가 적을 수밖에 없다. 안 그래도 적은 인구 수인데 전란으로 인해 죽는 사람, 도망가는 사람이 많으니 강호인의 숫자 또한 상대적으로 적을 수밖에 없다.

세 번째 이유는 대문파의 부재였다. 여타의 지역에는 지주라 할 수 있는 대문파가 있다. 그것이 구파일 수도 있고 오대세가일 수도 있으며 제검전과 같은 신흥 문파일 수도 있지만 어쨌든 간에 지주 문파에서 파생되는 중소 문파들이 있고, 그럼으로써 강호는 풍성해진다. 그런데 유독 산서만이 지주라 할 수 있는 대문파가 없다. 오대파가 부족하나마 정신적 지주로서 산서무림을 이끌 때가 있었으나 수차례의 전란에 승군으로 참여한 결과 몰락의 길을 걸었고, 토목보의 변이 있을 당시 그 맥이 완전히 끊어져 버렸다.

그렇게 서로 연관된 세 가지 이유로 인해 산서는 강호에서 가장 세가 약한 지역일 수밖에 없고, 결국 그리 크다 할 수 없는 세력들이 각축을 벌이는 땅이 되었다.

"불쌍한 것이 내 고향 산서라. 북방에는 사나운 이민족이 있고 동, 서, 남방에는 천하오강의 세 세력이 균형을 이루는데 산서만이 미약하구나. 이렇게 약한 산서에서마저도 별 의미가 없는 등룡관인데 천하를 놓고 보면 얼마나 미미한 곳이겠느냐?"

말하는 막유수의 어조도 씁쓸했고 듣는 우쟁천 등의 표정도 씁쓸했다.

우쟁천이 일어나 앉았다.

"대충 알겠는데 한 가지 이해가 안 되는 것이 있네요. 천하오강 가운데 세 세력이 산서를 둘러싸고 있다면 왜 산서를 차지하려는 이가 없는 겁니까? 서로 견제하기 때문입니까?"

"음, 견제라? 좋은 질문이고 일리있는 판단이다. 하지만 거기에는 또 다른 의미가 있다. 산서가 무주공산(無主空山)으로 보일 수도 있지만 사실은 계륵(鷄肋)이다. 일단 차지하면 권리를 누리는 만큼 책임도 떠맡는 게 당연한 이치. 용과 호랑이로 이름 높은 제검전, 혼원당, 그리고 북도련이 먹을 것도 별로 없는 곳을 얻는 대가로 오대파가 떠맡았던 그 책임을 함부로 떠맡을 수는 없는 것이겠지."

"사람이 적은 곳에는 이권도 작다는 말씀입니까?"

막유수가 눈으로 웃으며 고개를 끄덕였다.
"똑똑하구나. 이득은 작고 위험은 크니 욕심을 내지 않는 것이지."
가만히 듣고만 있던 왕옥이 혀를 차며 중얼거렸다.
"쳇! 이 왕옥이 참으로 별 볼일 없는 땅에서 사는구나."
막유수가 끌끌거리며 웃었다.
"이놈아, 통이 큰 사람에게는 별 볼일 없는 땅이 맞다만 그래도 네게는 무한한 땅이야. 이 작은 곽주에서마저도 떵떵거리지 못하는 네놈이 천하를 논한다면 우스운 일 아니냐?"
왕옥은 배시시 웃으며 머리를 긁적였다.
"그게 그렇게 되는 겁니까?"
"이 산서가 네 말대로 별 볼일 없는 지역이긴 해도 한편으로는 다른 지역보다 훨씬 더 역동적이다. 무슨 말인고 하니……. 세상 속에 강호라는 또 다른 세상이 있다. 무슨 의미냐? 강호인은 원래 반골이다. 세상 돌아가는 게 싫어서 자기들끼리 또 다른 세상을 만든 것이지. 그런데 대문파들이 지역을 나누고 그 안에서 지배자가 되니 강호 역시 규모만 작다뿐 세상과 같은 논리가 지배하는 경직된 곳이 되어버렸다. 반골을 포용하는 세상, 거칠지만 자유로운 강호가 사라져 버린 것이다. 오늘날의 강호에서 꿈을 꾸고 뜻을 펼치려면 세상과 똑같은 방식을 취할 수밖에 없다. 하지만 산서는 다르다. 주인이 없으니 여전히 거칠고 자유롭다. 강호의 원형에 가까운 세상인 거지. 여타 지역에서 적응하지 못한 인간들이 산서로 온다. 그런 까닭에 산서무림의 세가 작음에도 불구하고 유독 낭인들도 많고, 산적 마적들도 많고, 잡다한 무인들의 조직도 많다. 당연히 싸움도 많고 강호인들끼리의 잡음도 많다. 질서가 잡히지 않은 세상, 그래서 오히려 기회가 많은 세상이 또한 산서무림이다."
막유수는 자신의 말이 상당히 흡족한 듯 흐뭇한 미소를 지었다. 그런데 왕옥이 얼굴을 찡그렸다.
 "에이! 아까 한 말씀과는 다른데요? 이권이 작아서 사람들도 적다면서요? 그런데 이런 곳에 사람들이 왜 와요?"
 "이놈, 말귀가 어둡구나. 천만 냥 가진 자에게는 만 냥은 푼돈이다. 하지만 열 냥 가진 자에게는 어마어마한 돈 아니냐? 같은 소리다. 열 냥 가진 사람이 그 돈 벌어보겠다고 천만 냥 가진 사람의 집에서 일한다면 오랜 세월 만 냥 값어치만큼의 일을 해주어야 한다. 그런데 주인없는 집에 만 냥이 굴러다닌다면 어떠냐? 먼저 줍는 놈이 임자 아니냐? 못 주울지 모르지만 아직은 굴러다니니 기회는 있다. 어느 쪽을 택하겠느냐?"
 왕옥이 크게 고개를 끄덕였다.
 "사나이라면 당연히 대박을."
 "그렇지? 용의 꼬리보다는 뱀의 머리가 좋다는 놈들, 천만 냥 가진 자들의 거드름이 거슬리는 놈들, 만 냥을 종잣돈으로 백만 냥을 만들겠다는 꿈을 가진 놈들, 천만 냥 가진 자에게 미운털 박혀서 견디지 못하는 놈들이 산서로 오고 그 사람들과 만 냥을 나누어 먹겠다고 오는 자들 또한 뒤따른다. 산서는 그렇게 재미있는 곳이다."
 우쟁천이 물었다.
 "누군가가 산서무림의 주인이 되면 어떻게 될까요?"
 막유수가 미간을 찌푸렸다.
 "마지막 남은 진정한 강호가 사라지게 되겠지. 재미없는 일이야. 또 엄청난 피를 요구하는 일이고. 하지만 산서무림은 주변의 삼강과 복잡하게 얽혀 있어서 현실적으로 일통된다는 것 자체가 어렵다. 산서무림이 누군가의 지배 하에 놓이는 경우가 생긴다면 그것은 주변 삼강의 힘의 균형이 깨졌을 때나 가능한 일일 것이다. 그렇게 되면 그것은 산서무림만의 문제가 아니라 전 무림의 문제가 되겠지."

"삼강 가운데 현 질서를 깨고 강호 일통을 하겠다고 작정한 사람만이 산서를 손댄다는 뜻입니까?"

막유수는 무겁게 고개를 끄덕였다. 강호 일통, 거기에 따르는 시산혈하(屍山血河)를 떠올린 것이었다.

막유수는 이내 고개를 저었다. 그럴 가능성이 거의 없었다. 소림과 무당의 속가들이 주류를 이루는 혼원당이나 화산과 종남의 속가들이 주축이 되는 북도련이 강호 일통을 꿈꾼다는 것은 상상하기 힘든 일이었다. 그렇다고 강남세가들의 연합인 춘추련(春秋聯)이 뜻을 세우기에는 그 결집력이 너무 약했고, 사천 운남의 문파들의 무림맹이라 할 수 있는 남천맹(南天盟) 또한 청성, 점창, 아미 등의 구대문파의 입김이 너무 강해서 피를 부르는 일을 쉽게 작정할 수 없는 입장이었다.

막유수는 기우(杞憂)라는 말을 떠올리며 실소했다.

'고인 물 같아서 탐탁지 않지만 어쨌든 당금 무림은 정파의 시대다. 이권에 따른 작은 분쟁은 있을 수 있어도 큰 피 흘릴 일은 없어. 정사가 불분명한 신흥 문파 제검전이 문제가 될 수 있겠지만 나머지 사강의 연합을 압도할 능력이 되지 않는 한 꿈도 못 꿀 터, 앞으로도 강호는 여전히 재미없고 따분하겠지만 큰 피 볼 일 또한 없으리라.'

막유수가 홀로 생각에 잠겨 버리자 왕옥 등은 졸린 시늉을 하고 자리에 가 누웠다.

막유수는 주변의 정적을 깨닫고 좌우를 둘러보았다. 왕옥 등은 서서히 깊은 잠에 빠져들고 있었고, 오직 우쟁천만이 눈을 말똥말똥 뜬 채 천장을 보고 생각에 잠겨 있었다.

"무슨 생각이 그리 깊어?"

"그냥 이것저것이요."

"하긴 어린 녀석이 험한 지경에 처했으니 생각이 많기도 하겠다. 하지만 생각이 너무 많으면 없는 병도 생긴다. 그만 자라."

우쟁천은 고개를 끄덕이고 눈을 감았다. 하지만 생각만큼은 쉽게 끊을 수 없었다. 달빛이 그리웠고 청량한 공기가 그리웠다. 기옥화의 따뜻한 얼굴이 그리웠다. 그래서 더 억울했다. 길지 않은 세월이지만 그래도 한 길만 보고 달려왔는데 힘은 얻지 못하고 억울한 일만 당하니 화가 났다.

우쟁천은 미약하게 고개를 저었다.

'덕분에 좋은 인연을 만났잖아. 억울함도 분노도 나중의 문제. 지금은 힘을 키우는 게 우선이다. 중요한 일이 무엇인지 안다면 나머지 일들은 잠시 접어두어도 된다 하셨지? 자자, 길을 찾아줄 사람을 찾았으니 지금은 피곤한 몸을 쉬게 해주어야지.'

우쟁천은 코끝에 감도는 역한 냄새를 털어버리고 억지로 잠을 청했다.

막유수가 미안해하면서 왕옥 등에게 넓은 공간을 요구했다. 옥방의 크기는 겨우 가로 이 장에 세로 일 장. 왕옥 등이 할 수 있는 일은 바닥의 짚을 오물통이 있는 구석으로 몰아놓고 그 위에 쪼그리고 앉는 것뿐이었다.

막유수는 우쟁천을 이끌고 왕옥 등의 맞은편 구석으로 갔다. 잠시 공간을 가늠한 막유수는 얼굴을 살짝 찌푸린 후에 우쟁천에게 말했다.

"제대로 보여주기에는 많이 부족하구나. 하지만 지금 당장 필요한 것은 보형(步形)을 습득하는 것. 일단 보아라."

막유수는 신발을 벗고 천천히 발을 옮겼다. 한 발씩 내디딜 때마다 진저리를 치는 듯 몸을 부르르 떨면서 술 취한 사람처럼 비틀거리며 앞으로 나아갔다. 느렸다. 보보 사이에 세 번은 호흡할 수 있을 만큼 느렸다.

막유수는 한참 후에야 왕옥의 발 앞에 이르렀다.

"보았느냐?"

왕옥 등이 영문을 모르겠다는 듯 고개를 가로저을 때 막유수가 우쟁천을 향해 돌아섰다.
"보긴 봤는데 도대체 뭘 봤냐는 거야?"
왕옥이 광대뼈사내에게 물었다.
"형님이 모르는데 낸들 압니까?"
"음, 하긴 그렇지. 뭐 한 거야? 춤 춘 것 같기도 하고."
그때 바닥을 바라보고 있던 우쟁천이 신발을 벗으며 고개를 끄덕였다. 막유수가 그 모습을 보고 미소 지었다.
"다시 보아라. 이런 느낌이다."
그 말을 끝내자마자 막유수가 한 발을 내디뎠다. 그리고 곧 그의 신형이 흔들리는 듯하더니 어느 순간 안개처럼 흐릿하게 흩어져 버렸고, 신형이 다시 또렷해지는 순간에는 어느새 우쟁천의 앞에 이르러 있었다. 그 같은 일련의 움직임들은 한 발을 내딛는 그 순간과 거의 동시에 이루어져서 눈 한 번 끔쩍이는 순간에 끝나 버렸다.
막유수는 전음을 이용하여 우쟁천에게만 말했다.
"신묘무형보(神猫無形步)라고 한다."
왕옥 등은 물론 우쟁천도 막유수의 움직임을 제대로 보지 못했다. 그저 한줄기 환영이 물처럼 흐른 것 같다는 느낌뿐이었다.
"너희들, 봤냐?"
왕옥이 묻자 수인들은 하나같이 고개를 저었다.
우쟁천이 물었다.
"강호에는 이렇게 보법만을 따로 익히는 것이 일반적입니까?"
막유수가 웃으며 고개를 저었다.
"비율이 한 삼칠이나 될까? 무공에 익숙해지면 보법은 절로 드러난다고들 하지 않느냐? 틀린 말은 아니지. 자연적으로 깨달은 보법이 최상의 보법은 아니더라도 자신의 무공을 펼치는 데 있어서는 가장 적절한 보법이기 때문이지. 하지만 문파가 늘고 그 역사가 깊어지면서 무공 또한 발전하다 보니 보법만을 따로 떼어 익히는 사람들도 늘었어. 보법이란 것이 곧 지기 전에 물러서는 법이고 이기기 위해 다가가는 법이니 그것을 연구하는 사람 또한 당연히 늘겠지. 그 전형이 삼재보(三才步)니 칠성보(七星步)니 하는 것들이지. 물론 지금 이 보법처럼 특정한 목적을 위해 창안된 것도 있지만."

우쟁천이 고개를 갸웃거렸다.

"특정한 목적이라니요?"

막유수가 벙긋 웃으며 말을 돌렸다.

"나중에. 지금 당장 네게 중요한 것은 보법의 내력을 아는 것이 아니지?"

우쟁천은 밝게 웃으며 말했다.

"선후(先後)와 경중(輕重)을 알면 뒤에 할 것과 가벼운 것은 잠시 접어 두라?"

막유수도 웃었다.

"그것도 할머니 말씀이지?"

"헤, 제가 좀 바꿨어요."

우쟁천은 서서히 웃음을 거두고 바닥을 바라보며 한 발을 들어 올렸다.

쿵!

우쟁천이 바닥에 발을 내리찍는 순간 바닥에서 뿌연 먼지가 솟구쳤고 옥방은 갑자기 안개에 뒤덮였다.

"우악! 캌캌캌!"

왕옥 등의 목소리와 함께 그 안개가 사라지는 순간 바닥에는 갈짓 자

모양의 선명한 족인(足印) 일곱 개가 드러났다. 어떤 것은 엄지발가락만 유독 도드라지게 찍혔고 어떤 것은 뒤꿈치가 선명했다. 막유수가 진저리를 쳤던 이유, 그것은 한 걸음마다 내력을 돋워 발도장을 찍은 탓이었다. 처음부터 그것을 알고 있었기에 우쟁천은 신발을 벗었고 바닥을 찍어 족인을 드러나게 할 수 있었다.

막유수는 고개를 끄덕일 뿐 별다른 말은 하지 않았다. 우쟁천도 막유수의 말을 기다리지 않고 족인 위에 발을 가져다 올렸다.

"발이 크시네요."

막유수는 내심 '도둑놈 발이 뭐 그렇지'라고 생각하면서 웃었다.

실제로 작지 않은 발을 가진 우쟁천임에도 족인은 조금씩 남는 느낌이었다. 하지만 막유수가 어떤 느낌으로 그 발을 디뎠는지는 확실히 알 수 있었다.

우쟁천은 막유수처럼 비틀거리며 발을 옮겼다. 그리고 족인이 알려주는 정보들을 느낌으로 이해하려고 노력했다.

한참을 지나 우쟁천이 마지막 족인을 밟고 서는 순간 막유수가 말했다.

"내공을 운용하지 않고는 제대로 펼칠 수 없다. 하지만 너의 내공을 포기하기는 어려우니 일단 보형만을 가르쳐 주는 것이다. 발자국의 느낌으로 어떤 식의 내공을 썼는지 알아내는 것이 과제다. 만약 네가 너의 내공으로 그것을 펼칠 수 있다면 본 문의 다른 무공 역시 익힐 수 있을 것이고, 그렇게 되어야 내가 너를 본 문의 제자로 받아들일 수 있다."

우쟁천이 다시 돌아와 물었다.

"내공마다 그 운용 방식이 많이 다른가요?"

"물론 사람의 신체 구조가 똑같기 때문에 대부분의 주요 기로(氣路)는 크게 다르지 않다. 하지만 세세한 부분에서 미묘한 차이가 있어 그것이 내공의 성격을 판이하게 갈라놓는다. 아주 작은 차이로 인해 상승의 내공이냐 아니냐가 갈라지는 것이고, 그 작은 차이로 인해 주화입마에까지 이를 수 있다. 예를 들어보자. 내공의 흐름이 장중한 사람이 쾌검이나 쾌도를 익히는 것이 바람직하겠느냐? 중간에 사단이 나지 않더라도 대성하기는 어렵다. 결국 수만 가지 무공이 초식과 기풍, 그리고 강유에서 달리 나타나는 것은 모두 고유 내공의 성질과 깊은 연관이 있는 것이다."

우쟁천은 고개를 끄덕이고 다시 물었다.

"언제까지 해야 하는데요?"

"극의(極意)에 이르려면 평생이 걸릴지도 모르는 일이다. 내가 원하는 것은 네 내공으로 펼칠 수 있느냐는 것일 뿐. 조금 빡빡한 듯하다만 열흘을 주마. 한마디 덧붙이자면 그 보법의 극의는 유수부쟁선(流水不爭先)이다."

"흐르는 물은 선두를 다투지 않는다? 결국 속도는 부수적인 문제밖에 되지 않는다는 뜻인가?"

정확한 의미를 알 수 없었다. 하지만 지금은 극의를 생각할 때가 아니었다. 우쟁천은 다시 족인들을 밟아가며 그 의미를 생각해 보려고 노력했다.

두 시진이 흘렀다.

"에휴! 저 녀석은 지겹지도 않나?"

왕옥은 그때까지 막유수의 발자국 위를 맴돌고 있는 우쟁천을 보며 고개를 저었다.

우쟁천이 발자국 하나에 매달리는 시간이 점점 더 길어졌다. 발을 대어보고 그 앞에 가부좌를 틀고 앉아 한참 동안 눈을 감고 있다가 다시 다음 발자국으로 옮겨갔다. 그런데도 두 시진 동안에 겨우 세 번째 발자국에 이르러 있을 뿐이었다.

딱! 딱! 딱! 딱! 딱!

나무 두드리는 소리가 요란하게 들렸다.

"식충이들아, 밥 먹어라!"

옥졸의 목소리가 들리는 순간 짚단 위에 나란히 앉아 있던 왕옥 등이 나무 밥그릇을 들고 동시에 움직여 창살 앞으로 다가갔다.

왕옥 등이 나무 밥그릇 여섯 개를 창살 밖으로 내어놓았다. 잠시 후 옥졸 두 사람이 커다란 대나무 통을 들고 나타났다. 한 사람이 대나무 국자로 시커먼 풀 같은 것을 밥그릇에 던지듯이 담았다. 그 뒤로 다른 옥졸이 손가락 세 개 합친 것만 한 작은 만두 한 덩이씩을 풀 위로 던졌다.

"에이! 조금 더 담아봐! 이 덩치에 그거 먹고 어떻게 견디란 말이야?"

왕옥이 투덜거리자 옥졸이 험상궂은 눈으로 노려보며 말했다.

"하는 일이 뭐가 있다고 배가 고파?"

옥졸은 야멸치게 말해 놓고도 만두 한 덩이를 더 얹고 사라졌다.

"젠장, 이따위 것을 밥이라고 구걸하듯 먹어야 하다니, 엿 같네."

그릇들이 모두 거두어졌다. 왕옥은 한 덩이 더 담긴 그릇을 막유수에게 건네고 우쟁천에게 말했다.

"쟁천아, 뭐 하는 건지 모르겠지만 밥 먹고 해라."

막 네 번째 발자국으로 움직이려던 우쟁천이 웃으며 고개를 끄덕였다. 그가 합류하자 여섯 사람은 동그랗게 모여 앉아 밥을 먹기 시작했다.

막유수는 만두 한 덩이를 왕옥의 밥그릇에 되던져 주고 우쟁천에게 물었다.

"될 것 같으냐?"

"아직 잘 모르겠어요. 두 걸음 떼는 것은 문제가 없을 것 같습니다. 근데 세 번째는 영……."

우쟁천은 고개를 저으며 만두로 풀 같은 보리죽을 찍어 입으로 가져갔다. 막유수는 더 이상 묻지 않았다.

그때 왕옥이 물었다.

"어르신, 강호에서 제일 센 사람이 누굽니까? 역시 소림의 장문방장이 겠지요?"

막유수가 보리죽을 둘러 마시듯 비워 버리고 손바닥으로 입을 닦은 후에 말했다.

"강하다? 그걸 어떻게 쉽게 말할 수 있을까? 일단 붙어봐야 알지. 하지만 당금 강호를 종횡하는 인물들은 몇 있지. 그러나 자네 말처럼 소림의 장문방장은 거기에 속하지 않아."

왕옥 등의 마음속에는 소림과 무당이 여전히 강호의 태두였다. 그런데 아니라 하니 의아한 눈빛으로 막유수를 볼 수밖에 없었다.

막유수가 보충 설명했다.

"내가 어제 말했다시피 당금 강호를 지배하는 세력은 제검전, 혼원당과 같은 천하오강이야. 구대문파 또한 거기에 속해 있다고는 하나 그들은 세속인이 아니라는 이유로 한발 물러나 있지. 실제 실력으로 소림의 방장이나 무당의 장문인이 천하제일일지는 모르겠지만 어쨌든 그들은 두드러지게 나서지 않아. 모두 그들의 속가 연합체인 혼원당이나 북도련, 혹은 남천맹의 배경이 될 뿐이지. 내 생각에 그 인간들은 뭔가 큰일이 터지지 않는 이상 전면에 나서지 않을 거야."

왕옥은 그릇을 깨끗이 핥고 바닥에 내려놓으며 물었다.

"소인이 궁금한 건 세력이 아니라 일 대 일로 붙어서 제일 강한 사람입니다요."

"그걸 모른다니까. 강한 인간들끼리 붙으면 반드시 하나는 죽어. 섣불리 칼을 뽑을 수 없지."

"그래도 천하제일에 가깝다고 생각되는 사람은 있을 거 아닙니까?"

막유수가 어쩔 수 없다는 듯 웃으며 고개를 저었다.

"집요하구먼. 어디 보자. 일단 오제(五帝) 정도가 유력하려나?"

"천하오강의 수장들이겠네요?"

"그렇지. 하지만 그들이 먼저 거론되는 이유는 개인의 능력이 아니라 조직에 힘입은 바가 크지. 천하제일을 다투는 거대 조직을 거느리는 만큼 그만한 능력 또한 가졌다고 보아야겠지. 그런데 애매한 건 북도련, 남천맹, 춘추련의 수장이 임기제라는 것이야. 결국 그들 다섯 가운데서도 가장 강한 이는 제검전주와 혼원당주가 되겠지. 이강삼약이라고나 할까? 하지만 실제로 붙어보기 전에는 누구도 결과를 알 수 없는 것이 강자들의 대결. 그 외에 유명한 사람을 꼽으라면 사괴(四怪), 칠절(七絶), 오사(五邪), 구마(九魔) 정도인데 각각의 기량 차이가 현저해서 모두 동급으로 보기에는 무리가 있어. 사괴의 독괴(毒怪) 소유산(蘇幽山), 칠절의 검절(劍絶) 황경령(黃佳鈴)과 창절(槍絶) 악천우(岳天宇), 오사의 권사(拳邪) 유가전(劉嘉全), 이름이 알려지지 않은 구마의 도마(刀魔) 등은 자신의 장기를 극의에 이르도록 깨쳤다 알려졌으니 개인적인 실력으로는 능히 천하제일을 넘볼 수 있을 거야. 하지만 악가의 가주인 창절 신창무외(神槍無外) 악천우를 제외하고는 대부분이 나처럼 홀로 떠돌거나 제자들 몇 거느리고 다니는 처지라 오제에 비할 바가 못 되지."

왕옥이 천천히 손가락을 꼽아가면서 말했다.

"결국 천하제일이 될 만한 사람은 오제랑 독괴, 검절, 창절, 권사, 도마 이렇게 열 명뿐이네요 뭐."

"일단은 그렇지. 하지만 뒷전에 물러앉은 척하는 구대문파 안에도 거기에 비견될 사람들이 바글바글할 거야. 내 개인적인 생각으로는 당대에 홀로 일어선 제검전주가 실력이나 그 세력으로 보아 천하제일에 가장 가까울 것 같아."

왕옥이 갑자기 눈을 반짝이며 물었다.

"어르신은 어떻습니까요?"

모두가 막유수의 입을 바라보았다. 그러나 막유수는 대답하지 않고 빙긋이 웃을 따름이었다.

이번에는 우쟁천이 물었다.

"혹시 염우빙이라는 분을 아세요?"

"염우빙? 풍뢰신권 말이냐?"

우쟁천이 고개를 끄덕이자 막유수가 눈을 치떴다. 지금까지 이야기 나눈 바로는 강호에 대한 우쟁천의 견문은 참으로 일천했다. 그런데 풍뢰신권을 별호도 아닌 이름으로 물어서 놀란 것이었다.

"권장(拳掌)으로는 강호칠대가(江湖七大家) 안에 들어갈 사람이다. 그 사람 나이가 이제 마흔 후반 정도일 텐데 나이 서른 중반에 이미 산동제일권(山東第一拳)으로 불렸지. 하지만 그렇게 득명하고 바로 사라졌는데 네가 그를 어찌 아느냐?"

우쟁천은 바로 대답할 수 없었다. 산동제일권. 적어도 권법으로는 산동에서 제일간다는 뜻 아닌가. 풍뢰신권은 그의 성명절기. 바로 그것을 익혔으니 뿌듯할 수밖에 없었다.

"그분에게 풍뢰신권을 배웠어요. 아직 내공이 모자라 제대로 펼칠 수는 없지만."

"호오! 그랬구나. 혹시 그가 등룡관에 있었더냐?"

우쟁천이 고개를 끄덕이자 막유수가 턱수염을 쓰다듬으며 중얼거렸다.

"그 정도의 인물이 왜 몸을 낮추어 등룡관 같은 곳에 숨어 있을까? 쟁천, 등룡관을 얕잡아봤던 것, 취소하마. 염우빙 그 한 사람만으로도 적룡방 정도는 문제가 아니다. 네가 그 사람의 무공만 대성할 수 있다면 너를 얕잡아볼 수 있는 사람이 몇 안 될 것이다."

우쟁천이 흐뭇하게 웃는 순간 막유수가 얼굴을 굳히며 물었다.

"풍뢰신권은 독특한 운기법을 알아야 연마할 수 있다고 들었다. 네가 어찌 그것을 익힐 수 있었단 말이냐?"

"음, 고 할아버지가 염 아저씨하고 몇 달을 연구해서 제 내공으로 풍뢰기공을 일으킬 수 있는 법을 찾았다고 하던데요? 어려운 건가요?"

"어렵지. 지극히 어려운 문제다. 방법을 찾았다는 것도 보기 드문 일이지만 자신의 비전을 남에게 낱낱이 드러내는 것은 더 어려운 일이지."

우쟁천은 그때의 일을 떠올려 보았다. 늘 술에 취해 있던 염우빙이 그때만큼은 무척이나 진지하게 연구에 몰두했었다. 하지만 그때가 지나고 나서는 다시 '이것으로는 안 돼!'를 외치며 술독에 빠졌었다.

'그게 과연 나에게 가르치기 위한 연구였을까? 잘 모르겠군.'

우쟁천은 건곤보태신공의 구결을 막유수에게 말해 주고 싶었다. 지금 막유수의 고민은 단 한 가지. 과연 건곤보태신공으로 우쟁천이 자신의 무공을 익힐 수 있을까 하는 것뿐이니 구결을 알려주면 결과를 금방 알 수 있지 않을까 하는 생각이었다.

우쟁천은 그 뜻을 막유수에게 전했다. 그러나 막유수는 고개를 저었다.

"내가 어찌 그것을 모르겠느냐? 하지만 그것은 네가 할 수 있는 일이 아니다. 나와 너의 고 할아버지가 의논한 연후에 할 수 있는 일이야."

우쟁천은 고개를 끄덕이고 다시 네 번째 발자국 앞에 주저앉았다.

막유수는 수염을 쓰다듬으며 고민에 빠진 우쟁천의 모습을 빤히 바라보았다.

'몇 달 연구하여 만들었다? 근본이 다른 무공을 그렇게 간단히 융합시킬 수 있는 것인가? 그 고 노인이 무학의 대종사가 아니라면 두 무공 사이에 쟁천이가 모르는 상관 관계가 있다는 뜻. 결국 만나보기 전에는 알 수 없겠구나. 허, 염우빙 그 사람이 거기 있었어? 쯧쯧쯔, 박복한 사람. 쟁천이의 할머니를 빼낸 후에는 우선 태원부터 가봐야겠구나.'

하루가 지났다. 그러나 우쟁천은 여전히 고민에 빠져 있었다. 막유수가 그를 배려하여 입을 꾹 다물고 있으니 왕옥 등도 어쩔 수 없이 침묵을 지켜야만 했다.

'자식이 뻔뻔하기는. 혼자 옥방을 다 차지하고 있으면서도 미안하단 말도 없어.'

왕옥이 노려보는 그 순간 우쟁천이 벌떡 일어나 첫 번째 발자국 앞으로 갔다.

모두가 호기심 어린 눈으로 그를 주시했다.

발자국을 노려보던 우쟁천이 첫 발을 뗐다. 빠른 속도로 세 번째 발자국에 이른 우쟁천은 네 번째 발자국을 향해 발을 떼다가 균형을 잃고 나뒹굴었다.

'바보 아냐? 왔다 갔다 하는 것뿐인데 뭐가 어렵다고. 나 같으면 진즉에 했겠다, 이놈아.'

왕옥이 그렇게 생각할 만도 했다. 찍힌 발자국만 보면 그저 좌우로 이동하면서 점차 앞으로 나아가는 것뿐이었다. 하지만 실제는 달랐다. 세 번째에 찍힌 발자국은 오른쪽 새끼발가락과 측면 부위만 짚은 것으로 두 번째 발자국에서 넘어온 자세로는 쉽게 발을 뗄 수 없었다. 왼쪽 대각선 방향으로 나아가야 하는데 발을 그렇게 짚어 움직이려 하면 접질릴 수밖에 없었기 때문이다.

우쟁천은 다시 세 번째 발자국 앞에 주저앉았다. 무릎 위에 올린 두 손으로 턱을 괸 채 발자국 바로 앞까지 고개를 숙였다.

'이렇게 밟아서 어떻게 저리로 움직일 수 있을까? 어라?'

눈을 치뜬 우쟁천은 아예 엎드리다시피 하여 발자국을 살폈다. 새끼발가락이라고 하기에는 너무나 둥근 자국이었다. 하지만 그 뒤로 발바닥의 앞쪽 측면부가 선명하게 찍힌 것으로 보아 분명히 새끼발가락이었다.

우쟁천은 벌떡 일어나 구석 자리의 막유수에게로 다가갔다. 그리고 다짜고짜 그의 오른발을 잡아 신발을 벗겼다.

"이놈아, 말로 해라!"

"잠깐만요."

우쟁천은 막무가내로 막유수의 새끼발가락을 살피고 만졌다.

막유수가 빙긋 웃으며 말했다.

"냄새날 텐데."

"지금 그게 문제예요? 발자국보다 확실히 작네. 비틀어야 그런 식으로 찍히겠지? 신기하네. 발자국 만들 때는 분명히 그냥 갔는데……."

"간지럽다, 이놈아!"

막유수가 억지로 발을 빼자 우쟁천은 또다시 가부좌 틀고 앉아 턱을 괴고 생각에 잠겼다.

"유수부쟁선이라?"

우쟁천의 중얼거림에 막유수가 미소 지었다.

"오! 세 걸음 떼더니 벌써 극의에 이르렀냐?"

우쟁천은 막유수의 놀림에 동요하지 않고 눈을 감았다. 머리 속에서 계곡물이 흘렀다.

"부딪치면 돌아간다? 하지만 물러서는 게 아니라 나아가야 하잖아? 아니지. 나아가는 길이 꼭 한 길만 있으란 법은 없지. 회선결(回旋訣)?"

우쟁천은 벌떡 일어나 다시 첫 번째 발자국 앞으로 갔다. 그리고 즉시 첫 발을 떼었다. 순식간에 세 번째 발자국을 밟은 우쟁천의 신형이 앞으로 나아가기는커녕 오히려 뒤로 휘돌았다. 허공에서 세 바퀴를 휘도는 순간 우쟁천의 신형은 반원을 그린 후 네 번째 발자국에 이르렀다.

막유수의 시범처럼 흐려져 보이지는 않았으나 왕옥 등의 눈에는 신기하게만 비쳐졌다. 발을 디디지도 않고 허공에서 반원을 그린다는 것은 보통 사람에게는 불가능한 일이었고, 그래서 오히려 화려하게 비쳐진 것이었다.

왕옥 등이 눈을 휘둥그렇게 뜨는 순간 우쟁천은 발뒤꿈치로 네 번째 발자국에 착지했다. 그러나 다섯 번째 발자국으로는 이동하지 못한 채 다시 주저앉았다.

막유수가 흡족한 미소를 지으며 말했다.

"제대로구나. 속도만 가미되면 그 한 걸음만으로도 상대를 현혹시킬 수 있을 것이다. 네가 만약 일곱 걸음을 모두 떼고 그것을 풍뢰신권에 적용시킬 수만 있다면 그것만으로도 원래의 풍뢰신권과는 판이한 무공이 될 것이다."

우쟁천은 고개를 끄덕이고 네 번째 발자국과 다섯 번째 발자국을 번갈아 바라보았다.

발뒤꿈치로 발자국 간격이 가장 넓은 두 발자국 사이를 움직이는 방법 또한 세 번째 발자국만큼이나 큰 숙제였다.

우쟁천은 아예 처음부터 바짝 엎드려 발자국을 살폈다. 그리고 바로 막유수에게로 기어갔다. 막유수는 아예 왼쪽 신발을 벗고 발을 뻗었다.

바로 그때 양동이를 두드리는 듯한 소리가 들렸다. 그리고 옥졸의 목소리가 이어졌다.

"지금부터 호명하는 사람은 문 앞으로 나서라. 호유전, 이매득, 이연과, 강정…… 강당, 하대룡, 모유풍, 우쟁천…… 복수문. 다시 한 번 부른다. 호유전…… 복수문. 이상 이십이 명은 문 앞으로 나서서 주목

하라."

막유수가 말했다.

"뭐야? 벌써 가나? 내일일 텐데."

우쟁천도 두 손으로 조몰락거리던 막유수의 뒤꿈치를 내려놓고 의아한 표정을 지었다.

"암튼 들어보자."

두 사람이 앞으로 나아가 창살 사이로 옥사의 입구 쪽을 바라보았다. 포두 복장을 한 사십대 중반의 대머리사내가 왼손으로 코를 막고 인상을 찡그리며 나섰다.

"수인들은 들어라. 너희는 원래 내일 아침 태악산 흑석곡으로 이동하게 되어 있다. 새로 개발된 탄광에서 형기 동안 강제 노역을 해야 할 것이다. 그런데 황공하옵게도 황상께옵서 은전을 베푸시어 너희에게 공을 세울 기회를 주셨다. 최근 들어 운성(運城) 부근 구봉산(九峰山)에 산적들이 늘어나 근역 양민들의 피해가 막심한 것은 물론이고 하남과 산서를 오가는 공물들이 약탈당하는 일 또한 잦다. 너희 가운데 산적을 토벌할 용기가 있는 자는 자원하라. 공을 세우면 죄를 사해준다. 살인의 죄를 지은 자 또한 토벌이 끝나는 즉시 양민으로 돌아갈 수 있다. 황상께옵서 명하시고 산서와 하남의 제형사사께서 봉행하시는 일이니 전공으로 얻은 사면이 번복되는 일은 결코 없으리라."

사내는 호흡 조절을 위해 잠시 말을 끊었다. 옥사에 있는 것 자체가 고역이라는 듯 다시 얼굴을 찌푸린 사내가 아까와는 다른 경박한 어조로 말했다.

"여기까지가 위에서 내려온 명이고, 내가 간단히 보충 설명을 해주마. 귀를 씻고 잘 들어라. 대충 짐작하겠지만 결과는 죽음이 아니면 자유다. 이 일은 우리 곽주에서만 하는 것이 아니라 하남과 산서의 모든 주, 부,

현에서 동시에 하는 일이니 사람이 많이 모이면 많이 모일수록 살아날 기회가 많아지겠지? 구봉산까지 가는 데 삼 일, 근처에서 대충 병진(兵陣) 짜보고 병장기 지급하는 데 대엿새, 토벌하는 데 하루나 이틀, 이렇게 대충 열흘 하면 결과가 나오겠지. 그 다음은 뭐, 명줄 긴 놈은 집에 가는 거고 뒈진 놈은 거기서 불태워질 거야. 무슨 말인지 알겠지? 싸움 좀 한다 하는 놈, 형기의 끝이 보이지 않는 놈, 채찍 맞아가면서 석탄 캐기 싫은 놈은 자원해. 일단 도착하면 밥은 잘 나올 거야. 고기 반찬에 쌀밥도 한 번쯤은 나올 테고 술도 몇 잔은 주겠지. 거기다가 곧 죽을 놈이라 치부하여 삐딱하게 굴어도 치도곤당하는 일도 없을 거다. 다 알아들었지? 결정은 내일 아침 흑석곡으로 떠나기 전까지 내리면 돼. 이상!"

사내는 다시 한 번 코를 잡고 인상을 쓴 후에 옥사를 떠났다.

막유수가 빙긋 웃었다.

"훗! 이독제독(以毒制毒)이라는 말인가? 저놈, 그나마 양심은 있는 놈이구나. 자원하라고 사탕발림하지 않는 것 보니."

그때 옆의 옥방에서 짜증난 목소리가 들렸다.

"씨팔! 개똥밭에서 굴러도 이승이 낫다고 했다. 내가 미쳤냐, 구봉산엘 가게? 거기 산적들 쪽수도 많고 무지 겁난다 하더라구. 세 번이나 토벌에 나섰다가 군인들만 작살났다던데."

"제기랄! 그래도 난 간다. 탄광에서 이십 년 썩고 나면 내 물건도 썩고 구부정한 허리에 백발만 남을 텐데, 도 아니면 모지."

막유수가 그 소리를 듣고 중얼거렸다.

"탄광에서 이십 년이라? 그렇게라도 살 수만 있다면 싸움터보다 낫겠지. 하지만 그전에 폐병으로 죽고 말걸."

막유수가 멍하게 서 있는 우쟁천의 어깨를 두드렸다.

"우리하고 상관없는 일이다. 신경 끄고 하던 일이나 계속해라."

어차피 정해진 일이었다. 흑석곡에 인계된 후 바로 그곳을 벗어나 기옥화를 곽주에서 빼내고 태원으로 가기로 되어 있었다. 우쟁천과 정식 사제지연을 맺게 되면 거기서 머물면 되는 것이고, 인연이 박하면 고 노인에게 뒤를 부탁하면 그뿐이었다.

그런데 이상하게도 우쟁천은 창살 앞에서 꼼짝을 하지 않았다.

"무슨 생각을 그렇게 해? 신경 쓰지 말라니까."

우쟁천이 막유수를 바라보았다.

"저 구봉산으로 가렵니다."

막유수는 놀라서 찢어져라 눈을 치떴다. 그러나 우쟁천의 진지한 얼굴을 보고는 곧 차분한 눈빛으로 물었다.

"너 그게 무슨 의미인 줄 아느냐?"

우쟁천은 긍정도 부정도 하지 않고 차분히 말했다.

"억울하게도 죄인의 몸이 됐지만 아버지처럼 자신의 이름과 출신을 숨기며 숨어 살고 싶지는 않아요. 그놈들 보란 듯이 대로를 활보하렵니다."

막유수가 눈살을 찌푸렸다.

"그러기 위해서 많은 사람들을 죽여야 하는데도? 그리고 네가 죽을 수도 있다."

우쟁천의 표정은 변하지 않았다.

"알아요. 하지만 저도 구봉산의 도적들 이야기는 들었거든요. 근동의 많은 양민들이 죽고 다친다 했습니다. 그런 자들을 내버려 둔다면 힘없는 양민들이 더 많이 죽고 다치겠지요. 처지가 이렇지 않더라도 능력이 되었다면 나섰을 겁니다."

"그래, 의기는 가상하구나. 하지만 너는 사람을 죽인다는 게 무슨 의미인지 아직 모른다."

"이미 사람을 죽였잖아요?"

막유수는 고개를 저었다.

"그건 네가 죽이려고 작정한 것이 아니었잖느냐? 네 눈앞에서 죽은 것도 아니고. 눈앞에서 팔다리가 잘려 나가고 피가 강을 이루고 살점이 모여 산이 될 것이다. 측은하여 잠시 망설이면 그 순간 네 목이 날아갈 거다. 정녕 그런 아수라장에 뛰어들고 싶으냐?"

뜻이 다르면 길도 다르다는 사실을 잘 알고 있었다. 잘못하면 좋은 인연이 박하게 끝날 수도 있었다. 그러나 우쟁천은 무겁게 고개를 끄덕여 자신의 확고부동한 뜻을 드러냈다.

"어차피 강호인으로 살기로 작정한 몸, 이름을 숨기고 살고 거칠게 살아도 괜찮아요. 하지만 할머니는 환갑이 다 되시도록 단 한 번도 곽주를 떠나본 적이 없는 양반이거든요. 절 위해 기꺼이 곽주를 떠나실 것이고 기꺼이 숨어 사시겠지만 이제 편히 쉬어야 할 양반에게 여생을 숨어 사시게 하고 싶지는 않습니다."

막유수도 고개를 끄덕였다.

"그렇구나. 내가 생각이 짧았다. 그래, 산다고 다 사는 게 아니지. 이왕 살려면 자기가 원하는 삶을 살아야지. 내가 지금의 삶을 좋아하다 보니 다른 사람도 그러할 것이라고 착각했구나. 알겠다. 네 뜻이 정히 그렇다면 그렇게 하도록 하자."

막유수는 우쟁천의 어깨를 잡고 원래의 자리로 돌아갔다. 마주 앉자마자 우쟁천은 막유수에게 고개를 숙였다.

"죄송합니다. 고집을 피워서."

"아니다. 내 곁에 남은 사람이 없어서 돌봐야 할 사람이 있는 너의 심정을 십분 이해하지 못했다. 내가 너라도 그 길을 택했을 것이다. 그러나 한 가지 분명히 알고 가야 할 것이 있다. 구봉산은 그냥 산적들의 집단이 아니다. 절정고수라 부를 만한 강호인들도 있고, 그들로 인해 그 수하들 역시 병장기를 능숙하게 다룬다고 들었다. 결국 이번 일은 관에서 쉽게 해결할 수가 없으니 죄인들을 이용해 우선 수라도 줄이자는 술책이다. 살아남을 자가 희박할 것이야."

왕옥이 끼어들었다.

"그래, 구봉산의 광명채(光明寨)에 대해서는 나도 들었지. 오합지졸들 모아둔 단순한 산적들이 아니야. 머릿수가 워낙 많아서 구봉산을 본거지로 해서 원정까지 다니는 마적이기도 하고, 분하의 수로까지 휘어잡고 있다더군. 거기 두목이 혈불(血佛)이라던가 하는 무지막지한 파계승이라고 하더라. 근동의 무림인들이 무리 지어 올라갔는데 아무도 돌아오지 못했다고 하더군. 그놈 밑으로도 사대혈왕(四大血王)이라는 놈들이 있고, 삼십육혈나한(三十六血羅漢)이라는 놈들도 한 수씩 한다고 하더라고."

막유수가 고개를 끄덕였다.

"옥이의 말이 대충 맞다. 삼십육혈나한인가 하는 놈들이야 죽거나 다치면 바뀌는 쭉정이들이지만 사대혈왕이나 혈불이라는 놈은 제법 고수 축에 드는 놈들이다. 광명채 수준이면 그 외형만으로도 적룡방의 세 배는 될 것이야. 그러니 죽일 놈은 망설임없이 죽인다는 각오를 하고 가야 한다. 알겠느냐?"

"예!"

"대답은 잘하는구나. 하지만 막상 닥치면 그게 가능할는지······."

우쟁천은 희미하게 웃어 보이고 나서 다시 네 번째 발자국으로 다가갔다. 그리고 발자국에 자신의 왼발 뒤꿈치를 넣었다.

다른 때보다 반 시진이나 일찍 아침 식사가 배급되었다. 식사를 마치자마자 막유수는 손으로 그가 남긴 발자국들을 밀어버렸다. 그것이 발자국이었다는 것을 알아보지 못할 만큼 바닥을 파낸 후 막유수는 우쟁천의 어깨를 두드리며 왕옥 등에게 말했다.
"이 아이를 똑똑히 보아두어라. 언젠가는 고유상 따위가 감히 쳐다보지도 못할 정도의 고수가 되어 강호를 종횡할 아이다. 그때가 되면 너희는 한때 이 아이와 함께 고생했다는 것만으로도 어깨에 힘주고 다닐 수 있을 거다."
왕옥 등은 새삼스럽게 우쟁천의 얼굴을 뚫어지게 바라보았다.
"이거 왜 이러세요, 사람 쑥스럽게?"
우쟁천이 그들의 눈을 외면하고 막유수를 흘겨보았다.
막유수가 웃으며 말했다.
"하! 너희들 겪어보니 거칠지만 근본이 악한 놈들은 아니더라. 이런 곳에 들락거리지 말고 바쁘게, 그리고 착하게 살아라. 너희처럼 어중간한 녀석들이 지금처럼 산다면 제 명에 못 죽는다. 알겠느냐?"
왕옥 등은 겸연쩍게 웃으며 고개를 끄덕였다.
"너희 때문에 심심하지 않았구나. 살다 보면 다시 만나서 술잔 주고받으며 옛이야기할 때가 있겠지."
모두 진심으로 아쉬운 얼굴을 한 채 고개를 숙였다. 그리고 왕옥이 대표로 말했다.
"어르신, 술 한 잔 못 올려 참으로 아쉽습니다. 꼭 찾아주십시오. 그리고 쟁천아, 죽지 마라. 너 돌아오기만 기다리며 납작 엎드려 살란다. 빨리 와서 봉가 그놈하고 적룡방 그 개자식들 찍소리 못하게 눌러줘."
우쟁천도 밝게 웃으며 고개를 끄덕였다.
"물론이지요. 내 반드시 봉가와 적룡방의 목줄을 쥐어 숨도 못 쉬게 만들어 드릴게요. 그때까지 잘 지내세요."
그때 양동이 두드리는 소리가 들렸다.

"오늘 떠나기로 된 수인들은 옥문 앞으로 나와 대기하라."

목소리가 들리는 그 순간 첫 번째 옥문의 자물쇠 여는 소리가 들렸다. 포졸들이 한꺼번에 들어와 한 사람씩 포박하고 또 두 다리에 족쇄를 채운 후 밖으로 향했다. 반 각도 못 되어 우쟁천과 막유수도 밖으로 나갔다.

어제의 그 대머리포두가 늘어서 있는 수인들에게 말했다.

"보다시피 여기 두 대의 마차가 있다. 태악산으로 갈 수인들은 왼쪽, 구봉산으로 갈 수인들은 호송 관원에게 이름을 말하고 오른쪽 마차에 오른다. 실시!"

창살이 달린 두 대의 마차는 같은 크기의 죄인 호송 마차였다. 하지만 왼쪽의 마차는 바닥이 거친 나무로 된 우마차였고, 오른쪽 마차는 두툼한 이불이 깔려 편안하게 보이는 사두마차였다.

막유수가 실소하며 말했다.

"큭, 대우가 다르군. 편히 가겠구나. 가자."

막유수와 우쟁천은 다른 사람들과는 달리 서슴없이 오른쪽으로 움직였다. 포청의 소속이 아닌 듯 군복을 입고 칼을 찬 호송 관원이 막유수를 보고 눈살을 찌푸렸다.

"영감은 안 돼. 그 나이에 칼이나 쥐겠어, 어디?"

막유수는 포승 아래로 손을 내밀었다.

"잡아봐."

관원이 엉겁결에 그 손을 잡는 순간 막유수는 살짝 힘을 썼다. 관원이 오만상을 찡그리며 몸을 비틀고 한쪽 무릎을 꿇었다.

"으다다다다다! 놔라, 이 영감탱이야!"

막유수는 손을 놓고 웃었다.

"이 정도면 돼?"

관원은 막유수를 노려보며 손을 털었다. 그리고 장부를 펼치며 말했다.

"이름."

"모유풍!"

"흠! 힘 좀 쓴다 했더니 죄질이 아주 나쁘구먼. 살인죄를 지어놓고 그것을 덮으려고 일부러 무전취식하여 옥사에 숨었다? 그래서 형기가 죽을 때까지? 아주 육시랄 놈인데 그놈의 석탄광 때문에 명이 길어졌구나. 홍! 어쨌든 이쪽을 택할 이유가 있었구먼. 좋아! 타!"

막유수가 실소하며 중얼거렸다.

"죽을 때까지? 그 친구 너무하는군."

막유수가 먼저 마차에 오르자 관원이 말했다.

"이름."

"우쟁천이오."

"우쟁천이라? 여기 있구먼. 열일곱. 역시 살인죄에 이십 년 형? 태악산이 낫지 싶은데? 책임관이야 필현(必縣)이지만 실제로는 적룡방이 관리한다는 것 같으니까 동향 사람은 좀 편할 거야. 그런데도 정말 갈 거야?"

우쟁천은 피식 웃으며 고개를 끄덕였다. 관원은 고개를 저으며 책자에 점을 찍고 붓으로 마차를 가리켰다. 우쟁천 또한 마차에 올랐다.

그 뒤로 다섯 명의 사내가 더 올라탔다. 모두 일곱 명이 구봉산행을 택했고, 나머지 열다섯은 태악산으로 가는 우마차에 올랐다. 태악산으로 향하는 우마차에서 좁다고 구시렁거리는 소리가 들렸다. 그러나 누구도 신경 쓰지 않았다.

대머리 포두가 호송 관원에게서 책자를 받아 들고 소리쳤다.

"고 위장은 출발하시오."

아무 말 없이 묵묵히 기다리고 있던 이십대 후반의 청년 위장이 투구를 썼다. 전신에서 서글픈 고독감이 풍기는 그 사내는 굳게 다물고 있던 두터운 입술을 열었다.

"출발한다!"

그가 말을 타고 나아가자 그 뒤로 네 명의 기병이 따르고 사두마차가 움직였다. 그리고 그 뒤로 다시 네 명의 기병이 따랐다.

사두마차는 포청을 떠나 성의 남문으로 향했다. 간단한 확인 절차를 끝내고 조용히 문을 빠져나왔다.

"괜찮으냐?"

막유수가 애잔한 눈빛을 하고 물었다.

"괜찮아요. 며칠이면 돌아올 거잖아요."

막유수는 눈빛을 거두고 웃으며 말했다.

"그렇게 믿어도 된다."

"예. 그런데 할머니는 모르겠죠?"

"구봉산으로 가는 거? 모르실 거다. 벗어나면 머물 곳부터 찾아놓고 모시러 간다고 했으니 별다른 걱정은 하지 않으실 거야."

우쟁천은 고개를 끄덕이고서 멀어지는 남문을 향해 고개를 돌렸다.

'할머니, 조금만 기다려. 금방 돌아올게.'

우쟁천은 혹시라도 눈물이 흐를까 봐 남문이 시야에서 사라진 후에도 막유수에게로 고개를 돌리지 않았다.

『쟁천구패』 2권에 계속…

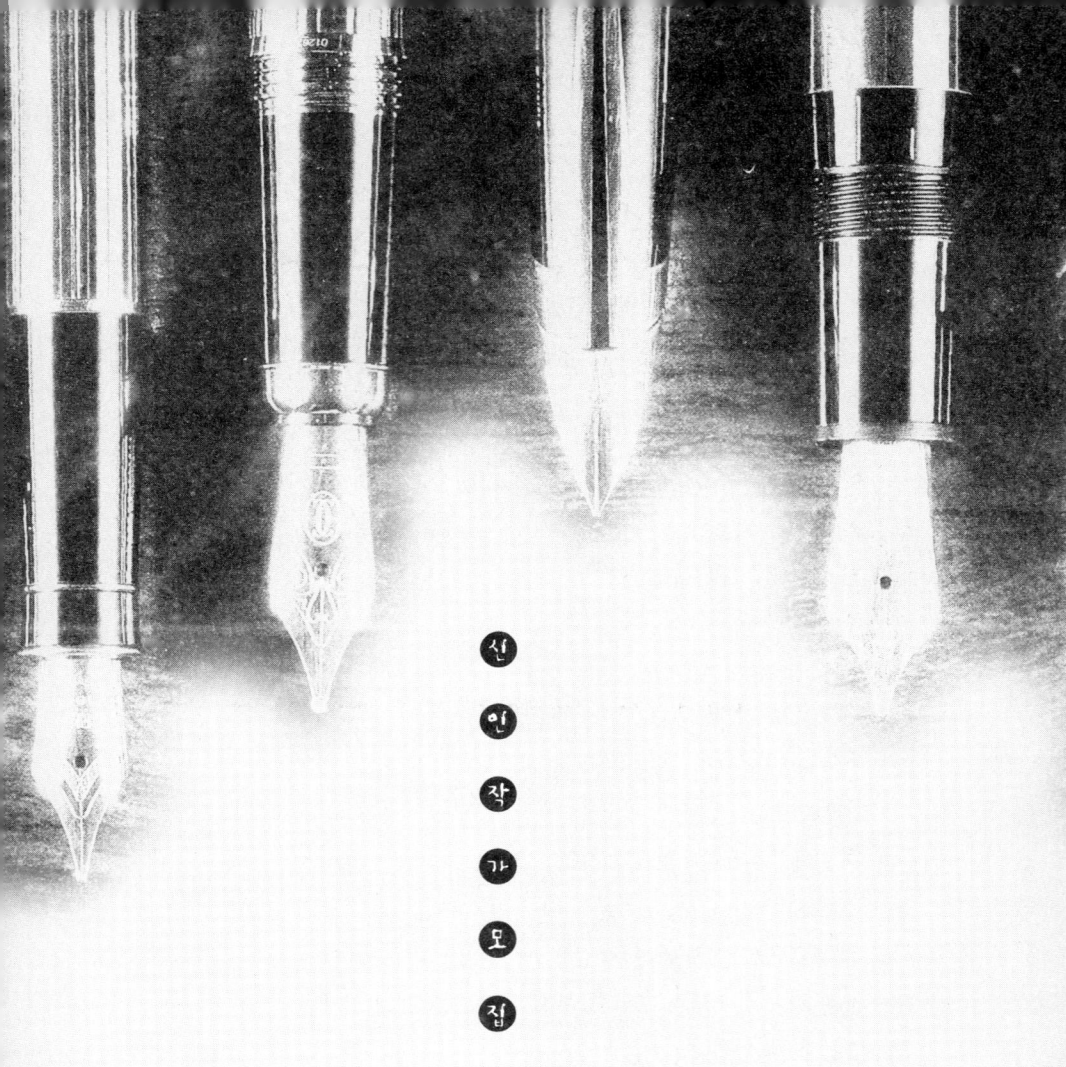

신
인
작
가
모
집

시작이 반이라고 했습니다.
작가의 길에 대한 보이지 않는 벽을 과감히 깨뜨리십시오!
청어람은 작가 지망생 여러분들의
멋진 방향타가 되어드리겠습니다.

저희 도서출판 청어람에서는
소설 신인 작가분들을 모집합니다.
판타지와 무협을 사랑하시는 분들의 많은 참여를 바랍니다.
소정의 원고(A4용지 150매)를 메일이나 우편으로 보내주시면
검토 후 출판 여부를 알려드리겠습니다.

주소 : 경기도 부천시 원미구 심곡1동 350-1 남성B/D 3F 우편번호420-011
TEL : 032-656-4452 · **FAX** : 032-656-4453
http://www.chungeoram.com
e-mail : chungeoram@chungeoram.com